JACK LONDON

ALASKA-ERZÄHLUNGEN

Neuübersetzung aus dem
Amerikanischen von Rainer von Savigny
Ausgewählt und mit einem Nachwort
von Uwe Böker

WINKLER VERLAG MÜNCHEN

Jack Londons Werke werden in »Winkler Weltliteratur« von Ulrich Horstmann herausgegeben.

 Satz: Filmsatz Schröter GmbH, München
Druck: Georg Wagner, Nördlingen. Bindung: Realwerk G. Lachenmaier, Reutlingen
Printed in Germany ISBN 3-538-06628-0

INHALT

ANHANG

DER BLICK DURCH DAS FENSTER

Sitka Charley rauchte seine Pfeife und betrachtete gedankenverloren eine Illustration aus dem *Polizei-Anzeiger* an der Wand. Seit einer halben Stunde hatte er sie ununterbrochen angeschaut, und seit einer halben Stunde hatte ich ihn dabei heimlich beobachtet. Irgend etwas ging in seinem Hirn vor, und ganz gleich, was es war, es würde sich lohnen, es in Erfahrung zu bringen. Er hatte das Leben kennengelernt, viel gesehen und das Erstaunlichste überhaupt vollbracht: seinem eigenen Volk den Rücken zu kehren und – soweit das einem Indianer möglich war – sogar in seinem Denken ein Weißer zu werden. Er selbst sagte von sich, er habe die Wärme gesucht, habe mit uns an unseren Feuern gesessen und sei dabei einer der Unseren geworden. Er hatte nie Lesen und Schreiben gelernt, aber sein Wortschatz war bemerkenswert, und noch bemerkenswerter war es, wie vollständig er sich die Perspektive der Weißen angeeignet, ihre Auffassung der Dinge übernommen hatte.

Wir waren nach einem anstrengenden Tag in der Schlittenspur auf diese verlassene Hütte gestoßen. Die Hunde hatten ihr Futter erhalten, das Eßgeschirr war abgewaschen, die Betten gemacht, und nun genossen wir die allerschönste Stunde, die jeder Tag auf dem Weg durch die Wildnis Alaskas genau einmal zu bieten hat, die Stunde, wenn die ermatteten Glieder nichts anderes mehr von der Bettruhe trennt als die abendliche Pfeife. Irgendein früherer Bewohner der Hütte hatte die Wände mit Abbildungen geschmückt, die aus Illustrierten und Zeitungen stammten, und diese Abbildungen hatten Sitka Charley seit unserer Ankunft zwei Stunden zuvor in ihren Bann gezogen. Er hatte sie mit größter Aufmerksamkeit gemustert, sein Blick war immer wieder hin und her gewandert, und ich sah wohl, daß er verunsichert und verblüfft war.

Ich brach schließlich das Schweigen. »Was ist?«

Er nahm die Pfeife aus dem Mund und sagte bloß: »Ich verstehe nicht.«

Dann zog er erneut an seiner Pfeife, nahm sie wieder aus dem Mund und wies damit auf das Bild aus dem *Polizei-Anzeiger*.

»Dieses Bild – was bedeutet es? Ich verstehe nicht.«

Ich betrachtete das Bild. Ein Mann mit überzeichnetem Ganovengesicht preßte dramatisch eine Hand an sein Herz, während er rückwärts zu Boden sank. Ihm gegenüber stand ein Mann mit rauchendem Revolver, halb Racheengel, halb Adonis.

»Ein Mann tötet einen anderen«, sagte ich und spürte deutlich, daß auch ich verwirrt und zu weiteren Erläuterungen nicht imstande war.

»Warum?« fragte Sitka Charley.

»Ich weiß es nicht«, gab ich zu.

»Dieses Bild ist nur Ende«, sagte er. »Es hat keinen Anfang.«

»So ist das Leben«, sagte ich.

»Das Leben hat einen Anfang«, widersprach er mir.

Das brachte mich erst einmal zum Schweigen, während sein Blick eine Abbildung weiter wanderte, hinüber zu der photographischen Wiedergabe der »Leda mit dem Schwan« irgendeines Malers.

»Das Bild da«, sagte er, »hat keinen Anfang. Es hat kein Ende. Ich verstehe Bilder nicht.«

»Schau dir das Bild dort drüben an.« Ich zeigte auf ein drittes. »Es bedeutet etwas. Sag mir, was es für dich bedeutet.«

Er betrachtete es einige Minuten lang.

»Das kleine Mädchen ist krank«, sagte er schließlich. »Das da ist der Doktor, der sie anschaut. Sie sind die ganze Nacht aufgeblieben – schau, das Öl in der Lampe ist fast verbraucht, und das erste Morgenlicht scheint durchs Fenster. Es ist eine schlimme Krankheit; vielleicht stirbt sie, und deswegen blickt der Doktor so ernst. Das ist die Mutter. Es ist eine schlimme Krankheit, weil die Mutter den Kopf auf den Tisch gelegt hat und weint.«

»Woher weißt du, daß sie weint?« unterbrach ich ihn. »Du kannst ihr Gesicht nicht sehen. Sie schläft vielleicht.«

Sitka Charley wandte sich überrascht zu mir um und dann wieder dem Bild zu. Sein Eindruck war offenbar nicht das Ergebnis einer logischen Schlußfolgerung.

»Sie schläft vielleicht«, wiederholte er. Er studierte das Bild gründlich. »Nein, sie schläft nicht. Die Schultern zeigen, daß sie nicht schläft. Ich habe die Schultern einer weinenden Frau gesehen. Die Mutter weint. Es ist eine schlimme Krankheit.«

»Und jetzt verstehst du das Bild«, rief ich aus.

Er schüttelte den Kopf und fragte: »Das kleine Mädchen – stirbt es?«

Jetzt war es an mir zu schweigen.

»Stirbt es?« wiederholte er. »Du bist ein Maler. Du weißt es vielleicht.«

»Nein, ich weiß es nicht«, gestand ich.

»Das ist nicht das Leben«, verkündete er im Brustton der Überzeugung. »Im Leben stirbt das Mädchen, oder es wird gesund. Es geschieht etwas im Leben. Im Bild geschieht nichts. Nein, ich verstehe Bilder nicht.«

Seine Enttäuschung war offenkundig. Es war sein größter Wunsch, alle Dinge zu begreifen, die die Weißen begriffen, und hier, in dieser Sache, mußte er sich geschlagen geben. Außerdem spürte ich in seinem Verhalten die Herausforderung. Er wollte mich unbedingt dazu zwingen, ihm die Weisheit der Bilder zu vermitteln. Hinzu kam, daß er über eine erstaunliche Einbildungskraft verfügte. Alles stellte er sich bildlich vor. Er sah das Leben in Bildern, empfand es in Bildern, verallgemeinerte in Bildern; und doch verstand er Bilder nicht, wenn er sie mit den Augen anderer Menschen sehen sollte, so wie sie diese Menschen mit Farben und Linien auf der Leinwand ausgedrückt hatten.

»Bilder sind ein Stück Leben«, sagte ich. »Wir malen das Leben, wie wir es sehen. Zum Beispiel bist du, Charley, unterwegs in der Schlittenspur. Es ist Nacht. Du siehst eine Hütte. Das Fenster ist erleuchtet. Du schaust eine Sekunde lang hinein, vielleicht zwei Sekunden, du siehst etwas und du fährst weiter. Vielleicht hast du einen Mann gesehen, der einen Brief schreibt. Du hast etwas gesehen ohne Anfang oder Ende. Nichts ist geschehen. Und doch – was du gesehen hast, war ein Stück Leben. Du erinnerst dich später. In deiner Erinnerung ist es wie ein Bild. Das Fenster ist der Rahmen.«

Es entging mir nicht, daß er mir mit Interesse folgte, und ich wußte, daß er, während ich sprach, durch das Fenster geschaut und den Mann gesehen hatte, wie er einen Brief schrieb.

»Es gibt ein Bild, das du gemalt hast und das ich verstehe«, sagte er. »Es ist ein wahres Bild. Es hat viel Bedeutung. Es hängt in deiner Hütte in Dawson. Es ist ein Spieltisch. Die Männer spielen. Es geht um viel Geld. Der Einsatz ist unbegrenzt.«

»Woher weißt du, daß der Einsatz unbegrenzt ist?« unterbrach ich ihn gespannt, denn jetzt konnte ich meine Arbeit endlich einmal von einem Menschen beurteilen lassen, der unvoreingenommen war, der nur das Leben kannte, nicht die Kunst, dem kein anderer Maßstab zur Verfügung stand als die Wirklichkeit. Dazu kam, daß ich gerade auf diese Arbeit sehr stolz war. Ich hatte dem Bild den Titel »Die letzte Runde« gegeben und zählte es zum Besten, was mir jemals gelungen war.

»Es liegen keine Münzen auf dem Tisch«, erklärte Sitka Charley. »Die Männer spielen mit Blankochips. Das heißt, keine Grenze für den Einsatz. Ein Mann spielt mit gelben Chips – vielleicht ist ein gelber Chips tausend Dollar wert, vielleicht aber auch zweitausend. Ein Mann spielt mit roten Chips. Vielleicht sind das fünfhundert Dollar, vielleicht aber auch tausend. Es ist ein ganz wichtiges Spiel. Jeder spielt hoch, haushoch. Wie kann ich das wissen? Dem Kartengeber hast du das Blut ein wenig ins Gesicht steigen lassen. (Ich war begeistert.) Und der Aufpasser beugt sich auf seinem Stuhl nach vorn. Warum tut er das? Warum ist sein Gesicht ganz, ganz ruhig? Warum glänzen seine Augen so? Warum steigt dem Geber das Blut ins Gesicht? Warum sind alle Männer ganz still? – der Mann mit den gelben Chips? der Mann mit den roten Chips? der Mann mit den weißen Chips? Warum redet keiner von ihnen? Wegen viel, viel Geld. Weil es die letzte Runde ist.«

»Woher weißt du, daß es die letzte Runde ist?« fragte ich.

»Weil gegen den König gesetzt und die Sieben ausgespielt wird«, antwortete er. »Niemand setzt auf andere Karten. Andere Karten sind aus dem Spiel. Jeder spielt dasselbe. Jeder spielt, König verliert, Sieben gewinnt. Vielleicht verliert die Bank zwanzigtausend Dollar, vielleicht gewinnt die Bank. Ja, das Bild verstehe ich.«

»Aber den Ausgang kennst du trotzdem nicht!« rief ich triumphierend aus. »Es ist die letzte Runde, aber die Karten sind noch nicht aufgedeckt. Auf dem Bild werden sie nie aufgedeckt werden. Niemand wird je erfahren, wer gewinnt oder verliert.«

»Und die Männer werden dort sitzen und nie reden«, sagte er, und auf seinem Gesicht wuchsen Verwunderung und Scheu. »Und der Aufpasser wird sich vorbeugen, und dem Kartengeber wird das Blut nicht aus dem Gesicht weichen. Es ist sonderbar. Immer werden sie dort sitzen, immer; und die Karten werden nie aufgedeckt werden.«

»Es ist ein Bild«, sagte ich. »Es ist das Leben. Auch du hast solche Dinge gesehen.«

Er schaute mich grübelnd an; dann sagte er zögernd: »Nein, es hat kein Ende, wie du sagst. Das Ende wird nie jemand erfahren. Aber es ist trotzdem wahr. Ich habe es gesehen. Es ist das Leben.«

Lange zog er schweigend an seiner Pfeife und prüfte das Bilderwissen des weißen Mannes an den Tatsachen des Lebens. Er nickte mehrmals, grunzte ein- oder zweimal. Dann klopfte er die Asche aus dem Pfeifenkopf, stopfte sie sorgfältig neu und zündete sie nach einer bedächtigen Pause von neuem an.

»Dann habe ich auch viele solche Bilder des Lebens gesehen«, begann er. »Nicht gemalt, sondern mit dem Auge gesehen. Ich habe sie gesehen, wie ich durch das Fenster diesen Mann gesehen habe, der einen Brief schreibt. Ich habe viele Bruchstücke des Lebens gesehen, ohne Anfang, ohne Ende und ohne sie zu begreifen.«

Er nahm abrupt eine neue Haltung ein, so daß er mir voll ins Gesicht blickte, und betrachtete mich nachdenklich.

»Gib acht«, sagte er, »du bist ein Maler. Wie würdest du malen, was ich gesehen habe? Ein Bild ohne Anfang und mit einem Ende, das ich nicht verstehe, ein Stück Leben, dem das Nordlicht als Kerze und Alaska als Rahmen dient.«

»Das ist ein großes Bild«, murmelte ich.

Aber er beachtete mich nicht, denn das Bild in seinem Kopf stand ihm ganz lebhaft vor Augen.

»Dieses Bild hat viele Namen«, sagte er. »Aber ich sehe darauf viele Nebensonnen, und ich denke, ich nenne es ›Der Nebensonnenweg‹. Es ist lange her, sieben Jahre, im Herbst '97, da sah ich die Frau zum erstenmal. Ich besaß ein Kanu am Linderman-See, ein sehr gutes Peterborough-Kanu. Ich kam über den Chilcoot-Paß mit zweitausend Briefen für Dawson. Ich war Briefbote. Alle wollten damals ganz schnell nach Klondike. Viele Leute waren unterwegs. Viele Leute fällten die Bäume und bauten sich Boote. Es war das letzte offene Wasser, Schnee in der Luft, Schnee am Boden, Eis auf dem See, auf dem Fluß Eis um die Strudel. Jeden Tag mehr Schnee, mehr Eis. Vielleicht noch einen Tag, vielleicht noch drei Tage, vielleicht sechs – jeden Tag konnte alles zufrieren, dann gab es kein offenes Wasser mehr, nur Eis, jeder mußte zu Fuß gehen, sechshundert Meilen nach Dawson, ein langer, langer Marsch. Mit dem Boot geht es sehr schnell. Jeder will mit dem Boot fahren. Jeder sagt, ›Charley, zweihundert Dollar, nimm mich mit in deinem Kanu‹, ›Charley, dreihundert Dollar‹, ›Charley, vierhundert Dollar‹. Ich sage, nein, immer nein. Ich bin der Briefbote.

Am Morgen komme ich zum Linderman-See. Ich bin die ganze Nacht marschiert; ich bin sehr müde. Ich mache Frühstück, ich esse, ich schlafe drei Stunden am Ufer. Ich wache auf. Es ist zehn Uhr. Schnee fällt. Es weht ein starker, guter Wind. Auch eine Frau ist da, sitzt im Schnee neben mir. Eine weiße Frau, sie ist jung, sehr hübsch, vielleicht fünfundzwanzig Jahre alt. Sie schaut mich an. Ich schaue sie an. Sie ist sehr müde. Sie ist kein Tanzmädchen. Ich sehe das gleich. Sie ist eine anständige Frau, und sie ist sehr müde.

›Du bist Sitka Charley‹, sagt sie. Ich stehe schnell auf und rolle die Decken ein, damit der Schnee draußen bleibt. ›Ich fahre nach Dawson‹, sagt sie. ›Ich fahre in deinem Kanu – wieviel?‹

Ich will niemand in meinem Kanu. Ich sage nicht gern nein. Also sage ich: ›Tausend Dollar.‹ Nur zum Spaß sage ich das, damit die Frau nicht mit mir fahren kann; es ist besser als nein sagen. Sie schaut mich ganz fest an, dann sagt sie: ›Wann fährst du ab?‹ Ich sage, jetzt gleich. Dann sagt sie, einverstanden, und sie wird mir die tausend Dollar geben.

Was soll ich sagen? Ich will die Frau nicht mitnehmen, doch ich habe versprochen, für tausend Dollar kann sie mitkommen. Ich wundere mich. Vielleicht macht sie nur Spaß, also sage ich: ›Ich will die tausend Dollar sehen.‹ Und diese Frau, diese junge Frau, ganz allein unterwegs, dort draußen im Schnee, sie holt tausend Dollar heraus, in echten Scheinen, und gibt sie mir in die Hand. Ich schaue das Geld an, ich schaue sie an. Was kann ich sagen? Ich sage: ›Nein, mein Kanu ist sehr klein. Es hat keinen Platz für Ausrüstung.‹ Sie lacht. Sie sagt: ›Ich bin viel unterwegs. Das ist meine Ausrüstung.‹ Sie stößt mit dem Fuß an ein kleines Bündel im Schnee. Es sind zwei Pelzmäntel, Segeltuch außen, innen ein paar Frauenkleider. Ich hebe es hoch. Vielleicht 35 Pfund. Ich staune. Sie nimmt es wieder an sich. Sie sagt: ›Komm, laß uns fahren.‹ Sie trägt das Bündel zum Boot. Was kann ich sagen? Ich lege meine Decken in das Boot. Wir fahren.

So bin ich der Frau zum erstenmal begegnet. Der Wind war günstig. Ich setzte ein kleines Segel. Das Kanu fuhr sehr schnell, es flog wie ein Vogel über die hohen Wellen. Die Frau hatte große Angst. ›Warum gehst du nach Klondike mit so viel Angst?‹ frage ich. Sie lacht mich an, das ist ein hartes Lachen, aber sie hat immer noch große Angst. Sie ist auch sehr müde. Ich steuere das Boot durch die Stromschnellen in den Bennett-See. Das Wasser ist schlimm, und die Frau schreit, weil sie Angst hat. Wir fahren den Bennett-See hinab, Schnee, Eis, Wind so stark wie ein Sturm, aber die Frau ist sehr müde; sie schläft ein.

Am Abend schlagen wir das Lager in Windy Arm auf. Die Frau sitzt am Feuer und ißt. Ich schaue sie an. Sie ist hübsch. Sie kämmt die Haare. Sie hat viel Haar, es ist braun, manchmal wie Gold im Feuerschein, wenn sie den Kopf dreht – so etwa –, dann leuchtet es wie goldenes Feuer. Die Augen sind groß und braun, manchmal warm wie eine Kerze hinter dem Vorhang, manchmal hart und hell wie zersprungenes Eis im

Sonnenlicht. Wenn sie lächelt – wie soll ich sagen? – ich weiß, wenn sie lächelt, dann will der weiße Mann sie küssen, einfach so, wenn sie lächelt. Sie hat nicht hart gearbeitet, niemals. Ihre Hände sind zart wie die eines Babys. Alles ist zart an ihr, wie ein Baby. Sie ist nicht dünn, sie ist rund wie ein Baby; ihre Arme, ihre Beine, ihre Muskeln, alles rund und zart wie ein Baby. In der Taille ist sie schmal, und wenn sie aufsteht, wenn sie geht, wenn sie den Kopf bewegt oder den Arm, es ist – mir fehlt das Wort dafür –, es ist schön anzusehen wie – vielleicht wie ein Boot, sie ist gebaut wie ein gutes Kanu, ja genau, und wenn sie sich bewegt, tut sie das wie ein gutes Kanu, wenn es durch stilles Wasser gleitet oder durch Stromschnellen und Gischt schießt. Es ist sehr schön anzusehen.

Warum kommt sie nach Klondike, ganz allein, mit viel Geld? Ich weiß es nicht. Am nächsten Tag frage ich sie. Sie lacht und sagt: ›Sitka Charley, das geht dich nichts an. Ich gebe dir tausend Dollar, und du bringst mich nach Dawson. Das geht dich etwas an, sonst nichts.‹ Am folgenden Tag frage ich sie nach ihrem Namen. Sie lacht, dann sagt sie: ›Mary Jones, das ist mein Name.‹ Ich kenne ihren Namen nicht, aber ich weiß die ganze Zeit, Mary Jones ist nicht ihr Name.

Es ist sehr kalt im Kanu, und sie fühlt sich manchmal schlecht, weil es so kalt ist. Manchmal fühlt sie sich gut und singt. Ihre Stimme ist wie eine silberne Glocke, und mir wird so wohl zumute, wie wenn ich in die Missionskirche von Holy Cross gehe, und wenn sie singt, dann habe ich Kraft und paddle wie der Teufel. Dann lacht sie und sagt: ›Glaubst du, wir schaffen es bis Dawson, bevor das Wasser zufriert, Charley?‹ Manchmal sitzt sie im Boot und ist in Gedanken weit weg, mit solchen großen Augen, ganz leer. Sie sieht Sitka Charley nicht, das Eis nicht, den Schnee nicht. Wenn sie in Gedanken weit weg ist, ist ihr Gesicht manchmal nicht schön anzuschauen. Es ist ein böses Gesicht, wie das Gesicht eines Mannes, der einen anderen töten will.

Der letzte Tag nach Dawson ist schrecklich. Randeis um alle Strudel, Eisgrütze in der Strömung. Ich kann nicht paddeln. Das Kanu friert im Eis fest. Ich komme nicht ans Ufer. Große Gefahr. Die ganze Zeit treiben wir von Eis eingeschlossen den Yukon hinunter. In der Nacht kracht das Eis ganz laut. Dann steht das Eis still, das Kanu steht still, alles steht still. ›Laß uns ans Ufer gehen‹, sagt die Frau. Ich sage, nein, besser abwarten. Und dann, ganz langsam, gerät alles wieder flußabwärts in Bewegung. Es schneit sehr stark. Ich kann nichts sehen. Um elf Uhr nachts bleibt alles stehen. Um ein Uhr geht es wieder. Um drei Uhr ist wieder Schluß. Das Boot wird zerquetscht wie eine Eierschale, aber es liegt auf dem Eis und kann nicht sinken. Ich höre Hunde heulen. Wir warten. Wir schlafen. Der Morgen kommt, langsam. Kein Schnee mehr. Jetzt friert das Wasser ganz zu, und da ist Dawson vor uns. Das Kanu kaputt, aber genau bei Dawson. Sitka Charley ist gekommen, mit zweitausend Briefen, bevor alles zufriert.

Die Frau mietet eine Hütte auf dem Hügel, und eine Woche lang sehe ich sie nicht mehr. Dann, eines Tages, kommt sie zu mir. ›Charley‹, sagt sie, ›willst du für mich arbeiten? Du führst die Hunde, schlägst das Lager auf, fährst mit mir.‹ Ich sage, daß ich dafür zuviel Geld mit meinen Briefen verdiene. Sie sagt: ›Charley, ich gebe dir mehr Geld.‹ Ich sage ihr, daß die Hauer in den Goldminen fünfzehn Dollar am Tag bekommen. Sie sagt: ›Das sind vierhundertfünfzig Dollar im Monat.‹ Und ich sage: ›Sitka Charley ist kein Hauer.‹ Dann sagt sie: ›Ich verstehe, Charley. Ich werde dir siebenhundertfünfzig Dollar pro Monat geben.‹ Es ist ein guter Preis, und ich will für sie arbeiten. Ich kaufe ihr Hunde und den Schlitten. Wir fahren den Klondike hinauf, nach Bonanza und Eldorado, hinüber zum Indian River, zum

Sulphur Creek, nach Dominion, zurück über die Wasserscheide nach Gold Bottom und Too Much Gold, und zurück nach Dawson. Sie sucht etwas, immer, und ich weiß nicht was. Ich möchte es wissen. ›Was suchen Sie eigentlich?‹ frage ich. Sie lacht. ›Suchen Sie Gold?‹ frage ich. Sie lacht. Dann sagt sie: ›Das geht dich nichts an, Charley.‹ Und danach frage ich nie mehr.

Sie hat einen kleinen Revolver, den sie im Gürtel trägt. Manchmal, unterwegs, übt sie mit dem Revolver. Ich lache. ›Warum lachst du, Charley?‹ fragt sie. ›Warum spielen Sie damit?‹ sage ich. ›Der ist nutzlos, viel zu klein, er ist für ein Kind, ein Spielzeug.‹ Als wir nach Dawson zurückkommen, sagt sie, ich soll ihr einen guten Revolver kaufen. Ich kaufe einen 44er Colt. Er ist sehr schwer, aber sie trägt ihn immer im Gürtel.

In Dawson kommt der Mann. Ich weiß nicht woher. Ich weiß nur, daß er ein *che-cha-quo* ist – ihr nennt das Greenhorn. Er hat zarte Hände, genau wie sie. Er arbeitet nicht schwer. Er ist am ganzen Körper zart. Zuerst denke ich, er ist vielleicht ihr Mann. Aber er ist zu jung. Sie schlafen auch in getrennten Betten. Er ist vielleicht zwanzig Jahre alt. Seine Augen sind blau, seine Haare sind blond, er hat einen kleinen blonden Schnurrbart. Er heißt John Jones. Er ist vielleicht ihr Bruder. Ich weiß es nicht. Ich frage nicht mehr. Nur, ich denke, sein Name ist nicht John Jones. Andere Leute nennen ihn Mr. Girvan. Ich glaube, das ist auch nicht sein richtiger Name. Und sie ist nicht Miss Girvan, wenn auch alle sie so ansprechen.

Eines Nachts in Dawson: ich schlafe. Er weckt mich. Er sagt: ›Hol die Hunde; wir fahren.‹ Ich frage nicht mehr, also hole ich die Hunde, und wir brechen auf. Wir fahren den Yukon hinab. Es ist Nacht, es ist November, und es ist sehr kalt – 54 Grad unter Null. Sie ist zart. Er ist zart. Die Kälte schneidet. Sie werden müde. Sie weinen leise vor sich hin. Ich sage etwas später: ›Wir halten besser an und schlagen ein Lager auf.‹ Aber sie sagen, sie wollen weiter. Dreimal sage ich, es ist besser, das Lager aufzuschlagen und zu rasten, aber jedesmal lehnen sie ab. Dann sage ich nichts mehr. Die ganze Zeit, Tag für Tag, geht es so. Sie sind sehr zart. Sie werden steif und wund. Sie können in den Mokassins nicht laufen, und ihre Füße schmerzen sehr. Sie humpeln, sie taumeln wie Betrunkene, sie weinen vor sich hin; und immer sagen sie: ›Weiter! Weiter! Wir fahren weiter!‹

Sie sind wie Verrückte. Die ganze Zeit weiter und weiter. Warum tun sie das? Ich weiß es nicht. Nur, daß es kein Halten gibt. Was suchen sie? Ich weiß es nicht. Sie sind nicht hinter Gold her. Nirgendwo gibt es einen Goldrausch. Außerdem geben sie viel Geld aus. Aber ich frage nichts mehr. Auch ich mache weiter, immer weiter, weil ich stark bin in der Spur und weil man mir viel Geld bezahlt.

Wir kommen nach Circle City. Das, was sie suchen, ist nicht da. Ich glaube jetzt, daß wir und die Hunde rasten werden. Aber wir rasten nicht, nicht einen Tag. ›Komm‹, sagt die Frau zu dem Mann, ›laß uns weiterfahren.‹ Und es geht weiter. Wir verlassen den Yukon. Wir überqueren die Wasserscheide im Westen und fahren hinunter ins Tanana-Land. Dort gibt es neue Schürfplätze. Doch was sie suchen, ist nicht dort, und wir kehren nach Circle City zurück.

Es ist eine mühselige Reise. Der Dezember ist fast vorüber. Die Tage sind kurz. Es ist sehr kalt. An einem Morgen ist es 57 Grad unter Null. ›Es ist besser, heute nicht zu fahren‹, sage ich, ›die Luft erwärmt sich nicht genug beim Einatmen und frißt an den Rändern unserer Lungen. Dann bekommen wir einen schlimmen Husten und im Frühjahr vielleicht eine Lungenentzündung.‹ Aber sie sind *che-cha-quo*. Sie verstehen nichts vom Weg durch die Wildnis. Sie sind sterbensmüde, aber sie sagen: ›Laß uns weiterfahren.‹ Wir fahren weiter. Der Frost frißt an ihren Lungen, und sie bekommen den trockenen Husten. Sie husten, bis ihnen die Tränen herunterlaufen. Wenn wir den Speck braten, dann müssen sie vom Feuer wegrennen und sich eine halbe Stunde draußen im Schnee aushusten. Die Haut auf den Backen erfriert, bis sie schwarz wird und ganz wund. Der Mann hat jetzt auch einen erfrorenen Daumen, der an der Spitze abstirbt, und er muß ihn im Fäustling zusätzlich umwickeln, um ihn warmzuhalten. Und manchmal, wenn die Kälte schneidend und der Daumen zu kalt wird, dann muß er den Fäustling herunternehmen und die Hand zwischen die Beine auf die bloße Haut legen, damit der Daumen wieder warm werden kann.

Wir humpeln nach Circle City hinein, und sogar ich, Sitka Charley, bin müde. Es ist der Weihnachtsabend. Ich tanze, trinke, ich habe viel Spaß, denn morgen ist Feiertag, und wir werden ruhen. Aber nein. Es ist fünf Uhr morgens – am Weihnachtsmorgen. Ich schlafe seit zwei Stunden. Der Mann steht neben meinem Bett. ›Komm, Charley‹, sagt er, ›spann die Hunde an. Wir brechen auf.‹

Habe ich nicht gesagt, daß ich nicht mehr frage? Sie zahlen mir siebenhundertfünfzig Dollar jeden Monat. Sie sind meine Herren. Ich bin in ihren Diensten. Wenn sie sagen: ›Charley, komm, wir wollen in die Hölle fahren‹, dann spanne ich die Hunde an, knalle mit der Peitsche und fahre in die Hölle. So spanne ich die Hunde an, und wir fahren den Yukon hinab. Wohin fahren wir? Sie sagen es nicht. Sie sagen nur: ›Weiter! Weiter! Wir fahren weiter!‹

Sie sind sehr erschöpft. Sie haben viele hundert Meilen hinter sich, und sie verstehen nichts vom Weg durch die Wildnis des Nordens. Und ihr Husten ist noch schlimmer geworden, der trockene Husten, der starke Männer zum Fluchen bringt und schwache Männer zum Weinen. Aber sie fahren weiter. Jeden Tag fahren sie weiter. Nie dürfen die Hunde ruhen. Immer kaufen sie neue Hunde. In jedem

Lager, an jedem Handelsposten, in jedem Indianerdorf schneiden sie die Riemen der alten Hunde durch und spannen neue ein. Sie haben viel Geld, Geld ohne Ende, und es rinnt ihnen wie Wasser durch die Finger. Sind sie verrückt? Manchmal glaube ich das, denn sie haben einen Teufel im Leib, der sie vorantreibt, immer nur voran. Was wollen sie finden? Es ist nicht das Gold. Sie graben nie im Boden. Ich denke lange nach. Dann denke ich, es ist ein Mann, den sie finden wollen. Aber was für ein Mann? Nie sehen wir ihn. Doch sie sind wie Wölfe auf der Spur der Beute. Aber komische Wölfe, zarte Wölfe, Wolfsjunge, die nichts vom Weg durch die Wildnis verstehen. Sie schreien nachts im Schlaf. Auch im Schlaf noch läßt sie die qualvolle Erschöpfung seufzen und stöhnen. Und am Tag, wenn sie in der Spur taumeln, dann weinen sie vor sich hin. Komische Wölfe sind sie.

Wir fahren durch Fort Yukon. Wir fahren durch Fort Hamilton. Wir fahren durch Minook. Der Januar ist gekommen und fast vorbei. Die Tage sind sehr kurz. Um neun kommt das Licht. Um drei kommt die Dunkelheit. Und es ist kalt. Und sogar ich, Sitka Charley, bin müde. Werden wir endlos weiterfahren? Ich weiß es nicht. Doch immer halte ich unterwegs Ausschau nach dem, was sie suchen. Wir treffen kaum Menschen. Manchmal fahren wir hundert Meilen und sehen keine Spur von Leben. Man hört keinen Laut. Manchmal schneit es, und wir verwandeln uns in Gespenster. Manchmal ist es klar, und die Sonne blinzelt uns einen Augenblick über die Höhen im Süden hinweg an. Das Nordlicht flammt am Himmel, die Nebensonnen tanzen, und in der Luft schwebt flirrend der Frost.

Ich bin Sitka Charley, ein starker Mann. Ich bin auf dem Trail geboren, all meine Tage habe ich dort verbracht. Und doch haben mich diese beiden Jung-Wölfe müde gemacht. Ich bin abgemagert wie eine halbverhungerte Katze, und nachts bin ich froh über mein Bett, und am Morgen bin ich schrecklich müde. Denn wir sind immer schon vor dem Tageslicht unterwegs, und die hereinbrechende Dunkelheit findet uns noch in der Spur. Diese beiden Wolfsjungen! Wenn ich wie eine halbverhungerte Katze bin, dann sind sie wie tote Katzen, die nie gefressen haben. Ihre Augen liegen tief in den Höhlen und glänzen manchmal wie im Fieber, dann wieder sind sie ohne Glanz und gebrochen wie Totenaugen. Ihre Wangen sind so hohl wie ausgehöhlte Klippen. Schwarz sind sie und wund bis aufs Fleisch von den Erfrierungen. Manchmal, am Morgen, ist es die Frau, die sagt: ›Ich kann nicht aufstehen. Ich kann mich nicht rühren. Laß mich sterben.‹ Und der Mann steht an ihrer Seite und sagt: ›Komm, laß uns weiterfahren.‹ Und dann fahren sie weiter. Manchmal ist es der Mann, der nicht aufstehen kann, und die Frau sagt: ›Komm, laß uns weiterfahren.‹ Und sie schaffen es immer. Immer geht es weiter.

An den Handelsposten warten manchmal Briefe auf sie. Ich weiß nicht, was in den Briefen steht. Aber damit nehmen sie die Witterung auf, die Briefe selbst sind die Witterung. Einmal gibt ein Indianer ihnen einen Brief. Ich rede heimlich mit ihm. Er sagt, ein Mann mit einem Auge habe ihm den Brief gegeben, ein Mann, der sehr schnell den Yukon hinabfuhr. Das ist alles. Aber ich weiß, daß die Jung-Wölfe den Mann mit einem Auge verfolgen.

Es ist Februar, und wir sind fünfzehnhundert Meilen gefahren. Wir nähern uns der Bering-See, und es gibt Stürme und Schneestürme. Es geht kaum voran. Wir kommen nach Anvig. Ich weiß nicht, aber bestimmt haben sie einen Brief in Anvig bekommen, denn sie sind sehr aufgeregt, und sie sagen: ›Komm, schnell, laß uns weiterfahren.‹ Ich sage aber, wir müssen Proviant kaufen, und sie sagen, wir dürfen uns damit jetzt nicht belasten. Sie sagen auch, daß wir Proviant bei Charley McKeon bekommen können. Jetzt weiß ich, daß sie die große Abkürzung nehmen, denn McKeons Hütte steht dort, wo die Spur am Schwarzen Felsen vorbeiführt.

Bevor wir aufbrechen, rede ich vielleicht zwei Minuten mit dem Pfarrer in Anvig. Ja, es gibt einen Mann mit einem Auge, der vorbeigekommen ist und sehr schnell reist. Und ich weiß, das, was sie suchen, ist der Mann mit einem Auge. Wir fahren mit wenig Proviant aus Anvig fort, wir sind leicht und kommen sehr gut voran. Wir haben in Anvig drei frische Hunde gekauft, und wir sind sehr schnell. Der Mann und die Frau sind wie verrückt. Wir brechen noch früher am Morgen auf, wir fahren noch tiefer in die Nacht hinein. Ich denke manchmal, ich sehe sie sterben, diese zwei Jung-Wölfe, aber sie wollen nicht sterben. Sie fahren weiter und weiter. Wenn der trockene Husten über sie kommt, dann pressen sie die Hände vor den Leib und krümmen sich im Schnee und husten und husten und husten. Sie können nicht gehen, sie können nicht sprechen. Sie husten vielleicht zehn Minuten, vielleicht eine halbe Stunde. Sie richten sich wieder auf, die Tränen vom Husten frieren fest auf ihrem Gesicht, und dann sagen sie: ›Komm, laß uns weiterfahren.‹

Sogar ich, Sitka Charley, bin sehr erschöpft, und ich denke, siebenhundertfünfzig Dollar, das ist billig für meine furchtbaren Mühen. Wir nehmen die Abkürzung, und die Spur ist frisch. Die kleinen Wölfe haben die Nase auf der Spur und sie sagen: ›Schnell!‹ Immer sagen sie: ›Schnell! Schneller! Schneller!‹ Es ist schlimm für die Hunde. Wir haben nicht viel zu essen, wir können ihnen nicht genug geben; sie werden schwach. Und sie müssen schwer arbeiten. Die Frau hat wirklich Mitleid mit ihnen und oft Tränen in den Augen. Aber der Teufel, der sie vorantreibt, erlaubt keinen Halt und keine Rast für die Hunde.

Und dann holen wir den Mann mit dem einen Auge ein. Er liegt im Schnee, neben der Spur, und sein Bein ist gebrochen. Deshalb ist es nur ein Notlager, in dem er seit drei Tagen auf seinen Decken liegt und ein Feuer unterhält. Wir finden ihn, und er flucht die ganze Zeit. Er flucht höllisch. Ich habe nie einen Mann gehört, der so flucht. Ich bin froh. Jetzt haben sie gefunden, was sie suchen, jetzt werden wir rasten. Aber die Frau sagt: ›Laß uns aufbrechen. Schnell!‹

Ich staune. Doch der Mann mit einem Auge sagt: ›Kümmert euch nicht um mich. Gebt mir euren Proviant. Ihr bekommt morgen mehr bei McKeons Hütte. Schickt McKeon zurück zu mir. Fahrt weiter.‹ Auch er ist ein Wolf, ein alter Wolf, und auch er hat nur den einen Gedanken: weiterzukommen. Also geben wir ihm unseren Proviant, es ist nicht viel, und wir schlagen Holz für sein Feuer, und wir nehmen seine stärksten Hunde und fahren weiter. Wir haben den Mann mit dem einen Auge dort im Schnee zurückgelassen, und er ist dort im Schnee gestorben, denn McKeon hat ihn nicht geholt. Und wer der Mann war, und was er dort wollte, das weiß ich nicht. Aber ich glaube, der Mann und die Frau haben ihn sehr gut bezahlt, wie mich, damit er ihre Arbeit tut.

An diesem Tag und in dieser Nacht hatten wir nichts zu essen, den ganzen nächsten Tag sind wir schnell gefahren, und wir waren schwach vor Hunger. Wir sind zum Schwarzen Felsen gekommen, einhundertfünfzig Meter hoch steht er über der Spur. Der Tag ging zu Ende. Die Dunkelheit brach herein, und wir konnten die Hütte von McKeon nicht finden. Wir sind hungrig eingeschlafen, und am nächsten Morgen haben wir nach der Hütte gesucht. Sie war nicht da; das war seltsam, denn jedermann wußte, daß McKeon in einer Hütte am Schwarzen Felsen wohnte. Wir waren nah an der Küste, wo der Wind pfeift und viel Schnee liegt. Überall waren Schneehaufen, die der Wind zusammengetrieben hat. Ich habe eine Idee. Ich grabe in einer Schneewehe und in noch einer. Bald stoße ich auf die Wände der Hütte, und ich grabe mich nach unten zur Tür durch. Ich gehe hinein. McKeon ist tot. Seit zwei Wochen vielleicht oder drei. Er ist krank geworden, und er hat nicht hinausgekonnt. Der Wind hat die Hütte mit Schnee zugedeckt. Er hatte alles aufgegessen und war gestorben. Ich habe in seinem Vorratslager gesucht, aber es war leer.

›Laß uns weiterfahren‹, hat die Frau gesagt. Sie hat hungrige Augen gehabt und eine Hand auf ihr Herz gepreßt, als ob drinnen ein Schmerz wäre. Sie ist hin und her geschwankt wie ein Baum im Wind. ›Ja, laß uns weiterfahren‹, hat der Mann gesagt. Seine Stimme klang hohl wie ein alter Rabe krächzt, und durch den Hunger war er von Sinnen. Seine Augen waren wie glühende Kohlen, und sein Körper taumelte hin und her und in seinem Körper die Seele. Auch ich habe gesagt: ›Laßt uns weiterfahren.‹ Denn dieser eine Gedanke hat mich fünfzehnhundert Meilen wie Peitschenhiebe vorangetrieben, er war in meine Seele eingebrannt, und ich glaube, auch ich war verrückt. Außerdem blieb uns nichts anderes übrig, denn es gab keinen Proviant. Und wir fuhren weiter und verschwendeten keinen Gedanken an den einäugigen Mann im Schnee.

Auf der großen Abkürzung ist wenig Verkehr. Manchmal ist zwei oder drei Monate niemand unterwegs. Der Schnee hatte die Spur zugedeckt, und es gab kein Zeichen, daß je ein Mensch hier vorbeigekommen war. Es stürmte und schneite den ganzen Tag lang, und den ganzen Tag lang sind wir gefahren. Unser Magen hat an seinem Hunger genagt, und unser Körper ist schwächer geworden mit jedem Schritt. Erst fing die Frau an zu stürzen, dann der Mann. Ich bin nicht hingefallen, aber meine Füße waren schwer und immer im Weg, und ich bin viele Male gestolpert.

In dieser Nacht geht der Februar zu Ende. Ich schieße drei Schneehühner mit dem Revolver der Frau, und wir werden wieder ein wenig kräftiger. Aber die Hunde haben nichts zu fressen. Sie versuchen, die Zugriemen zu fressen, sie sind aus Leder und Walroßhaut. Ich muß sie wegprügeln und das Geschirr an einen Baum hängen. Die ganze Nacht heulen sie unter dem Baum und kämpfen miteinander. Wir kümmern uns nicht darum. Wir schlafen wie Tote, und am Morgen stehen wir auf wie Tote aus dem Grab, und dann fahren wir weiter.

Dieser Morgen ist der erste März; ich sehe an diesem Tag das erste Anzeichen dessen, was die Jung-Wölfe suchen. Es ist ein klarer Tag und kalt. Die Sonne steht länger am Himmel, und auf beiden Seiten flammen die Nebensonnen. Die Luft glitzert vom Frost. Kein Schnee fällt mehr auf den Trail, und ich sehe frische Spuren von Hunden und von einem Schlitten. Ein Mann ist dabei, und im Schnee kann ich sehen, daß er nicht stark ist. Auch er hat zu wenig zu essen. Die jungen Wölfe sehen die frischen Spuren wie ich, und sie sind ganz aufgeregt. ›Schnell!‹ sagen sie. Die ganze Zeit sagen sie: ›Schnell! Schneller, Charley, schneller!‹

Wir kommen nur langsam voran. Der Mann stürzt immerzu und auch die Frau. Wenn sie auf dem Schlitten sitzen wollen, dann sind die Hunde zu schwach und stürzen. Es ist auch so kalt, daß sie erfrieren müßten, wenn sie auf dem Schlitten mitfahren. Ein hungriger Mensch erfriert sehr leicht. Wenn die Frau stürzt, hilft ihr der Mann. Dann wieder hilft die Frau ihm. Schließlich fallen sie beide in den Schnee und können nicht mehr aufstehen; dann muß ich ihnen immer wieder aufhelfen, sonst bleiben sie liegen und müssen dort im Schnee sterben. Es ist eine schreckliche Plage, denn ich bin sehr müde, und ich muß auch die Hunde antreiben, und ohne Kraft in ihren Körpern sind der Mann und die Frau sehr schwer. So beginne auch ich, in den Schnee zu fallen, und keiner hilft mir. Ich stehe immer allein auf und helfe ihnen und treibe die Hunde vorwärts.

An diesem Abend schieße ich ein Schneehuhn, und wir sind sehr hungrig. Und an demselben Abend sagt der Mann zu mir: ›Charley, wann brechen wir auf, morgen früh?‹ Er spricht wie ein Gespenst. Ich sage: ›Die ganze Zeit haben Sie gesagt, um fünf Uhr.‹ – ›Morgen‹, sagt er, ›brechen wir um drei Uhr auf.‹ Ich lache bitter und sage: ›Sie sind ein toter Mann.‹ Und er sagt: ›Morgen früh um drei.‹

Und um drei Uhr morgens brechen wir auf, denn ich bin in ihren Diensten, und was sie mir auftragen, das tue ich. Es ist klar und kalt, kein Wind. Als der Tag kommt, können wir weit sehen. Es ist ganz still. Kein Laut ist zu hören, nur unser Herzklopfen; und in der Stille ist es ein Dröhnen. Wir sind Schlafwandler, wir wandeln wie im Traum, bis wir fallen; dann wissen wir, wir müssen aufstehen, und wir sehen wieder die Spur, und wir hören unser Herz klopfen. Manchmal habe ich seltsame Gedanken, wenn ich so gehe wie im Traum. Warum lebt Sitka Charley? frage ich. Warum arbeitet Sitka Charley hart und hungert und erträgt diese Qualen? Ich gebe mir selbst die Antwort, für siebenhundertfünfzig Dollar im Monat, und ich weiß, es ist eine dumme Antwort. Es ist auch eine wahre Antwort. Und niemals mehr danach ist für mich Geld wichtig gewesen. Ich bin nämlich weise geworden an diesem Tag. Alles wurde hell, und ich sah alles ohne Schleier; ich wußte, ein Mensch darf nicht für das Geld leben, sondern für das Glück, das kein Mensch verschenken, kaufen oder verkaufen kann, das mehr wert ist als alles Geld auf der Welt.

Am Morgen erreichen wir das Lager, das der Mann vor uns in der letzten Nacht aufgeschlagen hat. Es ist ein schlechtes Lager, wie von einem Mann, der Hunger hat und keine Kraft mehr. Im Schnee liegen Fetzen von Decken und Leinen, und ich weiß, was geschehen ist. Seine Hunde haben ihre Riemen aufgefressen, und er hat aus seinen Decken neue gemacht. Der Mann und die Frau starren auf das, was zu sehen ist, und wenn ich sie betrachte, fröstelt es mich, wie wenn ein kalter Wind über die bloße Haut streicht. Die schreckliche Qual und der Hunger haben ihren Augen den Verstand genommen; sie brennen wie Feuer tief in ihrem Kopf. Ihr Gesicht ist das Gesicht von Menschen, die vor Hunger gestorben sind, und von den Erfrierungen ist das Fleisch ihrer Wangen schwarz geworden und abgestorben. ›Laß uns weiterfahren‹, sagt der Mann. Doch die Frau hustet und stürzt in den Schnee. Es ist der trockene Husten, wenn der Frost an den Lungen frißt. Sie hustet lange Zeit, dann kommt sie mühsam auf die Füße, wie eine Frau, die aus ihrem Grab kriecht. Die Tränen sind Eis auf ihren Wangen, der Atem rasselt, und sie sagt: ›Laß uns weiterfahren.‹

Wir fahren weiter. Wir gehen wie im Traum durch die Stille. Und immer, wenn wir gehen, ist es ein Traum, und wir sind ohne Schmerz; und immer, wenn wir stürzen, ist es ein Erwachen, und wir sehen den Schnee und die Berge und die frische Spur des Mannes vor uns, und wir spüren wieder allen Schmerz. Wir kommen zu einer Stelle, wo wir weit über das Schneefeld blicken können, und das, was sie suchen, ist vor ihnen. Eine Meile vor uns, schwarze Punkte im Schnee. Sie bewegen sich. Meine Augen sind trübe, und ich muß meine Seele festhalten, damit ich sehen kann. Ich sehe einen Mann mit Hunden und einem Schlitten. Die jungen Wölfe sehen es auch. Mann und Frau können nicht mehr reden, aber sie flüstern: ›Weiter, weiter. Wir müssen schnell machen!‹

Sie stürzen, doch sie gehen weiter. Der Mann vor uns muß oft haltmachen und die Zugriemen aus Deckenstreifen flikken, weil sie reißen. Unsere Riemen sind gut, denn ich habe sie jede Nacht in einen Baum gehängt. Es ist elf Uhr, der Mann ist eine halbe Meile entfernt. Um eins hat der Mann noch eine Viertelmeile Vorsprung. Er ist sehr schwach. Wir sehen ihn mehrmals in den Schnee sinken. Einer seiner Hunde kann nicht mehr ziehen, er schneidet ihn aus dem Geschirr. Doch er tötet ihn nicht. Ich töte ihn mit der Axt, als ich vorbeigehe; ich töte auch einen von unseren Hunden, weil er nicht mehr mithält und nicht mehr laufen kann.

Es sind jetzt noch dreihundert Meter bis zu dem Mann. Wir kommen sehr langsam vorwärts. In zwei oder drei

Stunden schaffen wir vielleicht eine Meile. Wir gehen nicht. Wir fallen die ganze Zeit. Wir stehen auf, wir torkeln zwei Schritte, drei Schritte vielleicht, dann stürzen wir wieder. Ich helfe dem Mann und der Frau, die ganze Zeit. Sie richten sich auf, manchmal nur bis auf die Knie und fallen vornüber, vielleicht vier-, fünfmal, ehe sie auf die Füße kommen; sie stolpern dann zwei, drei Schritte und stürzen wieder. Aber sie stürzen immer nach vorn. Im Stehen und im Knien, sie fallen immer nach vorn, sie gewinnen der Spur ihre Körperlänge ab, jedesmal.

Sie kriechen manchmal auf allen vieren wie die Tiere im Wald. Wir kommen voran wie Schnecken, wie sterbende Schnecken, so langsam sind wir. Und doch sind wir schneller als der Mann vor uns. Denn auch er stürzt immer wieder, und kein Sitka Charley hebt ihn auf. Er ist keine zweihundert Meter mehr vor uns. Nach langer Zeit ist er hundert Meter vor uns.

Es ist ein lächerlicher Anblick. Ich möchte laut herausplatzen, ha! ha!, es ist so lächerlich. Es ist ein Rennen zwischen toten Menschen und toten Hunden. Es ist wie in einem Alptraum, wenn man um sein Leben läuft und nicht von der Stelle kommt. Der Mann bei mir ist verrückt. Die Frau ist verrückt. Ich bin verrückt. Die ganze Welt ist verrückt; ich will lachen, es ist so komisch.

Der Fremde vor uns läßt seine Hunde zurück und geht allein weiter durch den Schnee. Nach langer Zeit kommen wir an den Hunden vorbei. Sie liegen hilflos im Schnee, das Zuggeschirr aus Decken- und Segeltuchfetzen auf dem Rükken, der Schlitten hinter ihnen, und als wir vorbeigehen, da jaulen sie und jammern wie hungrige Säuglinge.

Auch wir trennen uns jetzt von den Hunden und gehen allein weiter durch den Schnee. Der Mann und die Frau sind fast am Ende, sie stöhnen und seufzen und schluchzen, aber sie gehen weiter. Ich auch. Ich habe nur einen Gedanken. Ich will den Fremden einholen. Dann werde ich Ruhe haben, dann kann ich rasten, und ich meine, dann muß ich mich hinlegen und tausend Jahre schlafen, so müde bin ich.

Der Fremde ist fünfzig Meter entfernt, ganz allein im weißen Schnee. Er stürzt, kriecht, taumelt, stürzt und kriecht wieder. Er ist wie ein weidwundes Tier, das dem Jäger entkommen will. Nach einiger Zeit kriecht er nur noch auf allen vieren. Er steht nicht mehr auf. Der Mann und die Frau gehen auch nicht mehr aufrecht. Sie kriechen ihm auf allen vieren nach. Nur ich gehe aufrecht. Ich falle manchmal, aber ich stehe immer wieder auf.

Es ist ein seltsamer Anblick. Ringsherum ist der Schnee und die Stille, und mitten darin kriechen der Mann und die Frau und der Mann vor ihnen. Zu beiden Seiten der Sonne steht eine Nebensonne, so daß drei Sonnen am Himmel sind. Der pudrige Frost in der Luft ist wie Diamantenstaub, er schwebt überall. Jetzt hustet die Frau, sie liegt still im Schnee, bis der Anfall vorübergeht, jetzt kriecht sie weiter. Der Mann schaut nun nach vorn, seine Augen sind wie vom Alter getrübt, und er muß sie sich reiben, damit er den Fremden sehen kann. Und jetzt blickt der Fremde über die Schulter zurück. Und Sitka Charley steht aufrecht, er stürzt vielleicht, steht aber wieder auf.

Nach langer Zeit hört der Fremde auf zu kriechen. Er stellt sich zögernd auf die Füße und wankt vor und zurück. Er zieht einen Fäustling herunter und wartet mit dem Revolver in der Hand; er schwankt vor und zurück und wartet. Sein Gesicht ist Haut und Knochen und schwarzgefroren. Es ist ein hungriges Gesicht. Die Augen sind tief in den Schädel gesunken, er fletscht die Zähne. Der Mann und die Frau stehen jetzt auch auf und gehen ganz langsam auf ihn zu. Ringsherum ist der Schnee und die Stille. Am Himmel stehen drei Sonnen, und funkelnder Diamantenstaub schwebt in der Luft.

So habe ich, Sitka Charley, mitangesehen, wie die Wolfsjungen ihre Beute erlegten. Kein Wort wird gesprochen. Nur der Fremde zeigt die Zähne in seinem hungrigen Gesicht. Er wankt vor und zurück, die Schultern hängen, die Knie biegen sich durch, und er steht breitbeinig, damit er nicht fällt. Der Mann und die Frau bleiben stehen, vielleicht fünzig Meter entfernt. Auch sie stellen die Füße weit auseinander, damit sie nicht fallen, und ihre Körper schwanken. Der Fremde ist sehr schwach. Sein Arm zittert; als er auf den Mann schießt, fährt die Kugel in den Schnee. Der Mann bekommt seinen Fäustling nicht herunter. Der Fremde schießt wieder auf ihn, und die Kugel saust über ihn hinweg. Dann nimmt der Mann den Fäustling zwischen die Zähne und zieht ihn von der Hand. Aber seine Hand ist erfroren, sie hält den Revolver nicht, und er fällt in den Schnee. Ich schaue die Frau an. Sie hat den Handschuh ausgezogen, und der schwere Colt liegt in ihrer Hand. Dreimal schießt sie, rasch, ohne zu zögern. Das hungrige Gesicht des Fremden zeigt immer noch die Zähne, als er vornüber in den Schnee fällt.

Sie schauen den Toten nicht an. ›Laß uns weitergehen‹, sagen sie. Und wir gehen weiter. Aber jetzt, wo sie gefunden haben, was sie suchen, sind sie wie Tote. Der letzte Rest ihrer Kraft hat sie verlassen. Sie können sich nicht mehr auf den Füßen halten. Sie wollen nicht kriechen, sie haben nur einen Wunsch, die Augen zu schließen und zu schlafen. Ganz in der Nähe sehe ich einen guten Platz, um zu lagern. Ich trete sie. Ich habe meine Hundepeitsche und schlage sie. Sie schreien auf, aber sie müssen kriechen. Und sie kriechen wirklich zum Lagerplatz. Ich mache ein Feuer, damit sie nicht erfrieren. Dann kehre ich um wegen des Schlittens. Ich töte die Hunde des Fremden, damit wir zu essen haben und nicht sterben müssen. Ich hülle den Mann und die Frau in Decken, und sie schlafen. Manchmal wecke ich sie und gebe ihnen ein wenig zu essen. Sie wachen nicht auf, aber sie nehmen, was ich ihnen gebe. Die Frau schläft anderthalb Tage. Dann wacht sie auf und schläft wieder ein. Der Mann schläft zwei Tage, wacht auf und schläft wieder ein. Dann fahren wir hinunter an die Küste von St. Michaels. Und als das Eis auf der Bering-See aufbricht, fahren der Mann und die Frau mit dem Dampfschiff davon. Doch erst geben sie mir siebenhundertfünfzig Dollar für einen Monat. Sie schenken mir auch tausend Dollar. In diesem Jahr hat Sitka Charley der Mission in Holy Cross viel Geld gegeben.«

»Aber warum haben sie den Mann getötet?« fragte ich.

Sitka Charley ließ sich mit seiner Antwort Zeit, bis er seine Pfeife wieder angezündet hatte. Er warf einen Blick auf das Bild aus dem *Polizei-Anzeiger* und nickte ihm zu wie einem alten Bekannten. Dann sagte er langsam und bedächtig:

»Ich habe viel nachgedacht. Ich weiß es nicht. Es ist etwas, das geschehen ist. Es ist ein Bild in meiner Erinnerung. Es ist, wie wenn man durch das Fenster schaut und sieht, wie der Mann seinen Brief schreibt. Sie sind in mein Leben getreten und aus meinem Leben hinausgegangen, und das Bild ist, wie ich gesagt habe, ohne Anfang und endet ohne eine Erklärung.«

»Du hast beim Erzählen viele Bilder gemalt«, sagte ich.

»So ist es.« Er nickte. »Aber sie waren ohne Anfang und ohne Ende.«

»Das letzte Bild hatte ein Ende«, sagte ich.

»So ist es«, erwiderte er. »Aber was für ein Ende?«

»Es war ein Stück Leben«, sagte ich.

»So ist es«, antwortete er. »Es war ein Stück Leben.«

DIE WEISHEIT DES WEGS

Sitka Charley hatte das Unmögliche erreicht. Andere Indianer mochten ebensoviel von der Weisheit des Wegs durch die Wildnis wissen wie er; aber er allein verfügte über die Weisheit des weißen Mannes, die Ehre des Wegs und das Gesetz. Doch waren ihm diese Dinge nicht an einem Tag zugefallen. Der Verstand des Eingeborenen findet nur langsam zum Allgemeinen, und zum Verstehen bedarf er vieler Fakten in mannigfacher Wiederholung. Umstände hatten Sitka Charley von Kindheit an fortwährend mit Weißen zusammenkommen lassen, und als Mann hatte er die Entscheidung getroffen, seine Geschicke mit den ihren zu verbinden, indem er seinem eigenen Volk endgültig den Rücken kehrte. Selbst dann mußte er, der ihre Macht respektierte, ja beinahe verehrte und darüber ins Grübeln kam, ihren verborgenen Kern erst noch ertasten – die Ehre und das Gesetz. Und nur was er in Jahren eigener Anschauung an Einsichten gesammelt hatte, ließ ihn am Ende verstehen. Da er von anderer Art war, reichte sein Wissen, nachdem er es einmal erworben hatte, tiefer als das des weißen Mannes selbst; da er Indianer war, hatte er das Unmögliche erreicht.

Aus all dem war ihm für sein eigenes Volk eine gewisse Verachtung erwachsen, die er gewöhnlich zu verbergen trachtete. Jetzt aber machte sie sich in dem vielzüngigen Wirbelwind von Flüchen Luft, die auf das Haupt von Kah-Chucte und Gowhee niederprasselten. Sie duckten sich vor ihm wie ein Paar zähnefletschender Wolfshunde, zu feige, den Sprung zu wagen, zu wölfisch, ihre Fänge nicht zu zeigen. Sie waren keine schönen Kreaturen. Auch Sitka Charley nicht. Alle drei waren schrecklich anzusehen. Sie hatten fleischlose Gesichter; ihre Backenknochen waren über und über mit scheußlichem Schorf bedeckt, den der scharfe Frost abwechselnd aufbrach und wieder zusammenbackte. In ihren Augen brannte das gespenstische Licht, das Verzweiflung und Hunger entzünden. Menschen in solcher Lage, jenseits von Ehre und Gesetz, ist nicht zu trauen. Sitka Charley wußte das; deswegen auch hatte er sie vor zehn Tagen gezwungen, ihre Gewehre mit der übrigen Lagerausrüstung zurückzulassen. Sein Gewehr und das von Captain Eppingwell waren nun die einzigen.

»Los, macht Feuer«, befahl er und zog die kostbare Zündholzschachtel mit den dazu gehörenden Streifen trockener Birkenrinde heraus.

Die beiden Indianer schickten sich widerwillig an, dürre Zweige und Unterholz zu sammeln. Sie waren schwach und legten oft eine Pause ein, fingen sich beim Niederbeugen mit taumelnden Bewegungen oder torkelten mit Knien, die wie Kastagnetten gegeneinander schlugen, ins Zentrum des Geschehens zurück. Nach jedem Gang ruhten sie sich einen Augenblick lang aus, als wären sie krank und zum Sterben müde. Bisweilen las man in ihren Augen die stoische Geduld dumpfen Leidens; dann wiederum schien das aufbegehrende Ich geradezu aus ihnen herauszubrechen: »Ich, ich, ich will leben!« – ein wilder Schrei und der dominante Ton im Universum der Lebewesen.

Von Süden kam ein leichter Wind auf, der die ausgesetzten Körperpartien taub werden ließ und den Frost wie feurige Nadeln durch Pelz und Fleisch bis auf die Knochen trieb. Als daher das Feuer kräftig brannte und ein feuchter Kreis im umgebenden Schnee entstanden war, zwang Sitka Charley seine widerstrebenden Weggenossen, ihm beim Aufstellen eines Windschutzes zur Hand zu gehen. Es war eine primitive Vorrichtung – bloß eine Decke, die parallel zum Feuer gespannt wurde, auf der Windseite und in einem Winkel von vielleicht fünfundvierzig Grad. Das hielt die frostige Brise ab und lenkte die Hitze von oben zurück auf diejenigen, die sich in ihren Schutz drängen würden. Dann wurde eine Lage grüner Fichtenzweige ausgebreitet, damit der Körper nicht mit dem Schnee in Berührung kam. Als diese Aufgabe erledigt war, begannen Kah-Chucte und Gowhee, sich ihren Füßen zu widmen. Ihre eisüberzogenen Mokassins waren von langen Märschen übel zugerichtet, und verkeiltes Flußeis hatte sie mit seinen scharfen Kanten zerfetzt. Ihre Indianersocken boten ein ähnliches Bild, und als sie diese aufgetaut und ausgezogen hatten, verriet ein kurzer Blick auf die wachsbleichen Zehenspitzen, die alle mehr oder weniger abgestorben waren, welchen Weg sie hinter sich hatten.

Sitka Charley ließ die beiden ihre Fußbekleidung trocknen, während er selbst den Weg wieder zurückging, den er gekommen war. Auch er spürte ein machtvolles Verlangen, am Feuer zu sitzen und sich seines schmerzenden Körpers anzunehmen, aber die Ehre und das Gesetz erlaubten es nicht. Er quälte sich mühsam über den verharschten Schnee, jeder Schritt ein Aufbegehren, jeder Muskel ein Widerstand. Dort, wo das offene Wasser zwischen den Staustellen erst seit kurzem überfroren war, war er etliche Male gezwungen, in erbarmungswürdiger Anstrengung seine Bewegungen zu beschleunigen, weil der brüchige Boden unter seinen Füßen bedrohlich schwankte. An solchen Stellen kam der Tod schnell und leicht; ihm aber stand der Sinn nicht danach, dem Leiden ein Ende zu setzen.

Seine wachsende Sorge verflüchtigte sich, als hinter einer Flußbiegung zwei Indianer mit schleppenden Schritten in sein Blickfeld gerieten. Sie torkelten und keuchten wie Männer unter einer schweren Last, obwohl sie auf ihrem Rücken nur ein paar Pfund trugen. Ungeduldig fragte er sie aus, und ihre Antworten schienen ihn zufriedenzustellen. Er hastete weiter. Als nächste kamen zwei weiße Männer, eine Frau zwischen sich. Auch sie taumelten wie betrunken, und ihre Glieder zitterten vor Schwäche. Aber die Frau stützte sich nur leicht auf und zog es vor, aus eigener Kraft voranzukommen. Über Sitka Charleys Gesicht glitt ein flüchtiges Freudestrahlen. Er empfand eine ganz besondere Hochachtung für Mrs. Eppingwell. Er hatte viele weiße Frauen gesehen, aber diese hier war die erste, die mit ihm den Weg durch die Wildnis ging. Als Captain Eppingwell das gewagte Unternehmen vorschlug und ihm ein Angebot machte, hatte er bedenklich den Kopf geschüttelt, handelte es sich doch um eine Reise ins Unbekannte, durch die furchtbare Weite des Nordlands, und er wußte, daß sie von jener Art sein würde, welche die Seele des Menschen auf die äußerste Probe stellt. Als er aber hörte, daß die Frau des Captains sie begleiten sollte, da hatte er jede Beteiligung rundweg abgelehnt. Wäre es eine Frau seiner eigenen Rasse gewesen, so hätte er keine Einwände gehabt; aber diese Frauen aus dem Südland – nein, nein, sie waren zu schwach, zu zart für solche Unternehmen.

Frauen ihrer Art kannte Sitka Charley nicht. Noch fünf Minuten zuvor hatte er nicht im Traum daran gedacht, die Führung der Expedition zu übernehmen; als sie aber vor ihn trat, mit ihrem wundervollen Lächeln und ihrem ungekünstelten, klaren Englisch, und zur Sache kam, ohne zu betteln oder ihn zu bereden, da hatte er widerstandslos nachgegeben. Hätte er in ihren sanften Blicken einen Appell an sein Mitgefühl entdeckt, in der Stimme ein Beben, ein Ausnützen ihrer Weiblichkeit, er wäre hart geworden wie Stahl; statt dessen hatten ihr klarer, forschender Blick und ihre klare, helltönende Stimme, ihre unbedingte Aufrichtigkeit und die stillschweigend vorausgesetzte Gleichrangigkeit ihn seines gesunden Menschenverstandes beraubt. Er spürte damals, daß dies eine neue Art von Frau war; und noch ehe sie viele Tage gemeinsam den Weg gegangen waren, wußte er, warum die Söhne solcher Frauen sich das Land und das Meer unterwarfen und warum die Söhne der Frauen seines Volkes ihnen nicht standhalten konnten. *Zart und schwach!* Tag für Tag sah er sie an, verausgabt, erschöpft, unbezähmbar, und wie ein ewiger Refrain hämmerten die Worte auf ihn ein. *Zart und schwach!* Er wußte, daß ihre Füße für sanfte Wege und sonnige Länder gemacht, die schmerzenden Mokassins des Nordens ihnen fremd waren, daß der Frost seinen eisigen Kuß nicht darauf gehaucht hatte, und dann sah er sie und staunte, wie flink und unablässig sie den beschwerlichen Tag durchliefen.

Immer hatte sie ein Lächeln und ein aufmunterndes Wort bereit, das selbst dem gemeinsten Träger nicht vorenthalten wurde. Als der Weg sich verdüsterte, schien sie an Härte zu gewinnen und mehr Kräfte zu sammeln, und als Kah-Chucte und Gowhee, die geprahlt hatten, sie kennten jede Landmarke des Wegs wie ein Kind sein zum Bündel geschnürtes Wigwam, eingestehen mußten, daß sie die Orientierung verloren hatten, da war sie es, die inmitten der fluchenden Männer versöhnliche Worte sprach. An jenem Abend hatte sie ihnen vorgesungen, bis sie spürten, wie die Erschöpfung von ihnen abfiel, und sie bereit waren, der Zukunft mit neuer Hoffnung entgegenzublicken. Und als die Lebensmittel ausgingen und jedem sein kärglicher Anteil eifersüchtig abgemessen wurde, war sie es wieder, die gegen die Machenschaften ihres Mannes und Sitka Charleys protestierte und eine Portion für sich verlangte und erhielt, die weder größer noch kleiner bemessen war als die der anderen.

Sitka Charley war stolz, diese Frau zu kennen. Ihre Gegenwart hatte seinem Leben mehr Raum und neue Reichtümer erschlossen. Bis dahin war er sein eigener Ratgeber gewesen, war auf niemandes Wink nach rechts oder links von seinem Weg abgewichen; er hatte sich nach seinen eigenen Geboten geformt, war mannhaft gewesen, ohne auf fremde Meinungen etwas zu geben. Zum ersten Mal hatte er von außen einen

Ruf gehört, der das Beste von ihm forderte, was er in sich hatte. Wenn ihn nur ein anerkennender Blick aus den klaren, forschenden Augen traf, wenn sie mit ihrer klaren, helltönenden Stimme ein Wort des Dankes an ihn richtete, ihre Lippen auch nur andeutungsweise zu jenem wundervollen Lächeln ansetzten, dann ging er die nächsten Stunden wie auf Wolken. Es spornte seine Männlichkeit immer von neuem an; zum ersten Mal erschauerte er im bewußten Stolz auf die Weisheit des Wegs, die er besaß; und sie und er gemeinsam vertrieben die wachsende Mutlosigkeit der Weggenossen immer wieder.

Die Züge der beiden Männer und der Frau hellten sich auf, als sie ihn erblickten, denn er war ja der Stab, auf den sie sich stützten. Aber Sitka Charley fragte sie, unbewegt, wie es seine Art war, Schmerz und Freude gleichermaßen unter eisernem Äußeren verbergend, nach dem Ergehen der übrigen, gab die Entfernung zum Feuer an und setzte seinen Rückmarsch fort. Als nächstem begegnete er einem einzelnen Indianer, unbeladen, hinkend, mit zusammengepreßten Lippen und einem Blick, der starr war vom Schmerz in jenem Fuß, in dem das Lebendige vergeblich mit dem Abgestorbenen kämpfte. Man hatte ihm jede mögliche Fürsorge angedeihen lassen, aber wenn es zum Äußersten kommt, müssen die Schwachen und Glücklosen untergehen, und Sitka Charley hielt seine Tage für gezählt. Der Mann würde nicht mehr lange durchhalten, also ließ er ihm nur ein paar rauhe, aufmunternde Worte zukommen. Dahinter folgten zwei weitere Indianer, denen er aufgetragen hatte, Joe, dem dritten weißen Mann der Gruppe, auf dem Weg beizustehen. Sie hatten ihn im Stich gelassen. Mit einem Blick sah Sitka Charley die lauernde Spannung ihrer Körper und wußte, daß sie die Fesseln seiner Herrschaft abgeworfen hatten. So traf es ihn nicht unvermutet, als er statt einer Antwort auf seine Anordnung, umzukehren und nach dem ihrer Obhut Anvertrauten zu suchen, die Jagdmesser aufschimmern sah, die sie aus der Scheide zogen. Ein erbarmungswürdiger Anblick, drei schwache Männer, die ihre winzige Kraft im Angesicht der gewaltigen Weite aufboten; aber die zwei wichen vor den grimmigen Kolbenschlägen des einen zurück und gehorchten wie geprügelte Hunde, die man wieder ins Geschirr nimmt. Zwei Stunden später, zwischen sich den taumelnden Joe und mit Sitka Charley als Nachhut, kamen sie bei der Feuerstelle an, wo der Rest der Expedition unter dem Windschutz zusammenhockte.

»Auf ein paar Worte, meine Gefährten, bevor wir schlafen«, sagte Sitka Charley, nachdem sie ihre karge Ration ungesäuerten Brotes heruntergeschlungen hatten. Er sprach zu den Indianern in ihrer Sprache, nachdem er den Weißen das Wesentliche bereits mitgeteilt hatte. »Ein paar Worte, meine Gefährten, in eurem eigenen Interesse, auf daß ihr vielleicht doch überleben möget. Ich werde euch das Gesetz verkünden; wer es bricht, dessen Tod komme auf sein eigenes Haupt. Wir haben die Berge des Schweigens hinter uns gelassen und sind nun am oberen Stewart angelangt. Wir werden vielleicht noch einmal schlafen, vielleicht noch mehrere Male, aber am Ende werden wir zu den Menschen am Yukon kommen, die viel zu essen haben. Wir täten gut daran, das Gesetz zu achten. Heute haben Kah-Chucte und Gowhee, denen ich auftrug, die Spur zu legen, vergessen, daß sie Männer sind; wie kleine Kinder sind sie davongelaufen. Gut, sie haben vergessen; so wollen auch wir vergessen. Aber von nun an mögen sie sich erinnern. Wenn sie es nicht tun ...« Er berührte sein Gewehr, beiläufig, grimmig. »Morgen sollen sie das Mehl tragen und dafür sorgen, daß der weiße Mann Joe sich nicht am Wege niederlegt. Das Mehl ist abgewogen; falls auch nur eine Unze fehlt, wenn die Nacht hereinbricht – ihr versteht? Es gab andere heute, die vergessen haben. Elch-Kopf und Drei-Lachse ließen den weißen Mann Joe im Schnee liegen. Sie dürfen nicht mehr vergessen. Bei Tagesanbruch sollen sie hinausgehen und die Führung übernehmen. Ihr habt das Gesetz vernommen. Hütet euch, es zu brechen.«

Es gelang Sitka Charley nicht, die Männer geschlossen marschieren zu lassen. Von Elch-Kopf und Drei-Lachse, die vornweg die Spur legten, bis zu Kah-Chucte, Gowhee und Joe zog sich die Linie auf eine Meile auseinander. Jeder wankte, fiel und rastete nach eigenem Gutdünken. Der sich vorwärtsschiebende Zug geriet immer wieder an anderer Stelle ins Stocken. Jeder einzelne schöpfte aus der Neige seiner Kraft und stolperte voran, bis sie verbraucht war, aber auf wundersame Weise fand sich immer noch ein letzter Rest. Wenn ein Mann fiel, so tat er es jedes Mal in der festen Überzeugung, daß er nicht mehr aufstehen würde; und doch stand er auf, wieder und wieder. Das Fleisch wollte erliegen, der Wille obsiegte; dennoch war jeder Triumph eine Tragödie. Der Indianer mit dem erfrorenen Fuß ging nicht mehr aufrecht, er kroch vorwärts auf Händen und Knien. Er rastete selten, denn er kannte den Tribut, den der Frost dafür einforderte. Selbst auf Mrs. Eppingwells Lippen war das Lächeln versteinert, die offenen Augen blickten ins Leere. Oft hielt sie inne, preßte eine Hand im Fäustling an ihr Herz und rang unter Schwindelanfällen nach Luft.

Joe, der weiße Mann, hatte das Stadium des Leidens bereits hinter sich gelassen. Er bettelte nicht mehr, man solle ihn allein lassen, betete nicht mehr darum zu sterben. Die betäubene Wirkung des Deliriums machte ihn ruhig und zufrieden. Kah-Chucte und Gowhee schleiften ihn grob mit sich fort und bedachten ihn mit vielen bösen Blicken und Schlägen. Für sie war es der Gipfel der Ungerechtigkeit. Ihr Herz war bitter vor Haß, schwer von Angst. Warum sollten sie ihre Kraft mit seiner Schwäche beladen? Wenn sie es taten, so bedeutete das den Tod; wenn sie es nicht taten – so wußten sie wohl, daß dann das Gesetz von Sitka Charley und sein Gewehr auf sie warteten.

Joe fiel immer häufiger, als der Tag sich neigte, und es war so mühsam, ihn wieder aufzurichten, daß sie immer weiter zurückblieben. Manchmal stürzten alle drei in den Schnee, so schwach waren die Indianer geworden. Und doch trugen sie auf ihrem Rücken Leben und Kraft und Wärme. Die Mehlbeutel bargen alle Möglichkeiten des Lebens. Sie mußten immer daran denken, und was sich dann zutrug, war nichts Außergewöhnliches. Sie waren neben einem großen Berg von aufgestautem Holz gestürzt, wo tausend Klafter auf das Zündholz warteten. In unmittelbarer Nähe hatte sich im Eis ein Luftloch gebildet. Kah-Chucte schaute wie Gowhee auf das Holz und das Wasser; dann schauten sie einander an. Nicht ein Wort wurde gesprochen. Gowhee entzündete ein Feuer; Kah-Chucte füllte einen Zinnbecher mit Wasser und erwärmte es; Joe plapperte von Dingen in einem anderen Land, in einer Sprache, die sie nicht verstanden. Sie mischten Mehl unter das warme Wasser, bis es zu einer dünnflüssigen Paste wurde, und davon tranken sie viele Becher. Sie boten Joe nichts davon an; aber es kümmerte ihn nicht. Nichts kümmerte ihn, nicht einmal seine Mokassins, die die Glut versengte, daß sie rauchten.

Schnee fiel wie Kristallnebel auf sie herab, sanft, liebkosend, und hüllte sie in ein schmiegsames weißes Gewand. Ihre Füße wären noch auf vielen Wegen durch die Wildnis gewandert, hätte das Schicksal die Wolken nicht fortgeschoben und die Luft klar gemacht. Ja, zehn Minuten Aufschub nur hätten die Rettung bedeutet. Sitka Charley, der zurückschaute, sah die Rauchsäule ihres Feuers und erriet den Grund. Und er schaute nach vorn zu denen, auf die Verlaß war, und auf Mrs. Eppingwell.

»So, meine Gefährten, ihr habt erneut vergessen, daß ihr Männer seid? Gut. Sehr gut. Wir werden weniger Mägen sattmachen müssen.«

Sitka Charley band das Mehl beim Reden wieder zu und

schnallte sich den Packen auf den anderen, den er bereits am Rücken trug. Er versetzte Joe mehrere Tritte, bis der Schmerz dem entrückten armen Teufel ins Bewußtsein drang, so daß er zitternd auf die Beine kam. Dann schob er ihn auf den Pfad hinaus und setzte ihn in Marsch. Die beiden Indianer machten einen Versuch zu entwischen.

»Halt, Gowhee! Und auch du, Kah-Chucte! Hat das Mehl euren Beinen so viel Kraft verliehen, daß sie dem Blei auf seinen schnellen Schwingen entkommen könnten? Versucht nicht, das Gesetz zu betrügen. Seid ein letztes Mal Männer und zufrieden, daß ihr mit vollem Magen sterbt. Kommt, tretet hier hinten ans Holz, Schulter an Schulter. Kommt.«

Die beiden Männer gehorchten, ruhig, ohne Angst; denn es ist die Zukunft, die den Menschen bedrängt, nicht die Gegenwart.

»Du, Gowhee, hast Weib und Kinder und eine Hirschfellhütte im Chippewyan. Was ist dein Wille in dieser Angelegenheit?«

»Gib du ihr die Waren, die der Captain mir versprochen hat – die Decken, die Kugeln, den Tabak, den Kasten, der seltsame Geräusche macht nach Art der Weißen. Sag, daß ich auf dem Weg ums Leben kam, aber sag nicht wie.«

»Und du, Kah-Chucte, der du weder Weib noch Kind hast?«

»Ich habe eine Schwester, das Weib des Händlers in Koshim. Er schlägt sie, und sie ist nicht glücklich. Gib du ihr die Waren, die mir nach dem Vertrag gehören, und sag ihr, es wäre gut, wenn sie heimkehrte zu ihren eigenen Leuten. Vielleicht triffst du den Mann, und wenn du es für richtig hältst, so wäre es eine gute Tat, seinem Leben ein Ende zu setzen. Er schlägt sie, und sie hat Angst.«

»Seid ihr es zufrieden, nach dem Gesetz zu sterben?«

»Wir sind es.«

»Dann lebt wohl, meine Gefährten. Möget ihr am wohlgefüllten Topf in warmen Hütten sitzen, ehe der Tag um ist.«

Indem er sprach, hob er sein Gewehr und ein vielfaches Echo durchbrach die Stille. Kaum war es verhallt, als sich in der Ferne andere Gewehre hören ließen. Sitka Charley horchte auf. Es war mehr als ein Schuß abgefeuert worden, doch gab es in seiner Gruppe nur noch ein weiteres Gewehr. Er warf einen flüchtigen Blick auf die Männer, die reglos dort lagen, und die Weisheit des Wegs nötigte ihm ein grimmiges Lächeln ab, ehe er vorwärtseilte, den Menschen vom Yukon entgegen.

DAS WEISSE SCHWEIGEN

»Carmen hält höchstens noch ein paar Tage durch.« Mason spuckte ein Eisstückchen aus und musterte das arme Geschöpf wehmütig, ehe er die Pfote wieder in den Mund nahm und fortfuhr, zwischen den Zehen das Eis herauszubeißen, das dort zusammenklumpte und Schmerzen verursachte.

»Ich hab noch nie einen Hund mit einem hochgestochenen Namen gesehen, der auch nur einen Pfifferling wert war«, sagte er nach Beendigung seiner Arbeit und schob das Tier beiseite. »Sie werden einfach immer schwächer und brechen unter der Last der Verantwortung zusammen. Hat man jemals erlebt, daß einer mit einem vernünftigen Namen wie Cassiar, Siwash oder Husky versagt? Bestimmt nicht. Schau dir Shookum hier an; der ...« –

Schnapp! Das magere Tier schoß nach oben, und die weißen Zähne verfehlten Masons Kehle nur um Haaresbreite.

»Das möchtest du wohl gern, was?« Ein wohlgezielter Hieb mit dem Griff der Hundepeitsche traf den Angreifer hinter dem Ohr und streckte ihn der Länge nach in den Schnee, wo er zuckend liegenblieb, während ihm gelblicher Speichel von den Lefzen rann.

»Wie ich gerade sagte, schau dir nur Shookum hier an – der hat Schneid. Jede Wette, daß er sich Carmen einverleibt, noch ehe die Woche um ist.«

»Dagegen setze ich noch eine andere Wette«, erwiderte ihm Malemute Kid und wendete das gefrorene Brot, das zum Auftauen vor dem Feuer lag. »Wir werden uns Shookum einverleiben, ehe unsere Fahrt zu Ende geht. Was meinst du, Ruth?«

Die Indianerin klärte den Kaffee mit einem Stück Eis,

blickte erst auf Malemute Kid, dann auf ihren Mann, und schließlich auf die Hunde; aber zu einer Antwort ließ sie sich nicht bewegen. Das war auch überflüssig, denn daß Kid recht behalten würde, lag auf der Hand. Sie hatten zweihundert Meilen vor sich, auf denen die Spur noch zu legen war, und da sie noch für knapp sechs Tage Proviant für sich selbst und keinen mehr für die Hunde hatten, gab es gar keine andere Möglichkeit. Die beiden Männer und die Frau rückten um das Feuer zusammen und begannen ihr ärmliches Mahl. Die Hunde blieben angeschirrt, weil es die Mittagspause war, und sie verfolgten jeden Bissen mit gierigen Blicken.

»Ab heute gibt es kein Mittagessen mehr«, sagte Kid. »Und wir müssen die Hunde scharf im Auge behalten – sie fangen an, bösartig zu werden. Die holen sich ohne weiteres einen von uns, wenn wir nicht aufpassen.«

»Und ich war mal Vorsitzender bei der Methodistenjugend und hab' in der Sonntagsschule unterrichtet.« Nachdem Mason diese etwas unpassende Bemerkung von sich gegeben hatte, versank er in eine träumerische Betrachtung seiner dampfenden Mokassins, aus der ihn Ruth wieder herausriß, indem sie ihm einschenkte. »Gottlob haben wir jede Menge Tee! Ich hab' Tee auf der Plantage wachsen sehen, unten in Tennessee. Was gäbe ich jetzt für ein noch warmes Maisbrot! Aber mach dir nichts daraus, Ruth; du wirst nicht mehr lange Hunger leiden und auch keine Mokassins mehr tragen müssen.«

Bei diesen Worten hellte sich die Miene der Indianerin auf, und aus ihren Augen strahlte eine große Liebe zu ihrem weißen Gebieter – der erste weiße Mann, den sie je gesehen hatte, der erste Mann, der ihrer Erfahrung nach eine Frau nicht so behandelte, als sei sie kein Mensch, sondern bloß ein Lasttier.

»Ja, Ruth«, fuhr ihr Ehemann fort und bediente sich dabei des Kauderwelschs, in dem allein sie sich verständigen konnten; »du mußt warten, bis wir verkauft und Alaska verlassen haben. Wir nehmen das Kanu vom Weißen Mann und fahren zum Salzwasser. Ja, schlechtes Wasser, rauhes Wasser – große Berge immer auf und ab. Und so groß, so weit, so weit weg –, du fährst zehnmal Schlafen, zwanzigmal Schlafen, vierzigmal Schlafen« (er zählte die Tage einzeln an seinen Fingern ab), »immer überall Wasser, schlechtes Wasser. Dann kommst du zu einem großen Dorf, viel Leute, wie Mücken im nächsten Sommer. Wigwams oh, so hoch, – zehn, zwanzig Kiefern. Hi-yu-skookum!«

Am Ende seiner Ausdrucksmöglichkeiten angekommen, warf er Malemute Kid einen hilfesuchenden Blick zu und baute dann in Zeichensprache mühsam zwanzig Kiefern übereinander. Malemute Kid belachte seine Anstrengungen mit gutmütigem Sarkasmus; Ruths Augen aber weiteten sich vor Staunen und Freude; denn ein wenig glaubte sie, das sei alles nur Spaß, und es gefiel der armen Frau, daß er sich dazu herabließ.

»Und dann gehst du in – Kiste und schwupp! hinauf.« Um ihr zu zeigen, was er meinte, warf er seinen Kaffeenapf in die Luft, fing ihn wieder auf und rief: »Und plumps! Du bist wieder unten. Oh, große Medizinmänner! Du gehst nach Fort Yukon, ich gehe nach Arctic City – fünfundzwanzigmal Schlafen –, lange Schnur, immer überall – ich nehme die Schnur –, ich sage: ›Hallo Ruth! Wie geht es?‹ – du sagst: ›Ist das mein lieber Mann?‹ – ich sage: ›Ja‹ – du sagst: ›Kann kein gutes Brot backen, hab' kein Backpulver mehr‹ – dann sage ich: ›Schau nach in der Kammer, unter dem Mehl; Wiederhören.‹ Du schaust, und es ist viel Backpulver da. Und immer du in Fort Yukon und ich in Arctic City. Hi-yu Medizinmann!«

Ruth lächelte in solcher Einfalt über dieses Märchen, daß beide Männer in Gelächter ausbrachen. Eine Balgerei unter den Hunden setzte den Wundern der Welt da draußen abrupt ein Ende, und bis die knurrenden Gegner voneinander getrennt waren, hatte sie die Schlitten angeschirrt, und alles war zum Aufbruch bereit.

»Vorwärts! Baldy! He! Vorwärts jetzt!« Mason ließ seine Peitsche heruntersausen, und während die Hunde sich winselnd ins Geschirr legten, stemmte er den Schlitten mit der Steuerstange los. Ruth folgte mit dem zweiten Gespann, so daß Malemute Kid, der ihr beim Anfahren geholfen hatte, die Nachhut bildete. Trotz seiner gewaltigen Körperkraft, die es ihm erlaubte, einen Ochsen mit einem Hieb niederzustrekken, brachte er es nicht übers Herz, die bemitleidenswerten Tiere zu schlagen, sondern ließ sie gewähren wie kaum ein anderer Schlittenführer – ja, er litt in ihrem Elend geradezu mit ihnen.

»Los, setzt euch in Bewegung, ihr armen, wundgelaufenen Kreaturen!« sprach er, mehr zu sich selbst, nach mehreren fruchtlosen Startversuchen. Seine Geduld wurde jedoch schließlich belohnt, und auch wenn sie vor Schmerzen jaulten, beeilten sich die Hunde, wieder Anschluß an ihre Leidensgenossen zu finden.

Das Gespräch war versiegt; die Mühsal des Wegs durch die Wildnis verbietet diesen Luxus. Von allen Qualen ist der Weg durch den hohen Norden die schrecklichste. Glücklich der Mann, der eine Tagesreise nur mit seinem Schweigen bezahlt – und das auf einem gespurten Pfad!

Denn die schlimmste Plackerei ist die, eine Spur erst legen zu müssen. Bei jedem Schritt versinkt man mit dem großen Schneeschuh bis zum Knie. Dann muß man ihn kerzengerade hochziehen, und weicht man auch nur um Millimeter von dieser Linie ab, so ist die Katastrophe schon unabwendbar; nun heißt es vorwärts und wieder nach unten mit diesem Fuß, um dann den anderen senkrecht und fast vierzig Zentimeter hochzuheben. Wer das zum ersten Mal versucht und mit viel Glück vermeidet, die beiden Schuhe in gefahrvolle Nachbarschaft zu bringen, und wer auf dem trügerischen Untergrund nicht der Länge nach hinfällt, der wird hundert Meter später erschöpft aufgeben; wer es einen ganzen Tag lang fertiggebracht hat, den Hunden nicht ins Gehege zu kommen, der darf am Abend getrost in seinen Schlafsack kriechen, mit gutem Gewissen und von einem Stolz erfüllt, der über alle Vernunft geht; und wer auf dem Langen Yukon-Trail zwanzig Tagereisen übersteht, der ist ein Mann, den selbst die Götter beneiden.

Der Nachmittag verstrich, und mit jener ehrfürchtigen Scheu, die das Weiße Schweigen gebietet, gingen die stummen Reisenden ihrer Arbeit nach. Die Natur kennt viele Wege, um den Menschen von seiner Endlichkeit zu überzeugen – den unablässigen Wechsel der Gezeiten, die entfesselte Wut des Sturms, das Beben der Erde, das nachhallende Grollen der Himmelsartillerie –, das Schrecklichste aber, das Betäubendste überhaupt ist das Weiße Schweigen, in dem nichts geschieht. Jede Bewegung erstirbt, die Luft wird klar, das Firmament ist messinggelb; das leiseste Flüstern wirkt wie ein Frevel, und der Mensch wird furchtsam, fährt beim Laut seiner eigenen Stimme erschreckt zusammen. Ein einsamer Fleck Leben, der die gespenstischen Wüsten einer toten Welt durchwandert, den sein Wagemut schaudern läßt und der erkennt, daß er ein Wurm ist, sonst nichts. Sonderbare Gedanken steigen ungerufen in ihm auf, und das Geheimnis aller Dinge will sich Gehör verschaffen. Die Furcht vor dem Tod, vor Gott, vor dem Universum überkommt ihn – die Hoffnung auf die Auferstehung und das Leben, die Sehnsucht nach Unsterblichkeit, vergebliches Streben der eingesperrten Seele –, wenn überhaupt, so ist der Mensch hier mit Gott allein.

So ging der Tag seinem Ende entgegen. Der Fluß beschrieb einen großen Bogen, und Mason fuhr, um den Weg abzukürzen, mit seinem Gespann auf den schmalen Streifen Land innerhalb der Biegung zu. Die Hunde aber scheuten vor der steilen Böschung zurück. Immer wieder rutschten sie herunter, obwohl Ruth und Malemute Kid von hinten nachhalfen. Dann mit vereinten Kräften. Die bejammernswerten, vom Hunger geschwächten Kreaturen rafften sich zu einem letzten Kraftakt auf. Hinauf – hinauf – der Schlitten kippelte auf dem Böschungsrand; aber der Leithund zog die Hunde plötzlich nach rechts, so daß die Riemen sich in Masons Schneeschuh verfingen. Die Folgen waren schrecklich. Mason wurde zu Boden gerissen; ein Hund verhedderte sich im Zuggeschirr; und der Schlitten polterte zurück und riß alles mit sich nach unten.

Die Peitsche fuhr knallend und gnadenlos auf die Hunde nieder und insbesondere auf denjenigen, der gestürzt war.

»Nicht, Mason«, bat Malemute Kid; »der arme Teufel ist völlig am Ende. Warte, und wir spannen mein Team vor.«

Mason hielt die Peitsche absichtlich solange still, bis das letzte Wort gesprochen war, und dann sauste die lange Schnur erneut herunter und wickelte sich ganz um den Körper des Übeltäters. Carmen – denn Carmen war es – duckte sich in den Schnee, winselte kläglich und fiel dann auf die Seite.

Es war ein tragischer Augenblick, ein bedauerlicher Zwischenfall auf dem Trail – ein sterbender Hund, zwei zornige Gefährten. Ruth schaute besorgt von einem zum anderen. Aber Malemute Kid bezwang sich, obwohl sein Blick unendlich vorwurfsvoll war, beugte sich über den Hund und durchschnitt die Riemen. Kein Wort fiel. Die Gespanne wurden zusammengeschirrt, das Hindernis gemeistert; die Schlitten liefen wieder, und der sterbende Hund schleppte sich hinterher. Solange ein Tier noch mitkommt, wird es nicht erschossen, denn man gewährt ihm diese letzte Chance, sich bis ins Lager zu schleppen, wenn die Kräfte dazu reichen, und darauf zu hoffen, daß dort inzwischen ein Elch erlegt wurde.

Mason, der bereits bereute, was er im Zorn getan hatte, der

aber zu starrsinnig war, um Abbitte zu leisten, plagte sich weiter an der Spitze des Zugs und ahnte nicht, daß Gefahr im Verzug war. Im windgeschützten Teil standen die Bäume dicht an dicht, und zwischen ihnen hindurch bahnten sie sich ihren Weg. Mindestens fünfzehn Meter von der Spur entfernt ragte eine stolze Kiefer auf. Seit Generationen stand sie dort, und seit Generationen hatte das Schicksal sie zu diesem einen Zweck bestimmt – und vielleicht war über Mason dasselbe verhängt worden.

Er beugte sich vor, um den losen Riemen seines Mokassins festzuziehen. Die Schlitten standen still, und die Hunde legten sich lautlos in den Schnee. Die Stille war unheimlich; nicht ein Hauch ließ die vereisten Bäume knistern; die Kälte und das Schweigen des Weltraums hatten das Herz der Natur erstarren lassen und ihr die zitternden Lippen verschlossen. Dann war es, als ob die Luft einmal aufseufzte – sie schienen es nicht eigentlich zu hören, sondern eher zu spüren, wie die Vorahnung einer Bewegung in regloser Leere. Und der große Baum mit der Last seiner Jahre und der Last des Schnees übernahm die ihm zugedachte letzte Rolle in der Tragödie des Lebens. Mason hörte das warnende Krachen und versuchte aufzuspringen, aber als er sich fast ganz aufgerichtet hatte, traf ihn der stürzende Baum mit voller Wucht an der Schulter.

Die plötzliche Gefahr, der rasche Tod – wie oft hatte Malemute Kid ihnen ins Auge geblickt! Die Kiefernnadeln zitterten noch, als er seine Befehle gab und sogleich zur Tat schritt. Auch die Indianerin sank nicht etwa ohnmächtig zu Boden oder erhob die Stimme, um in nutzloses Wehklagen auszubrechen, wie es viele ihrer weißen Schwestern getan hätten. Unter seiner Anleitung beschwerte sie mit ihrem Körper das eine Ende eines rasch improvisierten Hebelarms, um das auf Mason lastende Gewicht zu mindern, und lauschte auf das Stöhnen ihres Manns, während Malemute Kid dem Baum mit seiner Axt zu Leibe rückte. Der Stahl gab jedesmal, wenn er in den gefrorenen Stamm fuhr, einen hellen Klang von sich, und jeden Schlag begleitete ein hörbares Ausatmen, wenn die Luft mit dem »Uff!« »Uff!« des Holzfällers aus der Lunge gepreßt wurde.

Endlich legte Kid das erbarmungswürdige Bündel, das einmal ein Mann gewesen war, in den Schnee. Schlimmer noch als die Schmerzen seines Gefährten war die stumme Angst im Gesicht der Frau, der fragende Blick, in dem sich Hoffnung und Verzweiflung mischten. Es wurde wenig gesprochen; die Menschen des Nordens lernen früh, wie vergeblich Worte und wie unschätzbar wertvoll Taten sind. Bei einer Temperatur von 54 Grad unter Null kann ein Mann nicht viele Minuten lang im Schnee liegen und überleben. Deshalb wurden die Schlittenriemen durchschnitten, der Verletzte in Pelze eingehüllt und auf eine Schicht von Zweigen gebettet. Vor ihm loderte das Feuer, das sich von eben dem Baum nährte, der das Unglück bewirkt hatte. In seinem Rücken und teilweise über ihm wurde ein primitives Zeltdach aufgespannt, ein Stück Leinen, das die Wärmestrahlung auffing und auf den Liegenden zurückwarf – ein Kunstgriff, wie ihn Menschen lernen, die Physik an der Quelle studieren.

Und Männer, die ihr Lager mit dem Tod geteilt haben, wissen, wenn sie abberufen werden. Mason war furchtbar zugerichtet. Das machte schon die flüchtigste Untersuchung offenkundig. Rechter Arm, rechtes Bein und das Rückgrat waren gebrochen; von den Hüften abwärts war er gelähmt; innere Verletzungen kamen wohl noch hinzu. Ein gelegentliches Stöhnen war das einzige Lebenszeichen, das er von sich gab.

Hoffnungslos; nichts, was man tun konnte. Langsam schleppte sich erbarmungslos die Nacht hin, die von Ruth mit der Ergebenheit ihrer Rasse ertragen wurde und Malemute Kids bronzefarbenem Gesicht neue Falten eingrub. Im Grunde litt Mason selbst am wenigsten, denn er weilte jetzt im östlichen Tennessee, in den Great Smoky Mountains, und durchlebte noch einmal die Szenen seiner Kindheit. Und was am meisten ans Herz rührte, das war der Singsang seiner längst vergessenen Südstaaten-Sprache, als er von Badeplätzen im Fluß, Waschbärjagden und stibitzten Wassermelonen phantasierte. Ruth verstand kein Wort, aber Kid begriff nur zu gut und fühlte mit ihm – fühlte, wie es nur der vermag, der jahrelang von allem abgeschnitten lebt, was Zivilisation bedeutet.

Mit dem Morgen erlangte der Sterbende sein Bewußtsein wieder, und Malemute Kid beugte sich tiefer über ihn, um sein Flüstern zu verstehen.

»Weißt du noch, wie wir uns auf dem Tanana versammelten, vier Jahre ist es her, wenn die nächste Eisschmelze kommt? Damals habe ich mir noch nicht so viel aus ihr gemacht. Es hatte mehr damit zu tun, daß sie hübsch aussah, und wohl auch, daß es ein bißchen aufregend war. Aber, weißt du, inzwischen halte ich große Stücke auf sie. Sie war eine gute Frau, immer für mich da, wenn es darauf ankam. Und beim Tauschhandel kann ihr niemand das Wasser reichen. Erinnerst du dich noch, als sie damals durch die Moosehorn-Stromschnellen schoß, um uns beide von diesem Felsen herunterzuholen, wie die Kugeln auf dem Wasser wie Hagelkörner tanzten? – und an die Hungersnot in Nuklukyeto? – oder als sie mit der Eisschmelze um die Wette lief, um uns die Nachricht zu bringen? Ja, eine gute Frau ist sie gewesen, besser als andere. Hast nicht gewußt, daß ich es schon einmal probiert hatte? Hab' ich dir nie erzählt, was? Ja, ich hab' es schon einmal versucht, unten, in den Staaten. Deswegen bin ich hier. Wir waren sogar zusammen aufgewachsen. Ich bin auf und davon, damit sie eine Chance hatte, sich scheiden zu lassen. Und die hat sie bekommen.

Aber mit Ruth hat das nichts zu tun. Ich wollte nächstes Jahr verkaufen und aus Alaska fortgehen – gemeinsam mit ihr

– aber nun ist es zu spät. Schick sie nicht zu ihrem Volk zurück, Kid. Es ist unmenschlich, wenn so eine Frau wieder zurückgehen muß. Überleg mal. Fast vier Jahre mit unseren Bohnen und Speck und Mehl und Trockenfrüchten, und dann soll sie wieder zurück zu Fisch und Karibu. Es ist nicht gut, unsere Lebensweise auszuprobieren, zu erkennen, daß sie besser ist als die ihres Volkes, und dann wieder zurückzumüssen. Kümmere dich um sie, Kid – warum machst du nicht selbst einen Versuch – aber nein, du bist den Frauen immer aus dem Weg gegangen –, und du hast mir nie erzählt, warum du in dieses Land gekommen bist. Sei gut zu ihr und schick sie sobald wie möglich in die Staaten zurück. Aber sorg dafür, daß sie auch hierher zurückkommen kann – weißt du, sie wird Heimweh bekommen.

Und dann das Baby – dadurch sind wir uns näher gekommen, Kid. Ich hoffe bloß, es ist ein Junge. Stell dir vor! – Fleisch von meinem Fleisch, Kid. Er darf nicht in diesem Land bleiben. Und wenn es ein Mädchen ist, dann kann sie ohnehin nicht hier bleiben. Verkauf meine Pelze; das bringt mindestens fünftausend, und bei der Handelsgesellschaft habe ich noch einmal soviel. Du kannst über meine Anteile verfügen wie über deine eigenen. Ich glaube auch, daß man auf dem Claim am Flußhang fündig werden wird. Sieh zu, daß der Kleine eine anständige Schulbildung bekommt; und vor allem, Kid, laß ihn nicht wieder zurück. Dieses Land ist nicht für den weißen Mann geschaffen.

Mit mir ist es aus, Kid. Drei oder vier Nächte noch, höchstens. Ihr müßt weiter. Es geht nicht anders. Denk daran, es ist meine Frau, mein Junge – Gott, ich wünsche mir so, daß es ein Junge wird! Ihr könnt nicht bei mir bleiben, und ich beschwöre dich, du mußt auf die Worte eines Sterbenden hören, geht ohne mich weiter.«

»Gib mir noch drei Tage«, bat Malemute Kid. »Du erholst dich vielleicht wieder; irgendwas ergibt sich vielleicht.«

»Nein.«

»Nur drei Tage.«

»Ihr müßt weiterziehen.«

»Zwei Tage.«

»Es geht um meine Frau und mein Kind, Kid. Du würdest es selbst nicht verlangen.«

»Einen Tag.«

»Nein. Nein. Ich verlange –«

»Nur einen Tag. Wir können den Proviant noch etwas strecken, und vielleicht bekomme ich noch einen Elch vor die Flinte.«

»Nein – na gut; einen Tag, aber nicht eine Minute mehr. Und Kid, laß – laß mich nicht im Stich in dieser Sache. Nur ein Schuß, einmal den Finger krumm gemacht. Du verstehst schon. Stell dir bloß vor, stell dir das bloß vor! Fleisch von meinem Fleisch, und ich werde ihn nie zu Gesicht bekommen!

Schick mir Ruth her. Ich will ihr Lebewohl sagen, und sie bitten, an den Jungen zu denken und nicht zu warten, bis ich tot bin. Sie würde sich sonst vielleicht weigern, dich zu begleiten. Leb wohl, alter Freund, leb wohl.

Kid! Hör zu, du mußt einen Schacht graben, oben über dem Bachlauf, wo der Hang abgerutscht ist. Vierzig Cents habe ich da aus meiner Pfanne gewaschen.

Noch etwas, Kid!« Dieser beugte sich für die letzten schwachen Worte noch tiefer über ihn und hörte, wie der sterbende Mann seinen Stolz überwand. »Es tut mir leid – wegen – du weißt schon – Carmen.«

Malemute Kid ließ die leise schluchzende Indianerin neben ihrem Mann zurück, schlüpfte in seinen Parka und die Schneeschuhe, nahm sein Gewehr unter den Arm und verlor sich im Wald. Er war mit allen Heimsuchungen des Nordens vertraut, aber eine solche Schwierigkeit hatte er noch nie meistern müssen. In der Theorie war es eine einfache mathematische Aufgabe – drei Menschen mit der Möglichkeit zu überleben gegen einen, der dem Tod geweiht war. Aber jetzt zögerte er. Fünf Jahre lang, Seite an Seite, auf dem Fluß und auf dem Trail, in Lagern und Goldminen, im Kampf um ihr Leben gegen den Feind, die Fluten und den Hunger, hatten sie das Band ihrer Freundschaft geknüpft. So nah waren sie einander, daß er oft eine unbestimmte Eifersucht auf Ruth empfunden hatte, seit diese das erste Mal zwischen sie getreten war. Und nun sollte er das Band mit eigener Hand zerschneiden.

Obgleich er den Himmel beschwor, ihm einen Elch zu senden, nur einen einzigen, schien alles Wild dem Land den Rücken gekehrt zu haben, und mit dem Einbruch der Dämmerung wankte er erschöpft zum Lager zurück, mit leeren Händen und schwerem Herzen. Aber ein Aufruhr unter den Hunden und Ruths schrille Schreie trieben ihn zur Eile.

Als er auf den Lagerplatz stürmte, sah er die junge Frau, die inmitten einer zähnefletschenden Meute mit der Axt um sich schlug. Die Hunde hatten das eherne Gesetz ihrer Herren gebrochen und sich über den Proviant hergemacht. Er stürzte sich mit erhobenem Gewehrkolben in das Getümmel, und das grausame Spiel der natürlichen Auslese nahm mit der ganzen Gnadenlosigkeit des urzeitlichen Schauplatzes, auf dem man es austrug, seinen Lauf. Gewehr und Axt bewegten sich auf und nieder, trafen oder verfehlten in monotonem Gleichmaß; geschmeidige Körper schossen umher, mit wilden Augen und geifernden Fängen; Mensch und Tier kämpften um die Vorherrschaft bis zum bittersten Ende. Dann krochen die geschlagenen Hunde aus dem Lichtschein des Feuers, leckten ihre Wunden und heulten ihr Elend den Sternen zu.

Sie hatten den gesamten Vorrat an getrocknetem Lachs verschlungen, und nun blieben vielleicht noch fünf Pfund Mehl für einen Weg von zweihundert Meilen durch die

Wildnis. Ruth ging zu ihrem Mann zurück, während Malemute Kid den noch warmen Kadaver eines Hundes, dem die Axt den Schädel zerschmettert hatte, in Portionen zerlegte, die er sorgfältig verpackte; er ließ von dem Hund nur Haut und Innereien übrig und warf sie den Tieren vor, die noch eben seine Gefährten gewesen waren.

Der Morgen brachte neue Sorgen. Die Tiere begannen, übereinander herzufallen. Carmen, die immer noch an ihrem dünnen Lebensfaden hing, geriet unter die Meute. Umsonst fuhr die Peitsche dazwischen. Die Hunde wanden sich unter den Schlägen und jaulten, aber sie gaben ihr Opfer nicht frei, ehe nicht auch noch der letzte jämmerliche Fetzen verschwunden war – Knochen, Haut, Haar, alles.

Malemute Kid ging seiner Arbeit nach und hörte Mason zu, der wieder in Tennessee war, wirre Reden führte und die Glaubensbrüder aus anderen Tagen mit leidenschaftlichen Worten ermahnte.

Malemute Kid machte sich den Umstand zunutze, daß gleich neben dem Lager Kiefern standen. Er arbeitete rasch, und Ruth sah ihm zu, wie er in der Art der Jäger, die ihr Fleisch vor Vielfraßen und Hunden schützen wollen, ein Vorratsslager anlegte. Nacheinander bog er die gegenüberliegenden Wipfel von zwei jungen Bäumen bis fast auf den Boden herunter und befestigte sie mit Streifen von Elchshaut. Dann prügelte er die Hunde, bis sie sich fügten und spannte sie vor zwei Schlitten, die er mit allem bepackte außer den Fellen, in die er Mason eingehüllt hatte. Diese wickelte er fest um ihn herum, verschnürte sie und band die Enden an die herabgebogenen Kiefernspitzen. Ein Schnitt mit seinem Jagdmesser würde sie freigeben und der Körper mit ihnen in die Höhe schnellen.

Ruth hatte die letzten Wünsche ihres Ehemanns entgegengenommen und fügte sich. Das arme Ding hatte seine Lektion in Sachen Gehorsamkeit gut gelernt. Von Kindheit an hatte sie ihr Haupt vor den Herren der Schöpfung geneigt, gesehen, daß alle Frauen dasselbe taten, und für sie lag es nicht in der Natur der Frau, sich zu widersetzen. Kid gestattete ihr einen Gefühlsausbruch, als sie ihrem Mann den Abschiedskuß gab – ihr eigenes Volk kannte eine solche Sitte nicht – und führte sie dann zum ersten Schlitten, wo er ihr in die Schneeschuhe half. Sie griff blindlings und instinktiv nach Steuerstange und Peitsche und gab den Hunden das Kommando zum Aufbruch. Dann kehrte er zurück zu Mason, der inzwischen in tiefer Bewußtlosigkeit lag; und lange, nachdem sie seinen Blicken entschwunden war, hockte er am Feuer, wartete, hoffte, betete darum, sein Kamerad möge sterben.

Es ist nicht schön, mit quälenden Gedanken im Weißen Schweigen allein zu sein. Das Schweigen der Dämmerung ist barmherzig, umgibt den Menschen wie mit einer schützenden Hülle und atmet tausendfaches, nicht faßbares Mitgefühl; aber das Weiße Schweigen, gleißend klar und kalt, unter stählernem Himmel, ist erbarmungslos.

Eine Stunde verging – zwei Stunden, aber der Mann wollte nicht sterben. Zur Mittagsstunde warf die Sonne, ohne daß ihr Rand über den südlichen Horizont stieg, einen schwachen feurigen Schein quer über das Firmament, um ihn gleich wieder verlöschen zu lassen. Malemute Kid raffte sich auf und trat unter Aufbietung seiner ganzen Kraft an das Lager seines Gefährten. Er blickte sich um. Das Weiße Schweigen schien ihn höhnisch anzugrinsen, und eine große Furcht überkam ihn. Ein Schuß fiel; Mason schnellte nach oben in sein luftiges Grab. Mit der Peitsche trieb Malemute Kid die Hunde zu wildem Galopp an und jagte über den Schnee davon.

DER GOTT SEINER VÄTER

I

Nach allen Seiten erstreckte sich der Urwald – Schauplatz lärmender Komödien und stummer Tragödien. Hier wurde der Kampf ums Überleben noch immer in all seiner urzeitlichen Grausamkeit ausgetragen. In dem Land am Ende des Regenbogens – und hier befand man sich in seinem Kernbezirk – trafen britischer und russischer Herrschaftsanspruch noch nicht aufeinander, und auch die Yankees hatten das weite Land noch nicht mit ihrem Gold erworben. Die Wolfsmeute patrouillierte noch an den Flanken der Karibuherden, um die schwachen und die trächtigen Tiere von den übrigen abzusondern, und sie so gnadenlos niederzureißen wie in den abertausend Generationen zuvor. Die wenigen Eingeborenen unterwarfen sich noch der Herrschaft ihrer Häuptlinge und Medizinmänner, trieben böse Geister aus, verbrannten ihre Hexen, bekämpften ihre Nachbarn und verzehrten ihre Feinde mit einem Genuß, der ihren Bäuchen Ehre machte. Aber jetzt ging die Steinzeit zu Ende. Schon kamen auf unbekannten Pfaden, durch nie erforschte Wildnis, die Vorboten des Stahls zu ihnen – hellhäutige, blauäugige, unbeugsame Männer, die den unruhigen Geist ihrer Rasse verkörperten. Von Zufall oder Absicht geführt, allein oder zu zweit oder zu dritt, so tauchten sie auf, keiner wußte woher, kämpften und starben, oder zogen weiter, keiner wußte wohin. Die Priester hielten flammende Reden gegen sie, die Häuptlinge riefen ihre Krieger, und Stein und Stahl trafen im Kampf aufeinander. Doch vergeblich: Wie Wasser, das aus einem mächtigen Reservoir sickert, rieselte es durch dunkle Wälder und die

Bergpässe herunter; diese Menschen folgten in Kanus aus Baumrinde dem Lauf der großen Wasserwege oder bahnten auf mokassinbewehrten Füßen den Wolfshunden eine Spur. Sie entstammten einer großen Rasse und waren die Söhne vieler Mütter; doch diese Erkenntnis stand den pelztragenden Bewohnern des Nordlands erst noch bevor. Bis dahin kämpften nicht wenige Wanderer ihren letzten, von niemandem besungenen Kampf in dieser Welt und starben unter dem kalten Feuer des Nordlichts, so wie anderswo ihre Brüder in brennendem Wüstensand oder dampfenden Dschungeln starben und so wie es weitergehen wird, bis die Zeit abgelaufen ist und sich das Schicksal ihrer Rasse erfüllt hat.

Es ging auf zwölf Uhr zu. Am Nordhimmel verriet ein rosiger Schimmer, nach Westen verblassend und zum Osten hin tiefer werdend, die unter den Horizont abgetauchte Mitternachtssonne. Abend- und Morgendämmerung verschmolzen so miteinander, daß es keine Nacht gab – bloß eine Vermählung von Tag und Tag, ein fast unmerklicher Übergang des einen Laufs der Sonne in den nächsten. Ein Regenpfeifer sang ein schüchternes Abendlied; eine Drossel verkündete schmetternd den Morgen. Auf einer Insel an einer Ausbuchtung des Yukon machte eine Kolonie von Wildenten ihrer Empörung über nicht enden wollendes Unrecht Luft, während ein Seetaucher über die stille Wasserfläche hinweg spöttisches Gelächter zurückgab.

Im Vordergrund lagen Kanus aus Birkenrinde in Zweier- und Dreierreihen vor einer Sandbank, an der das Wasser in tiefen Wirbeln vorbeiflutete. Speere mit Elfenbeinspitzen, Pfeile mit Widerhaken aus Knochen, Bogen mit Sehnen aus Tierhäuten und primitive Fallen aus Korbgeflecht zeigten an, daß in der trüben Flußströmung Lachse zu fangen waren. Aus dem Durcheinander der mit Tierhäuten bespannten Zelte und Trockengestelle im Hintergrund drangen die lauten Stimmen der Fischer. Die jungen Gecken alberten miteinander oder flirteten mit den Mädchen, während die älteren Frauen, die von diesem Treiben ausgeschlossen waren, weil sich ihr Lebenszweck in der Fortpflanzung erfüllt hatte, Seile aus den grünen Wurzeln hängender Lianen flochten und dabei ein Schwätzchen miteinander hielten. Zu ihren Füßen spielten und zankten ihre nackten Nachkömmlinge oder wälzten sich mit gelbbraunen Wolfshunden im Dreck.

An einem Ende des Lagerplatzes, in auffällig isolierter Lage, standen zwei weitere Zelte. Hier handelte es sich jedoch um das Lager von Weißen. Schon die Wahl dieser Position ließ keinen Zweifel daran. Für den Fall eines Angriffs beherrschte man von diesem Platz aus das knapp hundert Meter entfernte Lager der Indianer; würde man sich verteidigen müssen, dann waren die erhöhte Lage und das freie Schußfeld von Vorteil; und schließlich, im Fall einer Niederlage, lagen hinter den Zelten, gut zwanzig Meter hangab, die Kanus bereit. Aus einem der Zelte kam das Wimmern eines kranken Kinds und der besänftigende Singsang der Mutter. Draußen, im Freien, über dem schwelenden Rest eines Feuers, redeten zwei Männer.

»Was weißt denn du? Ich liebe die Kirche wie ein guter Sohn. *Bien!* Meine Liebe war so groß, daß ich meine Tage damit verbracht habe, vor ihr davonzulaufen, und meine Nächte damit, im Traum mit ihr abzurechnen. Stell dir vor!« Die Stimme des Halbbluts wurde zum wütenden Fauchen. »Ich wurde am Red River geboren. Mein Vater war Weißer – so weiß wie du. Aber du bist ein Yankee, und er war britischer Abstammung, der Sohn eines Gentleman. Und meine Mutter war die Tochter eines Häuptlings und ich ein Mann. Jawohl, man mußte schon zweimal hinschauen, um zu sehen, welches Blut in mir floß; denn ich lebte unter Weißen, ich war einer von ihnen, und in mir schlug das Herz meines Vaters. Nun gab es ein Mädchen – eine Weiße –, die mir wohlgesonnen war. Ihr Vater besaß viel Land und viele

Pferde; außerdem war er ein angesehener Mann von französischer Herkunft. Er sagte, seine Tochter sei flatterhaft, redete immerzu auf sie ein und wurde zornig, daß so etwas möglich sein sollte.

Aber sie wußte, was sie wollte, so daß wir rasch vor den Priester traten. Ihr Vater war mit Lügen, falschen Versprechungen und was weiß ich noch schneller gewesen. Deswegen blieb der Priester hart und lehnte ab, das zu tun, was uns erlaubt hätte, als Mann und Frau zusammenzuleben. Und so wie am Anfang die Kirche meine Geburt nicht segnen wollte, so verweigerte sie mir nun die Heirat und befleckte meine Hände mit Blut. *Bien!* Ich habe also Grund genug, die Kirche zu lieben. Ich schlug den Priester in sein weibisches Gesicht, und wir nahmen uns schnelle Pferde, das Mädchen und ich, und ritten nach Fort Pierre, wo es einen Geistlichen gab, der ein gutes Herz hatte. Doch ihr Vater, ihre Brüder und andere Männer, die er gedungen hatte, waren uns hart auf den Fersen. Es kam zum Kampf; aus dem Sattel schoß ich drei von ihren Pferden herunter, und die übrigen ließen von uns ab, um direkt nach Fort Pierre zu reiten. Wir gingen nach Osten, das Mädchen und ich, und lebten in den Bergen und Wäldern wie Mann und Frau, ohne verheiratet zu sein – das war das Werk der guten Kirche, die ich liebe wie ein Sohn.

Aber nun höre, denn kein Mann kann verstehen, was in einer Frau vorgeht. Auf einem der Pferde, dessen Reiter ich aus dem Sattel geschossen hatte, saß ihr Vater, und die nachfolgenden Pferde galoppierten über ihn hinweg. Wir hatten es gesehen, das Mädchen und ich, und ich hätte es vergessen, wenn sie nicht ständig daran gedacht hätte. Wenn abends nach der Jagd Ruhe einkehrte, schlich es sich zwischen uns, stand zwischen uns in der Stille der Nacht, wenn wir unter den Sternen lagen und eigentlich eins hätten sein sollen. Sie sprach es nie aus, aber es saß bei uns am Feuer und hielt uns voneinander fern. Sie versuchte, es wegzuschieben, aber dann stieg es in ihr hoch, bis ich es in ihren Augen lesen konnte, bis ich es spürte an der Art, wie sie Luft holte.

Sie hat mir am Ende ein Kind geboren, ein Mädchen, und ist dann gestorben. Ich ging zur Familie meiner Mutter, damit das Kind sich an einer warmen Brust nähren und überleben konnte. Aber meine Hände waren blutbefleckt, wegen der Kirche, hörst du, befleckt mit Menschenblut. Die Reiter aus dem Norden kamen und suchten nach mir; der Bruder meiner Mutter, der selbst Häuptling war, versteckte mich und gab mir Pferde und Nahrung. Wir ritten davon, mein kleines Mädchen und ich, direkt in das Land der Hudson Bay Company, wo es kaum Weiße gab und wo man nicht viel Fragen stellte. Ich arbeitete für die Gesellschaft als Jäger, Pfadfinder, Hundeführer, bis mein kleines Mädchen eine Frau geworden war, schlank und großgewachsen und schön anzusehen.

Du kennst den Winter, lang und einsam, wenn böse Gedanken aufkommen und böse Taten geschehen. Der Hauptverwalter war ein hartherziger, rücksichtsloser Mann. Ein Mann, den keine Frau mit Wohlgefallen betrachtete. Doch er hatte ein Auge auf mein Mädchen geworfen, das zur Frau geworden war. Mutter Gottes! Er schickte mich fort auf eine lange Reise mit den Hunden, damit er – du verstehst, er war ein hartherziger, gefühlloser Mensch. Sie war fast weiß, ihre Seele war weiß, eine gute Frau war sie, und – ja, sie starb.

Die Nacht war bitterkalt, als ich zurückkehrte. Ich war monatelang fortgewesen, und die Hunde humpelten mit wunden Pfoten ins Fort. Die Indianer und die Mischlinge sahen mich schweigend an, und ich spürte eine unbestimmte Angst, sagte aber nichts, bis die Hunde versorgt waren und ich selbst gegessen hatte, wie es jeder machen sollte, der noch etwas zu verrichten hat. Dann machte ich den Mund auf und verlangte Auskunft, doch sie schreckten vor mir zurück, weil sie meinen Zorn fürchteten und das, was ich tun würde. Aber die Geschichte kam heraus, eine jammervolle Geschichte, Wort für Wort, Tat für Tat, und sie staunten, daß ich so ruhig blieb.

Als sie zu Ende gekommen waren, ging ich zum Haus des Verwalters, ruhiger als jetzt, wo ich es erzähle. Er fürchtete sich und hatte Mischlinge zu Hilfe gerufen; doch seine Tat hatte ihnen mißfallen, und sie überließen ihn seinem selbstverschuldeten Schicksal. Also hatte er sich in das Haus des Priesters geflüchtet. Ich folgte ihm dorthin. Als ich ankam, stellte sich mir der Priester in den Weg und redete mit sanften Worten auf mich ein, sagte, ein Mann im Zorn dürfe weder nach rechts noch links abweichen, sondern müsse den direkten Weg zu Gott suchen. Ich verlangte mit dem Recht väterlichen Zorns, daß er mich passieren lassen solle. Er erwiderte, nur über seine Leiche, und bedrängte mich, mit ihm zu beten. Siehst du, es war die Kirche, immer die Kirche; denn ich ging über seine Leiche und schickte den Verwalter meinem Mädchen nach, damit er vor seinen Gott treten müsse, der ein böser Gott ist, und der Gott der weißen Menschen.

Das gab großes Aufsehen, und man schickte die Nachricht zur nächstgelegenen Station; ich mußte fliehen. Durch das Land des Großen Sklavensees, das Mackenzie-Tal hinab zum ewigen Eis, über das Weiße Felsengebirge, am Großen Yukonbogen vorbei, bis hierher. Seit damals ist dein Gesicht das erste vom Volk meines Vaters, das ich erblickt habe. Es möge das letzte sein! Diese Leute, die meinem Volk angehören, sind einfache Menschen, und ich bin bei ihnen zu hohen Ehren gekommen. Mein Wort ist für sie Gesetz, ihre Priester handeln nur nach meinem Geheiß, sonst würde ich sie nicht dulden. Wenn ich für sie spreche, spreche ich für mich selbst. Wir verlangen, daß man uns in Ruhe läßt. Wir wollen niemanden von eurer Art. Wenn wir euch Platz an unseren Feuern machen, dann kommen eure Kirche, eure Priester und eure Götter hinterher. Und du mußt wissen, jeden Weißen, der mein Dorf betritt, werde ich zwingen, seinen Gott zu verleugnen. Du bist der erste, deswegen erlasse ich es dir. Du solltest also fortgehen, und zwar schnell.«

»Ich bin für meine Brüder nicht verantwortlich«, entgegnete jetzt der zweite Mann und stopfte bedächtig seine Pfeife. So zögernd Hay Stockard gelegentlich das Wort ergriff, so rasch schritt er manchmal zur Tat; aber nur manchmal.

»Aber ich kenne deine Sorte«, antwortete der andere. »Du hast viele Brüder, und du und deinesgleichen, ihr legt die Spur, der andere folgen. Später werden sie das Land in Besitz nehmen, aber nicht zu meiner Zeit. Schon sind sie, wie man mir erzählt, am Oberlauf des Großen Flusses, und weiter unterhalb sind die Russen.«

Hay Stockard hob ruckartig den Kopf. Das war eine überraschende geographische Information. Beim Posten der Hudson Bay Company in Fort Yukon hatte man andere Vorstellungen vom Verlauf des Flusses, denn man glaubte, er münde ins Polarmeer.

»Dann fließt der Yukon also in die Bering-See?« fragte er.

»Ich weiß es nicht, aber unterhalb gibt es Russen, viele Russen. Es ist ohnehin gleich. Du kannst selbst weiterfahren und es herausfinden; du kannst zurück zu deinen Brüdern fahren; aber du wirst nicht den Koyukuk hinauffahren, solange die Priester und Krieger meinen Worten gehorchen. Das befehle ich, Baptist der Rote, dessen Wort Gesetz ist und der über dieses Volk herrscht.«

»Und wenn ich nicht zu den Russen hinabfahre und nicht zu meinen Brüdern zurückkehre?«

»Dann wirst du ganz hurtig vor deinen Gott treten, der ein böser Gott ist, der Gott der Weißen.«

Die Sonne erschien über dem nördlichen Horizont, in

triefendem, blutigem Rot. Baptist der Rote stand auf, nickte schroff und schritt durch Purpurschatten zurück in sein Lager, vom Gesang der Drosseln begleitet.

Am Feuer rauchte Hay Stockard seine Pfeife zu Ende, starrte in Glut und Rauch, und stellte sich den Oberlauf des Koyukuk vor, dieses unbekannten Stroms, der seine Reise duch die Arktis hier beendete und seine Wasser mit den schlammigen Fluten des Yukon mischte. Irgendwo dort droben, wenn die letzten Worte eines gestrandeten Matrosen glaubwürdig waren, der die schreckliche Reise über Land gemacht hatte, und wenn das kleine Gläschen voller Goldkörner in seiner Tasche irgend etwas bewies – irgendwo dort droben in dieser Heimstatt des Winters befand sich die Schatzkammer des Nordens. Und Baptist der Rote, englisches Halbblut und Abtrünniger, versperrte den Zugang zu dieser Welt.

»Pah!« Mit einem Fußtritt verstreute er die Glut und erhob sich zu voller Größe, breitete träge die Arme aus und blickte unbekümmert in den rotschimmernden Norden.

II

Hay Stockard fluchte heftig und in der rauhen Einsilbigkeit seiner Muttersprache. Seine Frau blickte von ihren Töpfen und Pfannen auf und begann, den Fluß so sorgfältig abzusuchen wie ihr Mann. Sie stammte aus dem Gebiet des Teslin und wußte die Laute ihres Manns zu deuten, wenn er heftig wurde. Vom verrutschenden Schneeschuhriemen bis zu einem sich ankündigenden plötzlichen Tod – alles offenbarte sich ihr über die Tonhöhe und Lautstärke seiner Flüche. Sie wußte daher, daß die gegenwärtige Lage ihre Aufmerksamkeit erforderte. Ein langes Kanu, dessen Paddel in den Strahlen der westwärts wandernden Sonne aufblitzten, kreuzte von oben her die Strömung und hielt auf das ruhige Wasser zu. Hay Stockard beobachtete es mit gespannter Aufmerksamkeit. Mit rhythmischer Präzision hoben und senkten die drei Männer darin ihre Paddel; doch es war das rote Tuch, das einer von ihnen um den Kopf geschlungen hatte, das seine Aufmerksamkeit fesselte.

»Bill!« rief er. »Ho, Bill!«

Ein riesiger, schlaksiger Mann rollte sich aus einem der Zelte, gähnte und rieb sich den Schlaf aus den Augen. Dann sichtete er das fremde Boot und war auf der Stelle hellwach.

»Beim ehrwürdigen Methusalem! Der verdammte Schwarzrock!«

Hay Stockard nickte bitter, machte Miene, zu seinem Gewehr zu greifen, und zuckte dann die Achseln.

»Schieß ihn über den Haufen«, schlug Bill vor, »und mach der Sache gleich ein Ende. Wir sind erledigt, wenn wir es nicht tun, das steht fest.« Doch sein Partner verwarf eine so drastische Maßnahme, gebot seiner Frau, wieder an ihre Arbeit zu gehen und rief Bill vom Ufer zurück. Die beiden Indianer in dem Kanu machten das Boot fest, während sein weißer Insasse, schon von weitem kenntlich an seinem farbenprächtigen Tuch, die Böschung hinaufstieg.

»Wie Paulus von Tarsus grüße ich euch. Friede sei mit euch und die Gnade des Herrn.«

Sein Annäherungsversuch stieß auf ablehnendes Schweigen.

»Ich grüße dich, Hay Stockard, Philister und Gotteslästerer. Dein Herz ist erfüllt von der Lust des Mammon, hinter deiner Stirn nistet teuflische Arglist, und in deinem Zelt kocht diese Frau, mit der du in Sünde zusammenlebst. Doch ich, Sturges Owen, Apostel des Herrn, ermahne dich hier in der Wildnis: bereue deine Sünden und wirf alles Unrecht von dir.«

»Spar dir dein Gewäsch! Spar es dir!« fiel Stockard ihm gereizt ins Wort. »Du wirst es noch dringend brauchen, noch mehr, als du auf Lager hast, für Baptist den Roten dort drüben.«

Er winkte zum Indianerlager hinüber, von wo das Halbblut unverwandt herüberschaute und die Neuankömmlinge musterte. Sturges Owen, Verkünder der Frohen Botschaft und Apostel des Herrn, trat an die Kante der Uferböschung und befahl seinen Leuten, die Lagerausrüstung heraufzubringen. Stockard folgte ihm.

»Hör zu!« Stockard packte den Missionar an der Schulter und wirbelte ihn herum. »Hängst du am Leben?«

»Es ruht in Gottes Hand; ich bestelle nur seinen Weinberg«, antwortete er würdevoll.

»Ach, hör auf mit dem Quatsch. Suchst du einen Job als Märtyrer?«

»Wenn ER es so fügt.«

»Also schön, das kannst du hier haben, aber erst gebe ich dir einen guten Rat. Du kannst darauf hören, und du kannst es auch bleiben lassen. Wenn du hier haltmachst, dann findet dein Wirken ein plötzliches Ende. Und nicht nur deins, sondern das gleiche gilt für deine Leute, für Bill, meine Frau ...«

»Die eine Tochter des Belial ist und das wahre Evangelium nicht annehmen will.«

»Und für mich. Du bringst nicht nur dich selbst in Gefahr, sondern auch uns. Ich lag im letzten Winter mit dir zusammen im Eis fest, wie dir kaum entfallen sein dürfte, und ich kenne dich als guten Menschen und als Narren. Wenn du es für deine Pflicht hältst, dich mit den Heiden anzulegen, bitte sehr. Aber denk ein bißchen darüber nach, wie du es anstellst. Dieser Mann, Baptist der Rote, ist kein Indianer. Er hat unser Blut, ist nicht weniger halsstarrig als ich und in seiner Art genauso fanatisch wie du auf deine. Wenn ihr zwei aneinandergeratet, dann ist der Teufel los, und ich habe keine Lust, da mit hineingezogen zu werden, verstehst du? Laß dir also raten, und mach dich davon. Wenn du flußabwärts fährst, kommst du zu den Russen. Bei ihnen findest du bestimmt orthodoxe Priester, die dich sicher bis zur Bering-See geleiten – der Yukon mündet nämlich in die Bering-See –, und danach ist es nicht schwierig, in die Zivilisation zurückzufinden. Du kannst mir glauben, daß du hier so schnell verschwinden solltest, wie Gott es zuläßt.«

»Wer den Herrn im Herzen trägt und das Evangelium in seinen Händen, der fürchtet nicht die Machenschaften der Menschen oder des Teufels«, antwortete der Missionar unerschütterlich. »Ich werde mit diesem Mann reden und mit ihm ringen. Ein verlorengegangenes Schaf, das zu seiner Herde zurückfindet, ist mehr wert als tausend frisch Bekehrte. Wer im Bösen stark ist, kann auch im Guten mächtig sein, wie uns das Beispiel des Saulus zeigt, als er mit gefangenen Christen über Damaskus nach Jerusalem reiste. Er vernahm die Stimme des Erlösers, und sie rief ›Saulus, Saulus, was verfolgest du mich?‹ Und Paulus reihte sich ein in das Heer Gottes und rettete unzählige Seelen. Und so wie er, Paulus von Tarsus, so arbeite auch ich im Weinberg des Herrn und erdulde Prüfung und Drangsal, Hohn und Spott, Hiebe und Strafen, für IHN, meinen Gebieter.«

»Bringt das Teesäckchen mit und einen Kessel Wasser«, rief er im nächsten Augenblick seinen Leuten im Boot zu. »Und denkt an die Karibulende und die große Pfanne.«

Als die beiden, die er persönlich bekehrt hatte, heraufgestiegen waren, fiel das Trio auf die Knie und stattete mit noch aufgeschnallter Lagerausrüstung seinen Dank dafür ab, daß sie in der Wildnis nicht vom Weg abgeirrt und unversehrt angekommen waren. Hay Stockard betrachtete die Zeremonie mit spöttischer Mißbilligung; als prosaischer Mensch hatte er keinen Sinn für romantische Feierlichkeiten. Baptist der Rote, der sie immer noch beobachtete, erkannte die vertrauten Gesten wieder und dachte an die junge Frau, die in den Bergen und Wäldern das Lager unter dem Sternenhimmel mit ihm geteilt hatte, und an das Mädchen, das irgendwo im Ödland der Hudson Bay begraben lag.

III

»Verdammt nochmal, Baptist, nicht im Traum würde ich das erwägen. Nicht einen Moment lang. Der Mann ist ein Narr, zugegeben, und fast zu nichts zu gebrauchen, aber deswegen kann ich ihn trotzdem nicht verleugnen.«

Hay Stockard machte eine Pause und versuchte, seine rudimentäre Ethik in Worte zu fassen.

»Er ist mir schon früher in die Quere gekommen, Baptist, und hat mich in alle möglichen Schwierigkeiten gebracht; aber versteh doch, er ist einer von meiner Rasse – ein Weißer – und – und – na jedenfalls könnte ich unmöglich mein Leben mit seinem erkaufen, auch nicht, wenn er ein Nigger wäre.«

»So sei es«, erwiderte Baptist der Rote. »Ich habe dir Zeit und ich habe dir die Wahl gelassen. Ich werde gleich mit meinen Priestern und meinen Kriegern anrücken, und dann schlägt entweder dein letztes Stündchen oder du verleugnest deinen Gott. Überlaß den Priester mir, und du sollst in Frieden ziehen dürfen. Andernfalls endet dein Weg an dieser Stelle. Alle hier sind gegen euch, sogar die Kinder. Sie haben schon eure Kanus gestohlen.« Er zeigte hinunter zum Wasser. Nackte Jungen waren etwas oberhalb unbemerkt in den Fluß gestiegen, hatten die Boote losgemacht und sie in die Strömung manövriert. Sobald die Kanus außer Schußweite waren, kletterten die Jungen hinein und paddelten an Land.

»Überlaß mir den Priester, und du kannst sie zurückhaben.

Was hältst du davon? Sag, was du tun willst, aber überleg es dir gut.«

Stockard schüttelte den Kopf. Sein Blick fiel auf die Frau aus dem Land am Teslin, die seinen Jungen stillte, und er wäre schwankend geworden, wenn er nicht den Blick auf die Männer geworfen hätte, die vor ihm standen.

»Ich habe keine Angst.« Sturges Owen meldete sich zu Wort. »Der Herr hält mich in seiner Rechten, und allein will ich in das Lager des Ungläubigen gehen. Es ist nicht zu spät. Der Glaube kann Berge versetzen. Vielleicht noch in der elften Stunde kann ich seine Seele zur Rechtschaffenheit bekehren.«

»Stell diesem Halbblut doch einfach ein Bein und fessele ihn«, flüsterte Bill seinem Führer heiser ins Ohr, während der Missionar weiterredete und mit dem Heiden rang. »Nimm ihn als Geisel, und wenn sie bösartig werden, erledigen wir ihn.«

»Nein«, antwortete Stockard. »Ich habe ihm mein Wort gegeben, daß er gefahrlos mit uns verhandeln kann. Nach diesen Spielregeln wird gekämpft, Bill. Er war offen und ehrlich, hat uns gewarnt, und so weiter und – verdammt nochmal, Mann, ich kann mein Wort nicht brechen!«

»Er wird seins halten, darauf kannst du Gift nehmen.«

»Ich zweifle nicht daran, aber ich werde mich von einem Mischling nicht übertrumpfen lassen, wenn es um Fairness geht. Warum tun wir nicht einfach, was er verlangt – überlassen ihm den Missionar, und damit hat sich die Sache?«

»N-nein«, sagte Bill zögernd.

»Da hast du auch Probleme, was?«

Bill errötete leicht und ließ das Thema fallen. Baptist wartete immer noch auf die endgültige Entscheidung. Stokkard trat auf ihn zu.

»Es ist doch so, Baptist. Ich bin in euer Dorf gekommen und hatte vor, den Koyukuk hinaufzufahren. Ich hatte nichts

Unrechtes im Sinn. Meine Seele war frei von bösen Gedanken. Sie ist immer noch rein. Dann kommt dieser – wie du ihn nennst – Priester daher. Ich habe ihn nicht geholt. Er wäre auch ohne mich gekommen. Aber jetzt, wo er hier ist, und weil er meinem Volk angehört, muß ich ihm beistehen. Und das werde ich auch tun. Und das wird kein Zuckerschlecken sein. Wenn ihr fertig seid, dann wird dein Dorf still und verlassen daliegen, die Leute dahingerafft wie nach einer Hungersnot. Sicher, wir werden nicht überleben; aber auch die besten deiner Krieger nicht –«

»Aber die übrig bleiben, werden Frieden haben, und das Wort fremder Götter und die Reden fremder Priester werden ihnen nicht in den Ohren gellen.«

Beide Männer zuckten die Achseln und wandten sich voneinander ab. Das Halbblut ging zum Indianerlager zurück. Der Missionar rief seine beiden Leute zu sich, und sie beteten gemeinsam. Stockard und Bill fällten die wenigen Fichten, die in ihrer Nähe standen, so daß sie eine Brustwehr bildeten. Das Kind war eingeschlafen, worauf es die Frau auf einen Haufen Felle bettete und bei der Befestigung des Lagers mithalf. Auf drei Seiten wurde der Platz so geschützt, während das Steilufer hinter ihnen einen Angriff von dort ausschloß. Als diese Vorbereitungen beendet waren, gingen die beiden Männer ins Freie und räumten verstreut wachsendes Unterholz aus dem Schußfeld. Vom anderen Lager drangen das Dröhnen der Kriegstrommeln und die Stimmen der Priester herüber, die ihr Volk in kriegerische Wallung versetzten.

»Das Schlimmste ist, daß sie in mehreren Wellen angreifen werden«, beschwerte sich Bill, als sie die Äxte schulterten und ins Lager zurückgingen.

»Und warte erst bis Mitternacht, wenn das Licht zum Zielen nicht mehr ausreicht.«

»Mit anderen Worten, wir können die Sache gar nicht früh genug ins Rollen bringen.« Bill vertauschte die Axt mit dem

Gewehr und stützte sich sorgfältig auf. Einer der Medizinmänner, der seine Leute überragte, hob sich deutlich von den übrigen ab. Bill visierte ihn an.

»Fertig?« fragte er.

Stockard öffnete die Munitionskiste, wies der Frau einen Platz an, wo sie ungefährdet nachladen konnte, und gab das Kommando. Der Medizinmann fiel zu Boden. Einen Augenblick lang kehrte Stille ein, dann brach wildes Geheul los, und ein ganzer Schwarm von Knochenpfeilen ging vor dem Lager nieder.

»Ich würde mir den Burschen nur zu gern aus der Nähe anschauen«, bemerkte Bill und schob eine neue Patrone nach. »Ich könnte beschwören, daß ich ihn genau zwischen den Augen getroffen habe.«

»Hat nur leider nichts gebracht.« Stockard schüttelte deprimiert den Kopf. Baptist hatte den Zorn der besonders kampfeswütigen Krieger offenbar dämpfen können, und der Schuß hatte nicht etwa eine überstürzte Attacke im hellen Tageslicht ausgelöst, sondern vielmehr dazu geführt, daß sich die Indianer rasch aus ihrem Dorf und aus der Schußweite zurückzogen.

Auf dem Höhepunkt seines missionarischen Eifers hätte sich Sturges Owen, auf Gottes Hand vertrauend, allein in das Lager der Ungläubigen hinausgewagt; aber in der Zeit des Abwartens, die nun folgte, erlosch sein Glaubenseifer in dem Maß, wie die menschliche Natur ihre Ansprüche geltend machte. Irdische Angst trat an die Stelle himmlischer Hoffnung, die Liebe zum Leben an die Stelle der Liebe zu Gott. Die Erfahrung war ihm nicht neu. Er fühlte die Schwäche über sich kommen und erkannte sie wieder aus alten Zeiten. Schon früher hatte er gegen sie angekämpft und war ihr erlegen.

Er erinnerte sich an den Augenblick, als die anderen Männer im Angesicht einer brüllend heranstürmenden Eisflut wie die Wahnsinnigen gepaddelt hatten und er im entscheidenden Augenblick und voll weltlicher Panik sein Paddel fallen ließ und Gott ungestüm um Gnade anflehte. Und es hatte noch weitere solche Momente gegeben. Die Erinnerung war nicht angenehm. Es erfüllte ihn mit Scham, daß sein Geist so schwach und sein Fleisch so stark war. Doch die Liebe zum Leben! Die Liebe zum Leben! Er konnte sie nicht von sich abstreifen. Sie war der Grund dafür, daß seine Väter in grauer Vorzeit die Ahnenreihe fortgesetzt hatten; sie war der Grund dafür, daß ihm bestimmt war, sie nun seinerseits nicht abreißen zu lassen. Sein Mut, wenn man es Mut nennen konnte, nährte sich aus seinem Fanatismus. Der Mut von Stockard und Bill entstammte der Treue zu tiefverwurzelten Idealen. Ihre Liebe zum Leben war keineswegs geringer, sondern die Liebe zur Tradition ihrer Rasse war größer; es war durchaus nicht so, daß sie den Tod nicht fürchteten, aber sie waren tapfer genug, nicht um den Preis der Schande überleben zu wollen.

Der Missionar stand auf, für einen Augenblick von seinem Opfermut mitgerissen. Er kroch halb über die Barrikade, um sich auf den Weg zum gegenüberliegenden Lager zu machen, doch dann sank er zurück, ein zitterndes Häuflein, und wimmerte: »Wie der Geist uns treibt! Wie der Geist uns treibt! Wer bin ich, daß ich mich hinwegsetze über Gottes Ratschluß? Noch ehe die Erde wurde, war alles im Buch des Lebens verzeichnet. Soll ich erbärmlicher Wurm diese Seite oder auch nur einen Teil davon herausreißen? Der Geist sei Gottes Willen untertan.«

Bill packte ihn an den Schultern, stellte ihn auf die Beine und schüttelte ihn heftig, ohne ein Wort zu sagen. Dann ließ er das bebende Nervenbündel fallen und wandte seine Aufmerksamkeit den beiden Bekehrten zu. Diese legten jedoch kaum Angst an den Tag und bereiteten sich munter und eifrig auf den kommenden Waffengang vor.

Stockard, der mit gedämpfter Stimme zu der Frau gesprochen hatte, richtete jetzt sein Augenmerk auf den Missionar.

»Hol ihn mir hier herüber«, wies er Bill an.

»Und jetzt«, befahl er, als dieser Sturges Owen bei ihm abgeliefert hatte, »wirst du Mann und Frau aus uns machen, und zwar ein bißchen plötzlich.« Zu Bill gewandt, fügte er entschuldigend hinzu. »Man kann nie wissen, wie es ausgeht; deswegen dachte ich mir, ich bring meine Angelegenheiten vorher in Ordnung.«

Die Frau folgte dem Verlangen ihres weißen Gebieters. Die Zeremonie ergab für sie keinen Sinn. Nach ihrem Verständnis war sie sein Weib und war es seit dem Augenblick gewesen, in dem sie zusammenfanden. Die Konvertiten übernahmen die Rolle der Trauzeugen. Bill stand hinter dem Missionar und gab ihm das Stichwort, wenn er ins Stottern geriet. Stockard legte der Frau die Antworten in den Mund, und als der Moment gekommen war, ihr den Ring aufzustecken, umschloß er statt dessen mit Daumen und Zeigefinger ihren Ringfinger.

»Küß die Braut!« donnerte Bill, und Sturges Owen war zu schwach, sich zu widersetzen.

»Jetzt tauf das Kind!«

»Du machst wirklich Nägel mit Köpfen«, bemerkte Bill dazu.

»Wir beschaffen uns bloß die richtige Ausrüstung für den neuen Trail«, erklärte der Vater, indem er der Mutter das Kind aus den Armen nahm. »Ich hab mal zum Schürfen in den Cascades eine Ausrüstung gestellt bekommen, da war alles komplett, nur das Salz fehlte. Werd ich nie vergessen. Und wenn die Frau und das Kleine heute nacht auf die andere Seite wechseln, dann sollen sie auf alles vorbereitet sein. Ein Schuß aufs Geratewohl, das Ganze, unter uns gesagt, aber wenn er daneben geht, ist nichts Schlimmes passiert.«

Ein Napf voll Wasser erfüllte den Zweck, und das Kind

wurde an einer geschützten Stelle hinter der Barrikade schlafen gelegt. Die Männer machten Feuer, und die Abendmahlzeit wurde zubereitet.

Im Norden näherte sich die Sonne rasch dem Horizont. Der Himmel färbte sich in diesem Bereich blutig rot. Die Schatten wurden länger, das Licht trüber, und in den dunklen Winkeln des Waldes erstarb allmählich das Leben. Selbst die Flußvögel dämpften ihr heiseres Schnattern und spielten die Farce der Nachtruhe mit. Nur die Indianer steigerten ihren Lärm, indem sie die Trommeln dröhnen ließen und mit lauter Stimme wilde Kriegslieder sangen. Als jedoch die Sonne hinter dem Horizont verschwand, endete auch ihr Tumult. Rundum herrschte nun vollständig mitternächtliches Schweigen. Stockard erhob sich auf die Knie und spähte über die Baumstämme. Zwischendurch wimmerte das Kind einmal vor Schmerz, was ihn irritierte. Die Mutter beugte sich darüber, und es schlief wieder ein. Die Stille war abgrundtief. Dann begannen urplötzlich die Drosseln aus voller Kehle zu singen. Die Nacht war vorüber.

Eine Flut dunkler Gestalten brodelte hinaus ins freie Feld. Pfeile schwirrten und Bogensehnen schwangen surrend nach. Ein machtvoll geschleuderter Speer durchbohrte die Frau, als sie sich schützend über das Kind beugte. Ein niedersinkender Pfeil suchte sich einen Weg durch die Barrikade und blieb im Arm des Missionars stecken.

Die Angriffswelle war nicht aufzuhalten. Viele blieben unterwegs liegen, aber die übrigen brandeten weiter gegen die Barrikade und überspülten sie. Sturges Owen floh ins Zelt, während die Männer umgeworfen und unter der Menschenflut begraben wurden. Nur Stockard tauchte wieder an der Oberfläche auf und schleuderte die Indianer zur Seite wie jaulende Hunde. Es war ihm gelungen, sich einer Axt zu bemächtigen. Eine braune Hand umschloß den nackten Fuß des Kindes und zog es unter seiner Mutter hervor. Der magere Körper kreiste einmal am ausgestreckten Arm durch die Luft und wurde dann gegen die Barrikade geschleudert. Stockard spaltete dem Mann den Schädel bis zum Kinn und versuchte, sich Raum zu schaffen. Der Ring von Gesichtern schloß sich immer enger um ihn, und von allen Seiten schoß man die Pfeile mit Widerhaken auf ihn ab, stach man mit Speeren auf ihn ein. Die Sonne war wieder über den Horizont erschienen, und die Kämpfenden tanzten wie dunkelrote Schatten hin und her. Zweimal, als seine Axt zu tief in einen Körper fuhr und festsaß, überrannten sie ihn; aber jedesmal gelang es ihm wieder, sie fortzuschleudern. Sie stürzten zu seinen Füßen nieder, und er trampelte über Sterbende und Tote hinweg; der Boden war schlüpfrig vom Blut. Der Tag wurde immer lichter, und die Drosseln sangen. Nun traten sie ehrfürchtig vor ihm zurück. Er lehnte sich auf seine Axt und rang nach Luft.

»Bei meiner Seele!« rief Baptist der Rote aus. »Du bist wahrhaftig ein Mann. Verleugne deinen Gott, und trotz allem sollst du mit dem Leben davonkommen.«

Mit matter Stimme, aber aufrecht, schwor Stockard, daß er nichts dergleichen tun werde.

»Schaut! Ein Weib!« Man hatte Sturges Owen zum Halbblut geführt.

Außer einer Schramme am Arm war ihm nichts passiert, aber seine Blicke irrten in panischer Angst umher. Dann erfaßte sein flackerndes Auge den Gotteslästerer, übersät mit Wunden und feststeckenden Pfeilen, eine heroische Gestalt, die sich ungebrochen auf eine Axt lehnte, gleichgültig, unbezähmbar, majestätisch. Und er empfand schrecklichen Neid gegenüber diesem Mann, der so gelassen auf das dunkle Tor des Todes zuschreiten konnte. Jesus war gewiß von solcher Art gewesen. Er, Sturges Owen, war es nicht. Warum nicht er? Er ahnte den Fluch seiner Vorfahren, die Schwäche des Geistes, die das Erbe der Vergangenheit war, und er wurde zornig auf jene Schöpfermacht – welches Bild er sich auch immer davon machen mochte –, die ihn, ihren Diener, als Schwächling erschaffen hatte. Dieser Zorn und der Druck der Umstände hätten selbst aus einem stärkeren Mann einen Abtrünnigen gemacht; für Sturges Owen gab es keine Wahl. Aus Furcht vor der Wut der Menschen trotzte er dem Zorn Gottes. Er war in den Dienst des Herrn erhoben worden, nur um erniedrigt zu werden. Ihm war der Glaube gegeben worden, aber keine Glaubensstärke, der Geist ohne die Kraft des Geistes. Es war nicht gerecht.

»Wo ist jetzt dein Gott?« wollte das Halbblut wissen.

»Ich weiß es nicht.« Er stand starr und steif wie ein Kind, das den Katechismus aufsagt.

»Hast du denn überhaupt einen Gott?«

»Ich hatte ihn.«

»Und jetzt?«

»Nein.«

Hay Stockard wischte sich das Blut aus den Augen und lachte. Der Missionar sah ihn erstaunt an, wie im Traum. Er hatte ein Gefühl unendlicher Distanz, als blicke er von weit her auf das Geschehen. An dem, was hier vor sich gegangen war und was noch geschehen würde, hatte er keinen Anteil. Er war Zuschauer – aus der Distanz, ja, aus der Distanz. Und wie von fern drangen die Worte von Baptist dem Roten an sein Ohr:

»Sehr gut. Sorgt dafür, daß dieser Mann seine Freiheit erhält und daß ihm kein Leid geschieht. Er soll in Frieden gehen. Gebt ihm ein Kanu und Verpflegung. Weist ihm die Richtung zu den Russen, damit er ihren Priestern von Baptist dem Roten erzählt, in dessen Land es keinen Gott gibt.«

Sie führten ihn an den Rand des Steilhangs, wo sie stehenblieben, um das Ende der Tragödie mitanzusehen. Das Halbblut wandte sich Hay Stockard zu.

»Es gibt keinen Gott«, sprach er ihm vor.

Der Mann antwortete mit einem Lachen. Einer der jungen Krieger setzte mit seinem Speer zum Wurf an.

»Hast du einen Gott?«

»Ja, den Gott meiner Väter.«

Er umfaßte die Axt fester. Baptist gab das Zeichen, und der Speer bohrte sich mit voller Wucht in seine Brust. Sturges Owen sah die Elfenbeinspitze aus dem Rücken herausragen, sah, wie der Mann schwankte, lachte und den Schaft abbrach, als er zu Boden stürzte. Dann stieg er zum Fluß hinab, um den Russen Kunde zu bringen von Baptist dem Roten, in dessen Land es keinen Gott gab.

DER BUND DER ALTEN MÄNNER

Im Polizeigebäude ging es um Leben und Tod. Ein alter Mann vom Whitefish River, der unterhalb des Lake Laberge in den Yukon mündet, stand vor Gericht. Ganz Dawson war deswegen in Aufruhr, ebenso wie die Menschen am Yukon auf tausend Meilen flußauf oder flußab. Die land- und seeräuberischen Angelsachsen haben von alters her den besiegten Völkern ihr Gesetz aufgezwungen, und es war oft ein hartes Gesetz. Doch in Imbers Fall schien das Gesetz erstmals unzureichend und schwach. Mathematisch gesehen, konnte sich die Gerechtigkeit nicht in der Strafe ausdrücken, die man über ihn verhängen würde. Das Urteil stand schon vorher zweifelsfrei fest; es war die Todesstrafe, aber Imber hatte nur ein Leben, und was man ihm zur Last legte, besaß andere Größenordnungen.

In der Tat klebte das Blut so vieler Menschen an seinen Händen, daß sich die genaue Zahl der ihm zugeschriebenen Morde nicht mehr feststellen ließ. Wenn die Männer am Wegrand ihre Pfeife rauchten oder müßig am wärmenden Ofen standen, versuchten sie grob die Zahl derer zu schätzen, die durch ihn den Tod gefunden hatten. Es waren allesamt Weiße gewesen, und sie waren einzeln, zu zweit oder in Gruppen erschlagen worden. Und diese Morde waren so sinnlos und willkürlich gewesen, daß die Berittene Polizei lange vor einem Rätsel gestanden hatte, schon zu der Zeit, als es die Captains noch gab, und auch später noch, als die Claims Gewinne brachten und man einen Gouverneur aus Kanada schickte, um das Land für seinen Wohlstand zu besteuern.

Noch unbegreiflicher aber schien, daß Imber nach Dawson

gekommen war, um sich zu stellen. Im späten Frühjahr, als sich der Yukon grollend unter seiner Eislast aufbäumte, kletterte der alte Indianer schwerfällig vom Uferpfad die Böschung hinauf und blieb blinzelnd auf der Hauptstraße stehen. Diejenigen, die ihn hatten kommen sehen, bemerkten, daß er schwach und unsicher auf den Beinen war und schwankend auf einen Holzstapel zuhielt, auf dem er sich niederließ. Dort saß er einen ganzen Tag lang und starrte auf die stetige Flut weißer Männer, die an ihm vorbeiwogte. Nicht wenige Gesichter wandten sich neugierig zur Seite, um seinen starren Blick aufzufangen, und mehr als einer ließ eine Bemerkung über den alten Siwash mit dem merkwürdigen Gesichtsausdruck fallen. Unzählige erinnerten sich nachträglich, daß ihnen diese fremdartige Gestalt gleich aufgefallen war und beglückwünschten sich später zu ihrer Beobachtungsgabe.

Es blieb jedoch Dickensen, Little Dickensen vorbehalten, den Heldenpart in der Sache zu übernehmen. Little Dickensen war mit großen Träumen und einer Handvoll Bargeld ins Land gekommen. Doch seine Träume schmolzen mit seinem Geld dahin, und um sich die Passage für die Rückkehr in die Staaten zu verdienen, hatte er eine Stelle als Buchhalter bei der Maklerfirma Holbrook & Mason angenommen. Der Holzstoß, auf dem Imber saß, befand sich gegenüber dem Kontor von Holbrook & Mason. Bevor er zum Mittagessen ging, sah Dickensen den Indianer dort sitzen; als er zurückkam, blickte er aus dem Fenster, und der Indianer saß immer noch da.

Dickensen sah weiterhin hinaus und auch er unterließ es später nicht, seine Beobachtungsgabe gebührend herauszustreichen. Er war eine romantische Natur und der Geist der Indianerrasse der Siwash verkörperte sich für ihn in dem reglosen alten Heiden, der mit unbewegtem Blick die Invasion der Angelsachsen beobachtete. Die Zeit verstrich, aber Imber verharrte in seiner Haltung, zuckte mit keinem Muskel; und Dickensen dachte an den Mann, der einmal aufrecht auf seinem Schlitten auf der Hauptstraße gesessen hatte, während die Menschen links und rechts an ihm vorbeigingen. Sie hatten gemeint, er verschnaufe nur. Später, als sie ihn anfaßten, stellten sie fest, daß er steif und kalt war, mitten auf der belebten Straße erfroren. Um ihn für den Sarg zu strekken, war man gezwungen gewesen, ihn an ein Feuer zu schleifen, damit er etwas auftaute. Dickensen erinnerte sich mit Schaudern.

Später ging Dickensen auf die Straße hinaus, um eine Zigarre zu rauchen und ein bißchen frische Luft zu schnappen, und kurz darauf kam zufällig Emily Travis vorbei. Emily Travis war ein reizendes, zartes und ganz außergewöhnliches Geschöpf, und ob sie nun in London oder am Klondike weilte, sie warf sich in Schale, wie man das von der Tochter eines millionenschweren Bergbauingenieurs erwartete. Little Dickensen legte seine Zigarre auf einem Fensterbrett ab, wo er sie hinterher wiederfinden würde, und lüftete den Hut.

Sie plauderten etwa zehn Minuten miteinander, als Emily Travis mit einem Blick über Dickensens Schulter einen Schreckensschrei ausstieß. Dickensen drehte sich neugierig um und erschrak ebenfalls. Imber hatte die Straße überquert und stand da, eine düstere, ausgehungerte Gestalt, den Blick fest auf das Mädchen geheftet.

»Was willst du?« fragte Little Dickensen mit dem falschen Schneid der Verängstigten.

Imber grummelte etwas und schritt unbeirrt auf Emily Travis zu. Mit den Augen tastete er aufmerksam und sorgfältig jeden Zentimeter ihrer Gestalt ab. Er schien sich ganz besonders für ihr seidiges braunes Haar und für die Farbe ihrer Wangen zu interessieren, die sanft aufgehaucht schien wie der samtige Schimmer auf einem Schmetterlingsflügel. Er ging um sie herum, betrachtete sie mit taxierendem Blick, als studiere er den Bau eines Pferdes oder die Linienführung eines Schiffs. Während er sie umkreiste, fiel sein Blick auf ihre Ohrmuschel. Gegen die untergehende Sonne leuchtete sie in einem duftigen Rosa, das er eingehend betrachtete. Dann wandte er sich wieder ihrem Gesicht zu und blickte ihr lange und eindringlich in die blauen Augen. Er brummte und legte eine Hand auf ihren Oberarm. Mit der anderen Hand hob er ihren Unterarm an und winkelte ihn wieder ab. Sein Gesicht drückte Abscheu und Verwunderung aus, und mit einem verächtlichen Grunzlaut ließ er den Arm wieder los. Dann murmelte er heiser etwas vor sich hin, kehrte ihr den Rücken zu und sprach Dickensen an.

Dickensen verstand ihn nicht, und Emily Travis lachte. Imber blickte stirnrunzelnd von einem zum anderen, doch sie schüttelten beide den Kopf. Er war gerade im Begriff sich abzuwenden, als Emily ausrief:

»He, Jimmy! Komm mal her!«

Jimmy kam von der anderen Straßenseite herüber. Er war ein dicker plumper Indianer, der wie ein Weißer gekleidet war und einen Sombrero trug wie ein Eldorado-König. Er sprach mit Imber, stockend und dann wieder mit einem plötzlichen Schwall von Gutturallauten. Jimmy war ein Sitkaindianer und kannte die Dialekte des Landesinneren nur ganz oberflächlich.

»Er ist vom Whitefish-Stamm«, sagte er zu Emily Travis. »Ich verstehe seine Sprache nicht gut. Er will den weißen Häuptling sehen.«

»Den Gouverneur«, schlug Dickensen vor.

Jimmy sprach weiter mit dem Whitefish-Indianer, und sein verblüfftes Gesicht wurde immer ernster.

»Ich glaube, er will zu Captain Alexander«, erklärte er. »Er sagt, er hat weißen Mann, weiße Frau, weißes Kind umgebracht, sehr viele weiße Menschen. Er will sterben.«

»Nicht ganz bei Trost, vermutlich«, sagte Dickensen.

»Was bedeutet das?« erkundigte sich Jimmy.

Dickensen bohrte bildhaft einen Finger in sein Hirn und versetzte ihn in drehende Bewegung.

»Vielleicht schon, vielleicht schon«, sagte Jimmy und wandte sich wieder Imber zu, der immer noch den Häuptling der Weißen sprechen wollte.

Ein Angehöriger der Berittenen Polizei (hier versah er seinen Dienst zu Fuß) trat zu ihnen, und man trug ihm Imbers Ansinnen vor. Er war ein strammer Kerl mit breiten Schultern, mächtigem Brustkorb und stämmigen Beinen, der auch den hochgewachsenen Imber noch um einen halben Kopf überragte. Er blickte mit festem Blick aus kühlen grauen Augen in die Welt, und seine Haltung verriet jene selbstverständliche Autorität, wie sie Abstammung und Tradition hervorbringen. Seine strahlende Männlichkeit wurde durch ein Übermaß an Jugendfrische unterstrichen – er war noch blutjung –, und seine glatten Wangen schienen so leicht zu erröten wie die eines jungen Mädchens.

Imber fühlte sich gleich zu ihm hingezogen. Seine Augen bekamen einen feurigen Glanz, als er die Narbe eines Säbelhiebs auf seiner Backe entdeckte. Mit welken Fingern strich er am Bein des Burschen entlang und betastete liebevoll die festen Wadenmuskeln. Mit dem Knöchel schlug er auf den breiten Brustkorb und befühlte die Muskelpakete, die seine Schultern wie ein Harnisch umschlossen. Neugierige Passanten hatten sich der Gruppe zugesellt – stämmige Bergleute, Pioniere und Grenzer, Nachkommen langbeiniger, breitschultriger Generationen. Imber sah einen nach dem anderen an und sagte dann ein paar Worte im Dialekt der Whitefish-Indianer.

»Was hat er gesagt?« fragte Dickensen.

»Er sagt, das sind richtige Männer, wie der Polizist«, dolmetschte Jimmy.

Little Dickensen war klein, und angesichts von Miss Travis bereute er seine Frage.

Der Polizist hatte Mitleid mit ihm und sprang in die Bresche. »Möglicherweise ist an seiner Geschichte etwas dran. Der Captain wird ihn verhören. Sag ihm, er soll mitkommen, Jimmy.«

Jimmy ließ sich zu einem weiteren Schwall von Kehllauten herbei. Imber grunzte zufrieden.

»Jimmy, frag' ihn noch, was er sagen wollte, als er meinen Arm angefaßt hat.«

Das war Emily Travis, und Jimmy stellte die Frage und erhielt Antwort.

»Er sagt, du bist nicht ängstlich«, sagte Jimmy.

Die Anwort gefiel Emily Travis.

»Er sagt, du bist kein *Skookum*, nicht kräftig, weich wie ein Baby. Er könnte dich mit seinen Händen in kleine Stücke zerbrechen. Er findet es sehr komisch, daß du die Mutter von so großen, starken Männern wie dem Polizisten hier sein kannst.«

Emily Travis senkte die Augen nicht, aber ihre Wangen verfärbten sich dunkelrot. Little Dickensen errötete und war ganz verlegen. Der Polizist glühte jungenhaft.

»Gehen wir«, sagte er barsch und bahnte sich mit seinen Schultern einen Weg durch die Menge.

So kam es, daß Imber den Weg ins Polizeigebäude fand, in dem er freiwillig ein umfassendes Geständnis ablegte und das er nicht mehr verlassen sollte.

Imber wirkte sehr müde. In seinem Gesicht spiegelte sich die Erschöpfung, die Hoffnungslosigkeit und Alter mit sich bringen. Er ging gebeugt, und seine Augen waren ohne Glanz. Sein Haarschopf hätte weiß sein müssen, aber die Sonne und die Elemente hatten ihn so verbrannt und verwittert, daß er farblos, matt und wie tot herunterhing. Er nahm keinen Anteil an dem, was um ihn herum vorging. Die

Menschen im überfüllten Gerichtssaal waren von weither gekommen, und das Raunen und Gemurmel der gedämpften Stimmen drang so bedrohlich an seine Ohren wie der grollende Widerhall des Meeres in tiefen Höhlen.

Er saß nahe an einem Fenster, und dann und wann ruhte sein apathischer Blick auf der trostlosen Szenerie dort draußen. Der Himmel war bedeckt, ein grauer Nieselregen fiel. Es war die Zeit des Yukon-Hochwassers. Das Eis war geschmolzen, und die Straßen waren überschwemmt. Auf der Hauptstraße herrschte ein reger Verkehr von Kanus und Stak-Booten mit ihren ruhelosen Passagieren. Er sah viele Boote von der Hauptstraße abbiegen und den überfluteten Exerzierplatz des Hauptquartiers ansteuern. Manchmal verschwanden sie unterhalb seines Fensters, und er hörte die Gefährte am Holz entlangschrammen und ihre Insassen durch die Fenster klettern. Darauf folgte ein Plätschern im Wasser, wenn sie durch den unteren Raum wateten und die Treppe heraufkamen. Schließlich erschienen sie in der Tür, den Hut in der Hand, mit triefenden Seemannsstiefeln und vergrößerten die Zahl der Anwesenden.

Und während sie ihre Blicke auf ihn hefteten und sich in grimmiger Vorfreude die Strafe ausmalten, die man über ihn verhängen würde, sah Imber sie an und sann über diese Leute nach, über ihr Gesetz, das niemals ruhte, sondern ununterbrochen wirkte, in guten wie in schlechten Zeiten, in Hungersnot und Überschwemmung, in Not und Schrecken und im Tode, und das wohl weiterwirken würde bis ans Ende der Tage.

Ein Mann klopfte energisch auf den Tisch, und die Gespräche wurden leiser und verstummten dann ganz. Imber sah den Mann an. Es war offenbar ein Mensch, der Macht ausübte, doch Imber ahnte, daß der Mann mit der kantigen Stirn, der an einem Tisch weiter hinten saß, das eigentliche Sagen hatte, und zwar auch gegenüber dem Mann, der geklopft hatte. Ein anderer Mann am gleichen Tisch erhob sich und begann das vorzulesen, was auf vielen dünnen Papieren stand. Bevor er ein neues Blatt anfing, räusperte er sich, und unten angekommen, feuchtete er seine Finger mit der Zunge an. Imber begriff nicht, was er redete, aber die übrigen verstanden ihn, und er bemerkte, daß es sie zornig machte, manchmal sogar sehr zornig, und einmal verwünschte ihn sogar ein Mann mit einsilbigen Schimpfwörtern, die geballt und giftig aus ihm herausbrachen, bis der Mann am Tisch ihn durch Klopfen zum Schweigen brachte.

Der Mann las unendlich lange. Sein eintöniger Singsang verleitete Imber zum Träumen, und er war noch tief versunken, als der Mann innehielt. Er hörte eine Stimme, die ihn in seiner eigenen Sprache anredete. Er erwachte und erkannte ohne Überraschung das Gesicht des Sohnes seiner Schwester, eines jungen Mannes, der vor Jahren fortgegangen war, um bei den Weißen zu leben.

»Du erinnerst dich nicht mehr an mich«, sagte er zur Begrüßung.

»Doch«, erwiderte Imber. »Du bist Howkan, der fortging. Deine Mutter ist tot.«

»Sie war eine alte Frau«, sagte Howkan.

Aber Imber hörte nicht mehr zu, und Howkan weckte ihn wieder, indem er ihm die Hand auf die Schulter legte.

»Ich werde dir berichten, was der Mann gesagt hat. Es ist die Geschichte deiner Schandtaten, wie du Narr sie Captain Alexander erzählt hast. Du sollst zuhören und sagen, ob sie wahr ist oder nicht. So lautet der Auftrag.«

Howkan war in der Missionsstation gewesen, wo man ihn lesen und schreiben gelehrt hatte. In seinen Händen hielt er die zahlreichen Blätter aus feinem Papier, die der Mann vorgelesen und ein Protokollant beschrieben hatte, als Imber durch den Mund Jimmys sein Geständnis vor

Captain Alexander ablegte. Howkan begann zu lesen. Imber hörte eine Weile zu, bis er ihn verblüfft unterbrach.

»Das sind meine Worte, Howkan. Sie kommen von deinen Lippen, und doch haben deine Ohren sie nicht gehört.«

Howkan grinste selbstgefällig. Sein Haar war in der Mitte gescheitelt. »Nein, Imber, sie kommen von dem Papier. Meine Ohren haben nichts gehört. Sie kommen von dem Papier, gehen durch meine Augen in meinen Kopf und von dort durch meinen Mund zu dir. Das ist der Weg, den sie nehmen.«

»Das ist der Weg? Sie sind dort auf dem Papier?«

Imber senkte seine Stimme zu einem ehrfürchtigen Flüstern, während er das Papier zwischen Daumen und Zeigefinger knistern ließ und die Buchstaben anstarrte, die darauf gekritzelt waren. »Ein großer Zauber, Howkan, und du kannst Wunder tun.«

»Es ist nichts, es ist nichts«, antwortete der junge Mann beiläufig und voller Stolz. Er wählte willkürlich eine Stelle aus der Urkunde und las vor: *»In jenem Jahr, vor der Eisschmelze, kam ein alter Mann mit einem Jungen, der hinkte. Auch diese tötete ich, und der alte Mann machte großen Lärm –«*

»Es ist wahr«, unterbrach ihn Imber atemlos. »Er machte großen Lärm und wollte lange nicht sterben. Aber woher weißt du das, Howkan? Der Häuptling der weißen Männer hat es dir vielleicht erzählt? Niemand hat mich gesehen, und nur ihm habe ich es erzählt.«

Howkan schüttelte ungeduldig den Kopf. »Habe ich dir nicht gesagt, daß alles auf diesem Papier steht, du Narr?«

Imber betrachtete konzentriert die tintenbeschriebene Oberfläche. »Wie der Jäger den Schnee betrachtet und sagt: Erst gestern ist hier ein Kaninchen vorbeigekommen; hier beim Weidengebüsch blieb es stehen und horchte und hörte etwas und hatte Angst; und hier machte es kehrt; und hier rannte es sehr schnell, in großen Sätzen; und hier kam noch schneller und in noch größeren Sätzen ein Luchs; und hier, wo die Klauen sich tief in den Schnee gegraben haben, tat der Luchs einen ganz großen Satz; und hier schlug er zu, das Kaninchen unter sich, mit dem Bauch nach oben; und von hier führt nur die Spur des Luchses fort, nicht mehr die des Kaninchens – wie der Jäger die Abdrücke im Schnee betrachtet und sagt, auf diese Weise und so und hier, so schaust auch du auf das Papier und sagst, auf diese Weise und so und hier sind die Dinge, die der alte Imber getan hat?«

»Genau so«, sagte Howkan. »Und nun hör zu und halte deine Weiberzunge im Zaum, bis man dich auffordert zu reden.«

Danach las ihm Howkan sein Geständnis vor; es dauerte lange und Imber blieb nachdenklich und stumm. Am Ende sagte er:

»Es sind meine Worte, und es sind wahre Worte, doch ich bin alt geworden, Howkan, und ich besinne mich auf vergessene Dinge, die der Häuptling dort am Tisch besser erfahren sollte. Zuerst kam ein Mann über die Schneeberge, mit Fallen aus Eisen, um die Biber am Whitefish River zu fangen. Ihn habe ich erschlagen. Und vor langer Zeit kamen drei Männer, die Gold am Whitefish suchten. Ich habe auch sie erschlagen und sie den Vielfraßen überlassen. Und bei den Five Fingers war ein Mann mit einem Floß und viel Fleisch.«

Wenn Imber eine Pause machte, um sich zu erinnern, dann übersetzte Howkan, was er gesagt hatte, und der Schreiber schrieb es nieder. Der ganze Saal hörte sich jede dieser schmucklos erzählten kleinen Tragödien gleichmütig an, bis Imber von einem rothaarigen Mann berichtete, der schielte und den er mit einem bemerkenswerten Weitschuß getötet hatte.

»Verdammt«, sagte ein Mann, der vorn unter den Zuhörern stand. Er sagte das betroffen und traurig. Er hatte rote

Haare. »Verdammt«, wiederholte er. »Das war mein Bruder Bill.« Und im Lauf der Verhandlung war in regelmäßigen Abständen dieses feierliche »Verdammt« im Gerichtssaal zu hören. Seine Freunde ließen ihn gewähren, und auch der Mann am Tisch rief ihn nicht zur Ordnung.

Imber ließ den Kopf wieder sinken und seine Augen wurden stumpf, als ob sich ein Schleier zwischen sie und die Welt geschoben hätte. Er träumte, wie nur das Alter von der gigantischen Vergeblichkeit der Jugend träumen kann.

Später weckte ihn Howkan mit den Worten:

»Steh auf, Imber. Man will von dir wissen, warum du diese Untaten begangen und die Leute erschlagen hast, und warum du schließlich hierhergereist bist, um dich dem Gesetz zu stellen.«

Imber erhob sich kraftlos und blieb schwankend stehen. Er begann leise, kaum hörbar zu murmeln, doch Howkan unterbrach ihn.

»Dieser alte Mann ist verrückt«, sagte er auf englisch zu dem Mann mit der kantigen Stirn. »Er redet närrisches Zeug, wie ein Kind.«

»Wir wollen uns anhören, was er da wie ein Kind von sich gibt«, antwortete der Mann. »Und wir wollen es Wort für Wort verfolgen. Hast du verstanden?«

Howkan hatte verstanden, und Imbers Augen glänzten, denn er hatte den Wortwechsel zwischen dem Sohn seiner Schwester und dem Mann, der die Macht ausübte, verfolgt. Und dann begann die Geschichte, das Epos eines Patrioten von bronzener Hautfarbe, das durchaus selbst wert war, für nachgeborene Generationen in Bronze gegossen zu werden. Die Zuhörer wurden eigenartig still, und der Mann mit der kantigen Stirn stützte seinen Kopf in die Hand und sann nach über seine Seele und die Seele seiner Rasse. Nur das dumpfe Murmeln von Imber war zu hören, das in gleichmäßigem Wechsel von der schrillen Stimme des Dolmetschers abgelöst wurde, und dazwischen, wie ein Glockenschlag, das erstaunte und nachdenkliche »Verdammt« des Rothaarigen.

»Ich bin Imber, vom Stamm der Whitefish-Indianer.« Das war jetzt die Übersetzung von Howkan, dessen barbarische Herkunft wieder Macht über ihn gewann und von dem die Kultur der Missionsschulen und der Lack der Zivilisation in dem Maße abblätterte, wie sich der urtümliche Ton und Rhythmus von Imbers Erzählung auf ihn übertrug. »Mein Vater war Otsbaok, ein starker Mann. Das Land war sonnenwarm und heiter, als ich ein Kind war. Die Menschen hungerten nicht nach fremden Dingen, hörten nicht auf neue Reden, und die Art ihrer Väter war auch ihre Art. Die Frauen gefielen den jungen Männern, und die jungen Männer betrachteten sie mit Befriedigung. Die Babies hingen an der Brust der Mütter, und ihre Hüften waren schwer von den Nachkommen des Stamms. Männer waren in jenen Tagen Männer. Im Frieden und im Überfluß, im Krieg und in der Hungersnot waren sie Männer.

Damals gab es mehr Fische im Wasser als heute, und mehr Fleisch in den Wäldern. Unsere Hunde waren Wölfe, mit dicken Pelzen, und Frost und Sturm konnten ihnen nichts anhaben. Und was für die Hunde galt, galt auch für uns, denn auch wir widerstanden dem Frost und dem Sturm. Und wenn die Pellys in unser Land kamen, dann erschlugen wir sie oder wurden selbst erschlagen. Denn wir Whitefish-Indianer waren Männer, und unsere Väter und Vorväter hatten gegen die Pellys gekämpft und so die Grenzen des Landes festgelegt.

Wie ich sagte, was für die Hunde galt, galt auch für uns. Eines Tages kam der erste weiße Mann. Er kroch auf Händen und Füßen im Schnee. Seine Haut war straff gespannt, und die Knochen schauten spitz darunter hervor. Einen solchen Menschen hat es bei uns noch nie gegeben, dachten wir und fragten uns, von welchem fremden Stamm, aus welchem Land er sein mochte. Er war schwach, sehr schwach, wie ein kleines Kind. Wir machten ihm Platz an unserem Feuer und gaben ihm warme Felle als Lager und fütterten ihn, wie man kleine Kinder füttert.

Und der Mann hatte einen Hund mitgebracht, dreimal so groß wie unsere und sehr schwach. Er hatte ein kurzes Fell, das nicht wärmte, und der Schwanz war erfroren, so daß die Spitze abfiel. Auch den fremden Hund fütterten wir, legten ihn ans Feuer und jagten unsere Hunde davon, die ihn sonst getötet hätten. Durch das Elchfleisch und die sonnengetrockneten Lachse kamen der Mann und der Hund wieder zu Kräften; und mit den wiederkehrenden Kräften wurden sie dick und dreist. Der Mann machte große Worte und lachte über die alten und die jungen Männer, und den jungen Frauen warf er kecke Blicke zu. Der Hund kämpfte mit unseren Hunden, und obwohl er ein kurzes Fell hatte und nicht abgehärtet war, tötete er drei von ihnen an einem Tag.

Als wir den Mann nach seinem Volk fragten, sagte er: ›Ich habe viele Brüder‹ und lachte dabei auf eine Weise, die uns nicht gefiel. Als er wieder zu Kräften gekommen war, verließ er uns, und mit ihm ging Noda, die Tochter des Häuptlings. Danach warf eine der Hündinnen Junge. Solche Welpen hatte es noch nie gegeben – mit großem Kopf, mächtigen Kinnbakken, kurzhaarig und hilflos. Ich erinnere mich noch genau an meinen Vater, Otsbaok, einen starken Mann. Sein Gesicht wurde dunkel vor Zorn über soviel Hilflosigkeit; er nahm einen Stein, und gleich noch mehrere, und dann war es vorbei. Zwei Sommer danach kam Noda zurück mit einem kleinen Jungen im Arm.

Und das war der Anfang. Es kam ein zweiter Weißer mit kurzhaarigen Hunden, die er bei uns ließ, als er fortging. Er nahm sechs unserer stärksten Hunde mit, die er bei Koo-So-Tee, dem Bruder meiner Mutter, gegen eine wunderbare Pistole eintauschte, die ganz schnell hintereinander sechsmal feuern konnte. Koo-So-Tee war sehr stolz auf seine Pistole und lachte über unsere Pfeile und Bögen. ›Weiberkram‹, nannte er sie und ging mit der Pistole fort, um den Grizzlybär zu jagen. Jetzt wissen wir, daß man ihn nicht mit einer Pistole jagen soll, aber woher sollten wir es damals wissen? Wie konnte Koo-So-Tee das wissen? Er war ein tapferer Mann, stellte den Bären und feuerte ganz schnell sechsmal auf ihn; der Bär brummte nur und zerschmetterte ihm die Brust wie eine Eierschale, und wie Honig aus dem Bienennest tropfte Koo-So-Tees Hirn auf den Boden. Er war ein guter Jäger gewesen, und es gab jetzt niemand mehr, der seiner Frau und den Kindern Fleisch brachte. Wir waren bitter enttäuscht: ›Was für den weißen Mann gut ist, ist nicht gut für uns.‹ Und das ist wahr. Es gibt viele dicke, weiße Männer, aber sie haben uns aufgezehrt und wir sind mager geworden.

Dann kam der dritte weiße Mann mit wundervoller Nahrung und anderen Dingen im Überfluß. Und er handelte uns unsere zwanzig stärksten Hunde ab. Auch nahm er zehn unserer jungen Jäger auf eine Reise mit, von der niemand wußte, wohin sie ging. Es heißt, sie sind im Schnee der eisigen Berge gestorben, wo noch kein Mensch gewesen ist, oder in den Hügeln des Schweigens, die hinter dem Ende der Welt liegen. Wie dem auch sei, die Hunde und die Männer hat keiner vom Whitefish-Volk wiedergesehen.

Mit den Jahren kamen mehr Weiße, und immer nahmen sie gegen Bezahlung und Geschenke junge Männer mit sich fort. Manchmal kamen die jungen Männer zurück und erzählten seltsame Dinge von den Gefahren und Entbehrungen im Land jenseits der Pellys, und manchmal kamen sie nicht zurück. Wir sagten: ›Wenn diese weißen Männer keine Todesangst kennen, dann deshalb, weil sie viele Leben haben; aber wir vom Volk der Whitefish sind nur wenige, und deswegen sollen keine jungen Männer mehr fortgehen.‹ Doch die jungen Männer verließen uns trotzdem und die jungen Frauen auch; da wurden wir sehr zornig.

Es ist wahr, wir aßen Mehl und Pökelfleisch und tranken Tee, und das war wirklich ein Genuß; nur, wenn wir keinen Tee mehr bekamen, dann stand es schlecht um uns; wir sprachen wenig und gerieten rasch in Zorn. Allmählich hungerten wir nach den Dingen, die wir von den Weißen im Tauschhandel bekamen. Handel! Handel! Immer nur Handel! In einem Winter verkauften wir unser Fleisch für Uhren, die nicht liefen, Taschenuhren, deren Werke defekt waren, für abgenutzte Feilen und Pistolen ohne Patronen, lauter wertloses Zeug. Dann kam eine Hungersnot, und wir hatten kein Fleisch, und vierzig unserer Leute starben, ehe der Frühling kam.

›Jetzt sind wir schwach‹, sprachen wir untereinander; ›die Pellys werden über uns herfallen und unser Land überfluten.‹ Aber den Pellys war es ergangen wie uns; sie waren zu kraftlos, um gegen uns zu kämpfen.

›Mein Vater, Otsbaok, ein starker Mann, war jetzt alt und weise. Und er sprach zum Häuptling: ›Sieh, unsere Hunde taugen nichts mehr, sie haben weder ein dichtes Fell, noch sind sie kräftig, und sie sterben im Frost und wenn sie den Schlitten ziehen. Laß uns ins Dorf gehen und alle töten, nur die Wolfshunde nicht. In der Nacht lassen wir sie frei, damit sie sich mit den wilden Wölfen in den Wäldern paaren. So werden wir wieder starke Hunde mit dichtem Fell bekommen.‹

Man hörte auf sein Wort, und wir wurden bekannt für unsere Hunde, die besten im Land. Aber uns rühmte niemand. Denn unsere besten jungen Männer und Frauen waren fortgegangen, um die Weißen zu Land und zu Wasser in ferne Regionen zu begleiten. Die jungen Frauen kamen alt und gebrochen zurück, so wie Noda, oder sie kamen überhaupt nicht mehr. Und die jungen Männer kamen zurück und setzten sich für eine Weile an unser Feuer. Sie sprachen eine böse Sprache, benahmen sich schlecht, tranken üble Getränke und spielten Tag und Nacht. Eine große Unruhe erfüllte sie, bis die Weißen erneut kamen und sie wieder mit ihnen zu unbekannten Orten aufbrachen. Sie hatten Ehrgefühl und Achtung verloren, spotteten über die alten Bräuche und lachten den Häuptlingen und Schamanen ins Gesicht.

Wie ich sagte, wir Whitefish-Indianer waren ein schwaches Volk geworden. Wir verkauften unsere warmen Häute und Felle für Tabak und Whisky und dünnes Baumwollzeug, das uns in der Kälte frösteln ließ. Wir bekamen den Husten; Männer und Frauen husteten und schwitzten in den langen Nächten, und auf der Jagd spuckten die Jäger Blut in den Schnee. Erst blutete der eine, dann der andere heftig aus dem Mund und starb. Die Frauen gebaren kaum noch Kinder, und die, die zur Welt kamen, waren schwach und kränklich. Die Weißen brachten uns andere Krankheiten, die wir nicht kannten und auf die wir uns nicht verstanden. Pocken und Masern nannten sie sie, und wir starben daran wie der Lachs im stillen Wasser, wenn die Laichzeit im Herbst vorüber und sein Leben überflüssig geworden ist.

Aber das Merkwürdige ist – die Weißen kommen zwar wie der Hauch des Todes, alles, was sie bringen, führt zum Tod, sie atmen den Tod, aber sie sterben nicht. Sie haben den Whisky, den Tabak, die kurzhaarigen Hunde; sie haben die vielen Krankheiten, die Pocken und Masern, den Husten und das Blutspucken; sie haben die weiße Haut, keine Widerstandskraft gegen Frost und Sturm; die Pistolen, die sechsmal sehr schnell hintereinander schießen und wertlos sind. Und doch werden sie fett und gedeihen trotz ihrer zahllosen Übel; ihre schwere Hand lastet auf dem ganzen Land, und sie treten seine Völker mit Füßen. Ihre Frauen sind zart wie Säuglinge, ganz zerbrechlich und werden doch nie gebrochen, sondern Mütter von Männern. Aus aller Zartheit und Krankheit und Schwäche kommt Kraft und Macht und Herrschaft. Vielleicht sind sie Götter, vielleicht Teufel. Ich weiß es nicht. Was weiß der alte Imber vom Volk der Whitefish-Indianer? Ich weiß nur, daß sie nicht zu begreifen sind, diese weißen Menschen, diese allgegenwärtigen Wanderer und Krieger.

Ich habe gesagt, das Fleisch in den Wäldern wurde immer knapper. Das Gewehr des weißen Mannes ist zwar sehr gut und tötet auf große Entfernung; aber was nützt ein Gewehr, wenn es keine Beute zu schießen gibt? Als ich ein Kind war, stand der Elch auf jedem Hügel am Whitefish, und jedes Jahr kamen unzählige Karibus. Jetzt aber geht der Jäger vielleicht zehn Tage auf die Jagd, und kein Elch erfreut mehr sein Auge, und die Karibus sind ganz verschwunden. Das Gewehr ist nutzlos, sage ich, das auf weite Entfernung tötet, wenn es nichts zu töten gibt.

Ich, Imber, dachte über die Dinge nach und sah die Whitefish-Indianer und die Pellys und alle Stämme im Land zugrundegehen wie das Jagdwild in den Wäldern. Ich dachte lange nach. Ich sprach mit den Schamanen und den Alten, die weise waren. Ich suchte die Einsamkeit, damit der Lärm des Dorfs mich nicht störte, und aß kein Fleisch, damit mein Magen mich nicht belastete und meine Sinne nicht getrübt wurden. Lange saß ich schlaflos im Wald und wartete mit großen Augen auf das Zeichen, lauschte geduldig mit gespitzten Ohren auf das Wort, das kommen mußte. Ich wanderte allein in der Schwärze der Nacht zum Flußufer, wo der Wind stöhnte und das Wasser gurgelnd schluchzte, und wo ich Erleuchtung suchte bei den Geistern alter, längst dahingegangener und in den Bäumen hausender Schamanen.

Und schließlich, wie in einer Vision kamen mir die kurzhaarigen und widerwärtigen Hunde in den Sinn, und ich sah den Weg klar vor mir. Die Weisheit Otsbaoks, meines Vaters, der ein starker Mann war, hatte das Blut unserer Wolfshunde rein erhalten, und deswegen hatten sie immer noch ein warmes Fell und waren kräftige Zugtiere. Also ging ich ins Dorf zurück und hielt eine Rede vor unseren Männern. ›Sie sind ein

Volk, diese weißen Menschen‹, sagte ich. ›Ein sehr großes Volk, und gewiß haben sie kein Fleisch mehr in ihrem Land, so daß sie zu uns kommen und neues Land für sich suchen. Aber sie machen uns schwach, bis wir sterben. Sie sind ein hungriges Volk. Unser Fleisch ist uns schon ausgegangen, und wenn wir leben wollen, dann sollten wir sie behandeln, wie wir ihre Hunde behandelt haben.‹

Und ich redete weiter und riet zum Kampf. Die Whitefish-Männer hörten mir zu, und die einen sagten dies und die anderen das, und wieder andere redeten nutzloses Zeug, doch keiner sprach von großen Taten und vom Krieg. Aber während die jungen Männer weich wie das Wasser waren und voller Furcht, beobachtete ich, wie die alten Männer schwiegen und ihre Augen immer wieder feurig glänzten. Und später, als das Dorf schlief und keiner es merkte, führte ich die alten Männer hinaus in den Wald und redete weiter zu ihnen. Jetzt waren wir einig und erinnerten uns an unsere Jugend, an das freie Land, die Zeiten des Überflusses, die Freude und den Sonnenschein.

Wir nannten uns Brüder, schworen zu schweigen und legten einen Eid ab, daß wir das Land von der Brut säubern wollten, die sich eingenistet hatte. Es ist klar, daß wir Narren waren, aber wie sollten wir das erkennen, wir alten Männer vom Volk der Whitefish?

Um den anderen Mut zu machen, handelte ich als erster. Ich hielt Wache am Yukon, bis ein Kanu herunterkam. Zwei weiße Männer saßen darin. Als ich mich am Ufer aufrichtete und eine Hand hob, änderten sie ihren Kurs und hielten auf mich zu. Und als der Mann im Bug den Kopf hob, um zu erfahren, was ich von ihm wollte, schwirrte mein Pfeil schon durch die Luft, durchbohrte seine Kehle und gab ihm die Antwort. Der zweite Mann, der achtern saß und das Paddel hielt, hatte das Gewehr schon halb angelegt, als der erste meiner drei Speerwürfe ihn traf.

›Das sind die ersten‹, sagte ich, als die alten Männer zu mir traten. ›Später werden wir die Alten aller Stämme um uns sammeln und uns danach mit den jungen Männern verbünden, die stark geblieben sind; dann wird unser Werk leicht werden.‹

Dann stießen wir die beiden Weißen in den Fluß. Das Kanu, das sehr gut gebaut war, steckten wir in Brand und warfen auch alle Dinge, die sich darin befanden, ins Feuer. Doch erst sahen wir uns die Sachen an. Es waren Lederbeutel, die wir mit unseren Messern aufschnitten. Es kamen lauter Papiere heraus, wie die, aus denen du vorgelesen hast, Howkan, mit Zeichen darauf, die uns erstaunten und die wir nicht verstehen konnten. Jetzt bin ich weise geworden und weiß, daß es die Rede von Menschen ist, wie du gesagt hast.«

Durch den Saal ging ein Wispern und Raunen, als Howkan mit der Übersetzung der Kanugeschichte fertig war, und einer meldete sich zu Wort und sagte: »Das war die 91er Post, die wurde von Peter James und Delaney transportiert. Matthew war ihnen am Laberge begegnet und hatte sie als letzter gesprochen.« Die Feder des Schreibers kratzte eifrig weiter über das Papier, und der Geschichte des Nordens wurde ein weiterer Absatz hinzugefügt.

»Es gibt nicht mehr viel zu sagen«, fuhr Imber langsam fort. »Es steht auf dem Papier dort, was wir getan haben. Wir waren alte Männer, und wir haben nicht begriffen. Selbst ich, Imber, verstehe immer noch nicht. Wir töteten aus dem Hinterhalt und töteten immer weiter, denn unser Alter hatte uns listig gemacht, und wir wußten, wie man ohne Hast schnell zum Ziel gelangt. Als weiße Männer mit bösen Blikken und schlimmen Worten zu uns kamen und sechs unserer jungen Männer in eisernen Fesseln abführten, erkannten wir, daß wir nicht mehr im nächsten Umkreis töten durften. Und so zogen wir alten Männer, einer nach dem anderen, den Fluß hinauf oder hinab in die Fremde. Es war eine kühne Tat. Wir waren alt und furchtlos, doch die Angst vor dem Unbekannten ist schrecklich für alte Menschen.

So töteten wir, ohne Hast, aber mit List. Wir erschlugen die Weißen auf dem Chilcoot und im Delta, von den Pässen bis zum Meer, wo immer sie einen Pfad suchten oder ein Lager aufschlugen. Sie starben zwar, aber es hatte keinen Sinn. Immer mehr kamen über die Berge, ihre Zahl wuchs unaufhörlich, während wir, weil wir alt waren, immer weniger wurden. Ich erinnere mich an das Lager eines Weißen am Caribou Crossing. Es war ein sehr kleiner weißer Mann, und drei von unseren Alten überraschten ihn im Schlaf. Am nächsten Tag fand ich sie alle vier. Nur der Weiße atmete noch, und er hatte noch soviel Luft, daß er mich gründlich verfluchte, ehe er starb.

So ging es weiter, hier der eine alte Mann, da der andere. Manchmal erreichte uns die Kunde von ihrem Tod erst lange danach, manchmal erreichte sie uns gar nicht. Die alten Männer der anderen Stämme waren schwach und furchtsam und wollten sich uns nicht anschließen. Wie ich gesagt habe, einer nach dem anderen, bis nur ich übriggeblieben war. Ich bin Imber, vom Whitefish-Volk. Mein Vater war Otsbaok, ein starker Mann. Es gibt keinen Whitefish-Stamm mehr. Von den Alten bin ich der letzte. Die jungen Männer und Frauen sind fortgegangen, manche sind zu den Pellys gezogen, manche zu den Salmons, und mehr noch zu den Weißen. Ich bin sehr alt und sehr müde, und weil es vergeblich ist, gegen das Gesetz zu kämpfen, wie du sagst, Howkan, bin ich gekommen, um mich ihm zu stellen.«

»Imber, du bist wahrhaftig ein Narr«, sagte Howkan.

Doch Imber träumte. Der Richter mit der kantigen Stirn träumte auch, und in einer mächtigen Vision sah er seine ganze Rasse vor sich, die eisenbeschlagen und gepanzert die Gesetzgeberin und Weltschöpferin unter den Geschlechtern der Menschen war. Er sah sie in flackernder Morgenröte jenseits finsterer Wälder und düsterer Meere erstehen, sah sie blutig und rot ihren strahlenden Zenit erreichen, sah den blutgetränkten Sand des verschatteten Hangs in die Nacht zurücksinken. Und das alles durchdrang das Gesetz, machtvoll und mitleidlos, gebieterisch und durch nichts zu beirren, größer als die menschlichen Staubkörnchen, die ihm gehorchten oder von ihm zerrieben wurden, so wie es auch größer war als er, dessen Herz ein mildes Urteil verlangte.

UNBEUGSAME FRAUEN

Der Zelteingang öffnete sich: aus dem reifbedeckten Wolfsgesicht, das sich hereinschob, blickten zwei sehnsüchtige Augen.

»He! Chook! Siwash! Chook, du Satansbraten!« Die empörten Zeltinsassen protestierten im Chor. Mit einem Blechteller versetzte Bettles dem Hund einen heftigen Schlag, so daß er hastig den Rückzug antrat. Louis Savoy verschnürte die Zeltklappen wieder miteinander und, um ganz sicher zu gehen, beförderte er noch eine Bratpfanne mit dem Fuß von innen vor den Eingang. Dann wärmte er sich die Hände. Draußen war es eiskalt. Achtundvierzig Stunden zuvor war das Alkohol-Thermometer bei einer Minustemperatur von fünfundfünfzig Grad geplatzt, und seitdem hatte die schneidende Kälte unaufhörlich zugenommen. Man konnte nicht voraussagen, wann diese Kältewelle zu Ende gehen würde. Unter solchen Umständen ist es wenig empfehlenswert, sich ohne Not weit vom wärmenden Ofen zu entfernen oder mehr kalte Luft an sich heranzulassen, als man ohnehin einatmen muß. Manchmal wagt es doch jemand, und manchmal kühlen dann die Lungen aus. Das führt zu einem bösartigen, trockenen Husten, der besonders empfindlich auf gebratenen Speck reagiert. Irgendwann im Frühjahr oder Sommer muß dann eine Grube in den gefrorenen Boden geschmolzen werden. Darin verschwindet die Leiche eines Menschen, die man mit Moos bedeckt und in der Gewißheit dort liegen läßt, daß sie am Jüngsten Tag unversehrt aus ihrer eisigen Erstarrung auferstehen wird. Wer ein Skeptiker ist und die leibliche Auferstehung an diesem Schicksalstag bezweifelt, dem kann kein besseres Land zum Sterben empfohlen werden als das Klondikegebiet. Es wäre allerdings verfehlt, daraus zu schließen, es sei zum Leben ebensogut geeignet.

Draußen war es bitterkalt, aber übermäßig warm war es auch drinnen nicht. Der einzige Gegenstand, den man als Möbelstück bezeichnen konnte, war der Ofen, und es war nicht zu übersehen, daß er sich bei den Männern besonderer Wertschätzung erfreute. Der Boden war zur Hälfte mit Fichtenzweigen ausgelegt; darüber lagen die Schlaffelle, darunter die winterliche Schneedecke. Der übrige Boden bestand aus festgetretenem Schnee, auf dem das Kochgeschirr und alle anderen Utensilien eines arktischen Lagers verstreut waren. Der Ofen war glühend heiß, aber kaum einen Meter davon entfernt lag ein Eisblock, so wie die Männer ihn aus dem gefrorenen Bach herausgeschnitten hatten – mit unverändert scharfen Kanten und genauso trocken. Der Druck der Kaltluft von außen preßte die Hitze im Innern nach oben. Unmittelbar über dem Ofen, dort wo das Rohr nach außen führte, blieb ein schmaler ringförmiger Bereich der Zeltleinwand trocken; ein dampfender Ring schloß sich an; dann folgte ein feuchter Ring, der Wasserperlen absonderte; das ganze restliche Zelt, Zeltwände ebenso wie Zeltdach, verschwand unter einer halbzolldicken Kruste von trockenem Reif.

»Au! Au!! Au!!!« Der bärtige junge Mann, der bleich und erschöpft in seinen Fellen schlief, stöhnte vor Schmerzen. Obwohl er nicht aufwachte, wurde sein Stöhnen immer lauter und qualvoller. Er versuchte, sich zitternd aufzurichten und es schüttelte ihn, als ob er sich in Nesseln gesetzt hätte.

»Rollt ihn auf den Bauch!« kommandierte Bettles. »Er hat Krämpfe.«

Ein halbes Dutzend willige Kameraden machte sich daraufhin mit erbarmungsloser Hilfsbereitschaft über ihn her und knetete, schlug und hämmerte auf ihm herum.

»Verdammter Trail«, brummte ihr Opfer, schleuderte die Felle beiseite und setzte sich auf. »Ich bin Querfeldeinrennen gelaufen, drei Jahre lang Abwehrspieler im Rugby gewesen, und ich hab' mich auf jede erdenkliche Weise abgehärtet. Und dann pilgere ich in dieses gottverlassene Land, nur um festzustellen, daß ich ein Weichling bin, der nicht einmal die simpelsten Voraussetzungen echter Mannhaftigkeit mitbringt!« Er rückte näher ans Feuer und rollte sich eine Zigarette. »Oh, ich will nicht jammern. Ich kann meine Medizin schon schlucken, keine Sorge; aber ich geniere mich so richtig. Hier sitze ich nach lächerlichen dreißig Meilen, alles tut mir weh, und ich bin so kaputt und steif wie irgendein Schlappschwanz aus der Stadt nach einem Fünf-Meilen-Marsch auf einer gemütlichen Landstraße. Das macht mich ganz krank. Hat jemand ein Zündholz für mich?«

»Deswegen brauchst du nicht gleich einen Koller zu kriegen, Junge.« Bettles reichte ihm das gewünschte Zündholz und wurde ganz väterlich. »Laß dir mal erst ein bißchen Zeit zum Eingewöhnen. Meine Güte, ich weiß doch noch, wie ich zum ersten Mal auf dem Trail war! Steif? Ich hab Zeiten erlebt, da brauchte ich zehn Minuten, um den Kopf vom Wasserloch zu heben und auf die Füße zu kommen – jedes einzelne Gelenk hat gekracht und wollt' sich ums Verrecken nicht rühren. Krampf? Ich war so verknotet, daß die im Lager 'nen halben Tag gebraucht haben, bis alles wieder an seinem Platz war. Du bist schon in Ordnung für'n Anfänger, und du hast die richtige Einstellung. Heute in einem Jahr, da läufst du uns alten Hasen allen davon. Und was am meisten für dich spricht, du hast nicht diese Neigung zu überflüssigem Fett, durch die schon mancher kräftige Kerl sich in Abrahams Schoß wiedergefunden hat, ehe er an der Reihe gewesen wäre.«

»Fett?«

»Genau. Die Leute mit den Muskelpaketen neigen dazu.

Aber der Muskelprotz ist auf dem Trail nicht unbedingt der beste.«

»Noch nie davon gehört.«

»Noch nie gehört, was? Das ist Tatsache, klipp und klar, da geht kein Weg dran vorbei. So'n Kraftprotz ist gut für 'ne einzelne gewaltige Anstrengung, aber wenn's um Ausdauer geht, da kannste ihn vergessen. Ausdauer und so'n muskelbepackter Körper, die vertragen sich nun mal nicht. Wenn's wirklich drauf ankommt, die Zähne zusammenzubeißen und wie'n halbverhungerter Hund den Knochen nicht mehr loszulassen, dann braucht man die kleinen drahtigen Typen. Nee, mein Lieber, da sind die Muskelprotze keinen Pfifferling wert.«

»Wahr'aftig, nein!« mischte sich jetzt Louis Savoy ein. »Das ist kein, wie man sagt – Spaß. Isch kenne ein Mann, so groß wie ein Büffel. Es gab ein kleiner Mann, Lon McFane, der ist mit ihm gewesen bei Goldrausch am Sulphur Creek. Ihr kennt Lon McFane, der kleine Irländer mit die rote 'aare und grinst immer. Sie marschieren, marschieren, marschieren, ganz den Tag und die Nacht. Der große Mann, er wird sehr müde, legt sisch immer in die Schnee. Der kleine Mann tretet der große Mann, und er weint wie ein *bébé*. Und der kleine Mann tretet und tretet und tretet, und endlisch, langer Zeit nachher, tretet der kleiner Mann der große Mann in meine 'ütte. Drei Tage später erst er kriescht aus meine Decke. Isch 'abe nie gesehen eine Frau wie der große Mann. Nie, nie. Er 'at ge'abt, was du nennst Fett. Das ist sischer.«

»Aber was ist dann mit Axel Gunderson?« warf Prince ein. Der tragische Tod des großen Skandinaviers hatte auf den Bergbauingenieur tiefen Eindruck gemacht. »Der liegt irgendwo da oben begraben.« Er machte eine Handbewegung, mit der er vage in den geheimnisvollen Osten wies.

»Der großartigste Mann, der je übers Meer gekommen ist und der mit seinem unbeugsamen Willen einen Elch zu Boden zwingen konnte«, ergänzte Bettles. »Aber er ist die Ausnahme, die die Regel bestätigt. Denk nur an seine Frau, Unga, – die wog grad hundert Pfund, nur drahtiges Fleisch und auch davon keine Unze zuviel. Sie setzte ihren Willen seinem Willen entgegen, und trotz allem, was in ihm steckte, war sie doch immer noch stärker als er. Es gab nichts auf der ganzen Erde, darin und darunter, was sie nicht fertiggebracht hätte.«

»Aber sie liebte ihn«, gab der Ingenieur zu bedenken.

»Darum geht's nicht. Es –«

»Hört zu, Männer«, unterbrach ihn Sitka Charley, der auf der Vorratskiste saß. »Ihr habt vom überflüssigen Fett bei starken Männern gesprochen, von der Unbeugsamkeit der Frauen und ihrer Liebe, und ihr habt die Wahrheit gesagt. Ich denke jetzt aber an Dinge, die geschehen sind, als das Land noch jung war und die Lagerfeuer so verstreut wie die Sterne am Himmel. Damals hatte ich mit einem Kraftprotz zu tun, mit überflüssigem Fett und mit einer Frau. Die Frau war klein; aber ihr Herz war größer als das hünenhafte Herz des Mannes, und sie war unbeugsam. Wir waren auf einem langen, anstrengenden Weg, bis zum Meer, und es war bitterkalt. Es lag tiefer Schnee und wir litten Hunger. Die Liebe der Frau war gewaltig – anders kann man es nicht sagen.«

Er machte eine Pause und schlug mit der Axt Eisstücke von dem großen Klotz herunter, der neben ihm lag. Er warf sie in die Goldpfanne auf dem Ofen, wo das Trinkwasser geschmolzen wurde. Die Männer rückten näher heran, und der von Krämpfen geplagte junge Mann suchte vergeblich, seinen steifen Gliedmaßen Erleichterung zu verschaffen.

»Männer, in meinen Adern fließt rotes Indianerblut, aber mein Herz gehört den Weißen. Das eine ist Schuld meiner Väter, das andere Verdienst meiner Freunde. Schon als Kind erkannte ich eine große Wahrheit. Ich erkannte, daß euch und Menschen eurer Art die Erde gegeben war, daß die Indianer nicht widerstehen konnten und wie das Karibu und der Bär in der Kälte untergehen müssen. So kam ich zu euch in die Wärme und setzte mich an eure Feuer, und so wurde ich dann einer der euren. Ich habe viel gesehen. Ich habe merkwürdige Dinge erlebt und gemeinsam mit vielen Männern vieler Rassen auf langen Reisen hart gekämpft. Deswegen messe ich den Wert der Taten, urteile über Menschen und denke über die Dinge wie ihr es tut. Wenn ich also über einen von eurer Art streng urteile, dann weiß ich, daß ihr es nicht falsch verstehen werdet. Und wenn ich über jemand vom Volk meiner Väter mit Hochachtung spreche, dann werdet ihr nicht sagen: ›Sitka Charley ist ein Indianer, in seinen Augen flackert ein böses Licht und seiner Zunge ist nicht zu trauen.‹ Habe ich recht?«

Aus dem Kreis seiner Zuhörer kam tiefkehliges und zustimmendes Brummen.

»Die Frau hieß Passuk. Ich hatte sie in einem ehrlichen Handel von ihrem Volk bekommen, das an der Küste wohnte und seinen Chilcat-Totempfahl am Ende eines Meeresarms aufgestellt hatte. Mein Herz schlug nicht schneller für diese Frau, und ich achtete nicht auf ihr Aussehen, denn sie blickte kaum auf, war schüchtern und ängstlich wie alle Mädchen, die man einem Fremden überläßt, den sie noch nie gesehen haben. Wie ich sagte, ich hatte in meinem Herzen keinen Platz für sie, weil ich eine große Reise unternehmen wollte und nur jemanden brauchte, der meine Hunde füttern und mir beim Paddeln helfen konnte, wenn ich auf den Flüssen fuhr. Eine Decke sollte für zwei reichen; so wählte ich Passuk.

Habe ich schon gesagt, daß ich im Dienst der Regierung stand? Wenn nicht, dann solltet ihr es jetzt wissen. Ich kam an Bord eines Kriegsschiffs, mit Schlitten, Hunden und Trokkennahrung. Passuk begleitete mich. Wir fuhren nach Norden, bis wir an den Wintereis-Rand der Bering-See kamen.

Dort setzte man uns an Land – mich, Passuk und die Hunde. Ich erhielt auch Geld von der Regierung, weil ich ihr Angestellter war, Karten von Ländern, die kein Mensch je zu Gesicht bekommen hatte, und Nachrichten. Die Nachrichten waren versiegelt und geschickt gegen die Witterungseinflüsse geschützt. Ich sollte sie den Walfängern im Polarmeer bringen, die im Eis bei der Mackenzie-Mündung festlagen. Es gibt keinen mächtigeren Strom als den Mackenzie – unseren Yukon, den Vater aller Flüsse, ausgenommen.

Das alles tut aber nichts zur Sache, denn meine Geschichte handelt nicht von den Walfängern oder dem Winter im Eis, den ich dort verbrachte. Später, als die Tage länger wurden und der Schnee eine Harschdecke hatte, kamen Passuk und ich in den Süden, in das Land am Yukon. Eine mühselige Reise, doch wir gingen der Sonne entgegen. Es war damals ein menschenleeres Land, und wir kämpften mit Stake und Paddel gegen die Strömung, bis wir Forty Mile erreichten. Es war gut, wieder weiße Gesichter zu sehen. Wir legten am Ufer an. Der folgende Winter war hart. Kälte und Dunkelheit senkten sich über uns, und der Hunger begleitete sie. Jedermann erhielt vom Agenten der Handelsgesellschaft vierzig Pfund Mehl und zwanzig Pfund Speck. Bohnen gab es nicht. Die Hunde heulten unaufhörlich, die Menschen wurden mager, ihre Gesichter fielen ein, kräftige Männer wurden schwach, und die Schwachen starben. Es gab auch viel Skorbut.

Eines Abends saßen wir im Warenlager, und die leeren Regale ließen uns die Leere im Magen noch stärker spüren. Im Schein des Feuers – Kerzen sparte man für diejenigen auf, die im Frühling noch leben würden – beratschlagten wir bedrückt, was zu tun sei. Die Versammlung beschloß, jemand müsse sich zum Meer aufmachen, um die Außenwelt von unserem Elend in Kenntnis zu setzen. Alle schauten auf mich, denn es war bekannt, daß ich weit herumgekommen war.

›Bis zur Haines-Missionsstation sind es siebenhundert Meilen‹, sagte ich, ›und jeder Zoll nur mit Schneeschuhen zu bewältigen. Gebt mir eure besten Hunde und die beste Verpflegung, dann bin ich bereit zu gehen. Passuk wird mich begleiten.‹

Alle stimmten zu. Doch dann stand jemand auf. Long Jeff, ein Yankee mit starken Knochen und starken Muskeln. Er gebrauchte auch starke Worte; er habe ebensoviel Erfahrung mit langen Fahrten, sagte er, er sei mit Schneeschuhen auf die Welt gekommen und mit Büffelmilch großgezogen worden. Er würde mit mir gehen, und falls ich auf dem Weg ums Leben käme, könne er der Station die Nachricht überbringen. Ich war jung und kannte die Yankees nicht. Woher sollte ich wissen, daß jemand, der den Mund aufreißt, dieses überflüssige Fett hat oder daß die Yankees, die große Taten vollbrachten, keine großen Worte machten? Wir nahmen uns also die besten Hunde, den besten Proviant und machten uns auf den Weg – Passuk, Long Jeff und ich.

Nun, ihr habt alle schon eine Spur im Neuschnee gelegt, einen Schlitten gelenkt und seid vertraut mit gefrorenen Flüssen, auf denen sich aufgestaute Eismassen türmen. Ich werde deshalb nicht viel von unseren Mühen reden, außer, daß wir an manchen Tagen zehn Meilen vorwärtskamen, an anderen dreißig, aber meist eher nur zehn. Und der ausgesuchte Proviant war nicht gut genug, obgleich wir von Anfang an sparten. Auch die Hunde waren wenig wert; sie hielten sich nur mühsam auf den Beinen. Am White River wurden aus unseren drei Schlitten zwei. Dabei lagen erst zweihundert Meilen hinter uns. Aber es ging nichts verloren: die Hunde aus dem dritten Zuggeschirr wanderten in den Magen der übrigen.

Nicht eine Begegnung, keine Rauchfahne bis zum Pelly. Dort hatte ich mit zusätzlichem Proviant gerechnet. Ich hatte auch darauf gezählt, den jammernden und vom Weg entkräfteten Long Jeff dort zurücklassen zu können. Aber der dortige Handelsagent hatte einen rasselnden Atem, fiebrig glänzende Augen und sein Vorratslager war fast ausgeräumt. Er zeigte uns die leere Vorratskammer des Missionars und die hoch aufgeschichteten Steine, unter denen man ihn begraben hatte, um die Hunde fernzuhalten. Ein paar Indianer waren auch da, aber keine Säuglinge oder alten Männer, und man sah ihnen an, daß nur wenige bis zum Frühjahr überleben würden.

Wir zogen also weiter, mit leerem Magen und schwerem Herzen, vor uns bis zur Missionsstation am Meer ein halbes Tausend Meilen Schnee und Schweigen. Es war die Zeit der größten Dunkelheit, und mittags trat die Sonne nicht über den südlichen Horizont. Aber die aufgestauten Eismassen waren nicht mehr so hoch, und man kam besser voran. Deswegen trieb ich die Hunde unermüdlich an und fuhr von früh bis spät. Wie ich in Forty Mile gesagt hatte, war jeder Zoll mit Schneeschuhen zu bewältigen. Die Schuhe machten unsere Füße wund. Sie rissen auf und verschorften, aber sie heilten nie zu. Jeden Tag wurden die Schmerzen schlimmer, und morgens, wenn wir die Schuhe anlegten, weinte Jeff wie ein kleines Kind. Ich ließ ihn vor dem ersten, leichten Schlitten gehen und die Spur legen, aber um seine Füße zu schonen, stieg er aus den Schuhen. Dadurch trat er den Schnee nicht fest, und seine Mokassins machten tiefe Löcher, so daß die Hunde hineinfielen. Die Knochen schauten ihnen schon durch das Fell, und so etwas war schlecht für sie. Ich wies den Mann zurecht, und er versprach, sich zu bessern. Doch er hielt sein Versprechen nicht. Schließlich schlug ich ihn mit der Hundepeitsche, und danach kamen die Hunde nicht mehr ins Stolpern. Weil er Schmerzen hatte und die Neigung zum Fett, war er wie ein Kind.

Aber zurück zu Passuk. Sie kochte, während der Mann am Feuer lag und heulte; am Morgen half sie die Schlitten anspannen, am Abend spannte sie die Hunde aus. Sie war es, die unsere Hunde am Leben hielt. Immer wieder ging sie mit den Schneeschuhen voraus und trat den Weg fest. Passuk – was soll ich sagen? – ich nahm es ganz selbstverständlich hin, daß sie diese Dinge erledigte; ich dachte nicht weiter darüber nach. Ich hatte ja anderes zu tun, und außerdem war ich noch jung und kannte die Frauen kaum. Erst nachträglich begann ich zu begreifen.

Der Mann wurde nutzlos. Die Hunde hatten kaum noch Kraft, aber er ließ sich heimlich auf dem Schlitten mitziehen, wenn er zurückblieb. Passuk war bereit, den einen Schlitten zu übernehmen, so daß er nichts mehr zu tun hatte. Am nächsten Morgen gab ich ihm seinen gerechten Nahrungsanteil und ließ ihn allein weitergehen. Die Frau und ich brachen das Lager ab, packten die Schlitten und spannten die Hunde vor. Gegen Mittag, wenn die Sonne uns falsche Hoffnungen machte, überholten wir ihn dann; auf seinen Backen waren die Tränen gefroren. Am Abend schlugen wir das Lager auf, legten seinen Anteil an der Verpflegung auf die Seite und richteten ihm seine Schlafstelle. Wir ließen ein großes Feuer brennen, damit er uns nicht übersah. Stunden später kam er dann angehumpelt, aß seine Mahlzeit unter Stöhnen und Seufzen und ging schlafen. Dieser Mann war nicht krank. Er war nur müde und erschöpft vom Weg und vom Hunger geschwächt. Passuk und ich waren ebenso erschöpft und ebenso geschwächt, doch wir taten die Arbeit, und er tat nichts. Er hatte eben die Anlage zum Fett, von der unser Freund Bettles sprach. Er erhielt immer seinen gerechten Anteil an der Verpflegung.

Eines Tages begegneten wir zwei Schatten, die in der Stille unterwegs waren. Es waren Weiße, ein Mann und ein junger Bursche. Auf dem Laberge-See hatte das Eis nachgegeben, und der größte Teil ihrer Ausrüstung war versunken. Jeder von beiden hatte eine Decke über die Schultern geworfen.

Abends machten sie ein Feuer und kauerten darüber bis zum Morgen. Sie hatten ein bißchen Mehl, das sie in warmes Wasser rührten und tranken. Der Mann zeigte mir acht Tassen Mehl – mehr hatten sie nicht, und Pelly, wo die Menschen schon verhungerten, noch zweihundert Meilen entfernt. Sie erzählten noch, daß weiter hinten ein Indianer komme; sie hätten alles gerecht aufgeteilt, aber er habe nicht Schritt halten können. Ich glaubte nicht, daß sie gerecht geteilt hatten, sonst wäre er nicht zurückgeblieben. Verpflegung konnte ich ihnen nicht geben. Sie versuchten, einen Hund zu stehlen, den dicksten – auch er war ganz abgemagert –, doch ich hielt ihnen meine Pistole unter die Nase und scheuchte sie fort. Sie torkelten wie Betrunkene durch die Stille fort in Richtung Pelly.

Inzwischen hatten wir noch einen Schlitten und drei Hunde, die nur noch Haut und Knochen waren. Wenn man wenig Brennholz hat und nur ein kleines Feuer, dann wird die Hütte kalt. So ging es auch uns. Wenn man wenig zu essen hat, dann hat der Frost ein leichtes Spiel; unser Gesicht wurde so schwarz von den Erfrierungen, daß die eigene Mutter uns nicht wiedererkannt hätte. Die Füße waren völlig wund. Beim Aufbruch brach mir vor Anstrengung der Schweiß aus, weil ich den Schmerzensschrei beim Anlegen der Schneeschuhe unterdrücken wollte. Passuk sagte keinen Ton und ging nach vorn, um die Spur festzutreten. Der Mann heulte laut auf.

Der Thirty Mile River hatte eine schnelle Strömung, die das Eis von unten her auswusch, so daß viele Luftlöcher, Spalte und Stellen mit offenem Wasser entstanden. Eines Tages holten wir den Mann ein, als er gerade Rast machte; er war am Morgen wie üblich vorausgegangen. Zwischen uns lag offenes Wasser. Er war auf dem Randeis weitergegangen, das für den Schlitten zu schmal war. Wir suchten uns eine Eisbrücke. Passuk war leicht und betrat sie als erste. Sie hielt eine lange

Stange in der Hand, für den Fall, daß sie einbrach. Da sie wenig wog und die Schuhe groß waren, gelangte sie sicher hinüber. Dann rief sie die Hunde. Sie hatten weder Stange noch Schuhe und brachen ein. Die Strömung wirbelte sie unter das Eis. Ich hielt den Schlitten am hinteren Ende fest, bis die Riemen rissen und die Hunde verschwunden waren. Sie hatten nur noch wenig Fleisch auf den Knochen; immerhin hatte ich sie noch als Verpflegung für eine Woche einkalkuliert, und nun waren sie verloren.

Am nächsten Morgen wurde der Proviant gedrittelt, so wenig es war. Ich sagte Long Jeff, er könne mit uns gehen oder auch nicht, ganz wie er wollte; wir beabsichtigten nämlich, ohne schweres Gepäck schneller voranzukommen. Daraufhin zeterte und jammerte er über seine wunden Füße und seine anderen Beschwerden und sagte grobe Dinge über das, was man einem Kameraden schuldig sei. Passuks Füße waren ebenso wund wie meine – wunder als seine, denn wir hatten uns mit den Hunden abgemüht. Long Jeff schwor, er würde lieber sterben, als sich noch einmal aufzuraffen.

Also holte sich Passuk einen Pelzmantel und ich einen Topf und eine Axt; wir wollten gerade aufbrechen, als Passuk die Portion des Mannes ins Auge fiel, und sie sagte: ›Es ist nicht recht, gute Verpflegung an einen Säugling zu verschwenden. Es ist besser, er stirbt.‹ Ich schüttelte den Kopf und sagte nein – ein Weggefährte bleibt immer ein Weggefährte. Daraufhin sprach sie von den Männern in Forty Mile; es seien viele und gute Männer und sie vertrauten darauf, daß ich ihnen im Frühjahr Verpflegung bringen würde. Als ich bei meinem Nein blieb, riß sie mir unversehens die Pistole aus dem Halfter, und Long Jeff fand sich in Abrahams Schoß wieder, wie unser Freund Bettles sagt, bevor er an der Reihe gewesen wäre. Ich tadelte Passuk, doch sie bedauerte nichts und hatte auch keine Gewissensbisse. In meinem Innersten wußte ich, daß sie recht hatte.«

Sitka Charley machte eine Pause und warf zwei Stück Eis in die Pfanne. Die Männer schwiegen. Kalte Schauer liefen ihnen über den Rücken, während die Hunde draußen in der Kälte winselnd und heulend ihrem Elend Ausdruck verliehen.

»Tag für Tag passierten wir die Rastplätze, wo die beiden Geistergestalten im Schnee geschlafen hatten, und wir wußten, daß wir für solche Lager noch dankbar sein würden, ehe wir das Meer erreichten. Dann begegneten wir dem Indianer – noch eine Geistergestalt, die dem Pelly zustrebte. Sie hätten nicht ehrlich geteilt, der Mann und der Bursche, sagte er, und er hatte seit drei Tagen kein Mehl mehr. Jeden Abend kochte er in seinem Napf Teile seiner Mokassins und aß sie anschließend. Viel war nicht mehr übrig. Er war ein Küstenindianer und Passuk, die seine Sprache sprach, dolmetschte, was er erzählte. Er war fremd im Yukon-Gebiet, aber er wollte zum Pelly. Wie weit war es? Noch zwei Nächte? Zehn? Einhundert? – er wußte es nicht, aber er wollte zum Pelly. Zur Umkehr war es zu spät; er konnte nur noch weitermarschieren.

Er bat nicht um Verpflegung, weil er sehen konnte, daß auch wir zu wenig hatten. Passuk schaute den Mann an und dann mich, als ob sie unschlüssig sei – wie ein Rebhuhn, das seine Brut in Gefahr sieht. Deswegen sagte ich zu ihr: ›Diesem Mann hat man übel mitgespielt. Soll ich ihm einen Teil von unserem Proviant überlassen?‹ Ich sah ihre Augen in plötzlicher Freude aufleuchten. Dann blickte sie lange erst den Mann und darauf mich an. Ihre Züge verhärteten sich, und sie sagte: ›Nein. Das Salzwasser ist noch weit, und der Tod wartet überall. Es ist besser, wenn er diesen Fremden holt als meinen Mann Charley.‹ Also ging der Mann weiter in das Schweigen hinein, dem Pelly entgegen.

An diesem Abend hat Passuk geweint. Ich hatte sie noch nie weinen sehen. Es lag auch nicht am Rauch des Feuers, denn wir hatten trockenes Brennholz. Ich konnte mir nicht erklären, warum sie traurig war und dachte, der trostlose Weg und die Schmerzen hätten ihr Herz schwach werden lassen.

Das Leben ist voller Geheimnisse. Ich habe viel darüber nachgedacht, aber mit jedem Tag wird es nur noch geheimnisvoller. Warum gibt es diese Sehnsucht nach dem Leben? Bei diesem Spiel können wir nicht gewinnen. Leben heißt mühselige Arbeit und qualvolles Leid, bis das Alter uns in die Knie zwingt, das Feuer erlischt und wir das Spiel verloren geben. Das Leben ist hart. Das Neugeborene tut seinen ersten Atemzug mit einem Schmerzensschrei, der alte Mann haucht sein Leben unter Schmerzen aus; die Tage dazwischen sind erfüllt von Kummer und Sorge. Und doch kämpft der Mensch bis zum letzten Moment und schaut noch über die Schulter dem Leben nach, während er schon strauchelnd dem Tod in die offenen Arme fällt. Der Tod ist ein Wohltäter. Nur das Leben, nur die Dinge des Lebens schmerzen. Aber wir lieben das Leben und hassen den Tod. Es ist ein großes Rätsel.

Passuk und ich sprachen kaum in den folgenden Tagen. In der Nacht lagen wir im Schnee wie Tote, und wie Tote gingen wir am nächsten Morgen weiter. Alles um uns herum war tot. Es gab keine Schneehühner, keine Eichhörnchen, keine Schneehasen – nichts. Der Fluß blieb stumm unter seiner weißen Decke. In den Bäumen war der Saft erstarrt. Und es wurde kalt, so kalt wie jetzt. In der Nacht wurden die Sterne größer, kamen ganz nah heran und tanzten funkelnd vor unseren Augen. Am Tag verwirrten uns die Nebensonnen, bis wir die eine Sonne nicht mehr erkannten und die ganze Luft blitzte und funkelte und der Schnee zu Diamantenstaub wurde. Es fehlte alle Wärme, kein Laut war zu hören, nur die bittere Kälte und das Schweigen umgaben uns. Ich sagte es schon, wir gingen wie Tote, im Traum, ohne Zeitgefühl. Doch immer hielten wir auf das Meer zu, es zog unsere Seelen dorthin, unsere Füße nahmen nur diesen Weg. Wir schlugen unser Lager am Tahkeena auf und bemerkten es nicht. Unsere Augen erblickten Whitehorse und erkannten es nicht. Unsere Füße erklommen die Steige im Canyon, aber sie spürten sie nicht. Wir nahmen nichts wahr. Wir stürzten oft auf dem Weg, aber immer mit dem Gesicht zum Meer.

Unser letzter Proviant ging zur Neige. Passuk und ich hatten ehrlich geteilt, doch sie stürzte häufiger, und am Caribou Crossing war sie am Ende ihrer Kräfte. Am Morgen blieben wir gemeinsam unter der Decke liegen statt aufzubrechen. Ich wollte mit Passuk den Tod erwarten, Hand in Hand, denn ich war erwachsen geworden und hatte die Liebe einer Frau kennengelernt. Außerdem waren es bis zur Missionsstation noch achtzig Meilen, und dazwischen reckte der mächtige Chilcoot sein sturmgepeitschtes Haupt weit über die Waldgrenze. Aber Passuk zog mein Ohr an ihre Lippen, damit ich ihre leise Stimme hören konnte. Nun, da sie nichts mehr fürchten mußte, gestand sie mir ihre Liebe und sprach von vielen Dingen, die ich nicht begriff.

Sie sagte: ›Du bist mein Mann, Charley, und ich bin dir eine gute Frau gewesen. Jeden Tag und ohne zu klagen habe ich dir das Feuer gemacht, dein Essen bereitet, deine Hunde gefüttert, das Paddel geführt oder die Spur gelegt. Ich habe auch nicht davon gesprochen, daß es in der Hütte meines Vaters wärmer war oder am Chilcat mehr zu essen gab. Wenn du geredet hast, hab ich dir zugehört. Wenn du befohlen hast, habe ich gehorcht. Ist es nicht so, Charley?‹

Und ich antwortete: ›Ja, so ist es.‹

Sie sagte: ›Als du zum ersten Mal zum Chilcat kamst, hast du mich nicht angesehen, sondern mich gekauft wie einen Hund. Du hast mich fortgeführt, und mein Herz hielt für dich nur Abneigung, Bitterkeit und Angst bereit. Doch das ist lange her. Du warst freundlich zu mir. Charley, wie ein guter Mann freundlich zu seinem Hund ist. Dein Herz war kalt und hatte keinen Platz für mich; aber wie in allen Dingen warst du auch zu mir immer gerecht. Ich stand an deiner Seite, als du kühne Taten vollbracht und große Unternehmungen geführt hast. Ich habe dich mit Männern anderer Herkunft verglichen und gesehen, daß du einen Ehrenplatz unter ihnen einnahmst. Dein Rat war weise, deine Rede wahrhaftig. Ich wurde so stolz auf dich, daß du allen Platz in meinem Herzen einnahmst und ich an nichts mehr dachte als an dich. Du warst wie die goldglänzende Mitsommersonne, die den Himmel umrundet, ohne unterzugehen. Wohin ich auch schaute, ich sah nur dieses Gestirn. Doch dein Herz blieb kalt, Charley, und ich fand keinen Platz darin.‹

Ich sagte: ›Du hast recht. Es war kalt, und ich hatte keinen Platz für dich. Aber das ist jetzt vorbei. Jetzt ist mein Herz wie der Schnee im Frühling, wenn die Sonne zurückgekommen ist. Die Erstarrung löst sich, das Eis schmilzt, man hört das Wasser wieder plätschern, die Pflanzen sprießen und die Bäume knospen. Die Rebhühner kollern, die Rotkehlchen singen; es ist ein richtiges Konzert, Passuk, weil die Kraft des Winters gebrochen ist und ich die Liebe einer Frau erfahren habe.‹

Sie lächelte und zog mich näher zu sich heran. ›Ich bin glücklich‹, sagte sie. Danach legte sie den Kopf auf meine Brust und lag lange still, kaum hörbar atmend. Dann flüsterte sie: ›Mein Weg geht hier zu Ende; ich bin müde. Aber erst muß ich dir noch etwas erzählen. Vor langer Zeit, als ich noch ein Kind war, spielte ich allein auf den Fellen in der Hütte meines Vaters. Die Männer waren auf der Jagd, und die Frauen und Jungen schafften das Fleisch ins Dorf. Es war Frühling, und ich war allein. Ein großer Braunbär, der gerade hungrig aus seinem Winterschlaf erwacht war und dessen Fell über dem mageren Leib Falten warf, schob brummend seinen Kopf in die Hütte. Mein Bruder kam mit dem ersten beutebeladenen Schlitten herbeigeeilt. Mit glühenden Stöcken aus dem Feuer kämpfte er gegen den Bären; die Hunde, die noch angeschirrt waren, fielen über ihn her. Es gab einen großen Kampf und viel Getöse. Sie purzelten in das Feuer, die Fellbündel wurden zerrissen, die Hütte fiel zusammen. Aber am Schluß lag der Bär tot am Boden; er hatte meinem Bruder Finger abgebissen und ihm seine Krallen durchs Gesicht gezogen. Hast du bemerkt, daß der Indianer auf dem Weg zum Pelly an seinem Fausthandschuh keinen Däumling hatte, als er die Hände über unserem Feuer wärmte? Er war mein Bruder. Ich habe gesagt, er solle nichts von unserer Verpflegung bekommen. Und ohne Verpflegung ging er hinaus in das Schweigen.‹

Das, meine Freunde, war Passuks Liebe. Sie starb im Schnee am Caribou Crossing. Es war eine große Liebe, denn sie hat ihren Bruder verleugnet für einen Mann, der sie auf entbehrungsreichen Wegen zu einem bitteren Ende führte. So groß war ihre Liebe, daß sie sich sogar selbst verleugnete. Ehe ihre Augen sich schlossen, nahm sie meine Hand und führte sie unter ihren Parka aus Eichhörnchenfell. An ihrer Hüfte befand sich ein wohlgefüllter Beutel, der das Rätsel löste, warum sie ihre Kräfte verlassen hatten. Tag für Tag hatten wir bis zum letzten Bissen alles gerecht geteilt, und Tag für Tag hatte sie ihren Anteil nur zur Hälfte gegessen. Die andere Hälfte verschwand in diesem Beutel.

Sie sagte: ›Hier endet Passuks Weg; aber dein Weg, Charley, geht noch viel weiter, über den großen Chilcoot, hinunter zur Missionsstation und zum Meer. Er führt dich immer weiter, in das Licht vieler Sonnen, durch unbekannte Länder und über fremde Gewässer. Er führt dich viele Jahre lang zu Ehre, großem Ruhm, in die Hütten vieler und guter Frauen, aber nie zu einer größeren Liebe, als es die Liebe Passuks war.‹

Ich wußte, daß sie die Wahrheit sprach. Doch ich war wie von Sinnen, warf den vollen Beutel fort und schwor, daß auch mein Weg hier zu Ende sei, bis sie schließlich mit Tränen in den Augen sagte: ›Sitka Charley ist immer einen ehrenvollen Weg gegangen und hat nie sein Wort gebrochen. Vergißt er jetzt hier am Caribou Crossing, was Ehre ist, und spricht unnütze Worte? Hat er die Männer in Forty Mile vergessen, die ihm ihren besten Proviant und ihre besten Hunde gaben? Er soll aufstehen, die Schneeschuhe anlegen und gehen, damit Passuk weiter stolz sein darf.‹

Als kein Leben mehr in ihr war, stand ich auf, nahm den wohlgefüllten Proviantbeutel wieder an mich, legte die Schneeschuhe an und taumelte los. Meine Knie zitterten, mein Kopf drehte sich, meine Ohren dröhnten und vor meinen Augen tanzten kleine Flammen. Vergessenes aus meiner Kindheit stieg wieder in mir auf. Es war das Potlach-Fest: ich saß an vollen Töpfen, sang und tanzte zu den Liedern der Männer und Mädchen und dem Dröhnen der Walroßpauken. Passuk hielt mich bei der Hand und ging an meiner Seite. Wenn ich am Weg einschlafen wollte, weckte sie mich. Wenn ich strauchelte und stürzte, richtete sie mich wieder auf. Wenn ich in den tiefen Schnee abirrte, führte sie mich auf den Pfad zurück. Wie ein Mensch im Wahn, der Trugbilder sieht und dessen Gedanken der Rausch verwirrt hat, so kam ich zur Missionsstation am Meer.«

Sitka Charley öffnete den Zelteingang. Es war Mittag. Im Süden, gerade oberhalb des Henderson-Gebirges, schwebte die kalte Sonnenscheibe. Zu beiden Seiten flammten Nebensonnen. Die Luft war ein Gespinst von glitzerndem Frost. Im Vordergrund, neben dem Weg, stieß ein Wolfshund mit vor Kälte gesträubtem Fell die lange Schnauze in den Himmel und heulte auf.

DAS GESETZ DES LEBENS

Der alte Koskoosh hörte begierig zu. Obwohl er sein Augenlicht schon seit langem verloren hatte, war sein Gehör immer noch scharf, und das leiseste Geräusch drang zu dem noch glimmenden Verstand, der hinter der runzeligen Stirn hauste, auch wenn er die Dinge dieser Welt nicht mehr schaute. Ah! das war Sit-cum-to-ha, die mit schriller Stimme die Hunde verwünschte, während sie sie mit Püffen und Schlägen vor den Schlitten spannte. Sit-cum-to-ha war die Tochter seiner Tochter, aber sie war zu beschäftigt, um einen Gedanken an ihren greisen Großvater zu verschwenden, der dort allein im Schnee saß, hilflos und verloren. Das Lager mußte abgebrochen werden. Der Lange Weg wartete, und der kurze Tag ließ sich nicht aufhalten. Das Leben rief sie, und die Pflichten des Lebens, nicht der Tod. Und er stand jetzt an der Schwelle des Todes.

Bei diesem Gedanken überwältigte den alten Mann für einen Augenblick die Angst, und er streckte seine zitternde Hand aus, um mit bebenden Fingern über das kleine Bündel trockenen Holzes zu streichen, das neben ihm lag. Nachdem er sich so vergewissert hatte, daß es auch wirklich da war, zog er die Hand wieder in den Schutz der abgeschabten Pelze zurück und horchte erneut auf seine Umgebung. Das unwillige Krachen fast steifgefrorener Tierfelle verriet ihm, daß man das mit Elchhäuten gedeckte Wigwam des Häuptlings abgebrochen hatte und eben dabei war, es für den Transport zusammenzupacken und zusammenzupressen. Der Häuptling war sein Sohn, robust und kräftig, der Führer seiner Stammesgenossen und ein gewaltiger Jäger. Während die Frauen sich mit der Lagerausrüstung abplagten, tadelte er laut ihre Langsamkeit. Der alte Koskoosh lauschte aufmerksam. Es war das letzte Mal, daß er diese Stimme hören würde. Jetzt war Geehows Wigwam an der Reihe. Und jetzt Tuskens! Sieben, acht, neun; nur das Zelt des Medizinmanns konnte noch stehen. Da! Nun machten sie sich auch daran zu schaffen. Er konnte hören, wie der Medizinmann ächzte, als er es auf den Schlitten lud. Ein Kind wimmerte, und eine Frau beruhigte es wieder durch ihren sanften, kehligen Singsang. Der kleine Koo-tee, dachte der alte Mann, ein quengeliges Kind und nicht sehr kräftig. Vielleicht würde er bald sterben, und sie würden eine Grube in die gefrorene Tundra brennen und Steine darüber häufen, um die Vielfraße fernzuhalten. Nun, was machte das schon für einen Unterschied? Ein paar Jahre Leben bestenfalls, und ebensoviele davon mit leerem wie mit vollem Magen. Und am Ende wartete der Tod, unersättlich, unersättlicher als sie alle.

Was war das? Ach, die Männer verschnürten die Schlitten und zogen die Riemen stramm. Er, der nicht mehr hören würde, hörte ihnen zu. Klatschend fuhren die Peitschenhiebe zwischen die Hunde. Wie sie jaulen! Wie sie die Arbeit hassen und den Trail! Jetzt setzten sie sich in Marsch. Ein Schlitten nach dem anderen rückte hinaus in die Stille. Sie waren fort. Sie waren aus seinem Leben geglitten, und der letzten, bitteren Stunde sah er allein entgegen. Nein. Schnee knirschte unter einem Mokassin; jemand stand neben ihm; eine Hand legte sich liebevoll auf sein Haupt. Es war gut von seinem Sohn, das zu tun. Er erinnerte sich an die Söhne anderer Alter, die nicht verweilten, wenn der Stamm fortzog. Doch sein Sohn hatte es getan. Seine Gedanken verloren sich in der Vergangenheit, bis die Stimme des jungen Mannes ihn zurückholte.

»Ist es gut so?« fragte er.

Und der alte Mann antwortete: »Es ist gut.«

»Neben dir ist das Holz«, fuhr der Jüngere fort, »und das

Feuer brennt hell. Der Morgen ist grau, und die Kälte hat nachgelassen. Bald wird es schneien. Es schneit schon jetzt.«

»Ja, es schneit schon jetzt.«

»Unsere Leute haben keine Ruhe. Ihre Lasten sind schwer, und ihr Bauch ist eingefallen vom langen Fasten. Der Weg ist weit, und sie eilen. Ich gehe jetzt. Ist es gut?«

»Es ist gut. Ich bin wie das welke Blatt vom letzten Jahr, das nur noch lose an seinem Stengel sitzt. Der erste Windhauch, und ich falle ab. Meine Stimme ist die einer alten Frau. Meine Augen können den Füßen den Weg nicht mehr weisen, meine Füße sind schwer, und ich bin müde. Es ist gut.«

Er neigte ergeben das Haupt, bis er den Schnee nicht mehr aufknirschen hörte und wußte, daß er seinen Sohn nicht mehr zurückrufen konnte. Hastig griff seine Hand nach dem Holz. Nun, am Ende, waren eine Handvoll Holzscheite das Maß seines Lebens. Stück für Stück würden sie das Feuer nähren, und gerade so, Stück für Stück, würde der Tod näherschleichen. Wenn das letzte Scheit seine Wärme verströmt hatte, dann würde der Frost seine Kräfte zum Angriff sammeln. Erst würden die Füße erliegen, dann die Hände; langsam würde die Taubheit von den Gliedern zum Rumpf wandern. Sein Kopf würde ihm auf die Knie sinken, und er würde ruhen. Es war einfach. Alle Menschen müssen sterben.

Er beklagte sich nicht. Das Leben war so, und es war gerecht. Bei seiner Geburt war er der Erde nahe gewesen, nahe der Erde hatte er sein Leben verbracht, und ihr Gesetz war ihm vertraut. Es war das Gesetz alles Lebendigen. Die Natur war dem Fleisch nicht wohlgesonnen. Jenes konkrete Einzelding, das man ein Individuum nennt, kümmerte sie nicht. Ihre Sorge galt der Spezies, der Rasse. Koskooshs roher Verstand war einer noch tiefergehenden Abstraktion nicht fähig, aber dieses Prinzip hatte er begriffen. Er sah es in allen Formen des Lebens verkörpert. Der aufsteigende Saft, die grüne, schwellende Weidenknospe, das fallende gelbe

Blatt – die ganze Geschichte war darin enthalten. Nur eine Pflicht erlegte die Natur dem einzelnen auf. Wenn er sie nicht erfüllte, so starb er. Wenn er sie erfüllte, dann war es ebenso: er starb. Die Natur war gleichgültig; es gab genug, die der Pflicht gehorchten, und nur der ewige Gehorsam zählte in dieser Sache, nicht die Gehorsamen. Koskooshs Stamm war sehr alt. Die alten Männer, die er als Knabe gekannt hatte, hatten wieder alte Männer gekannt. Also war es richtig, daß der Stamm lebte, ein Zeichen für den Gehorsam aller, die ihm angehörten, bis weit zurück in die versunkene Vergangenheit, zu Ahnen, deren Gräber nicht einmal die Erinnerung bewahrte. Sie zählten nicht; ihr Leben war Episode. Sie waren vergangen wie Wolken am sommerlichen Himmel. Auch er war Episode, würde vergehen. Die Natur kümmerte sich nicht darum. Sie gab dem Leben ein einziges Ziel und ein Gesetz. Das Ziel des Lebens war es, sich fortzupflanzen, das Gesetz war der Tod. Eine Jungfrau war schön anzuschauen, ihre festen Brüste und ihre Kraft, ihr federnder Gang und das Feuer in ihren Augen. Aber ihre Aufgabe stand ihr noch bevor. Das Feuer in ihren Augen strahlte heller, ihr Schritt wurde rascher, bald ging sie keck mit den jungen Männern um, bald war sie wieder schüchtern, und ihre eigene Unruhe teilte sich ihnen mit. Und immer schöner anzuschauen war sie, bis ein Jäger es nicht länger aushalten konnte und sie zu sich in sein Wigwam nahm, damit sie ihm das Essen bereitete, die schweren Arbeiten tat und Mutter seiner Kinder wurde. Und mit den Nachkommen verging ihre Schönheit. Ihre Bewegungen wurden müde und schleppend, ihre Augen matt und trüb, und nur die Kleinen schmiegten sich noch freudig an das welke Gesicht des alten Weibs am Feuer. Ihre Pflicht war getan. Nur noch eine kleine Weile, und bei dem ersten Kneifen des Hungers, oder auf der ersten langen Wanderung, würde man sie zurücklassen, gerade wie ihn, im Schnee mit einem kleinen Haufen Brennholz. So wollte es das Gesetz.

Behutsam legte er ein Stück Holz auf das Feuer und nahm seine Betrachtungen wieder auf. Es war überall das gleiche, in allen Dingen. Die Mücken verschwanden mit dem ersten Frost. Das kleine Eichhörnchen verkroch sich, um zu sterben. Mit dem Alter wurde der Hase langsam und schwerfällig und entkam seinen Feinden nicht mehr. Auch der große Bär wurde dann plump und blind und reizbar, bis ihn am Ende eine Handvoll kläffender Huskies zu Boden riß. Er erinnerte sich, wie er in einem Winter seinen eigenen Vater oben am Klondike verlassen hatte, in dem Winter, bevor der Missionar mit seinen geschwätzigen Büchern und seinen Medizinschachteln kam. Viele Male hatte Koskoosh sich in der Erinnerung an diese Schachteln die Lippen geleckt, wenngleich sie jetzt nicht mehr feucht werden sollten. Der »Schmerztöter« war besonders gut gewesen. Doch eigentlich war der Mann eher lästig gefallen, denn er brachte kein Fleisch ins Lager und griff beim Essen so herzhaft zu, daß die Jäger murrten. Aber oben auf den Bergen am Mayo bekam er Lungenentzündung, und die Hunde hatten später die Steine weggeschoben und um seine Knochen gerauft.

Koskoosh legte noch einmal ein Scheit aufs Feuer und ließ seine Gedanken tiefer in die Vergangenheit schweifen. Da war die Große Hungersnot, als die alten Männer mit leerem Magen am Feuer hockten und Halbvergessenes aus alter Zeit erzählten: wie der Yukon einmal drei Winter lang frei dahingeströmt sei, dafür aber drei Sommer vereist war. Damals hatte er seine Mutter verloren. Im Sommer waren die Lachse ausgeblieben, und der Stamm hatte alle Hoffnung auf den Winter und das Kommen der Karibus gesetzt. Der Winter kam, aber nicht die Karibus. Niemals hatte sich dergleichen ereignet, auch nicht im Leben der Ältesten. Aber die Karibus kamen nicht, und es war das siebte Jahr, die Hasen hatten sich nicht vermehrt, und die Hunde waren bloß Haut und Knochen. Und in der langen Dunkelheit wimmerten die Kinder und starben, so wie die Frauen und die alten Männer; nicht einer von zehn Stammesangehörigen sah die Sonne wieder, als sie im Frühling zurückkehrte. Das war eine Hungersnot gewesen!

Doch auch Zeiten der Fülle hatte er erlebt, als ihnen das Fleisch unter den Händen verdarb und die Hunde fett wurden und zu nichts mehr zu gebrauchen waren, weil sie so vollgefressen waren – Zeiten, in denen sie das Jagdwild leben ließen und die Frauen so fruchtbar wurden, daß in den Wigwams die Kinder beiderlei Geschlechts übereinanderkrabbelten. Da wurden die Männer von Übermut gepackt, gruben alte Streitigkeiten aus und zogen über die Wasserscheiden nach Süden, um die Pellys zu töten und nach Westen, um an den verloschenen Feuern der Tananas zu sitzen. Er erinnerte sich, daß er als Knabe in einer Zeit des Überflusses erlebte, wie die Wölfe einen Elch rissen. Zing-ha lag neben ihm im Schnee und schaute zu – Zing-ha, der später zum geschicktesten Jäger wurde und dann am Ende in ein Luftloch auf dem Yukon einbrach. Sie fanden ihn einen Monat später, so wie er herausgekrochen und auf halbem Wege steifgefroren war.

Aber der Elch. Zing-ha und er waren an jenem Tag hinausgegangen, um Jäger zu spielen wie ihre Väter. In einem Flußbett waren sie auf die frische Spur eines Elchs gestoßen, zusammen mit den Spuren zahlreicher Wölfe. »Ein altes Tier«, sagte Zing-ha, der die Zeichen schneller zu lesen wußte – »ein altes Tier, das mit der Herde nicht mehr mithält. Die Wölfe haben ihn von seinen Brüdern abgeschnitten, und sie werden nicht mehr von ihm ablassen.« Und so war es. Das war ihre Art. Tag und Nacht, ohne Unterlaß, würden sie ihm knurrend nachsetzen, nach seinem Maul schnappen, ihm bis zum Ende auf den Fersen bleiben. Wie jetzt Zing-ha und ihn der Blutrausch packte! Der letzte Akt würde das Zuschauen lohnen.

Flink nahmen sie die Spur auf, und selbst er, Koskoosh, der kein scharfes Auge hatte und ein schlechter Fährtenleser war, hätte ihr blind folgen können, so breit war sie. Die Jagd spielte sich schon dicht vor ihnen ab, auf Schritt und Tritt kündeten frische Zeichen von der grimmigen Tragödie. Nun langten sie dort an, wo sich der Elch zum Kampf gestellt hatte. In einem Kreis von drei Manneslängen Durchmesser war der Schnee aufgewühlt und zertrampelt. In der Mitte sah man die tiefen Hufspuren des Wildes und rundherum die leichteren Fußabdrücke der Wölfe. Ein paar hatten sich auf der Seite liegend ausgeruht, während ihre Artgenossen das Opfer bedrängten. Ihr ausgestreckter Körper zeichnete sich so vollkommen im Schnee ab, als hätten sie sich eben erst erhoben. Einen Wolf hatte der Elch bei einem blindwütigen Ausfall zu Boden geworfen und totgetrampelt. Ein paar blankgenagte Knochen legten Zeugnis davon ab.

Sie hielten erneut auf ihren Schneeschuhen an, als sie den zweiten Kampfplatz erreichten. Hier hatte sich das große Tier verzweifelt gewehrt. Der Schnee zeugte davon, daß es zweimal zu Boden gerissen wurde und zweimal die Angreifer abgeschüttelt hatte und wieder auf die Beine gekommen war. Dieser Elch hatte längst seine Aufgabe erfüllt, aber dennoch war ihm das Leben lieb. Zing-ha sagte, es sei ganz ungewöhnlich, daß ein Elch, der schon am Boden lag, wieder hochkam; aber dieser hatte es zweifellos geschafft. Der Medizinmann würde ein Zeichen und Wunder darin sehen, wenn sie es ihm berichteten.

Und dann kamen sie zu der Stelle, wo der Elch versucht hatte, die Uferböschung zu erklimmen und in den Wald zu entkommen. Aber seine Widersacher hatten ihn von hinten angefallen, bis er sich aufgebäumt hatte, zurückgestürzt war und dabei zwei Wölfe im Schnee erdrückt hatte. Offenbar stand das Ende nun unmittelbar bevor, denn ihre Genossen hatten sie nicht angerührt. In geringem Abstand folgten dann noch zwei Stellen, an denen der Kampf nur kurz gewährt hatte und die sie rasch hinter sich ließen. Die Spur war nun rot gefärbt, und der ausholende Schritt des großen Tiers wurde kurz und fahrig. Dann hörten sie den ersten Kampfeslärm – nicht den tiefen, kehligen Chor der jagenden Meute, sondern das abgerissene, kurzatmige Bellen, das vom Nahkampf kündete und vom Verbeißen. Auf dem Bauch und gegen den Wind schob Zing-ha sich durch den Schnee, und daneben er, Koskoosh, der in späteren Jahren Stammeshäuptling werden sollte. Gemeinsam drückten sie die Zweige einer jungen Fichte beiseite und spähten nach vorn. Was sie erblickten, war das Ende.

Wie alle Eindrücke der Jugend haftete auch dieses Bild noch frisch in seinem Gedächtnis, und seine trüben Augen nahmen den Schlußakt noch mit der gleichen Eindringlichkeit wahr wie damals. Das erstaunte den alten Koskoosh, denn in den Zeiten, die darauf folgten, hatte er als Führer der Männer und Oberhaupt im Rat große Taten vollbracht; sein Name war zum Schrecken der Pellys geworden, ganz zu schweigen von dem fremden Weißen, den er im offenen Kampf, Messer gegen Messer, getötet hatte.

Lange sann er über die Zeit seiner Jugend nach, bis das Feuer heruntergebrannt war und der Frost beißender wurde. Dieses Mal legte er zwei Scheite nach und maß an dem schwindenden Rest ab, wie lange er das Leben noch würde festhalten können. Wenn Sit-cum-to-ha doch nur ihren Großvater nicht vergessen und ein größeres Bündel gesammelt hätte, dann wären ihm mehr Stunden geblieben. Es wäre ein Leichtes für sie gewesen. Aber sie war schon immer ein sorgloses Kind gewesen und hatte in dem Augenblick aufgehört, ihre Ahnen zu ehren, als Biber, der Sohn von Zing-has Sohn, ein Auge auf sie geworfen hatte. Nun, was tat das schon? Hatte er sich als unbesonnener junger Mann nicht ebenso verhalten? Eine Weile lauschte er in die Stille. Vielleicht erbarmte sich sein Sohn und kam mit den Hunden zurück, um den Vater mit dem Stamm dorthin ziehen zu lassen, wo die Karibus fett und zahlreich waren.

Er horchte angestrengt und sein umgetriebener Geist fand für einen Augenblick Ruhe. Nichts rührte sich, gar nichts. Er allein atmete inmitten des großen Schweigens. Es war sehr einsam. Horch! Was war das? Ihn schauderte. Ein vertrautes, langgezogenes Heulen erfüllte plötzlich die Leere, und es war ganz nahe. Dann stand das Bild des Elchs – des alten Elchbullen – vor seinen erloschenen Augen, wie er mit zerfleischten Flanken, blutüberströmt, mit wirrer Mähne und dem großen ausladenden Geweih matt am Boden lag und bis zum Ende zuckte. Er sah die blitzschnellen grauen Leiber, die glühenden Augen, die heraushängenden Zungen und die geifernden Fänge. Und er sah, wie sich der Kreis unerbittlich immer weiter schloß, bis nichts mehr blieb als ein einziger schwarzer Fleck im zerstampften Schnee.

Eine kalte Schnauze stieß gegen seine Wange, und bei dieser Berührung tat seine Seele einen großen Satz zurück in die Gegenwart. Hastig zog er ein brennendes Scheit aus dem Feuer. Die ererbte Angst vor dem Menschen ließ die Bestie noch einmal zurückschrecken, aber mit einem langgedehnten Aufheulen rief sie ihre Artgenossen. Sie antworteten gierig, und bald umgab ihn ein Kreis von grauen, sprungbereiten Gestalten mit triefenden Lefzen. Der alte Mann hörte, wie er sich immer weiter zusammenzog. Verzweifelt schwenkte er das glühende Holz und Schnüffeln verwandelte sich in Knurren. Doch vertreiben ließen sich die hechelnden Bestien nicht. Erst schob sich der eine Wolf über die Brust Stück für Stück nach vorn, um darauf die Hinterläufe nachzuziehen, dann der zweite, dann der dritte; nicht einer aber wich zurück. Warum sollte er sich ans Leben klammern, fragte er sich und ließ das glühende Holz zu Boden fallen. Zischend erlosch die Glut. Die Antwort war ein verstörtes Knurren, aber der Kreis hielt stand. Noch einmal hatte Koskoosh den alten Elchbullen bei seinem letzten Kampf vor Augen, und müde ließ er sein Haupt auf die Knie sinken. Welchen Sinn hatte es noch? War es nicht das Gesetz des Lebens?

NAM-BOK DER LÜGNER

Eine Bidarka, nicht wahr? Schau! Eine Bidarka, und ein Mann, der nicht mit dem Paddel umgehen kann!«

Die alte Bask-Wah-Wan erhob sich auf ihre Knie, zitternd vor Schwäche und Spannung, und blickte hinaus auf das Meer.

»Nam-Bok war immer schon ungeschickt mit dem Paddel.« Sie schirmte die Augen gegen die Sonne ab, starrte über das silberglänzende Wasser und verlor sich in Erinnerungen, während sie weiterplapperte. »Nam-Bok war schon immer ungeschickt. Ich weiß noch ...«

Aber die Frauen und Kinder lachten laut, mit freundlichem Spott, und ihre Stimme wurde immer leiser, bis sie schließlich nur noch lautlos die Lippen bewegte.

Koogah hob sein graues Haupt von seiner Schnitzarbeit und folgte ihrem Blick. Das Boot hielt auf den Strand zu, wenn es nicht schwankend aus dem Kurs lief. Sein Insasse paddelte mit mehr Kraft als Geschicklichkeit und folgte im Zick-Zack-Kurs dem Weg des größten Widerstandes. Koogah beugte sich wieder über seine Arbeit und ritzte die Rückenflosse eines Fischs, der in keinem Meer zu Hause war, in den Walroßzahn zwischen seinen Oberschenkeln.

»Es ist gewiß der Mann aus dem Nachbardorf«, sagte er schließlich, »der sich bei mir erkundigen wollte, wie man schnitzt. Es ist ein ungeschickter Mann. Er wird es nie lernen.«

»Es ist Nam-Bok«, wiederholte die alte Bask-Wah-Wan. »Kenne ich meinen Sohn etwa nicht?« fuhr sie mit schriller Stimme fort. »Ich sage noch einmal, das ist Nam-Bok.«

»Das behauptest du jetzt seit vielen Sommern«, wies sie

eine der Frauen nachsichtig zurecht. »Immer wenn das Meer eisfrei war, hast du dort gesessen und den ganzen Tag lang Ausschau gehalten. Und bei jedem Boot, das zufällig vorbeikam, hast du gesagt: ›Das ist Nam-Bok.‹ Nam-Bok ist tot, Bask-Wah-Wan, und die Toten kommen nicht zurück. Sie können nicht zurückkommen.«

»Nam-Bok!« rief die alte Frau so laut, daß alle im Dorf zusammenfuhren und sie anschauten.

Sie kam nur mühsam auf die Füße und eilte auf zittrigen Beinen den Sandstrand hinunter. Sie stolperte über einen Säugling, der in der Sonne lag; seine Mutter tröstete ihn, als er zu weinen anfing, und schimpfte hinter der alten Frau her, die keine Notiz davon nahm. Die Kinder rannten vor ihr zum Strand hinunter, und als der Mann in der Bidarka näherkam und mit einem seiner unbeholfenen Paddelschläge das Boot fast zum Kentern brachte, folgten ihnen auch die Frauen. Koogah ließ den Walroßzahn fallen und ging ihnen nach, wobei er sich schwer auf seinen Stock stützte. Den Schluß bildeten die Männer, die in Zweier- und Dreiergruppen heranschlenderten.

Die Bidarka stellte sich quer und wäre in der Brandung fast vollgeschlagen, wenn nicht ein nackter Junge ins Wasser gelaufen wäre, um sie auf den Sand zu ziehen. Der Mann stand auf und sah die vor ihm aufgereihten Dorfbewohner fragend an. Von seinen breiten Schultern hing lose ein bunter, schmutziger und abgetragener Pullover, und um den Hals hatte er nach Matrosenart ein rotes Baumwolltuch geknotet. Eine Schiffermütze auf dem Kopf, kurzgeschnittene Haare, eine feste Baumwollhose und derbe Schuhe rundeten das Erscheinungsbild ab.

Dennoch wurde er bestaunt, denn diese einfachen Fischer vom Yukon-Delta, die ihr Leben im Angesicht der Bering-See verbrachten, hatten bisher nur zwei Weiße zu Gesicht bekommen – den Regierungsbeauftragten für die Volkszählung und einen verirrten Jesuitenpriester. Die Weißen hatten um das Gebiet immer einen weiten Bogen gemacht, denn der Stamm war arm und hatte weder Goldfunde noch Pelze zu bieten. Zudem hatte der Yukon an seiner Mündung jahrtausendelang Sedimente aus dem Binnenland Alaskas abgelagert und in diesem Küstenstrich das Wasser so seicht gemacht, daß die Schiffe schon außer Sichtweite der Küste strandeten. Die Seefahrer mieden die sumpfige Region mit ihren weit ins Landesinnere reichenden Meeresarmen und den ausgedehnten Inselgruppen, und so war den einheimischen Fischern der Kontakt mit der Welt der Weißen bisher verwehrt geblieben.

Koogah, der Knochenschnitzer, trat überstürzt den Rückzug an, stolperte über seinen Stock und fiel hin. »Nam-Bok!« schrie er und strampelte verzweifelt, um wieder auf die Füße zu kommen. »Nam-Bok, den der Sturm auf das Meer getrieben hat, ist zurückgekommen!«

Männer und Frauen schreckten vor dem Fremden zurück, und die Kinder suchten Schutz in ihrer Nähe. Nur Opee-Kwan blieb tapfer, wie es sich für den Häuptling des Dorfes ziemte. Er trat auf den Neuankömmling zu und musterte ihn lange und eingehend.

»Es *ist* Nam-Bok«, sagte er schließlich. Als die Frauen merkten, daß er fest davon überzeugt war, brachen sie in ängstliches Wehklagen aus und wichen noch weiter zurück.

Die Lippen des Fremden zuckten, und unter der braunen Haut geriet sein Kehlkopf in heftige Bewegung, während er nach Worten rang.

»Doch, doch, es ist Nam-Bok«, krächzte Bask-Wah-Wan, die mit zusammengekniffenen Augen zu ihm hinaufsah. »Ich habe schon immer gesagt, Nam-Bok kommt zurück.«

»Ja, Nam-Bok ist zurückgekommen.« Dieses Mal sprach Nam-Bok selbst, während er aus dem Boot stieg und dann mit einem Fuß am Strand und einem im Boot stehenblieb. Wieder bewegte sich sein Kehlkopf heftig auf und ab, als er nach vergessenen Worten suchte. Was dabei herauskam, klang fremdartig, und die Kehllaute begleitete er mit einem Zischen. »Ich grüße euch«, sagte er, »meine Brüder aus der Zeit, bevor ich euch mit dem ablandigen Wind verließ.«

Er setzte den zweiten Fuß an Land. Opee-Kwan machte eine abwehrende Handbewegung.

»Du bist tot, Nam-Bok«, sagte er.

Nam-Bok lachte. »Ich bin wohlgenährt.«

»Tote sind nicht wohlgenährt«, räumte Opee-Kwan ein. »Du mußt es gut getroffen haben, aber es ist sonderbar. Kein Mensch kann sich mit dem ablandigen Wind verbünden und nach langen Jahren wiederkommen.«

»Ich bin wiedergekommen«, erwiderte Nam-Bok einfach.

»Dann bist du vielleicht ein Geist des Nam-Bok, den es einmal gab. Geister kommen wieder.«

»Ich bin hungrig. Geister essen nicht.«

Doch Opee-Kwan zweifelte und strich sich ratlos über die Stirn. Nam-Bok war ähnlich verwirrt, und als er die Fischer der Reihe nach musterte, fühlte er, daß er nicht willkommen war. Männer und Frauen flüsterten miteinander. Die Kinder versteckten sich ängstlich hinter den Erwachsenen, und die Hunde strichen mit gesträubtem Fell argwöhnisch schnüffelnd um ihn herum.

»Ich habe dich geboren, Nam-Bok, und dich an meiner Brust trinken lassen, als du ein Säugling warst«, sagte Bask-Wah-Wan mit dünner Stimme und trat näher. »Ob du nun ein Geist bist oder nicht, ich werde dir jetzt zu essen geben.«

Nam-Bok machte Anstalten, auf sie zuzugehen, aber ein allgemeines ängstliches und bedrohliches Murren hielt ihn zurück. Er sagte etwas in einer fremden Sprache, das sich anhörte wie »Verdammt« und fuhr dann fort: »Ich bin kein Geist, sondern ein Mensch.«

»Wer soll das wissen, wenn es um Geheimnisse des Lebens geht?« Die Frage Opee-Kwans war halb an ihn selbst, halb an seine Stammesgenossen gerichtet. »Wir leben, und einen Atemzug später leben wir nicht mehr. Wenn der Mensch ein Geist werden kann, kann nicht der Geist ein Mensch werden? Nam-Bok hat gelebt, aber lebt nicht mehr. Das wissen wir. Aber wir wissen nicht, ob dieser hier Nam-Bok oder der Geist des Nam-Bok ist.«

Nam-Bok räusperte sich und gab dann Antwort. »Vor langer, langer Zeit, Opee-Kwan, ging der Vater deines Vaters fort und kam nach vielen Jahren wieder. Ihm hat man den Platz am Feuer auch nicht verwehrt. Es heißt...« Er legte eine bedeutsame Pause ein, und die Zuhörer hingen an seinen Lippen. »Es heißt«, wiederholte er ganz bewußt, um die rechte Wirkung zu erzielen, »daß seine *klooch* Sipsip, sein Weib, ihm nach seiner Rückkehr zwei Söhne gebar.«

»Aber er ist nicht mit dem ablandigen Wind verschwunden«, hielt Opee-Kwan ihm entgegen. »Er ging ins Landesinnere, und natürlich kann man an Land weiter und immer weiter gehen.«

»Auch auf dem Meer ist das möglich. Doch das bringt uns nicht weiter. Es heißt auch..., der Vater deines Vaters habe von merkwürdigen Dingen erzählt, die ihm zu Gesicht gekommen seien.«

»Ja, er hat merkwürdige Sachen erzählt.«

»Auch ich habe Merkwürdiges zu erzählen«, verkündete Nam-Bok listig. Und als sie unschlüssig wurden, fuhr er fort: »Und Geschenke habe ich auch.«

Er holte aus dem Boot einen wunderbaren bunten Schal und legte ihn seiner Mutter um die Schultern. Die Frauen seufzten bewundernd auf, und die alte Bask-Wah-Wan strich mit der Hand über das farbenfrohe Gewebe, befühlte es und summte in kindlichem Entzücken vor sich hin.

»Er hat etwas zu erzählen«, brummte Koogah. »Und Geschenke hat er auch«, stimmte eine der Frauen ein.

Opee-Kwan merkte, daß seine Leute ganz begierig waren,

und außerdem plagte ihn selbst die Neugier auf jene unerhörten Geschichten. »Wir haben viele Fische gefangen«, sagte er salomonisch, »und Tran im Überfluß. Komm also, Nam-Bok, und nimm an unserem Festmahl teil.«

Zwei von den Männern wuchteten das Boot auf die Schultern und trugen es zum Feuer. Nam-Bok ging neben Opee-Kwan, und die übrigen folgten ihnen nach, bis auf die Frauen, die noch etwas verweilten, um den Schal zu befühlen und zu betasten.

Beim Festschmaus wurde wenig gesprochen, auch wenn man immer wieder den Sohn von Bask-Wah-Wan mit verstohlenen Blicken bedachte. Das setzte ihn in Verlegenheit – allerdings nicht, weil er ein schüchterner Mensch war, sondern weil ihm der Gestank von Robbenfett den Appetit genommen hatte und er unbedingt vermeiden wollte, daß man es merkte.

»Iß, du bist hungrig«, forderte Opee-Kwan ihn auf. Nam-Bok machte die Augen zu und tauchte mit der Hand in den großen Topf von stinkendem Fisch.

»Nur zu, du brauchst dich nicht zu schämen. Die Robben sind dieses Jahr zahlreich gewesen, und kräftige Männer sind immer hungrig.« Mit diesen Worten tunkte Bask-Wah-Wan ein besonders ekelerregendes Stück Lachs in das Öl und reichte den fetttriefenden Fisch liebevoll an ihren Sohn weiter.

Als sein Magen erste Alarmsignale aussandte, weil er inzwischen weniger robust war als in alten Zeiten, stopfte Nam-Bok verzweifelt eine Pfeife und begann zu rauchen. Die anderen aßen geräuschvoll weiter und beobachteten ihn dabei. Nur wenige hätten sich rühmen können, nähere Bekanntschaft mit diesem kostbaren Kraut gemacht zu haben; es war nur gelegentlich durch Tauschhandel mit weiter nördlich lebenden Eskimos in geringen Mengen und dazu noch in minderer Qualität bis zu ihnen vorgedrungen. Koogah, der neben ihm saß, gab zu verstehen, daß er gegen einen Zug aus der Pfeife nichts einzuwenden hätte, und schob das Mundstück aus Bernstein zwischen zwei Bissen in den tranigen Mund. Nam-Bok hielt sich mit zitternder Hand den Magen und lehnte die Rückgabe der Pfeife dankend ab. Koogah dürfe sie behalten, sagte er, denn er habe sie ihm ohnehin zum Geschenk machen wollen. Das fand den Beifall der übrigen Tischgäste, die sich die Finger leckten.

Opee-Kwan erhob sich. »Unser Festmahl ist jetzt beendet, Nam-Bok, und wir würden gern hören, was du Merkwürdiges zu berichten hast.«

Die Fischerleute klatschten in die Hände, nahmen ihre Arbeit wieder auf und spitzten die Ohren. Die Männer fertigten Speere an oder schnitzten in Elfenbein, während die Frauen das Fett von der Innenseite der Robbenfelle kratzten und sie geschmeidig machten oder mit Tiersehnen Stiefel aus Seehundsfell zusammennähten. Nam-Bok ließ das Bild auf sich wirken, doch fehlte ihm der Zauber, den es in seinen Erinnerungen ausgestrahlt hatte. In den Jahren seiner Wanderschaft hatte er immer davon geträumt, und jetzt, wo es Wirklichkeit war, fühlte er sich enttäuscht. Es war ein schäbiges, dürftiges Leben, dachte er, nicht mit dem zu vergleichen, das er inzwischen gewohnt war. Er würde ihnen schon ein wenig die Augen öffnen, und bei dem Gedanken leuchteten seine eigenen auf.

»Brüder«, begann er mit der Selbstgefälligkeit des Menschen, der von seinen großen Taten erzählen will, »es war im Spätsommer vor vielen, vielen Sommern, als ich euch verließ. Das Wetter war damals ganz so, wie es sich jetzt entwickelt. Ihr wißt alle noch, wie die Möwen flach über das Wasser jagten und der Wind so heftig aufs Meer hinausblies, daß ich mit dem Boot nicht mehr dagegen ankam. Ich schnürte die Abdeckung der Bidarka um meinen Leib, damit sie nicht voll Wasser lief, und kämpfte die ganze Nacht mit dem Sturm. Am Morgen sah ich kein Land – nur das Meer –, und der

Wind vom Land ließ nicht nach und trug mich immer weiter fort. Dreimal graute der Morgen, und nie sah ich Land; der Wind gab mich nicht frei.

Als der vierte Tag anbrach, war ich wie wahnsinnig. Ich konnte mein Paddel nicht mehr ins Wasser tauchen, weil ich nichts gegessen hatte; alles drehte sich um mich, denn auch den Durst konnte ich nicht stillen. Aber das Meer wütete nicht mehr, ein sanfter Südwind strich über die Wellen. Als ich um mich schaute, entdeckte ich etwas, das mich glauben ließ, ich sei wirklich verrückt.«

Nam-Bok machte eine Pause, um Fischreste zwischen den Zähnen zu entfernen. Die Männer und Frauen hatten ihre Arbeit sinken lassen und streckten gebannt den Kopf vor.

»Es war ein Kanu, ein großes Kanu. Wenn man aus allen Kanus, die ich in meinem Leben gesehen habe, ein einziges Kanu zusammensetzen würde, so wäre es immer noch kleiner als dieses gewesen.«

Man hörte ungläubige Ausrufe, und Koogah, ein Mann in hohen Jahren, schüttelte den Kopf.

»Wenn jede Bidarka wie ein Sandkorn wäre«, fuhr Nam-Bok unbeirrt fort, »und die Bidarkas so zahlreich wie die Sandkörner an unserem Strand, dann würden sie zusammen noch immer nicht so groß sein wie das Kanu, das ich am Morgen des vierten Tages erblickte. Es war ein sehr großes Kanu, und sie nannten es *Schoner*. Ich sah dieses Wunderding, diesen großen Schoner, und er kam auf mich zu. Es waren Menschen darauf –«

»Halt, Nam-Bok!« Opee-Kwan unterbrach ihn. »Was für Menschen waren das? Große Menschen?«

»Nein, Menschen wie du und ich.«

»Kam das Kanu schnell auf dich zu?«

»Ja.«

»Es war hoch, und die Männer waren klein.« Opee-

Kwan verkündete seine Prämissen im Brustton der Überzeugung. »Und diese Männer arbeiteten mit langen Paddeln?«

Nam-Bok grinste. »Sie hatten keine Paddel«, sagte er.

Seine Zuhörer rissen den Mund auf, und es wurde totenstill. Opee-Kwan lieh sich Koogahs Pfeife aus und tat nachdenklich einige Züge. Eine von den jüngeren Frauen kicherte erregt und erntete strafende Blicke.

»Sie hatten keine Paddel?« fragte Opee-Kwan leise und gab die Pfeife zurück.

»Der Südwind kam von hinten«, erklärte Nam-Bok.

»Aber man treibt nur langsam vor dem Wind.

»Der Schoner hatte Flügel – so.« Er zeichnete die Umrisse von Masten und Segeln in den Sand. Die Männer umringten ihn und studierten die Zeichnung. Es ging ein heftiger Wind, und zur besseren Veranschaulichung spannte er den Schal seiner Mutter auf, bis er sich blähte wie ein Segel. Bask-Wah-Wan wehrte sich schimpfend, wurde vom Wind aber doch ein Stück fortgeschoben und landete außer Atem in einem Haufen Treibholz am Strand. Die Männer grunzten verständnisinnig, doch Koogah warf plötzlich sein weises Haupt zurück.

»Haha!« lachte er. »Eine alberne Sache, dieses große Kanu! Eine höchst alberne Sache! Ein Spielball der Wellen! Wohin der Wind weht, da muß es hin. Kein Mensch, der darin fährt, kann seinen Landeplatz im voraus nennen, denn immer reist er mit dem Wind, und der Wind weht ihn überall hin, doch keiner weiß, wo er ankommt.«

»So ist es«, ergänzte Opee-Kwan feierlich. »Vor dem Wind ist es einfach, aber gegen den Wind muß man kämpfen. Da diese Männer keine Paddel hatten, konnten sie gar nicht gegen den Wind angehen.«

»Das hatten sie auch gar nicht nötig«, rief Nam-Bok ärgerlich. »Der Schoner fuhr auch gegen den Wind.«

»Was sagtest du doch gleich, trieb den Sch-Sch-Schoner

an?« fragte Koogah, wobei er das fremdartige Wort wie eine Hürde mit Vorsicht überwand.

»Der Wind«, erwiderte Nam-Bok ungeduldig.

»Dann fuhr der Sch-Sch-Schoner also mit dem Wind gegen den Wind.« Der alte Koogah gab sich keine Mühe, den spöttischen Seitenblick zu Opee-Kwan hinüber zu verbergen, und setzte dann hinzu, während das Gelächter im Kreis der Zuhörer immer lauter wurde: »Der Wind kommt von Süden und treibt den Schoner nach Süden. Der Wind bläst gegen den Wind. Er bläst gleichzeitig in die eine und in die andere Richtung. Es ist ganz einfach. Wir verstehen das jetzt, Nam-Bok. Wir verstehen es gut.«

»Du bist ein Dummkopf.«

»Deine Lippen sprechen wahr«, antwortete Koogah demütig. »Ich habe lange gebraucht, um eine einfache Sache zu begreifen.«

Nam-Boks Züge hatten sich verfinstert, und es brach ein Schwall von Worten aus ihm heraus, die sie noch nie gehört hatten. Die Arbeit an Knochen und Häuten wurde wieder aufgenommen, aber nun blieben Nam-Boks Lippen verschlossen; er hütete sich, Dinge auszusprechen, die ihm keiner glauben würde.

»Dieser Sch-Sch-Schoner«, fragte Koogah unbeeindruckt weiter, »war er aus einem Baum gemacht?«

»Er war aus vielen Bäumen gemacht«, gab Nam-Bok kurz angebunden zurück. »Er war sehr groß.«

Trotzig verstummte er wieder, und Opee-Kwan stieß Koogah mit dem Ellenbogen an. Der schüttelte staunend den Kopf und sagte dann zögernd: »Es ist wirklich sehr merkwürdig.«

Nam-Bok schnappte nach dem Köder. »Das ist noch gar nichts«, sagte er hochmütig, »ihr solltet erst einmal den *Dampfer* sehen. Was ein Sandkorn im Vergleich zur Bidarka ist, die Bidarka im Vergleich zum Schoner, das ist der Schoner im Vergleich zum Dampfer. Außerdem besteht der Dampfer aus Eisen, ganz aus Eisen.«

»Nein, nein, Nam-Bok«, rief der Häuptling aus, »wie ist das möglich? Eisen sinkt immer auf den Grund. Denn schau, ich habe vom Häuptling des Nachbardorfs ein Eisenmesser getauscht, und gestern ist es mir aus der Hand geglitten und tief, tief im Meer versunken. Alles gehorcht einem Gesetz. Es gibt nichts, das ihm nicht gehorcht. Das wissen wir. Und außerdem wissen wir, daß alle Dinge gleicher Art dem gleichen Gesetz gehorchen und daß alles Eisen seinem Gesetz folgt. Nimm also deine Worte zurück, Nam-Bok, damit wir dich noch achten können.«

»Es ist so, wie ich sagte«, wiederholte Nam-Bok hartnäkkig. »Der Dampfer besteht aus Eisen, und er sinkt nicht.«

»Nein, nein, das ist unmöglich.«

»Ich habe es mit eigenen Augen gesehen.«

»Es widerspricht der Natur der Dinge.«

»Aber sag, Nam-Bok«, unterbrach Koogah, der fürchtete, dieser werde nicht weiter erzählen, »sag, wie diese Menschen den Weg über das Wasser finden, wenn kein Land zu sehen ist.«

»Die Sonne zeigt ihnen den Weg.«

»Aber wie?«

»Zur Mittagsstunde nimmt der Häuptling des Schoners einen Gegenstand in die Hand und schaut durch dieses Ding zur Sonne. Dann läßt er die Sonne vom Himmel zum Rand der Erde hinabsteigen.«

»Das ist ein böser Zauber!« rief Opee-Kwan aus, den dieser Frevel entsetzte. Die Männer erhoben voller Schrecken die Hände und die Frauen stöhnten. »Das ist böser Zauber. Es ist nicht gut, die Sonne irrezuführen, denn sie vertreibt die Nacht und bringt uns die Robben, den Lachs und die Wärme.«

»Und wenn schon«, sagte Nam-Bok trotzig. »Ich habe

selbst durch das Ding geschaut und die Sonne vom Himmel steigen lassen.«

Die Nähersitzenden rückten eilig von ihm ab, und eine Frau verbarg das Gesicht des Kindes an ihrer Brust, um es vor seinem bösen Blick zu schützen.

Koogah versuchte, ihn wieder zum Erzählen zu bringen. »Aber am Morgen des vierten Tages, Nam-Bok, als der Sch-Sch-Schoner dir nachfuhr?«

»Ich hatte keine Kraft mehr und konnte ihnen nicht entkommen. Sie holten mich an Bord, flößten mir Wasser ein und gaben mir gute Dinge zu essen. Meine Brüder, ihr habt zweimal einen weißen Mann gesehen. Diese Männer waren alle Weiße, und es waren so viele, wie ich Finger und Zehen habe. Als ich sah, wie freundlich sie waren, faßte ich mir ein Herz und beschloß, mir alles einzuprägen, was ich sah und davon zu berichten. Sie lehrten mich ihre Arbeit und gaben mir zu essen und einen Platz zum Schlafen.

Tag für Tag fuhren wir über das Meer, und jeden Tag holte der Häuptling die Sonne am Himmel herunter, damit sie ihm verriet, wo wir uns befanden. Wenn das Wasser ruhig war, jagten wir Robben, und ich war sehr erstaunt, weil sie immer Fleisch und Fett fortwarfen und nur das Fell behielten.«

Opee-Kwans Lippen zuckten heftig, und er war im Begriff, diese Verschwendung zu tadeln, als Koogah ihm mit einem Rippenstoß bedeutete zu schweigen.

»Nach langer Arbeit und als die Sonne verschwunden war und der Frost hereinbrach, lenkte der Mann den Schoner nach Süden. Tagelang fuhren wir immer nach Süden und Osten, ohne Land zu sehen, und kamen in die Nähe des Dorfs, aus dem die Männer stammten –«

»Woher wußten sie das?« fragte Opee-Kwan, der sich nicht mehr beherrschen konnte. »Es war doch kein Land in Sicht.«

Nam-Bok funkelte ihn wütend an. »Habe ich nicht gesagt, daß ihr Häuptling die Sonne vom Himmel herabholte?«

Koogah besänftigte ihn wieder, und Nam-Bok fuhr fort.

»Wie ich sagte, wir waren in der Nähe ihres Dorfes angekommen, als ein mächtiger Sturm losbrach. In der Nacht trieben wir hilflos im Meer und wußten nicht, wo wir uns befanden –«

»Gerade hast du gesagt –«

»Schweig, Opee-Kwan! Du bist ein Dummkopf und verstehst nichts. In dieser Nacht trieben wir also hilflos im Meer, als ich durch den tobenden Sturm das Geräusch der Brandung hörte. Und dann liefen wir mit einem schrecklichen Krachen auf und ich schwamm im Wasser. Die Küste war felsig, mit einem einzigen kleinen Sandstrand auf viele Meilen. Und das Schicksal wollte es, daß ich die Hände in den Sand grub, um mich aus der Brandung an Land zu ziehen. Die anderen Männer müssen an den Felsen zerschmettert worden sein, denn es kam keiner mehr an Land außer ihrem Häuptling, und auch ihn erkannte ich nur an dem Ring, den er trug.

Bei Tagesanbruch war vom Schoner keine Spur zu entdekken, und ich ging landeinwärts, um Menschen zu sehen und etwas zu essen zu finden. Ich kam an ein Haus, wo man mich aufnahm und mir zu essen gab. Ich hatte ihre Sprache gelernt, und die Weißen waren alle sehr freundlich. Ihr Haus war größer als alle Häuser, die wir oder unsere Vorväter jemals gebaut haben.«

»Was für ein mächtiges Haus«, sagte Koogah, der seine Zweifel hinter der Maske des Erstaunens versteckte.

»Und für seinen Bau hat man sicher viele Bäume verwendet«, ergänzte Opee-Kwan, der den Wink verstanden hatte.

»Ach, das ist noch gar nichts.« Nam-Bok zuckte verächtlich die Achseln. »Was unsere Häuser im Vergleich zu jenem sind, das war jenes im Vergleich zu denen, die ich noch zu sehen bekam.«

»Und diese Menschen sind nicht groß?«

»Nein, es sind Menschen wie du und ich«, antwortete

Nam-Bok. »Ich hatte mir einen Gehstock gemacht, und weil ich euch von allem erzählen wollte, machte ich für jede Person, die in dem Hause wohnte, eine Kerbe in meinen Stock. Ich blieb viele Tage dort und arbeitete. Sie gaben mir *Geld* dafür – ihr kennt es nicht, aber es ist eine sehr gute Sache.

Eines Tages machte ich mich von dort auf den Weg weiter landeinwärts. Auf meinem Weg traf ich viele Menschen und machte nun kleinere Kerben, damit alle Platz hätten. Dann traf ich auf etwas Merkwürdiges. Am Boden befand sich eine Eisenstange, so dick wie mein Arm, und einen guten Schritt davon entfernt noch eine weitere –«

»Dann warst du ein reicher Mann«, stellte Opee-Kwan fest. »Denn Eisen ist mehr wert als alles in der Welt. Man hätte viele Messer daraus machen können.«

»Nein, die Stangen gehörten mir nicht.«

»Du hast sie gefunden; es war dein Recht, sie zu behalten.«

»Nein, denn die Weißen hatten sie dort hingelegt. Außerdem waren sie so lang, daß kein Mensch sie wegtragen könnte – so lang, daß ich ihr Ende nicht sehen konnte.«

»Nam-Bok, das ist sehr viel Eisen«, warnte ihn Opee-Kwan vorsorglich.

»Das stimmt. Ich konnte es kaum glauben, obwohl ich es doch mit meinen eigenen Augen sah. Aber ich konnte meine Augen nicht Lügen strafen. Und als ich die Eisen betrachtete, da hörte ich ...« Er wandte sich unvermittelt dem Häuptling zu. »Opee-Kwan, du hast den Seelöwen im Zorn brüllen hören. Stell dir nur so viele Seelöwen vor, wie es Wellen im Meer gibt, und dann stell dir vor, daß sie alle zusammen einen großen Seelöwen ergeben; so wie ein solcher Seelöwe brüllen würde, so brüllte das Ding, das ich hörte.«

Die Fischerleute stießen Ausrufe der Verwunderung aus, und Opee-Kwan sperrte den Mund auf und vergaß, ihn wieder zu schließen.

»In der Ferne sah ich ein Ungeheuer, groß wie tausend Wale. Es war einäugig und spuckte Rauch aus, und es schnaubte mit schrecklichem Getöse. Ich hatte Angst und lief zitternd auf dem Weg zwischen den Eisenstangen davon. Aber das Ungeheuer folgte mir so schnell wie der Wind, und ich sprang über die Eisenstangen, als ich seinen Atem heiß in meinem Nacken spürte ...«

Opee-Kwan klappte den Unterkiefer wieder hoch. »Und – und dann, Nam-Bok?«

»Dann sauste es auf den Eisenstangen vorbei, ohne mir etwas zu tun. Als meine Beine mich wieder trugen, da war es schon verschwunden. Es ist dort eine ganz gewöhnliche Sache. Nicht einmal die Frauen und Kinder haben Angst davor. Die Männer lassen diese Ungeheuer für sich arbeiten.«

»Wie wir unsere Hunde für uns arbeiten lassen?« fragte Koogah mit einem skeptischen Augenzwinkern.

»Ja, wie wir unsere Hunde arbeiten lassen.«

»Und wie züchten sie diese – diese Dinge?« erkundigte sich Opee-Kwan.

»Sie werden nicht gezüchtet. Die Männer fertigen sie geschickt aus Eisen, geben ihnen Steine zu fressen und Wasser zu trinken. Der Stein wird zu Feuer, das Wasser zu Dampf, und diesen Dampf atmen sie durch ihre Nüstern, und –«

»Genug, genug, Nam-Bok«, unterbrach Opee-Kwan. »Erzähl uns von anderen Wunderdingen. Dies macht uns müde, weil wir es nicht verstehen.«

»Ihr versteht es nicht?« fragte Nam-Bok verzweifelt.

»Nein, wir verstehen es nicht«, antworteten die Männer und Frauen im Chor. »Wir können es nicht verstehen.«

Nam-Bok dachte an eine Dreschmaschine, an Maschinen, in denen man Bilder lebender Menschen sah, und an solche, aus denen die Stimmen von Menschen kamen; und er wußte, daß sie es nie begreifen würden.

»Darf ich denn wagen zu erzählen, wie ich auf diesem

eisernen Ungeheuer durch das Land geritten bin?« fragte er verbittert.

Opee-Kwan glaubte ihm nicht, gab sich auch keine Mühe, es zu verbergen, und breitete resigniert die Arme aus. »Sprich weiter, sag, was du willst. Wir hören.«

»Ich ritt also auf dem Ungeheuer und mußte dafür mit Geld bezahlen –«

»Du sagtest doch, es wird mit Steinen gefüttert.«

»Ich sagte auch, du Dummkopf, daß Geld etwas ist, wovon du nichts verstehst. Ich ritt also auf dem Ungeheuer durch das Land, durch viele Dörfer, bis ich in ein großes Dorf an einer Meeresbucht gelangte. Die Hausdächer ragten bis zu den Sternen am Himmel, die Wolken berührten sie, und überall rauchte es. Das Dorf brauste wie das Meer, und so viele Menschen gab es dort, daß ich meinen Stock fortwarf und die Kerben darauf vergaß.«

»Wenn du kleine Kerben gemacht hättest«, rügte ihn Koogah, »dann könntest du uns jetzt berichten.«

Nam-Bok fuhr wutentbrannt zu ihm herum. »Wenn ich kleine Kerben gemacht hätte! Hör zu, Koogah, du Knochenschnitzer! Hätte ich kleine Kerben gemacht, dann hätten sie weder auf diesem noch auf zwanzig Stöcken Platz gehabt – nein, auf dem Treibholz aller Strände zwischen diesem Dorf und dem nächsten nicht! Und wenn ihr samt Frauen und Kindern zwanzigmal so zahlreich wärt und jeder von euch zwanzig Hände hätte und jeder einen Stock und ein Messer, dann hätte das immer noch nicht für die Kerben gereicht, so viele Menschen waren es und so schnell kamen und gingen sie.«

»So viele Menschen kann es auf der ganzen Welt nicht geben«, hielt Opee-Kwan ihm entgegen, denn er war wie betäubt, und sein Verstand faßte solche Zahlen nicht.

»Was weißt du schon von der ganzen Welt und ihrer Größe?« fragte Nam-Bok zurück.

»Aber so viele Menschen können nicht an einem Ort leben.«

»Wer bist du, daß du sagen könntest, was möglich oder unmöglich ist?«

»Es ist doch sonnenklar, daß es nicht so viele Menschen an einem Ort geben kann. Ihre Kanus würden das Meer verstopfen, und jeden Tag könnten sie alle Fische aus dem Meer holen, ohne satt zu werden.«

»Das möchte man glauben«, sagte Nam-Bok abschließend, »und doch war es so. Mit eigenen Augen habe ich es gesehen und meinen Stock fortgeworfen.« Er gähnte ausgiebig und stand auf. »Ich bin weit gepaddelt. Der Tag war lang, und ich bin müde. Jetzt will ich schlafen, und morgen sprechen wir weiter von den Dingen, die ich gesehen habe.«

Bask-Wah-Wan trippelte ihm ängstlich voraus, zwar voller Stolz, aber auch eingeschüchtert von ihrem wunderbaren Sohn. Sie führte ihn in ihren Iglu und richtete ihm den Schlafplatz zwischen schmierigen, übelriechenden Fellen. Die Männer blieben am Feuer sitzen und hielten Rat, wobei sie viel miteinander raunten und flüsterten.

Eine Stunde verstrich, dann noch eine, während Nam-Bok schlief und die Diskussion am Feuer weiterging. Die Abendsonne neigte sich dem Nordwesten zu und stand um elf Uhr nachts fast genau im Norden. In diesem Augenblick verließen der Häuptling und der Knochenschnitzer den Rat der Männer und weckten Nam-Bok. Er blinzelte sie verschlafen an und drehte sich auf die andere Seite. Opee-Kwan packte seinen Arm und rüttelte ihn freundlich, aber bestimmt wach.

»Komm, Nam-Bok, steh auf!« befahl er. »Es ist Zeit.«

»Noch ein Festmahl?« rief Nam-Bok aus. »Nein, ich bin nicht hungrig. Eßt allein weiter und laßt mich schlafen.«

»Es ist Zeit zum Aufbruch!« donnerte Koogah.

Opee-Kwan sprach weniger erregt. »Du hast mit mir in der Bidarka gesessen, als wir noch Kinder waren«, sagte er.

»Unsere erste Robbenjagd haben wir gemeinsam gemacht, und gemeinsam holten wir die Lachse aus der Falle. Und du hast mich ins Leben zurückgeholt, Nam-Bok, als das Wasser über mir zusammenschlug und mich unter die schwarzen Felsen zog. Wir haben gemeinsam gehungert und gefroren und haben unter einem Fell geschlafen. Und wegen dieser Dinge und der Freundschaft, die mich mit dir verbunden hat, bekümmert es mich sehr, daß du als ein so schrecklicher Lügner zurückgekehrt bist. Wir können dich nicht verstehen, und unser Kopf dreht sich, wenn du diese Dinge erzählst. Das ist nicht gut, und wir haben lange miteinander beraten. So schicken wir dich jetzt fort, damit unser Geist klar und gesund bleibt und nicht durch unerklärliche Dinge in Verwirrung gestürzt wird.«

»Die Dinge, von denen du erzählst, sind Schemen.« Koogah nahm den Faden auf. »Sie kommen aus einer Geisterwelt, und dorthin mußt du sie wieder zurückbringen. Deine Bidarka ist bereit, und die Stammesbrüder warten. Sie können nicht schlafen, ehe du nicht fort bist.«

Nam-Bok war verstört, aber er hörte auf die Stimme des Häuptlings.

»Wenn du Nam-Bok bist«, sagte Opee-Kwan, »dann bist du ein ungeheuerlicher Lügner; wenn du der Geist des Nam-Bok bist, dann sprichst du von Geistern. Es ist nicht gut, daß Lebende davon Kunde haben. Wir glauben, das große Dorf, von dem du gesprochen hast, ist das Dorf aller Geister. Dort flattern die Seelen der Toten herum. Sie sind zahlreich, wir Lebenden sind wenige. Die Toten kehren nicht zurück. Sie sind noch niemals zurückgekehrt – nur du allein mit deinen Wundergeschichten. Es ist nicht recht, daß die Toten zurückkehren, und wenn wir es zulassen, stößt uns vielleicht großes Unheil zu.«

Nam-Bok kannte seinen Stamm gut genug, um zu wissen, daß der Beschluß des Rates unumstößlich war. So ließ er es zu, daß man ihn ans Wasser führte, in die Bidarka setzte und ihm das Paddel in die Hand drückte. Draußen über dem Meer ertönte der Schrei einer verirrten Wildgans, und die Wellen schlugen matt und hohl an den Strand. Land und Wasser waren in fahles Zwielicht getaucht, und im Norden glomm hinter blutroten Nebelstreifen eine verwaschene Mitternachtssonne. Die Möwen flogen flach über das Wasser. Der Wind wehte scharf und kalt aufs Meer hinaus und führte dunkle Wolkentürme heran, die stürmisches Wetter verhießen.

»Aus dem Meer bist du gekommen«, sprach Opee-Kwan mit beschwörender Stimme, »und jetzt gehst du zurück ins Meer. Die Dinge sind wieder im Gleichgewicht und gehorchen ihren Gesetzen.«

Bask-Wah-Wan humpelte bis an die Wasserlinie und rief: »Ich segne dich, Nam-Bok, denn du hast dich an mich erinnert.«

Doch Koogah schob die Bidarka ins Meer hinaus, riß ihr den Schal von den Schultern und warf ihn ins Boot.

»Es ist kalt in den langen Nächten«, jammerte sie, »und der Frost nagt an den alten Gliedern.«

»Das Ding ist ein Schatten«, erwiderte der Knochenschnitzer, »und Schatten wärmen nicht.«

Nam-Bok erhob sich im Boot, damit man seine Stimme hören konnte. »Bask-Wah-Wan, meine Mutter!« rief er. »Höre die Worte deines Sohns Nam-Bok. In seiner Bidarka ist Platz für zwei, und er möchte, daß du ihn begleitest. Seine Reise geht an einen Ort, wo es Fisch und Tran im Überfluß gibt. Der Frost kommt nicht an diesen Ort, das Leben ist leicht, und Dinge aus Eisen tun die Arbeit von Männern. Willst du mit mir kommen, Bask-Wah-Wan?«

Sie stand einen Augenblick unschlüssig da, während die Bidarka schnell forttrieb. Dann rief sie mit hoher, zittriger Stimme zurück: »Ich bin alt, Nam-Bok. Ich werde bald zu den Schatten hinabwandeln. Doch ich will nicht vor meiner Zeit gehen. Ich bin alt, Nam-Bok. Ich habe Angst.«

Ein Sonnenstrahl brach jetzt durch das matt schimmernde Dunkel über dem Wasser und hüllte das Boot und seinen Insassen in goldroten Glanz. Die Fischerleute wurden still, und man hörte nichts als den Wind vom Land und das Kreischen der tieffliegenden Möwen.

LONE CHIEFS KRANKHEIT

Diese Geschichte haben mir zwei alte Männer erzählt. Wir saßen zur kühlsten Zeit des Tages, um Mitternacht nämlich, an einem qualmenden Feuer, das uns gegen die Moskitos schützen sollte. Und immer wieder, während die Geschichte vorgetragen wurde, fuhren unsere Hände klatschend auf einen jener geflügelten Plagegeister nieder, die dem Qualm trotzten und sich an unserem Blut gütlich tun wollten. Zu unserer Rechten, am Ende des sieben Meter hohen, abbrökkelnden Ufers, hörte man das Gurgeln des träge dahinfließenden Yukon. Eine mattglühende Sonne tauchte die Hügelkette zur Linken in rötliches Licht und blinzelte schläfrig in eine der vielen schlaflosen Nächte, die ihr noch bevorstanden.

Die alten Männer, die mit mir zusammensaßen und tapfer Moskitos erschlugen, waren Lone Chief und Mutsak, vorzeiten gemeinsam auf dem Kriegspfad und nun greise Bewahrer der Tradition und vergangener Taten. Sie waren die Überlebenden ihrer Generation und ohne Ansehen bei den Jüngeren ihres Stamms, die schon im Dunstkreis einer Goldgräberzivilisation aufgewachsen waren. Wem lag noch an Traditionen, wenn man die Geister aus schwarzen Flaschen rufen konnte, die ein gefälliger Weißer für ein paar Stunden Schweiß oder einen lausigen Pelz herzauberte? Welche Macht besaßen die furchterregenden Riten und geheimnisvollen Masken der Schamanen, wenn doch täglich das Dampfschiff, dieses lebendige dampfspuckende Wunder, den Yukon auf- und abfuhr, ein realer, feuerspeiender Dämon, der alles Verbürgte auf den Kopf stellte? Welchen Wert hatte noch überkommenes Ansehen, wenn inzwischen der Mann, der am meisten Holz schlug oder einen Raddampfer am sichersten durch das

Labyrinth der Inseln im Strom steuerte, den höchsten Respekt unter seinesgleichen genoß?

In der Tat erging es den beiden Alten schlecht, weil sie zu lange gelebt hatten, und Lone Chief und Mutsak nahmen in der neuen Rangordnung keinen Ehrenplatz mehr ein. Trübsinnig warteten sie auf ihren Tod, und so erwärmte sich ihr Herz für den fremden Weißen, der mit ihnen den Qualm des Moskitofeuers erduldete und willig ihren Geschichten aus alten Zeiten lauschte, als es noch kein Dampfschiff gab.

»Man suchte also ein Mädchen für mich aus«, sagte Lone Chief gerade. Seine überschnappende Fistelstimme ging in unregelmäßigen Abständen völlig unvermittelt in einen heiser schnarrenden Baß über, um gerade, wenn man sich daran gewöhnt hatte, wieder zu dem dünnen Tremolo zurückzukehren – gleichsam ein Wechsel zwischen zirpender Grille und quakendem Ochsenfrosch.

»Man suchte mir also ein Mädchen aus. Mein Vater, Kask-ta-ka, der Otter, war zornig, weil ich kein Auge für Frauen hatte. Er war ein alter Mann und Häuptling des Stamms. Ich war sein einziger überlebender Sohn, und allein durch mich konnte er noch hoffen, sein Blut an kommende, noch ungeborene Generationen weiterzugeben. Du mußt jedoch wissen, weißer Mann, daß ich sehr krank war. Wenn weder Jagen noch Fischen mein Herz erfreute und auch ein voller Bauch mich nicht in Wallung brachte, wie sollte ich da ein Auge auf Frauen werfen und eine Hochzeit vorbereiten oder dem Geplapper kleiner Kinder und den Sorgen, die sie mit sich brachten, mit Freuden entgegensehen?«

»So ist es«, unterbrach ihn Mutsak. »Hatte Lone Chief denn nicht in den Tatzen des großen Bären gekämpft, bis der ihm den Schädel brach und das Blut aus den Ohren floß?«

Lone Chief nickte energisch. »Mutsak spricht die Wahrheit. In der Zeit danach war mein Kopf gesund und doch nicht gesund. Zwar verheilte das Fleisch und die Wunde verschwand, doch im Innern blieb ich krank. Wenn ich ging, dann zitterten meine Knie, und wenn ich ins Licht schaute, füllten sich meine Augen mit Tränen. Wenn ich die Augen öffnete, drehte sich die Welt im Kreise, wenn ich die Augen schloß, drehte sich mein Kopf, und alles, was ich je gesehen hatte, kreiste darin. Auf meine Augen drückte ein dumpfer Schmerz, als ob dauernd ein Gewicht auf mir lastete oder ein Band sich um meine Stirn zusammenzöge. Ich konnte nur langsam sprechen und mußte lange warten, bis mir das rechte Wort auf die Zunge kam. Wenn ich ungeduldig wurde, gab es ein heilloses Durcheinander und ich redete närrisches Zeug. Ich war also sehr krank, und als mein Vater, der Otter, das Mädchen Kasaan zu mir führte –«

»Sie war jung, gesund und Tochter meiner Schwester«, fiel Mutsak ihm ins Wort. »Sie hatte breite Hüften, gut um Kinder zu gebären, gerade Beine und war flink. Sie machte bessere Mokassins als alle anderen Mädchen, und die Rindenseile, die sie geflochten hatte, waren die stärksten. Ihre Augen und Lippen lächelten; sie war nicht hitzig und wußte, daß der Mann befiehlt und die Frau gehorchen muß.«

»Wie ich schon sagte, ich war sehr krank«, fuhr Lone Chief fort. »Und als mein Vater, der Otter, das Mädchen Kasaan zu mir brachte, sagte ich, man solle lieber mein Begräbnis vorbereiten als meine Hochzeit. Mein Vater wurde dunkelrot vor Zorn und antwortete, daß man mir meinen Wunsch erfüllen und mich, der ich noch lebte, wie einen Verstorbenen für die Bestattung vorbereiten werde –«

»Das ist nicht Sitte in unserem Volk, weißer Mann«, mischte Mutsak sich ein. »Was wir mit Lone Chief machten, wurde nämlich sonst nur mit den Toten gemacht. Aber der Otter war sehr zornig.«

»Ja«, sagte Lone Chief. »Mein Vater, der Otter, machte wenig Worte und handelte schnell. Er befahl den Leuten, sich vor meiner Hütte zu versammeln. Als alle beisammen waren, mußten sie Klagelieder für seinen verstorbenen Sohn anstimmen –«

»Und sie sangen den Totengesang vor seiner Hütte – O-o-o-o-o-a-haa-ha-a-ich-klu-kuk-ich-klu-kuk.« Mutsak ahmte die Klagelaute so überzeugend nach, daß mir Schauer des Mitgefühls über den Rücken liefen.

»In meiner Hütte«, erzählte Lone Chief weiter, »färbte meine Mutter ihr Gesicht schwarz mit Ruß, streute Asche auf ihr Haupt und trauerte um mich, als wäre ich nicht mehr, denn das hatte mein Vater angeordnet. Okiakuta, meine Mutter, brach also in lautes Wehklagen aus, schlug sich an die Brust und riß sich die Haare aus. Hooniak, meine Schwester, und Seenatah, die Schwester meiner Mutter taten es ihr gleich. Sie machten einen solchen Lärm, daß ich heftiges Kopfweh bekam und überzeugt war, ich würde auf der Stelle sterben.

Die Ältesten des Stamms standen im Kreis um meine Liegestatt und besprachen die Reise, die meine Seele nun antreten mußte. Einer erzählte von dunklen, endlosen Wäldern, wo einsame Seelen jammernd umherirrten und durch die auch ich vielleicht irren würde, ohne jemals herauszufinden. Ein anderer sprach von großen Flüssen, in denen das faulige Wasser toste, während böse Geister kreischend gestaltlose Arme aus den Fluten reckten, um ihre Opfer an den Haaren in den Abgrund zu zerren. Für diese Flüsse, beschlossen sie, müsse man mir ein Kanu zur Verfügung stellen. Ein dritter redete über Stürme, die noch kein Mensch erlebt habe. Dabei regneten Sterne vom Himmel herab, und riesige Spalten taten sich auf, und die Ströme des Erdinneren traten an die Oberfläche und stürzten wieder dorthin zurück, woher sie gekommen waren. Sie setzten sich nun an mein Lager, fuchtelten mit den Armen und erhoben ein Jammergeschrei; und die anderen, die draußen standen, übertrafen sie noch. War ich in ihren Augen ein toter Mann, so war ich es auch vor mir selbst. Ich wußte nicht, wann oder wie, doch daß ich gestorben war, dessen war ich gewiß.

Okiakuta, meine Mutter, legte meinen Parka aus Eichhörnchenfell neben mich, außerdem den Parka aus Karibufell, den Regenmantel aus Robbendarm und die Seehundsstiefel für nasses Wetter, damit mein Geist auf seiner langen Reise trocken bliebe. Da auch von einem steilen Berg voller Dornengestrüpp und stachliger Pflanzen die Rede war, holte sie mir feste Mokassins, um mir den Weg zu erleichtern.

Als die Alten die großen Tiere erwähnten, gegen die ich zu kämpfen hätte, legten die jungen Männer meinen stärksten Bogen mit den geradesten Pfeilen neben mich, mein Wurfholz, meinen Speer und mein Messer. Dann begannen sie, von den stummen, düsteren Weiten zu erzählen, die meine Seele durchwandern müßte, und das Wehklagen meiner Mutter wurde noch lauter, und sie streute noch mehr Asche auf ihr Haupt.

Das Mädchen Kasaan schlich sich in die Hütte, ganz schüchtern und leise, und ließ einen kleinen Beutel auf der Reiseausrüstung zurück. Ich wußte, daß sich darin Feuerstein, Eisen und gut getrockneter Zunder befanden, damit mein Geist Feuer machen könnte. Man wählte die Decken aus, in die man mich hüllen würde. Auch die Sklaven wurden ausgesucht, die man töten würde, damit meine Seele Gesellschaft hätte. Sieben Sklaven waren es, denn mein Vater war reich und mächtig, und ich, sein Sohn, sollte ein würdiges Begräbnis haben. Die Sklaven hatten wir als Beute aus einem Krieg mit den Mukumuks heimgeführt, die weiter unterhalb am Yukon wohnten. Am Morgen würde Skolka, der Schamane, sie der Reihe nach töten, so daß ihre Seelen zusammen mit mir auf die Reise in das Unbekannte Land gehen konnten. Unter anderem würden sie mein Kanu tragen, bis wir an den großen Fluß mit dem ungenießbaren und tosenden Wasser kamen. Und weil für sie dann kein Platz und ihre Arbeit getan wäre, würden sie nicht weitergehen, sondern für immer in den düsteren, endlosen Wäldern bleiben und Klagelieder heulen.

Als ich meine schöne warme Kleidung betrachtete, meine Decken und Kriegswaffen, und als ich an die sieben Sklaven dachte, die man meinetwegen erschlagen würde, war ich stolz auf meine Bestattung und wußte, daß viele Männer mich beneiden würden. Die ganze Zeit aber saß mein Vater, der Otter, düster und schweigend dabei. Den ganzen Tag und die ganze Nacht sang man mir meinen Totengesang und ließ die Trommeln dröhnen, bis es am Ende so schien, als sei ich schon tausend Tode gestorben.

Am Morgen jedoch erhob sich mein Vater und hielt eine Rede. Er sei, wie alle wüßten, sein Leben lang Krieger gewesen. Sie wüßten auch, daß es eine größere Ehre sei, im Kampf zu sterben als auf weichen Fellen am Feuer. Und da mein Tod ja ohnehin beschlossene Sache sei, sollte ich gegen die Mukumuks in den Krieg ziehen und dabei das Leben lassen. Auf diese Weise würde ich den Ehrenplatz eines Häuptlings in der letzten Wohnung der Toten erwerben und meinem Vater, dem Otter, Ehre erweisen. Er befahl daher, eine Reihe unserer Männer stromabwärts auf den Kriegspfad zu schicken. Wenn wir die Mukumuks erreichten, sollte ich in scheinbar kriegerischer Absicht allein auf sie losgehen und dabei zu Tode kommen.«

»Du mußt aber wissen, weißer Mann«, rief Mutsak aus, der sich nicht länger beherrschen konnte, »daß Skolka, der Schamane, in jener Nacht dem Otter viel einflüsterte und daß er den Vorschlag machte, Lone Chief in den Tod zu schicken. Der Otter war nämlich alt und Lone Chief sein letzter Sohn, so daß Skolka plante, selbst Häuptling zu werden. Als die Leute einen Tag und eine Nacht lang großen Lärm gemacht hatten und Lone Chief immer noch lebte, fürchtete Skolka, er würde gar nicht sterben. Es waren also Skolkas Einflüsterungen, die aus Otter sprachen.«

»Ja«, antwortete Lone Chief. »Ich wußte wohl, daß Skolka ihn angestiftet hatte, aber weil ich so krank war, kümmerte es mich nicht. Ich hatte nicht die Kraft, wütend zu sein oder ihn zur Rede zu stellen; mir war alles gleich, wenn ich nur sterben konnte und alles hinter mir hätte. Die Krieger wurden also ausgerüstet. Es waren keine erprobten Kämpfer dabei, auch keine Alten, die listig und weise sind – nichts als hundert junge Männer, die allesamt noch unerfahren waren. Das ganze Dorf versammelte sich oben am Ufer, um uns abfahren zu sehen. Alle freuten sich und sangen Preislieder bei meinem Abschied. Selbst du, weißer Mann, würdest mit Freuden einen Jüngling in den Kampf ziehen sehen, auch wenn es für ihn den sicheren Tod bedeutete.

Wir fuhren also ab, hundert junge Männer mit Mutsak dabei, denn auch er war noch jung und unerfahren. Auf Befehl meines Vaters wurde mein Kanu zwischen Mutsaks und Kannakuts Kanus festgebunden, damit ich nicht selbst zum Paddel greifen mußte und meine schwachen Kräfte für einen tapferen Abgang schonen konnte. So fuhren wir den Strom hinab.

Ich will dich nicht mit Einzelheiten unserer Fahrt ermüden; sie währte nicht lang. Nur ein kurzes Stück oberhalb des Mukumuk-Dorfes trafen wir auf zwei ihrer Krieger, die bei unserem Anblick in ihren Kanus die Flucht ergriffen. Jetzt wurde gemäß den Anweisungen meines Vaters mein Kanu losgebunden, so daß ich allein den Strom hinabtrieb. Die jungen Männer sollten mitansehen, wie ich starb, um nachher darüber berichten zu können. Mein Vater, der Otter, und Skolka, der Schamane, hatten ihnen das eingeschärft und strenge Bestrafung angedroht, falls sie der Anordnung nicht gehorchten.

Ich tauchte das Paddel ein und rief den fliehenden Kriegern

verächtliche Worte nach. Weil ich sie so beschimpfte, wandten sie sich zornig um und bemerkten, daß unsere jungen Leute zurückblieben und ich allein ihnen folgte. Sobald sie sich in sicherer Entfernung befanden, trennten sie sich, um mich in die Zange zu nehmen. Mit dem Speer in der Hand und dem Kriegsgesang unseres Stamms auf den Lippen trieb ich auf sie zu. Beide schleuderten ihren Speer, doch ich duckte mich, und die Waffen schwirrten über mich hinweg. Ich blieb unverletzt. Erst aus großer Nähe schleuderte ich meinen Speer gegen den Krieger zu meiner Rechten. Er fuhr dem Mann in die Kehle, und er stürzte rücklings ins Wasser.

Meine Überraschung war groß: ich hatte einen Krieger getötet! Ich hielt mit kräftigen Paddelschlägen auf den anderen zu, um mich dem Tod zu stellen; doch sein zweiter und letzter Speer verletzte mich nur leicht an der Schulter. Jetzt griff ich an, nicht mit einem Wurf, sondern indem ich ihm den Speer mit beiden Händen in die Brust stieß, um ihn zu durchbohren. Während ich all meine Kraft dafür brauchte, schlug er zweimal sein Paddel auf meinen Kopf.

In dem Augenblick, als die Spitze meines Speers wieder aus seinem Rücken heraustrat, traf mich ein dritter Hieb. Ich sah ein grelles Licht, wie einen Blitz, und ich spürte, wie in meinem Kopf mit einem Knacken etwas nachgab – ja, es knackte richtig. Das Gewicht, das schon so lang auf meine Augen drückte, war von mir genommen, das Band, das sich so fest über meiner Stirn zusammengezogen hatte, zerrissen. Ich war erlöst und überglücklich.

Das ist der Tod, dachte ich und fand ihn wunderschön. Als ich aber die zwei führerlosen Kanus sah, begriff ich, daß ich nicht tot, sondern wieder genesen war. Das war eine Folge der Schläge, die mir der Krieger mit seinem Paddel versetzt hatte. Mir wurde bewußt, daß ich getötet hatte, und das vergossene Blut weckte meine Kampflust. Ich tauchte mein Paddel erneut in die Fluten des Yukon und steuerte das Dorf der Mukumuks an. Die jungen Männer hinter mir stießen einen lauten Schrei aus. Ich blickte hinter mich, und der Fluß war weiß vom Schaum, den ihre Paddel aufrührten –«

»Ja, weiß vom Schaum«, bestätigte Mutsak. »Denn wir hatten Otters und Skolkas Befehl nicht vergessen, Zeugen zu sein, wenn Lone Chief in den Tod ging. Ein junger Mukumuk auf seinem Weg zu einer Lachsfalle entdeckte Lone Chief und die hundert Krieger hinter ihm. Er ergriff in seinem Kanu die Flucht, um im Dorf Alarm zu schlagen. Doch Lone Chief paddelte hinter ihm her und wir hinter ihm, um zu sehen, wie er starb. Erst als der Mann in Sichtweite des Dorfs an Land sprang, stand Lone Chief in seinem Boot auf und tat einen mächtigen Speerwurf. Der Speer traf den Mann über der Hüfte und riß ihn mit sich zu Boden.

Jetzt sprang auch Lone Chief ans Ufer, schwang seine Keule und stürmte mit Kriegsgeschrei in das Dorf. Der erste, auf den er traf, war Itwilie, Häuptling der Mukumuks, und er schlug ihm die Keule auf den Kopf, daß er tot zu Boden fiel. Aus Angst, daß wir nicht sehen würden, wie er starb, sprangen auch wir, die hundert Krieger, ans Ufer und folgten Lone Chief ins Dorf. Die Mukumuks begriffen nicht, was geschah, und glaubten, wir seien zum Kämpfen gekommen. Wir hörten die Bogensehnen singen und die Pfeile durch die Luft zischen. Da vergaßen wir unseren Auftrag und fielen mit Speeren und Keulen über sie her. Sie waren unvorbereitet und so gab es ein großes Gemetzel –«

»Ich selbst habe ihren Schamanen erschlagen«, verkündete Lone Chief, und sein verhutzeltes Gesicht geriet bei der Erinnerung in heftige Bewegung. »Ich selbst habe ihn erschlagen, und er war ein größerer Schamane als Skolka. Jedesmal, wenn ich einem neuen Krieger gegenüberstand, dachte ich, ›Jetzt kommt der Tod‹. Und jedesmal erschlug ich den Mann, und der Tod kam nicht. Das Leben atmete wohl noch kräftig in mir, und ich konnte nicht sterben –«

»Wir folgten Lone Chief quer durch das Dorf und wieder zurück«, fuhr Mutsak fort. »Wie ein Wolfsrudel folgten wir ihm, hin und zurück, nach hier und nach dort, bis kein kämpfender Mukumuk mehr übrig war. Dann nahmen wir einhundert Männer als Sklaven, doppelt soviel Frauen und unzählige Kinder; wir steckten die Häuser und Hütten in Brand und zogen ab. Das war das Ende der Mukumuks.«

»Das war das Ende der Mukumuks«, wiederholte Lone Chief triumphierend. »Und als wir in unser Dorf zurückkehrten, staunten die Leute über unsere Beute und noch mehr darüber, daß ich noch am Leben war. Mein Vater, der Otter, kam zitternd vor Freude über meine Taten zu mir. Er war ja ein alter Mann und ich der letzte seiner Söhne. Auch alle erfahrenen Krieger und die listigen und weisen Männer kamen herbei, bis alle um uns versammelt waren. Da stand ich auf, und mit Donnerstimme befahl ich Skolka vorzutreten –«

»Ja, weißer Mann«, rief Mutsak aus. »Mit Donnerstimme, so daß den Leuten vor Angst die Knie schlotterten.«

»Als Skolka vorgetreten war«, erzählte Lone Chief weiter, »sagte ich, daß ich nicht die Absicht hätte zu sterben. Es sei aber auch von Übel, wenn die bösen Geister, die jenseits der Gräber warten, enttäuscht würden. Deswegen hielt ich es für angebracht, daß die Seele Skolkas die Reise ins Unbekannte Land unternehme, wo sie ohne Zweifel auf immer in den düsteren, endlosen Wäldern heulen würde. Und dann erschlug ich ihn, so wie er dort stand, vor aller Augen. Ja, ich, Lone Chief, habe Skolka, den Schamanen, vor aller Augen erschlagen. Als ein Raunen durch die Menge lief, rief ich mit lauter Stimme –«

»Mit Donnerstimme«, verbesserte ihn Mutsak.

»Ja, ich rief mit Donnerstimme: ›Schaut her, Leute. Ich bin Lone Chief, der Skolka, den falschen Schamanen erschlagen hat! Keiner hat wie ich das Tor des Todes durchschritten und ist doch wieder zurückgekehrt. Meine Augen haben Niegesehenes geschaut. Meine Ohren haben Unerhörtes vernommen. Ich bin größer als Skolka, der Schamane. Ich bin auch ein größerer Häuptling als mein Vater, der Otter. Sein Leben lang hat er Krieg gegen die Mukumuks geführt, und ich, seht her, ich habe sie an einem einzigen Tag vernichtet. Ich habe sie mit einem Atemzug ausgelöscht. Da mein Vater, der Otter, alt ist und Skolka, der Schamane, tot, werde ich nun Häuptling und Schamane dazu sein. Ab jetzt, Leute, bin ich euer Häuptling und euer Schamane. Und wenn jemand von euch mir widersprechen will, dann soll er vortreten!‹

Ich wartete, doch niemand trat vor. Dann rief ich aus: ›Ha! Ich habe Blut geschmeckt! Jetzt bin ich hungrig. Bringt mir Fleisch. Brecht die Vorratskammern auf, reißt die Gestelle zum Trocknen der Fische nieder, und laßt uns ein großes Festmahl halten. Alle sollen fröhlich sein und singen, aber keine Klagelieder, sondern Hochzeitsgesänge. Und zu guter Letzt bringt mir das Mädchen Kasaan. Sie soll Mutter der Kinder von Lone Chief sein.‹

Bei meinen Worten brach mein Vater, der Otter, in Tränen aus wie eine Frau, weil er ein alter Mann war, und er schlang seine Arme um meine Knie. Von diesem Tag an war ich Häuptling und Schamane zugleich. Das brachte mir großen Ruhm und alle Männer leisteten mir Gehorsam.«

»Bis das Dampfschiff kam«, ergänzte Mutsak.

»Ja«, sagte Lone Chief, »bis das Dampfschiff kam.«

IN EINEM FERNEN LAND

Wenn ein Mensch in ein fernes Land reist, muß er bereit sein, viele Dinge, die er gelernt hat, zu vergessen und sich andere zur Gewohnheit zu machen, die Voraussetzung für das Leben in dem neuen Land sind; er muß die alten Ideale und die alten Götter verleugnen und nicht selten die Grundsätze, nach denen er sein Verhalten bis dahin ausgerichtet hat, geradezu umkehren. Wer die proteische Fähigkeit der Anpassung besitzt, dem mag das Neuartige dieser Veränderungen sogar Vergnügen bereiten; doch jene, die die ausgefahrenen Gleise ihrer Lebensbahn noch nie verlassen haben, empfinden den Druck der fremden Umgebung als unerträglich und reiben sich seelisch und körperlich an den neuen Fesseln wund, die sie nicht verstehen. Das führt zu Reaktionen und Gegenreaktionen, die mannigfaches Übel und Unglück erzeugen. Der Mensch, der sich nicht in die neuen Bahnen findet, tut gut daran, in seine Heimat zurückzukehren; wenn er zu lange zaudert, ist es sein Tod.

Wer den Annehmlichkeiten einer alten Zivilisation den Rücken kehrt, um der ungezähmten Jugend, der urtümlichen Einfachheit des hohen Nordens die Stirn zu bieten, dessen Erfolg steht in umgekehrtem Verhältnis zu Zahl und Art unabänderlicher Gewohnheiten. Wenn er ein geeigneter Kandidat ist, wird er bald herausfinden, daß materielle Güter weniger wichtig sind. Das Feinschmecker-Menü gegen grobe Kost, den festen Lederschuh gegen den weichen, formlosen Mokassin, das Federbett gegen ein Ruhelager im Schnee eintauschen zu müssen, das ist letzten Endes ein Leichtes. Der entscheidende Moment kommt erst, wenn es darum geht, zu den Dingen, und insbesondere zu seinen Mitmenschen, die rechte innere Einstellung zu finden. An die Stelle der äußerlichen Höflichkeit des normalen Lebens muß er jetzt Selbstlosigkeit, Nachsicht und Toleranz treten lassen. So, und nur so kann er die unschätzbare Perle wahrer Kameradschaft erringen. Er muß nicht »danke« sagen; er muß es meinen, ohne seinen Mund aufzutun, und es beweisen, indem er in gleicher Münze zurückzahlt. Kurz, er muß die Tat statt des Wortes, den Geist statt des Buchstabens sprechen lassen.

Als die Welt widerhallte vom Lockruf des arktischen Golds, das die tiefsten Sehnsüchte der Menschen weckte, da hing Carter Weatherbee seinen auskömmlichen Beruf als Buchhalter an den Nagel, übergab seiner Frau die Hälfte seiner Ersparnisse und kaufte sich mit der anderen Hälfte eine Ausrüstung. Er hatte nichts Romantisches in seinem Wesen – die Sklaverei der kaufmännischen Welt hatte das alles erstickt; er war bloß die endlose Schinderei leid und bereit, in der Aussicht auf entsprechenden Gewinn große Risiken einzugehen. Wie viele andere Narren hielt er es nicht für nötig, den erprobten Routen der Pioniere des Nordens zu folgen, sondern machte sich im Frühjahr in aller Eile auf den Weg nach Edmonton; und dort schloß er sich zum Unglück seiner Seele einer Gruppe anderer Männer an.

An dieser Gruppe war nichts Ungewöhnliches außer ihren Plänen. Auch ihr Ziel war wie das aller anderen Teams das Gebiet um den Klondike. Aber die Route, die sie sich ausgesucht hatten, um das Ziel zu erreichen, verschlug den verwegensten Eingeborenen den Atem, die doch von klein auf mit den Fährnissen des Nordwestens aufgewachsen waren. Selbst Jacques Baptiste, Sohn einer Chippewafrau und eines vom rechten Glauben abgefallenen *Voyageur* (er hatte seinen ersten Schrei in einer Hirschfellhütte nördlich des 65. Breitengrades getan und mit Wonne den rohen Talg gelutscht, den man ihm zur Beruhigung in den Mund schob), selbst er war überrascht. Zwar trat er in ihren Dienst und erklärte sich sogar bereit, bis zum ewigen Eis mit ihnen zu reisen, aber wann immer man ihn um Rat fragte, schüttelte er in böser Vorahnung den Kopf.

Percy Cuthferts Unstern war offenbar im Aszendenten, denn auch er schloß sich dieser Gruppe von Argonauten an. Er war ein ganz gewöhnlicher Mann, dessen Kultur so weit reichte wie sein Bankkonto, und das war nicht zu verachten. Er hatte keinen Grund, sich auf ein solches Abenteuer einzulassen – nicht den geringsten, außer daß er an Gefühlsüberschwang litt. Er verwechselte das mit wahrem Abenteuergeist. Das ist vielen Menschen so gegangen, und auch sie machten damit einen verhängnisvollen Fehler.

Nach der ersten Eisschmelze sah man die Expedition dem abgehenden Eis des Elk River folgen. Es war eine imposante Flotte, denn ihre Ausrüstung war stattlich und dazu gehörte ein wenig vertrauenerweckender Troß von Halbblut-*Voyageurs* mit Kind und Kegel. Tagaus, tagein leisteten sie Schwerarbeit in ihren Booten und Kanus, schlugen sich mit Moskitos und anderen Plagegeistern herum, schwitzten und fluchten an den Portagen. Solche Schinderei legt das Innerste des Menschen frei, und ehe noch der Athabasca-See im Süden zurückblieb, hatte jeder Teilnehmer dieser Unternehmung seinen wahren Charakter enthüllt.

Die Drückeberger und ewigen Nörgler waren Carter Weatherbee und Percy Cuthfert. Alle übrigen zusammengenommen klagten weniger als einer von ihnen. Nicht einmal meldeten sie sich freiwillig für die unzähligen kleinen Arbeiten im Lager. Brauchte man einen Eimer Wasser, sollte noch ein Armvoll Brennholz gehackt, das Geschirr gespült und abgetrocknet, ein plötzlich und unbedingt benötigtes Teil in der Ausrüstung gesucht werden, dann entdeckten diese beiden verweichlichten Sprößlinge der Zivilisation unweigerlich in eben diesem Moment einen verstauchten Fuß oder eine Blase, die dringender Pflege bedurften. Als erste verschwanden sie am Abend trotz einer Vielzahl von noch unerledigten Aufgaben in den Zelten; als letzte kamen sie am Morgen wieder zum Vorschein, wenn alles schon marschfertig hätte sein sollen, ehe man sich ans Frühstücken machte. Als erste griffen sie bei den Mahlzeiten zu, als letzte halfen sie bei der Zubereitung; als erste schnappten sie sich eine der seltenen Delikatessen; als letzte dämmerte ihnen, daß sie sich den Anteil eines anderen einverleibt hatten. Wenn sie angestrengt rudern sollten, dann kippten sie bei jedem Schlag verstohlen das Blatt und ließen es anschließend von der Fahrt, die das Boot machte, wieder nach oben treiben. Sie glaubten, kein Mensch bemerke so etwas; aber ihre Gefährten verwünschten sie insgeheim und fingen an, sie zu hassen, während Jacques Baptiste aus seiner Verachtung kein Hehl machte und sie von früh bis spät beschimpfte. Nur war Jacques Baptiste auch kein Gentlemen.

Am Großen Sklavensee besorgten sie sich Hudson-Bay-Hunde, und nun versanken die Boote mit der zusätzlichen Last von getrocknetem Fisch und Pemmikan bis zum Dollbord im Wasser. Die schnelle Strömung des Mackenzie trug sie mitten hinein in den Great Barren Ground. Jede vielversprechende ›Ader‹ wurde genauestens untersucht, aber der goldhaltige ›pay-dirt‹ blieb ein immer weiter nach Norden tanzendes Irrlicht. Am Großen Bärensee begannen die *Voyageurs*, von der weitverbreiteten Furcht vor dem Unbekannten übermannt, der Gruppe den Rücken zu kehren. Als sie bei Fort of Good Hope gegen die bockige Strömung antreidelten, die sie vorher so trügerisch schnell mit sich fortgerissen hatte, gab sich der letzte und tapferste von ihnen geschlagen. Nur Jacques Baptiste blieb noch übrig. Hatte er nicht geschworen, er werde sie auf ihrer Reise sogar bis zum ewigen Eis begleiten?

Jetzt suchten sie regelmäßig Rat bei den unzuverlässigen Karten, die sich hauptsächlich auf Erzählungen und Gerüchte stützten. Sie wußten, daß die Zeit drängte, denn die Sonne hatte den nördlichen Wendepunkt bereits überschritten, und der Winter trat seinen Marsch nach Süden an. Sie folgten dem Ufer der Mackenzie-Mündung und fuhren von dort in den Little Peel River ein. Jetzt begann eine mühsame Reise stromaufwärts, und den beiden Versagern erging es schlimmer denn je. Treidelleine und Stake, Paddel und Tragegurt, Stromschnellen und Portagen – diese Torturen lehrten den einen, das große Risiko aus tiefstem Herzen zu verabscheuen, und brannten dem anderen einen Abenteuerroman ein, wie ihn das Leben schreibt. Eines Tages probten sie den Aufstand, und als Jacques Baptiste sie unflätig beschimpfte, bäumten sie sich auf, wie auch ein Wurm das gelegentlich tut. Doch das Halbblut verprügelte die beiden und schickte sie blutig und mit blauen Flecken an ihre Arbeit zurück. Es war für beide das erste Mal, daß man sie körperlich mißhandelte.

Im Quellgebiet des Little Peel ließen sie ihre Boote zurück und verbrachten das Sommerende damit, die Portage über die Mackenzie-Wasserscheide zum West Rat River zu bewältigen. Das war ein kleiner Zufluß zum Porcupine, der seinerseits in den Yukon mündet, wo dieser mächtige Verkehrsweg des Nordens sich am Polarkreis nach Südwesten wendet. Den Wettlauf mit dem Winter hatten die Männer jedoch verloren, und eines Tages machten sie ihre Flöße an dickem Randeis fest und schafften ihre Sachen eilig an Land. In dieser Nacht staute das Flußeis mehrmals auf und geriet dann wieder in Bewegung; am nächsten Morgen aber war der Fluß endgültig im Winterschlaf.

»Wir können nicht mehr als vierhundert Meilen vom Yukon entfernt sein«, stellte Sloper fest, nachdem er die Daumennagelbreiten mit Hilfe des Kartenmaßstabs umgerechnet hatte. Der Kriegsrat, in dem die beiden Versager eine Meisterleistung im Jammern geboten hatten, ging gerade auf sein Ende zu.

»Da war mal ein Hudson Bay Posten. Wird jetzt nicht mehr benutzt.« Jacques Baptists Vater war in alten Tagen in der Gegend unterwegs gewesen und hatte übrigens ein paar erfrorene Zehen opfern müssen.

»Herrgottsakrament!« rief nun ein anderer aus der Gruppe aus. »Keine Weißen?«

»Kein Weißer in Sicht«, bestätigte Sloper feierlich, »aber von dort aus sind es nur noch fünfhundert Meilen den Yukon hinauf bis Dawson. Macht ungefähr tausend von hier.«

Weatherbee und Cuthfert stöhnten im Chor. »Wie lange werden wir dafür brauchen, Baptiste?«

Das Halbblut rechnete einen Augenblick lang. »Wenn wir schuften wie die Teufel und keiner ausfällt, zehn-zwanzig-dreißig-vierzig-fünfzig Tage. Wenn diese Säuglinge mitkommen« (er zeigte auf die Versager), »weiß ich nicht. Vielleicht kommen wir an, wenn die Hölle zufriert; vielleicht auch nicht.«

Die Arbeit an Schneeschuhen und Mokassins wurde eingestellt. Jemand rief den Namen eines abwesenden Mitglieds der Gruppe, das aus einer alten Blockhütte in der Nähe des Lagerfeuers trat und sich zu ihnen gesellte. Das Blockhaus war eines jener Rätsel, die die ungeheure Weite des Nordens hütete. Kein Mensch hätte sagen können, wann oder von wem es gebaut worden war. Ein Doppelgrab im Freien, auf dem sich die Steine türmten, barg vielleicht das Geheimnis dieser Pfadfinder. Aber wer hatte die Steine aufeinandergeschichtet?

Der Augenblick der Entscheidung war gekommen. Jacques Baptiste, der ein Zuggeschirr flickte, unterbrach seine Tätigkeit und pflockte den widerstrebenden Hund an. Der Koch bat in stummem Protest um Aufschub, warf eine Handvoll Speck in einen brutzelnden Bohnentopf und wandte sich dann den anderen zu. Sloper erhob sich. Sein Äußeres stand in lächerlichem Kontrast zum gesunden Aussehen der beiden Versager. Er war schwach und von gelblicher Hautfarbe, so wie er einem südamerikanischen Fieberloch entronnen war. Nach einer bis jetzt nicht unterbrochenen Flucht quer durch die Klimazonen der Erde konnte er immer noch Schwerstarbeit unter Männern leisten. Er wog wahrscheinlich keine neunzig Pfund, sein Jagdmesser inbegriffen, und seine grauen Haare verrieten, daß er die Lebensmitte schon überschritten hatte. Weatherbees und Cuthferts unverbrauchte jugendliche Muskeln waren zehnmal so leistungsfähig wie seine; doch auf einem einzigen Tagesmarsch konnte er sie am Boden zerstört hinter sich lassen. Den ganzen Tag schon hatte er seine kräftigeren Gefährten dazu angespornt, einen Marsch zu wagen, der ihnen tausend Meilen der härtesten Entbehrungen bescheren würde, die sich ein Mensch vorstellen kann. Er verkörperte die Unruhe seiner Rasse, und eine Mischung von teutonischer Zähigkeit, rascher Auffassungsgabe und der Tatkraft des Yankee sorgte dafür, daß sich der Geist den Körper gefügig hielt.

»Wer dafür ist, daß wir mit den Hunden weitermarschieren, sobald das Eis fest ist, soll mit ›Ja‹ antworten.«

»Ja!« Acht Stimmen ertönten – sie sollten noch eine Spur von Verwünschungen auf vielen hundert leidvollen Meilen hinter sich lassen.

»Neinstimmen?«

»Nein!« Zum ersten Mal waren die beiden Versager in etwas anderem einig als der bloßen Verfolgung persönlicher Vorteile.

»Und was macht ihr nun?« fragte Weatherbee herausfordernd.

»Mehrheitsrecht! Mehrheitsrecht!« verlangten die übrigen lautstark.

»Ich weiß wohl, daß die Expedition ohne euch scheitern muß«, antwortete Sloper liebenswürdig. »Ich könnte mir allerdings auch vorstellen, daß wir es notfalls allein schaffen, wenn wir uns richtig ins Zeug legen. Was meint ihr dazu, Leute?«

Die Zustimmung erfolgte außerordentlich prompt.

»Aber hört mal«, brachte Cuthfert ängstlich vor, »was soll dann aus mir werden?«

»Kommst du denn nicht mit?«

»N-nein.«

»Dann tu, was du willst. Wir werden dir keine Vorschriften machen.«

»Wenn du mich fragst, ich könnt' mir denken, daß du dich mit Mamas Liebling da schon arrangierst.« Dieser Beitrag kam aus dem Mund eines schwerfälligen Weststaatlers, der dabei mit dem Finger auf Weatherbee deutete. »Wenn jemand kochen und Holz holen muß, fragt er bestimmt erstmal dich, was du so vorhast.«

»Dann betrachten wir die Sache also als geregelt«, sagte Sloper abschließend. »Wir brechen morgen auf, auch wenn wir das erste Lager schon nach fünf Meilen aufschlagen – einfach damit alles marschbereit ist und uns noch rechtzeitig einfallen kann, was wir vergessen haben.«

Die Schlitten glitten knirschend auf ihren stahlbewehrten Kufen durch den Schnee, und die Hunde machten sich vor Anstrengung ganz flach im Zuggeschirr, in das sie hineingeboren werden, um darin zu sterben. Jacques Baptiste blieb neben Sloper stehen, um noch einen letzten Blick auf die Blockhütte zu werfen. Aus dem Abzug des Yukon-Ofens stieg eine klägliche Rauchfahne. Die beiden Versager beobachteten sie von der Türschwelle aus.

Sloper legte dem anderen die Hand auf die Schulter.

»Jacques Baptiste, hast du schon mal von den Kilkenny-Katzen gehört?«

Das Halbblut schüttelte den Kopf.

»Weißt du, mein Guter, die Kilkenny-Katzen haben miteinander gekämpft, bis weder Haut noch Haar noch Jammerschrei übrig war. Verstehst du? – bis rein gar nichts mehr übrig war. Diese beiden Männer hier arbeiten nicht gern. Sie werden nicht arbeiten. Das wissen wir. Sie werden in dieser Hütte den ganzen Winter über allein sein – ein mächtig langer, dunkler Winter. Kilkenny-Katzen – alles klar?«

Der Franzose in Baptiste zuckte die Achseln, der Indianer in ihm schwieg. Sein Schweigen allerdings war beredt, voller Vorahnung.

Das Leben in der Blockhütte ließ sich zunächst gut an. Durch den beißenden Spott ihrer Kameraden waren sich Weatherbee und Cuthfert ihrer gegenseitigen Verantwortung bewußt geworden; für zwei gesunde Männer gab es zudem gar nicht viel zu tun. Und daß sie nun der grausamen Peitsche, dem Schreckensregiment des Halbbluts entronnen waren, ließ sie erlöst aufatmen. Anfangs versuchte einer den anderen zu übertreffen, und sie erledigten kleine Pflichten mit einer Hingabe, daß ihren ehemaligen Gefährten, die jetzt auf dem langen Trail Leib und Seele einer Zerreißprobe aussetzten, die Augen übergegangen wären.

Sie waren völlig sorgenfrei. Der Wald, der auf drei Seiten bis an die Hütte heranreichte, war ein unerschöpfliches Holzlager. Nur wenige Schritte vor ihrer Tür hielt der Porcupine seinen Winterschlaf, und durch ein Loch in seinem Winterpelz sprudelte kristallklares und schmerzhaft kaltes Wasser. Aber bald fanden sie selbst daran etwas auszusetzen. Das Loch fror hartnäckig immer wieder zu und zwang sie so zu mancher Plackerei, wenn sie das Eis aufhacken mußten. Die unbekannten Erbauer der Hütte hatten die seitlichen Balken nach hinten überstehen lassen, um dort ein Vorratslager unterzubringen. Hier bewahrten sie den überwiegenden Teil ihres Proviants auf. Die Menge hätte für dreimal mehr gereicht. Doch die meisten Lebensmittel sollten Kraft und Ausdauer stärken, nicht den Gaumen kitzeln. Für zwei normale Menschen war auch reichlich Zucker vorhanden; aber diese beiden waren wie die Kinder. Sie entdeckten schon bald die Vorzüge von gründlich gesüßtem, heißem Wasser und tränkten ihre Pfannkuchen verschwenderisch mit dem schweren, süßen Sirup, in den sie auch ihre Brotrinden tauchten. Kaffee und Tee, vor allem aber die Trockenfrüchte rissen zusätzliche Lücken im Zuckervorrat. Bei ihrer ersten Auseinandersetzung ging es denn auch um den Zucker. Und wenn zwei Menschen, die völlig aufeinander angewiesen sind, anfangen zu streiten, dann ist das eine sehr ernste Sache.

Weatherbee diskutierte leidenschaftlich gern über Politik, während Cuthfert, der eher dazu geneigt hatte, seine Dividende einzustreichen und das Allgemeinwohl sich selbst zu überlassen, das Thema entweder ignorierte oder aber verblüffende Sentenzen von sich gab. Doch war der Buchhalter zu beschränkt, um raffinierte Formulierungen angemessen zu würdigen, und es wurmte Cuthfert, daß er sein Pulver umsonst verschoß. Er hatte sich daran gewöhnt, seine Umgebung durch Brillanz zu blenden, und daß ihm dafür nun das Publikum fehlte, setzte ihm arg zu. Er empfand es als persönliche Kränkung und machte unterbewußt seinen begriffsstutzigen Partner dafür verantwortlich.

Außer der puren Existenz verband sie nichts miteinander – sie hatten keinen einzigen Berührungspunkt. Weatherbee war ein Buchhalter, der sein Leben lang die Nase nicht aus dem Büro gesteckt hatte; Cuthfert war ein studierter Mann, hatte in der Ölmalerei dilettiert und auch einiges zu Papier gebracht. Der eine war ein Mann aus dem Volk, der sich für etwas Besseres hielt, der andere ein Gentleman und sich dessen durchaus bewußt. Wie man sieht, kann einer ein Gentleman sein, ohne auch nur einen Funken Kameradschaftsgeist zu besitzen. Der Buchhalter war so sinnenfroh wie der andere feingeistig, und seine umständlich erzählten Liebesabenteuer, die vorwiegend seiner Einbildung entstammten, empfand der übersensible Geistesmensch wie übelriechende Gase aus der Kloake. Nach seiner Ansicht war dieser Mensch ein widerwärtiger Banause, der in den Schweinestall gehörte, und das ließ er ihn durchaus wissen; umgekehrt bekam er zu hören, er sei ein schlappes Muttersöhnchen und überhaupt ein ordinärer Mensch. Weatherbee hätte beim besten Willen die Bedeutung von ›ordinär‹ nicht definieren können; aber das Wort erfüllte seinen Zweck, was letzten Endes doch die Hauptsache im Leben ist.

Stundenlang sang Weatherbee sentimentale Lieder, jede dritte Note einen Halbton zu tief, während Cuthfert vor Wut heulte, bis er es nicht mehr aushielt und nach draußen in die Kälte flüchtete. Der scharfe Frost ließ einen längeren Aufenthalt im Freien nicht zu, und die kleine Hütte drängte sie auf einem Raum von etwa drei mal dreieinhalb Metern zusammen, samt Betten, Ofen, Tisch und dem ganzen Rest. Die bloße Gegenwart des einen empfand der andere als persönliche Beleidigung, und immer länger und intensiver schwiegen sie sich an. Gelegentlich ließen sie sich zu einem bösen Blick oder einer Grimasse hinreißen, obgleich sie darauf achteten, sich in solchen Phasen gegenseitig völlig zu ignorieren. Und insgeheim fragten sich beide, wie Gott den anderen jemals habe erschaffen können.

Da sie wenig zu tun hatten, wurde ihnen die Zeit unerträglich lang. Das machte sie nur noch tatenloser. Sie vermochten sich aus der physischen Lethargie kaum mehr zu befreien, so daß schon die kleinste tägliche Pflicht Widerwillen auslöste. Eines Morgens, als Weatherbee an der Reihe war, das gemeinsame Frühstück zuzubereiten, rollte er sich aus den Decken und zündete erst das Talglicht und dann das Feuer an. Das Wasser in den Kesseln war gefroren, und in der Hütte war kein Waschwasser vorhanden. Ihm war das gleich. Er ließ es auftauen, während er schon den Speck in Streifen schnitt und sich der verhaßten Aufgabe zuwandte, Brot zu backen. Cuthfert hatte ihn mit halbgeschlossenen Lidern beobachtet. Es kam zu einer Auseinandersetzung, in der sie sich gegenseitig zum Teufel wünschten und am Ende darauf einigten, daß in Zukunft jeder für sich selbst kochen sollte. Eine Woche später verzichtete auch Cuthfert auf die Morgenwäsche, ohne deswegen die mit unsauberen Händen zubereitete Mahlzeit mit geringerem Appetit zu verzehren. Weatherbee grinste. Von diesem Augenblick an legten sie die alberne Gewohnheit, sich zu waschen, endgültig ab.

Als der Vorrat an Zucker und anderen Luxusgütern zur Neige ging, begannen sie zu fürchten, sie könnten um ihren gerechten Anteil betrogen werden, und damit ihnen ja nichts entging, stopften sie sich sinnlos voll. Die Luxusgüter litten unter diesem Wettstreit der Gefräßigkeit ebenso wie die Männer selbst. Ohne frisches Gemüse und körperliche Betätigung wurden sie blutarm, und ein widerwärtiger purpurroter Ausschlag überzog ihren Körper. Doch sie weigerten sich, diese Warnung ernstzunehmen. Daraufhin begannen Muskeln und Gelenke anzuschwellen, wobei sich das Fleisch schwarz verfärbte, während Mund, Zahnfleisch und Lippen ausbleichten. Statt durch ihr Elend zusammenzufinden, verfolgten sie mit Genuß jedes neue Symptom der Gegenseite, während der Skorbut fortschritt.

Sie achteten nicht mehr auf ihr Äußeres oder auf Grundregeln des Anstands. Die Hütte verwandelte sich in einen Schweinestall, und kein einziges Mal wurden die Betten gemacht oder die Unterlage aus Kiefernzweigen erneuert. Allerdings konnten sie nie so lange unter der Decke bleiben, wie sie es sich gewünscht hätten, denn der Frost war unerbittlich und das Feuer verbrauchte viel Holz. Kopf- und Barthaare wurden lang und struppig, und ihre Kleidung hätte einen Lumpensammler angeekelt. Doch ihnen war es gleich. Sie waren krank, und kein Mensch bekam sie zu Gesicht. Außerdem tat jede Bewegung weh.

Zu all dem kam eine neue Schwierigkeit hinzu – die Angst

des Nordens. Diese Angst ist das gemeinsame Kind der Großen Kälte und des Großen Schweigens und wird in der Dunkelheit des Monats Dezember geboren, wenn die Sonne endgültig hinter dem südlichen Horizont verschwindet. Sie reagierten unterschiedlich darauf, gemäß ihrer jeweiligen Natur. Weatherbee wurde ein Opfer plumpen Aberglaubens und versuchte nach Kräften, die Geister wiederauferstehen zu lassen, die draußen in den beiden Gräbern ruhten. Es ließ ihn nicht mehr los, und in seinen Träumen kamen sie aus der Kälte herein, kuschelten sich zu ihm unter die Decke und erzählten ihm von den Mühen und Entbehrungen vor ihrem Tod. Er schrak vor ihren klammen Körpern zurück, wenn sie sich an ihn schmiegten und ihre eiskalten Glieder um ihn schlangen; und wenn sie dann von zukünftigen Ereignissen flüsterten, hallte die Hütte wider von seinen Schreckensschreien. Cuthfert verstand das nicht – denn sie sprachen nicht mehr miteinander –, und wenn er so aus dem Schlaf gerissen wurde, griff er regelmäßig nach dem Revolver. Er saß dann aufrecht und vor Anspannung zitternd im Bett und hielt die Waffe auf den nichtsahnenden Träumer gerichtet. Cuthfert glaubte, der Mann verliere den Verstand, und fürchtete um sein Leben.

Seine eigene Krankheit nahm weniger offensichtliche Formen an. Der unbekannte Baumeister, der die Hütte Balken für Balken zusammengefügt hatte, hatte am Firstbalken eine Wetterfahne befestigt. Cuthfert bemerkte, daß sie immer nach Süden wies, und da ihn eines Tages ihr hartnäckiges Festhalten an dieser Richtung empörte, drehte er sie auf Osten. Er behielt sie gespannt im Auge, aber kein Lüftchen regte sich. Dann richtete er sie nach Norden aus und schwor sich, sie nicht mehr anzurühren, bis tatsächlich Wind aufkam. Doch die unirdische Ruhe der Luft beklemmte ihn, und er stand oft mitten in der Nacht auf, um nachzusehen, ob die Fahne sich bewegt hatte – zehn Grad hätten ihn völlig zufriedengestellt. Aber nein, dort oben stand sie so unwandelbar fest wie das Schicksal. Seine Phantasie spielte verrückt, bis die Fahne zum Fetisch wurde. Manchmal blickte er in die Richtung, die sie anzeigte, und starrte in die trostlose Weite, bis seine Seele in einem Meer der Angst schwamm. Er versenkte sich in das Unsichtbare und Unbekannte, und fühlte, wie ihn die Last der Ewigkeit zu zermalmen drohte. Alles im Nordland hatte diese zermalmende Wirkung – das Fehlen von Leben und Bewegung; die Dunkelheit; der auf dem Land lastende, unendliche Frieden; die geisterhafte Stille, die jeden Herzschlag wie ein frevelhaftes Echo zurückwarf; der majestätische Wald, der etwas Furchtbares, Unaussprechliches zu hüten schien, das weder mit Worten noch mit Gedanken zu fassen war.

Die Welt mit ihren geschäftigen Menschen und großen Unternehmungen, die er erst vor kurzer Zeit verlassen hatte, war in weite Ferne gerückt. Gelegentlich drängten sich Erinnerungen auf – an Märkte, Galerien, Straßen voller Menschen, an Abendkleider und gesellschaftliche Ereignisse, an anständige Männer und liebe Frauen aus seinem Bekanntenkreis – doch es waren blasse Erinnerungen an ein Leben auf irgendeinem fremden Planeten, das Jahrhunderte zurücklag. Dieses Wahngebilde war die Wirklichkeit. Wenn er so unter der Wetterfahne stand und gebannt in den Polarhimmel blickte, dann konnte er sich beim besten Willen nicht vorstellen, daß es tatsächlich ein Südland gab, wo in eben diesem Augenblick hektisches Leben und Treiben herrschte. Es gab kein Südland, keine Menschen, die von Frauen geboren wurden, kein Geben und Nehmen in der Ehe. Hinter dem düsteren Horizont erstreckten sich riesige Einöden und dahinter noch riesigere Einöden. Sonnige Länder und der betäubende Duft von Blumen existierten nicht. Das waren bloß alte Träume vom Paradies. Die Sonnenländer des Westens und die Gewürzländer des Ostens, das lächelnde Arkadien und die Inseln der Seligen – haha! Sein Gelächter lief wie ein Riß durch die Leere, und der ungewohnte Laut bestürzte ihn. Es gab keine Sonne. Dies war das Universum, tot und kalt und dunkel, und er war sein einziger Bewohner. Weatherbee? In solchen Augenblicken zählte Weatherbee nicht. Ein Caliban, ein monströses Phantom, mit dem man ihn für Äonen zusammengekettet hatte, eine Strafe für ein vergessenes Verbrechen.

Er lebte mit dem Tod unter Toten, im Gefühl seiner eigenen Nichtigkeit, jeder Kraft beraubt, zermalmt von der teilnahmslosen Übermacht schlummernder Jahrtausende. Die Größenordnung der Dinge entsetzte ihn. Alles hatte Teil an diesem Übermaß, nur er nicht, – der völlige Stillstand von Wind und Bewegung, die Unermeßlichkeit der schneebedeckten Wildnis, die Höhe des Himmels und die Tiefe des Schweigens. Diese Wetterfahne – wenn sie sich doch nur rühren würde. Wenn es einen Donnerschlag täte oder der Wald in Flammen aufginge. Wenn der Himmel sich aufrollen würde wie Papier, wenn der Jüngste Tag hereinbräche – irgend etwas, irgend etwas! Aber nein, nichts regte sich; von allen Seiten rückte das Schweigen vor, und die Angst des Nordens umklammerte mit eiskalter Hand sein Herz.

Einmal stieß er, wie ein zweiter Robinson Crusoe, am Flußrand auf eine Fährte – eine kaum wahrnehmbare Spur auf der verharschten Oberfläche, die ein Schneehase dort hinterlassen hatte. Es war eine Offenbarung. Es gab Leben im Nordland. Er wollte dem Tier folgen, es betrachten, sich daran freuen. Er vergaß seine geschwollenen Muskeln und stürmte in ekstatischer Vorfreude durch den tiefen Schnee. Der Wald verschluckte ihn, das kurze mittägliche Dämmerlicht verschwand; doch er setzte seine Suche fort, bis sich die Erschöpfung bemerkbar machte und er hilflos im Schnee zusammensackte. Er verwünschte stöhnend seine Torheit und erkannte die Spur als Ausgeburt seiner Phantasie. Spät in der Nacht schleppte er sich auf allen vieren in die Hütte zurück; er hatte Erfrierungen im Gesicht, und seine Füße waren merkwürdig taub. Weatherbee grinste boshaft und machte keine Anstalten ihm zu helfen. Er stach sich mit Nadeln in die Zehen und ließ sie am Ofen auftauen. Eine Woche später setzte der kalte Brand ein.

Der Buchhalter hatte allerdings seine eigenen Probleme. Die Toten stiegen nun häufiger aus ihren Gräbern und ließen ihn kaum noch allein, ganz gleich ob er schlief oder wachte. Inzwischen wartete er schon mit Schaudern auf sie und konnte nie an dem Doppelgrab vorbeigehen, ohne daß es ihm kalt den Rücken hinunterlief. Eines Nachts besuchten sie ihn im Schlaf und trugen ihm eine Arbeit auf. In namenlosem Entsetzen erwachte er mitten zwischen den Steinhaufen und stürzte zurück in die Blockhütte. Er mußte jedoch eine Weile draußen gelegen haben, denn nun hatte auch er Erfrierungen im Gesicht und an den Füßen.

Manchmal geriet er außer sich, weil ihn die Geister nicht mehr in Ruhe ließen; dann tanzte er in der Hütte herum, teilte dort Axthiebe aus, wo doch nichts als Luft war, und zerschmetterte alles, was sich in Reichweite befand. Wenn solch ein gespenstischer Kampf stattfand, verkroch Cuthfert sich in seine Decken und ließ ihn mit gespanntem Revolver nicht aus den Augen, jederzeit bereit, ihn niederzuschießen, sollte er ihm zu nahe kommen. Einmal jedoch nahm Weatherbee den auf sich gerichteten Revolver wahr, als sein Wahn nachließ. Sein Mißtrauen war erwacht, so daß auch er jetzt um sein Leben bangte. Von nun an behielten sie sich gegenseitig immer im Auge und fuhren erschreckt herum, wenn einer hinter dem anderen vorbeiging. Die ständige Angst wurde zur Zwangsvorstellung, die sie auch noch im Schlaf beherrschte. In stillschweigendem Einverständnis ließen sie die Lampe nachts brennen und sorgten für reichlichen Vorrat an zerlassenem Fett, ehe sie sich schlafen legten. Schon die kleinste Bewegung des einen schreckte den anderen aus dem Schlaf, und nicht selten begegneten sie dann schon einem wachsamen Blick, während sie zitternd und mit dem Finger am Abzug unter ihren Decken lagen.

Die Angst des Nordens, die seelische Belastung und die verheerenden Folgen der Krankheit führten dazu, daß sie jede Ähnlichkeit mit Menschen verloren und aussahen wie wilde, gehetzte und verzweifelte Tiere. Wangen und Nasen waren infolge der Erfrierungen schwarz geworden. Die abgestorbenen Zehen fielen am ersten und zweiten Glied ab. Jede Bewegung verursachte Schmerzen, aber der Ofen war unersättlich und forderte von ihrem siechen Körper einen qualvollen Tribut. Tag für Tag verlangte er nach Nahrung – sein Pfund Fleisch, gewissermaßen – und sie schleppten sich in den Wald, um auf den Knien Holz zu schlagen. Auf der Suche nach Reisig krochen sie einmal nichtsahnend von entgegengesetzten Seiten in dichtes Unterholz. Plötzlich, ohne Vorwarnung, starrten sich zwei Totenköpfe an. Ihr Leiden hatte sie so entstellt, daß eine Identifizierung ausgeschlossen war. Kreischend vor Angst sprangen sie auf und jagten auf ihren verstümmelten Gliedmaßen davon; vor dem Eingang zur Blockhütte fielen sie zu Boden, verkrallten sich ineinander und zerkratzten sich gegenseitig wie Besessene, ehe sie ihren Irrtum erkannten.

Manchmal kamen sie wieder zu Verstand, und in einem solchen Moment der Vernunft hatten sie den Zuckervorrat, diesen ständigen Zankapfel, in zwei Hälften geteilt. Eifersüchtig hütete jeder seinen eigenen Beutel im Vorratslager, denn sie hatten nur noch ein paar Tassen voll übrigbehalten und jedes Vertrauen verloren. Eines Tages machte Cuthfert einen Fehler. Fast unfähig, sich zu bewegen, kroch er zum Vorratslager; ihm war übel vor Schmerzen, alles verschwamm vor seinen Augen, und er verwechselte Weatherbees Beutel mit dem eigenen.

Es war gerade Anfang Januar, als sich dieser Vorfall ereignete. Die Sonne hatte ihren südlichen Tiefpunkt vor einiger Zeit durchschritten und warf nun stolz zur Mittagszeit Streifen von gelbem Licht an den nördlichen Himmel. Am Tag nach seinem Versehen mit dem Zucker fühlte sich Cuthfert seelisch und körperlich besser. Kurz vor Mittag, als sich die Dunkelheit aufhellte, schleppte er sich ins Freie, um das flüchtige Glühen am Himmel zu genießen, das für ihn ein Vorgeschmack des wiederkehrenden Tageslichts war. Weatherbee fühlte sich auch etwas erholt und kroch neben ihn. Unter der bewegungslosen Wetterfahne setzten sie sich im Schnee auf und warteten.

Die Stille des Todes umgab sie. Wenn in anderen Breiten die Natur solche Stimmungen hervorbringt, ist die Luft erfüllt von gedämpfter Erwartung, vom Horchen auf die winzige Stimme, die die Melodie wieder aufnimmt. Anders im Norden. Die beiden Männer hatten Ewigkeiten in dieser geisterhaften Stille gelebt. Die Lieder der Vergangenheit waren ihnen entfallen; die der Zukunft wollten sich nicht einstellen. Diese unirdische Stille war schon immer dagewesen – das regungslose Schweigen der Unendlichkeit.

Sie blickten unverwandt nach Norden. In ihrem Rücken, hinter den aufragenden Bergen im Süden, stieg die Sonne in den Zenith eines anderen Himmels. Als einzige Betrachter dieser mächtigen Leinwand beobachteten sie, wie ein scheinbares Morgengrauen sich langsam am Himmel ausbreitete. Ein mattes Licht begann aufzuglimmen und zu glühen. Es gewann an Intensität und färbte sich nacheinander rotgelb, purpurrot und schließlich safrangelb. Es wurde so strahlend, daß Cuthfert überzeugt war, dahinter müsse die Sonne erscheinen – durch ein Wunder ging die Sonne im Norden auf! Plötzlich, ohne Vorwarnung oder ein langsames Erlöschen, war das Bild wie fortgewischt. Der Himmel war farblos. Das Licht hatte sich aus dem Tag davongestohlen. Halb aufschluchzend holten sie Luft. Aber siehe da – in der Luft schimmerten und funkelten Frostpartikel und dort, Richtung Norden auf dem Schnee, zeichnete sich die Wetterfahne in vagen Umrissen ab. Ein Schatten! Ein Schatten! Es war exakt zwölf Uhr. Hastig warfen sie den Kopf herum. Dort schaute ein goldener Rand über die schneebedeckte Bergschulter, lächelte ihnen einen Augenblick lang zu und versank wieder.

Als sie sich anschauten, hatten sie Tränen in den Augen. Eine eigentümlich weiche Stimmung überwältigte sie. Sie fühlten sich unwiderstehlich zueinander hingezogen. Die Sonne kam zurück. Sie würde morgen zu ihnen kommen und am nächsten Tag und am übernächsten. Jedesmal würde sie etwas länger bei ihnen bleiben, und es gab eine Zeit, wo sie Tag und Nacht am Himmel stehen und überhaupt nicht mehr hinter dem Horizont versinken würde. Es würde nicht mehr Nacht werden. Sie würde den Eispanzer des Winters zerbrechen; Wind würde aufkommen, und die Wälder würden rauschen; das Land würde in der herrlichen Sonne baden, das Leben sich erneuern. Hand in Hand würden sie diesem furchtbaren Traum den Rücken kehren und zurück in das Südland gehen. Sie taumelten blind voran, und ihre Hände fanden sich – ihre jammervollen, verstümmelten Hände, die unter den Fäustlingen aufgeschwollen und entstellt waren.

Doch die Verheißung sollte sich nicht erfüllen. Das Nordland ist das Nordland, und die Seelen der Menschen folgen hier eigenartigen Regeln, die andere Menschen, die nicht in ferne Länder gereist sind, niemals verstehen werden.

Eine Stunde später schob Cuthfert das Brotblech in den Ofen und fragte sich, was die Chirurgen nach seiner Rückkehr wohl mit seinen Füßen anstellen würden. Die Heimat schien jetzt weniger fern zu sein. Er hörte Weatherbee im Vorratslager kramen. Urplötzlich stieß der wilde Verwünschungen aus, die erschreckend abrupt in Schweigen übergingen. Cuthfert hatte seinen Zuckerbeutel gestohlen. Immer noch hätte alles anders kommen können, wenn nicht die beiden Toten aus ihrem steinernen Grab gestiegen und ihm die Schimpfworte in der Kehle steckengeblieben wären. Sie führten ihn ganz sanft vom Vorratslager fort, dessen Tür er zu schließen vergaß. Das war die Erfüllung; jetzt mußte vollbracht werden, was sie ihm im Traum zugeflüstert hatten. Sie geleiteten ihn sanft, ganz sanft zum Holzstoß und legten ihm die Axt in die Hände. Darauf halfen sie ihm, die Tür zur Blockhütte aufzustoßen, und er war überzeugt, daß sie sie hinter ihm zudrückten – jedenfalls hörte er, wie sie zuschlug und der Riegel herunterklappte. Er wußte auch, daß sie draußen, gleich hinter der Tür, darauf warteten, daß er seine Pflicht tat.

»Carter! Carter, was ist los?«

Percy Cuthfert war zutiefst erschrocken, als er sah, wie ihn der andere anschaute, und hastig verschanzte er sich hinter dem Tisch.

Carter Weatherbee folgte ihm, ohne Hast und ohne Gefühlsbewegung. In seinem Gesicht spiegelte sich weder Mitleid noch Erregung, vielmehr lag die gleichmütige Geduld eines Menschen darin, der eine bestimmte Arbeit zu tun hat und sie systematisch in Angriff nimmt.

»Sag doch, was los ist?«

Der Buchhalter sprang zurück, um ihm den Fluchtweg zur Tür abzuschneiden, gab aber noch immer keinen Ton von sich.

»Hör zu, Carter, hör zu! Laß uns reden. Komm, sei vernünftig.«

Der Geistesmensch dachte jetzt blitzschnell nach und bereitete sich innerlich auf einen Ausfall in Richtung Bett vor, wo seine Smith & Wesson lag. Während er den Wahnsinnigen scharf im Auge behielt, rollte er sich rückwärts auf die Schlafstelle und griff gleichzeitig nach der Pistole.

»Carter!«

Der Revolver entlud sich direkt vor Weatherbees Gesicht, aber er schwang seine Waffe und machte noch einen Satz vorwärts. Die Axt fuhr tief in den unteren Teil der Wirbelsäule, und Percy Cuthfert spürte, wie jedes Gefühl aus seinen Beinen wich. Dann lag der Buchhalter auf ihm und umklammerte mit schwachem Griff sein Kehle. Als ihn die Axt traf, hatte Cuthfert die Pistole fallen lassen, und jetzt fingerte er in den Decken nach ihr, während er keuchend nach Luft rang. Dann erinnerte er sich. Er fuhr mit einer Hand hoch zum Gürtel des Buchhalters, wo das Messer in der Scheide steckte; mit dieser letzten Umarmung kamen sich die beiden noch einmal sehr nah.

Percy Cuthfert fühlte, wie seine Kräfte schwanden. Der untere Teil seines Körpers war nutzlos geworden. Die träge Masse von Weatherbees Leichnam erdrückte ihn. Er war gefangen wie ein Bär in der Falle. In der Hütte verbreitete sich ein vertrauter Geruch, und er wußte, daß das Brot anbrannte. Aber war das nicht gleichgültig? Er würde es nicht mehr brauchen. Und der ganze Vorrat von sechs Tassen Zucker – hätte er diese Entwicklung vorausgesehen, dann hätte er in den letzten paar Tagen nicht so gespart. Ob sich die Wetterfahne wohl jemals drehen würde? Vielleicht tat sie es gerade in diesem Augenblick. Warum denn nicht? Hatte er heute nicht die Sonne gesehen? Er würde nachschauen. Nein, jede Bewegung war unmöglich. Er hätte nicht gedacht, daß der Buchhalter so schwer war.

Wie schnell die Blockhütte auskühlte! Das Feuer war gewiß ausgegangen. Die Kälte drang herein. Es mußte schon unter Null sein; an der Innenseite der Tür kroch das Eis hoch. Er konnte es nicht sehen, aber die inzwischen gesammelte Erfahrung erlaubte ihm, von der Temperatur in der Hütte auf das Fortschreiten der Vereisung zu schließen. Die untere Angel mußte schon ganz weiß sein. Würde ihre Geschichte jemals erzählt werden? Wie würden seine Freunde sie wohl aufnehmen? Höchstwahrscheinlich lasen sie bei einer Tasse Kaffee davon und diskutierten darüber im Club. Er sah sie lebhaft vor sich. »Der arme alte Cuthfert«, würden sie murmeln, »war doch irgendwie ein guter Kerl.« Er würde über die Lobreden lächeln und weitergehen, um ein türkisches Bad aufzusuchen. Es waren dieselben Leute auf der Straße wie immer. Eigentümlich, daß sie seine Elchleder-Mokassins und die zerrissenen dicken Wollsocken nicht bemerkten. Er würde sich einen Wagen nehmen. Und eine Rasur nach dem Bad konnte nicht schaden. Nein; erst würde er essen. Steak, Kartoffeln und Gemüse – wie frisch alles war! Und was war das? Honig in rauhen Mengen, tropfend und bernsteinfarben! Aber warum brachten sie nur soviel davon? Haha! Das konnte er doch nicht schaffen! Schuhputzen gefällig? Aber gewiß doch. Er stellte seinen Fuß auf den Kasten. Der Schuhputzer sah ihn verwirrt an; er erinnerte sich, daß er Mokassins trug und ging hastig weiter.

Horch! Da drehte sich doch bestimmt die Wetterfahne. Nein; bloß so ein Singen in seinem Ohr. Mehr war es nicht – bloß ein Singen. Jetzt war das Eis bestimmt schon über den Riegel hinaufgekrochen. Wahrscheinlich sogar schon über die obere Angel. In den mit Moos verstopften Ritzen zwischen den Firstbalken zeigten sich kleine Reifinseln. Wie langsam sie sich vergrößerten! Nein; doch nicht so langsam. Dort war jetzt noch eine, und dahinten noch eine. Zwei-drei-vier; sie entstanden so schnell, daß man nicht mehr mitzählen konnte. Dort stießen schon zwei zusammen. Jetzt kam eine dritte dazu. Es waren gar keine Inseln mehr. Sie waren zu einer Fläche zusammengewachsen.

Nun, er würde Gesellschaft haben. Wenn Gabriel je das Schweigen des Nordens brach, dann würden sie gemeinsam, Hand in Hand, vor den Großen Weißen Thron treten. Und Gott würde sie richten, Gott würde sie richten!

Percy Cuthfert schloß die Augen und schlief ein.

KEESHS GESCHICHTE

Keesh lebte vor langer Zeit am Rande des Eismeers, war viele glückliche Jahre lang Oberhaupt seines Dorfs, und als er in hohen Ehren starb, war sein Name in aller Munde. Das liegt so weit zurück, daß nur die Alten sich noch an seinen Namen erinnern und an die Geschichte, die ihnen ihrerseits von den Alten erzählt worden war und die von den Alten kommender Generationen Kindern und Kindeskindern erzählt werden wird bis ans Ende der Zeit. In der Dunkelheit des Winters, wenn die Stürme des Nordens über das Packeis fegen, wirbelnder Schnee die Luft erfüllt und kein Mensch sich hinauswagen mag, ist der Zeitpunkt gekommen, um zu erzählen, wie Keesh vom Bewohner des ärmsten Iglus zum mächtigsten und angesehensten Mann des ganzen Dorfs wurde.

Er war ein aufgeweckter Junge, so fängt die Geschichte an, gesund und kräftig, und nach ihrer Zählung hatte er dreizehn Sonnen gesehen. Sie glauben nämlich, daß die alte Sonne das Land jeden Winter der Dunkelheit überläßt und im nächsten Jahr eine neue Sonne scheint, damit ihnen wieder warm wird und sie einander sehen können. Keeshs Vater war ein sehr tapferer Mann gewesen, hatte aber während einer Hungersnot sein Leben bei dem Versuch gelassen, einen großen Eisbären für seine Leute zu töten. In seinem Kampfeseifer geriet er zwischen die Pranken des Tieres, das ihm alle Knochen brach; doch der Bär hatte so viel Fleisch, daß er für den Stamm die Rettung bedeutete. Keesh war der einzige Sohn und lebte danach allein mit seiner Mutter. Die Menschen haben ein kurzes Gedächtnis, und bald erinnerte sich niemand mehr an die Heldentat seines Vaters. Er war nur ein

Kind und seine Mutter bloß eine Frau; sie wurden rasch vergessen. Binnen kurzem lebten sie im ärmsten Iglu des Dorfs.

Als aber einmal im großen Iglu des Dorfoberhaupts Klosh-Kwan die Männer Rat hielten, bewies Keesh, welches Blut in seinen Adern rann und daß er mannhaft genug war, sich nicht zu beugen. Er erhob sich würdig wie ein Alter und wartete, bis das Stimmengewirr sich legte und Stille einkehrte.

»Es ist richtig, daß man mir und meiner Familie Fleisch zuteilt«, sagte er. »Aber dieses Fleisch ist oft alt und zäh und hat ungewöhnlich viel Knochen.«

Die Jäger, ob alt und grau oder jung und munter, waren fassungslos. So etwas hatte man noch nie erlebt. Ein Kind, das wie ein Erwachsener sprach und ihnen Grobheiten ins Gesicht sagte!

Aber Keesh redete ernst und unbeeindruckt weiter. »Ich sage das, weil ich weiß, daß mein Vater Bok ein großer Jäger war. Es heißt, er habe mehr Fleisch heimgebracht als die zwei nächstbesten Jäger zusammen, es eigenhändig aufgeteilt und darauf geachtet, auch dem geringsten alten Weib und Mann einen gerechten Anteil zukommen zu lassen.«

»Unerhört!« riefen die Männer. »Führt den Jungen hinaus!« – »Steckt das Kind ins Bett!« – »Er ist doch kein Erwachsener, daß er so mit Männern und Graubärten reden darf.«

Er wartete gelassen, bis der Tumult sich legte.

»Du hast ein Weib, Ugh-Gluk«, sagte er, »und du sprichst für sie. Und du ebenfalls, Massuk, und eine Mutter dazu und du sprichst für sie. Meine Mutter hat außer mir niemanden; deswegen spreche ich. Ich sage also, Bok ist zwar tot, weil er sich bei der Jagd vergaß, doch es ist gerecht, daß ich, sein Sohn, und Ikeega, die meine Mutter ist und sein Weib war, ordentliches Fleisch bekommen, solange auch der Stamm reichlich davon hat. Ich habe gesprochen, ich, Keesh, Sohn des Bok.«

Er setzte sich und hörte aufmerksam zu, wie nach seinen Worten Protest und Entrüstung laut wurden.

»Daß ein Kind im Rat das Wort ergreift!« murmelte der alte Ugh-Gluk.

»Sollen jetzt schon die Kleinkinder uns Männern vorschreiben, was wir zu tun und zu lassen haben?« fragte Massuk lauthals. »Bin ich deshalb ein Mann, damit jedes hergelaufene Kind, das nach mehr Fleisch brüllt, mich zum Gespött der Leute machen kann?«

Der Ärger steigerte sich zu heller Empörung. Sie befahlen ihm, zu Bett zu gehen, drohten, ihm gar kein Fleisch mehr zukommen zu lassen, und kündigten ihm eine ordentliche Tracht Prügel für seine Unverschämtheit an. Keeshs Augen funkelten jetzt, und die Zornesröte stieg ihm ins Gesicht. Mitten unter allen Beschimpfungen sprang er auf.

»Hört mich an, Männer!« rief er. »Ich werde nie wieder im Rat das Wort ergreifen, nicht ehe die Männer zu mir kommen und sagen: ›Du sollst reden, Keesh, es ist gut so, und wir wünschen es!‹ Was ich euch jetzt sage, ist mein letztes Wort. Bok, mein Vater, war ein großer Jäger. Auch ich, sein Sohn, werde losziehen und mich selbst ernähren. Ihr sollt wissen, daß ich meine Beute gerecht aufteilen werde. Keine Witwe, niemand, der der Hilfe bedarf, soll in der Nacht weinen müssen, weil er kein Fleisch hat, während die Starken vor Schmerzen stöhnen, weil sie zuviel gegessen haben. Und eines Tages wird man mit Fingern auf sie zeigen, wenn sie sich den Bauch dermaßen vollschlagen. Ich, Keesh, habe es gesagt.«

Spott und höhnisches Gelächter begleiteten seinen Abgang, doch er verließ den Iglu mit entschlossener Miene und ohne einen Blick nach links oder rechts.

Am folgenden Tag ging er am Strand entlang, wo Land und Eis zusammentreffen. Wer ihn sah, bestätigte später, daß er seinen Bogen und einen reichlichen Vorrat an Pfeilen mit knöchernen Widerhaken bei sich trug und den Jagdspeer seines Vaters geschultert hatte. Es gab viel Gelächter und Gerede um den Vorfall. So etwas hatte man noch nie erlebt. Niemals gingen Jungen in seinem zarten Alter auf die Jagd und schon gar nicht allein. Viele schüttelten den Kopf und ergingen sich in düsteren Prophezeiungen, während die Frauen mitleidige Blicke auf Ikeega warfen, deren Gesicht ernst und traurig war.

»Er ist sicher bald wieder da«, sagten sie aufmunternd.

»Laßt ihn nur gehen; es wird ihm eine Lehre sein«, meinten die Jäger. »Er wird schnell wieder zurückkommen, und dann ist er ganz bescheiden und nimmt den Mund nicht mehr so voll.«

Doch ein Tag verging, ein zweiter, und am dritten gab es einen heftigen Sturm, aber Keesh kam nicht zurück. Ikeega riß sich die Haare aus und schmierte sich zum Zeichen der Trauer den Ruß der Robbentranlampen ins Gesicht. Die Frauen schimpften auf ihre Männer, weil sie den Jungen schlecht behandelt und ihn in den Tod geschickt hätten. Die Männer erwiderten nichts darauf, sondern trafen Vorbereitungen, die Leiche zu suchen, wenn der Sturm abgeflaut wäre.

Am frühen Morgen des nächsten Tages jedoch erschien Keesh im Dorf. Er schämte sich nicht. Auf seinen Schultern trug er Fleischstücke. Sein Gang war selbstbewußt, und hochmütig sagte er:

»Nehmt Schlitten und Hunde mit, Männer, und folgt meiner Spur fast eine Tagereise lang. Ihr werdet große Beute auf dem Eis finden – eine Bärin und zwei halberwachsene Junge.«

Ikeega war überglücklich, doch er nahm ihre Freudenbekundungen wie ein Mann entgegen und antwortete bloß: »Komm, Ikeega, wir wollen essen. Danach will ich schlafen, denn ich bin müde.«

Darauf ging er in ihren Iglu, aß reichlich und schlief zwanzig Stunden hintereinander. Anfangs wurden viele Zweifel laut, und es gab erregte Debatten. Es ist sehr gefährlich, einen Eisbären zu jagen, aber dreimal so gefährlich, ja, dreimal drei, einer Bärenmutter mit ihren Jungen nachzustellen. Die Männer konnten einfach nicht glauben, daß das Kind Keesh, ganz auf sich gestellt, ein solches Wunder vollbracht haben sollte. Aber die Frauen verwiesen auf das Fleisch, das er auf seinen Schultern angeschleppt hatte, und das war ein überzeugendes Gegenargument. So zogen sie schließlich unter viel Murren ab, weil er bestimmt vergessen hätte, die erschlagenen Tiere zu zerlegen, selbst wenn die Sache ihre Richtigkeit hatte. Das ist nämlich im Norden unbedingt nötig, gleich nachdem man ein Tier erlegt hat. Versäumt man es, dann gefriert das Fleisch und wird so hart, daß auch mit dem schärfsten Messer nichts mehr auszurichten ist, und ein dreihundert Pfund schwerer, steifgefrorener Bär läßt sich nur mühsam auf einen Schlitten verfrachten und über unebenes Eis ziehen. Doch an Ort und Stelle angekommen, fanden sie nicht nur die Beute vor, an die sie nicht hatten glauben wollen, sondern stellten auch fest, daß Keesh die drei Tiere waidgerecht gevierteilt und die Eingeweide entfernt hatte.

Das war der Anfang von Keeshs geheimnisvollen Taten, die immer noch rätselhafter wurden. Gleich auf dem folgenden Jagdausflug erlegte er nämlich einen jungen, fast ausgewachsenen Bären und auf dem dritten einen großen Bären mit seiner Gefährtin. Meist war er drei bis vier Tage unterwegs, auch wenn es nicht ungewöhnlich war, daß er eine ganze Woche draußen auf dem Eis blieb. Begleitung lehnte er jedesmal ab, so daß sich die Leute wunderten. »Wie macht er das nur?« fragten sie sich. »Nie nimmt er einen Hund mit, und Hunde sind doch eine solche Hilfe.«

»Warum jagst du nur Bären?« versuchte Klosh-Kwan einmal herauszufinden.

Und Keesh gab ihm eine passende Antwort. »Jedermann weiß, daß der Bär das meiste Fleisch hat«, sagte er.

Allerdings sprach man im Dorf auch von Zauberei. »Er jagt mit Hilfe der bösen Geister«, behaupteten manche Leute. »Deswegen wird er mit Beute belohnt. Wenn er nicht mit den bösen Geistern jagt, wie will man es dann erklären?«

»Vielleicht sind es nicht böse, sondern gute Geister«, erwiderten andere. »Es ist bekannt, daß sein Vater ein großer Jäger war. Kann es nicht so sein, daß sein Vater mit ihm zusammen jagt, damit er ein hervorragender, geduldiger und kenntnisreicher Jäger wird? Wer will das sagen?«

Jedenfalls war er weiterhin erfolgreich, und die weniger geschickten Jäger hatten häufig genug damit zu tun, seine Beute heranzuschleppen. Beim Teilen war er sehr gerecht. Wie schon sein Vater vor ihm achtete er darauf, daß noch die geringste alte Frau und der geringste alte Mann einen gerechten Anteil erhielten, während er für sich nie mehr zurückbehielt als notwendig. Deswegen und wegen seiner Verdienste als Jäger wurde er geachtet, ja verehrt, und man sprach davon, ihn zum Nachfolger des alten Klosh-Kwan zu machen. Wegen seiner Taten erwarteten sie auch, daß er im Rat erscheine, doch er kam nie, und sie schämten sich, ihn zu bitten.

»Ich habe die Absicht, mir einen Iglu zu bauen«, sagte er eines Tages zu Klosh-Kwan und einer Reihe von Jägern. »Es soll ein großer Iglu werden, in dem Ikeega und ich bequem wohnen können.«

»Ja«, nickten sie zustimmend.

»Ich habe aber keine Muße. Mein Geschäft ist die Jagd, und sie nimmt all meine Zeit in Anspruch. Es ist also nur gerecht, wenn die Männer und Frauen im Dorf, die mein Fleisch essen, mir meinen Iglu bauen.«

Tatsächlich wurde der Iglu gebaut. Er war so großzügig bemessen, daß er selbst die Wohnung von Klosh-Kwan übertraf. Keesh und seine Mutter zogen ein, und zum ersten Mal seit dem Tode Boks erlebte sie wieder Wohlstand. Doch es war nicht allein der materielle Besitz, denn sie wurde inzwischen wegen ihres Sohns und der Stellung, die er ihr verschafft hatte, als erste Frau des Dorfs betrachtet. Die Frauen gewöhnten sich daran, sie zu besuchen, um ihren Rat zu bitten, ihre Aussprüche bei Streitigkeiten untereinander oder mit ihren Männern zu zitieren.

Am meisten beschäftigte alle jedoch das Rätsel von Keeshs erstaunlichen Jagderfolgen. Eines Tages beschuldigte ihn Ugh-Gluk offen der Zauberei.

»Es wird behauptet«, sagte er drohend, »daß du den Umgang mit bösen Geistern pflegst und beim Jagen dafür belohnt wirst.«

»Ist das Fleisch nicht gut?« war Keeshs Antwort. »Ist im Dorf vielleicht jemand davon krank geworden? Woher weißt du denn, daß Zauberei im Spiel ist? Oder ist das nur so eine Vermutung, weil dich der Neid verzehrt?«

Ugh-Gluk zog sich beschämt zurück, und die Frauen lachten ihn aus. Eines Nachts aber beschloß man nach langen Überlegungen im Rat, Keesh Kundschafter nachzusenden, wenn er wieder auf die Jagd ging, um zu erfahren, welcher Mittel er sich bediente. Beim nächsten Mal folgten ihm also unbemerkt Bim und Bawn, zwei junge Männer und die listigsten Jäger. Fünf Tage später kehrten sie mit weit aufgerissenen Augen zurück und erzählten zitternd, was sie gesehen hatten. Man hatte hastig den Rat in Klosh-Kwans Behausung zusammengerufen, und Bim begann:

»Brüder! Wie ihr uns aufgetragen habt, folgten wir Keesh mit großer Umsicht, damit er keinen Verdacht schöpfe. Und gegen Mittag des ersten Tages traf er auf einen großen Bären. Er war sehr groß.«

»Der allergrößte«, bestätigte Bawn und setzte den Bericht fort. »Der Bär hatte aber trotzdem keine Lust zu kämpfen, denn er machte auf dem Eis kehrt und trollte sich. Wir beobachteten das von der Felsküste, und der Bär hielt geradewegs auf uns zu. Hinter ihm sahen wir Keesh, der überhaupt keine Angst hatte. Er schimpfte hinter dem Bären her, fuchtelte mit den Armen und machte großen Lärm. Da wurde der Bär zornig, richtete sich auf den Hinterbeinen auf und brummte. Aber Keesh ließ sich nicht beirren.«

»Ja«, fuhr nun wieder Bim fort. »Er ließ sich nicht beirren. Der Bär ging auf ihn los, und nun rannte Keesh davon. Im Laufen ließ er eine kleine runde Kugel fallen. Der Bär blieb stehen, schnüffelte daran und verschlang sie dann. Keesh lief weiter vor ihm davon und ließ noch mehr Kugeln fallen, die der Bär auch verschlang.«

Erstaunte und ungläubige Ausrufe ertönten, und Ugh-Gluk äußerte seine Zweifel ganz unverblümt.

»Wir haben es mit eigenen Augen gesehen«, bekräftigte Bim.

Und Bawn – »Ja, mit eigenen Augen. Es ging so fort, bis der Bär sich plötzlich aufrichtete und vor Schmerzen brüllte, wobei er mit den Vordertatzen wie verrückt in der Luft herumruderte. Keesh brachte sich in Sicherheit. Aber der Bär beachtete ihn gar nicht, weil er so mit dem Unheil beschäftigt war, das die kleinen Kugeln in ihm anrichteten.«

»Ja, in seinem Innersten«, unterbrach Bim. »Denn er fuhr sich mit den Krallen ins eigene Fleisch und machte Bocksprünge auf dem Eis wie ein verspielter Hund, nur sah man deutlich, daß er es nicht im Spiel, sondern vor Schmerzen tat, weil er so brummte und brüllte. So etwas habe ich noch nie erlebt!«

»Wahrhaftig, das hat noch kein Mensch gesehen«, fiel Bawn ein. »Und dabei war der Bär doch so groß!«

»Zauberei«, meinte Ugh-Gluk.

»Das weiß ich nicht«, antwortete Bawn. »Ich erzähle nur, was ich gesehen habe. Nach einer Weile wurde der Bär schwach und müde, denn er war sehr schwer und hatte

Riesensprünge getan. Er trottete auf dem Eis am Strand entlang und ließ den Kopf dabei langsam hin- und herschwingen. Immer wieder setzte er sich hin, um zu jaulen und zu brüllen. Keesh folgte dem Bären und wir ihm. So ging es weiter an diesem Tag und an drei weiteren Tagen. Der Bär wurde immer schwächer und brüllte unaufhörlich.«

»Es war Zauberei!« rief Ugh-Gluk aus. »Ganz bestimmt war es Zauberei!«

»Das ist gut möglich.«

Bim löste jetzt Bawn wieder ab. »Der Bär wanderte ziellos umher, wechselte mehrfach die Richtung oder ging im Kreis, so daß er am Ende ungefähr wieder dort anlangte, wo Keesh auf ihn gestoßen war. Inzwischen war er richtig krank, der Bär, und konnte nicht einmal mehr kriechen. Deswegen trat Keesh an ihn heran und erledigte ihn mit dem Speer.«

»Und dann?« fragte Klosh-Kwan.

»Wir haben Keesh dort zurückgelassen, während er den Bären enthäutete, und sind hierher gelaufen, um euch zu berichten.«

Am Nachmittag schleppten die Frauen das Fleisch ins Dorf, während die Männer im Rat versammelt saßen. Als Keesh ankam, ließen sie ihn durch einen Boten zu sich bitten. Doch er schickte ihn mit den Worten zurück, er sei hungrig und müde; außerdem sei sein Iglu geräumig und bequem und biete Platz für viele Männer.

So groß war die Neugierde der Männer, daß sie aufstanden und unter der Führung von Klosh-Kwan in den Iglu von Keesh hinüberwechselten. Er aß gerade, begrüßte sie aber respektvoll und wies ihnen den jeweils gebührenden Platz an. Ikeega war abwechselnd stolz und verlegen, doch Keesh blieb ganz gelassen.

Klosh-Kwan wiederholte, was sie von Bim und Bawn

erfahren hatten, und fügte dann streng hinzu: »Wir erwarten also eine Erklärung, was deine Art zu jagen angeht, Keesh. Ist Zauberei dabei im Spiel?«

Keesh sah auf und lächelte. »Nein, Klosh-Kwan. Zauberei ist keine Kinderei, und ich habe damit nichts zu schaffen. Ich habe aber ein Mittel erdacht, durch das ich den Eisbären ohne Schwierigkeiten töten kann, das ist alles. Es ist nicht Zauber, sondern Klugheit.«

»Und jedermann kann es tun?«

»Jeder.«

Lange Zeit blieb es ganz still. Die Männer schauten sich gegenseitig an, während Keesh seine Mahlzeit fortsetzte.

»Und... und... und willst du uns einweihen, Keesh?« fragte ihn Klosh-Kwan schließlich mit unsicherer Stimme.

»Ja, ich werde es euch erzählen.« Er legte einen Markknochen beiseite, den er ausgesaugt hatte und stand auf. »Es ist ganz einfach. Schaut her!«

Er nahm ein dünnes Stück Fischbein vom Boden und zeigte es ihnen. Die Enden waren spitz wie Nadeln. Er bog es vorsichtig zusammen, bis es in seiner Hand verschwunden war. Dann ließ er es plötzlich los, und das Fischbein schnellte wieder in die ursprüngliche Form zurück. Nun hob er einen Klumpen Tran auf.

»Man nimmt etwas Tran«, sagte er, »und höhlt ihn aus. Dann steckt man das fest zusammengerollte Fischbein hinein und verschließt die Öffnung. Anschließend läßt man die Trankugel draußen gefrieren. Der Bär verschlingt sie, der Tran wird weich, die scharfen Fischbeinspitzen schnellen heraus, der Bär wird krank, und wenn er am Ende seiner Kräfte ist, dann erlegt man ihn eben mit dem Speer. Es ist ganz einfach.«

Ugh-Gluk sagte »Oh!« und Klosh-Kwan »Ah!«, jeder sagte, was ihm einfiel, und alle verstanden.

Das ist Keeshs Geschichte, der vor langer Zeit am Rand des

Eismeers lebte. Weil er seinen Verstand und nicht Zauberei zuhilfe nahm, stieg er vom Bewohner des ärmsten Iglus zum Oberhaupt seines Dorfs auf, und solange er lebte, soll sein Stamm wohlhabend gewesen sein, und keine Witwe, niemand, der Hilfe brauchte, mußte nachts laut jammern, weil er kein Fleisch zu essen hatte.

DIE LIEBE ZUM LEBEN

Zwei Männer humpelten mühsam die Uferböschung hinab, und der Vorausgehende wäre zwischen den verstreut herumliegenden Felsbrocken fast gestürzt. Beide waren müde und erschöpft, und die langen Entbehrungen hatten ihre Gesichter abgehärmt. Sie waren schwer mit Deckenbündeln beladen, die sie auf die Schultern geschnallt hatten. Zusätzliche Stirnriemen halfen ihnen beim Tragen. Beide hatten ein Gewehr. Sie gingen mit gebeugtem Rücken und noch weiter vorgestrecktem Kopf, den Blick starr auf den Boden gerichtet.

»Hätten wir doch bloß zwei von den Patronen, die in unserem Vorratslager herumliegen«, sagte der zweite Mann.

Seine Stimme war tonlos und ohne jede Ausdruckskraft, und der Vordermann, der in den milchigen, über die Felsen schäumenden Fluß watete, würdigte ihn keiner Antwort.

Der andere folgte ihm auf den Fersen. Sie hatten ihr Schuhwerk nicht ausgezogen, obwohl das Wasser eiskalt war – so kalt, daß ihnen die Knöchel schmerzten und die Füße gefühllos wurden. An manchen Stellen ging ihnen die Strömung bis zum Knie, und stolpernd versuchten beide, sich auf den Beinen zu halten.

Der zweite Mann rutschte auf einem glatten Stein aus und stürzte beinahe, ehe er sich mit einer gewaltsamen Anstrengung wieder fing, wobei er einen durchdringenden Schmerzensschrei ausstieß. Er wirkte schwach, wie benommen und streckte taumelnd die freie Hand aus, wie um in der Luft nach einem Halt zu suchen. Nachdem er das Gleichgewicht wiedergefunden hatte, machte er einen Schritt vorwärts, schwankte aber erneut auf das Bedrohlichste. Jetzt blieb er stehen und sah dem anderen Mann nach, der sich nicht einmal umgedreht hatte.

Eine volle Minute lang rührte er sich nicht, als ginge er mit sich selbst zu Rate. Dann rief er:

»Hör mal, Bill, ich hab' mir den Fuß verstaucht.«

Bill wankte weiter durch das milchige Wasser. Er sah sich nicht um. Der Mann schaute ihm nach, und wenn seine Gesichtszüge auch ausdruckslos blieben, so blickten seine Augen doch wie die eines weidwunden Tieres.

Der andere humpelte die jenseitige Böschung hinauf und setzte seinen Weg fort, ohne sich umzuwenden. Der Mann im Fluß beobachtete ihn. Seine Lippen bebten leicht, so daß auch der struppige braune Schnurrbart sichtbar zitterte. Er fuhr sich sogar mit der Zungenspitze über die Lippen, um sie zu befeuchten.

»Bill!« schrie er.

Es war der hilfesuchende Schrei eines starken Mannes in Not, aber Bills Kopf war wie festgewachsen. Der Mann blickte ihm nach, wie er mit grotesken Schlenkern vorwärtswankte und mit schwankendem Schritt den flachen Hang hinaufstieg, vor sich am Horizont die sanft geschwungene Linie eines niedrigen Hügels. Er blickte ihm nach, bis er hinter dem Kamm verschwunden war. Dann wandte er seinen Blick ab und musterte langsam das Gesichtsfeld, auf das sich seine Welt ohne Bill verengt hatte.

Knapp über dem Horizont stand die fahle Sonne, die von gestaltlosen Dunst- und Nebelfeldern fast ganz verschluckt wurde, wobei der Eindruck massiger, aber konturloser Dichte entstand. Während der Mann sein Gewicht auf ein Bein verlagerte, zog er seine Uhr aus der Tasche. Es war vier, und um diese Jahreszeit, etwa Ende Juli oder Anfang August – auf ein oder zwei Wochen genau hätte er es nicht zu sagen gewußt –, stand die Sonne demnach ungefähr im Nordwesten. Er schaute nach Süden: dort hinten, irgendwo jenseits der kahlen Berge, mußte der Great Bear Lake liegen; in der selben Richtung durchschnitt auch der menschenfeindliche nördliche Polarkreis die Canadian Barrens. Der Wasserlauf, in dem er stand, war ein Nebenfluß des Coppermine River, der nach Norden floß, um dann im Coronation Golf ins Polarmeer zu münden. Er war nie dort gewesen, aber er hatte es sich einmal auf einer Karte der Hudson Bay Company angesehen.

Ein zweites Mal ließ er seinen Blick in die Runde schweifen. Was er sah, war wenig ermutigend. Der Horizont verschwamm nach allen Seiten. Ringsum umgaben ihn flache Hügel. Es gab keine Bäume, keine Sträucher, kein Gras – nichts als eine ungeheure, furchteinflößende Ödnis, die die Angst in seine Augen treten ließ.

»Bill!« flüsterte er ein- oder zweimal. »Bill!«

Er kauerte im milchigen Wasser, als ob ihn die Weite mit übermächtiger Gewalt niederdrückte und in furchtbarer Selbstgefälligkeit grausam zermalmte. Er begann zu zittern wie in einem Anfall von Schüttelfrost, so daß ihm das Gewehr entglitt und platschend versank. Das brachte ihn wieder zu sich. Er kämpfte gegen seine Angst an, riß sich zusammen und tastete unter Wasser, bis er die Waffe wiedergefunden hatte. Er schob sein Gepäck mehr auf die linke Schulter, um den verletzten Knöchel wenigstens teilweise zu entlasten. Dann arbeitete er sich langsam und vorsichtig auf das Ufer zu, wobei er immer wieder vor Schmerzen zusammenzuckte.

Er machte nicht Halt. Mit einer an Wahnsinn grenzenden Verzweiflung und ohne Rücksicht auf die Schmerzen hastete er den Hang hinauf bis zu dem Kamm, hinter dem sein Gefährte verschwunden war. Der Anblick, den er dabei bot, war noch viel grotesker und lächerlicher, als sein humpelnder, sich ruckartig vorwärtsbewegender Gefährte ihn geboten hatte. Doch oben angekommen sah er ein flaches Tal ohne Anzeichen von Leben. Er mußte seine Angst erneut niederkämpfen, ehe er seine Traglast noch weiter nach links verschob und hangabwärts taumelte.

Der Talgrund war sumpfig; dicke Moospolster hielten das Wasser wie ein Schwamm an der Oberfläche. Es spritzte bei jedem Tritt unter seinen Füßen hervor, und immer wenn er einen Fuß hob, gab das Moos ihn nur widerstrebend und mit einem schmatzenden Geräusch frei. Er suchte sich seinen Weg von Büschel zu Büschel und folgte den Fußstapfen des anderen, indem er sich an die schmalen Felsrücken hielt, die wie Inseln aus einem Meer von Moos herausragten.

Er war zwar allein, aber nicht verloren. Er wußte, daß er im weiteren Verlauf seines Wegs an das Ufer eines kleinen Sees gelangen würde, zum *titchin-nichilie* in der Sprache der Eingeborenen, in das »Reisigland«, wo abgestorbene, niedrige und verkrüppelte Tannen und Fichten standen. In diesen See floß ein kleiner Bach, dessen Wasser nicht milchig war. An diesem Flüßchen gab es Sumpfgras – er erinnerte sich gut daran –, aber kein Holz, und er würde ihm folgen bis zu seiner Quelle an einer Wasserscheide. Diese würde er überqueren, um an die Quelle eines weiteren Flusses zu kommen, der nach Westen floß und in den Dease mündete; an dieser Stelle würde er unter einem umgekippten und mit Steinen bedeckten Kanu ein Vorratslager finden. Es enthielt Munition für sein leergeschossenes Gewehr, Angelhaken und Leinen, ein kleines Fischnetz – alles, was man brauchte, um sich jagend oder fallenstellend Nahrung zu beschaffen. Auch Mehl würde er vorfinden – nicht viel –, ein Stück Speck und Bohnen.

Dort würde Bill auf ihn warten, und sie würden auf dem Dease nach Süden bis zum Great Bear Lake paddeln. Und immer weiter in diese Richtung, bis sie den Mackenzie erreichten. Immer weiter nach Süden, nach Süden, während der Winter ihnen vergebens nachjagte, sich Eis um die Strudel bildete und die Tage frostklar wurden; weiter südwärts, bis sie zu irgendeinem gutgeheizten Handelsposten der Hudson Bay Company kamen, wo die Bäume hoch und dicht standen und die Nahrung nie ausging.

An diese Dinge dachte der Mann, während er sich vorwärtsquälte. So sehr er gegen seinen Körper ankämpfte, so sehr wehrte er sich auch gegen den Gedanken, Bill könnte ihn im Stich gelassen haben. Und so versuchte er sich einzureden, daß Bill gewiß beim Vorratslager auf ihn warten würde. An diesen Gedanken mußte er sich klammern, sonst hatte es keinen Sinn zu kämpfen, sonst konnte er sich hinlegen und sterben. Während die matte Sonnenscheibe allmählich im Nordwesten versank, lief er in Gedanken wieder und wieder und Schritt für Schritt die Strecke ab, die Bill und er auf ihrer Flucht vor dem hereinbrechenden Winter zurückgelegt hatten. Immer wieder malte er sich die Vorräte im Lager und im Handelsposten der Hudson Bay Company aus. Seit zwei Tagen hatte er nichts mehr gegessen; und es war noch viel länger her, daß er zum letzten Mal satt geworden war. Oft bückte er sich, um blasse Moosbeeren zu pflücken; er schob sie sich in den Mund, kaute darauf herum und verschluckte sie dann. Eine solche Beere bestand aus einem Samenkorn mit ein wenig Flüssigkeit. Im Mund verliert sich die Flüssigkeit, und der Samen schmeckt scharf und bitter. Der Mann wußte, daß die Beeren keinen Nährwert hatten, aber er kaute wider besseres Wissen und gegen alle Erfahrung geduldig darauf herum.

Um neun Uhr stieß er sich den Zeh an einer Felsenkante, kam aus dem Tritt und stürzte dann vor lauter Erschöpfung und Schwäche. Eine Weile blieb er reglos auf der Seite liegen. Dann streifte er die Tragegurte ab und setzte sich mühsam auf. Noch war es nicht dunkel, und in der anhaltenden Dämmerung tastete er zwischen den Steinbrocken nach vertrockneten Moosbüscheln. Als er einen Haufen beisammen hatte, machte er Feuer – ein schwelendes, qualmendes Feuer – und setzte einen Blechtopf mit Wasser zum Kochen auf.

Er schnürte sein Bündel auf und zählte zuallererst seine Zündhölzer. Dreiundsechzig hatte er noch. Er zählte dreimal nach, um ganz sicher zu sein. Er teilte sie in mehrere Portionen auf, wickelte sie in Ölpapier und verstaute ein Päckchen in seinem leeren Tabaksbeutel, ein weiteres im Schweißband seines zerbeulten Huts und ein drittes auf der Brust unter seinem Hemd. Als er fertig war, überwältigte ihn panische Angst; er packte alle noch einmal aus und zählte sie erneut. Es waren immer noch dreiundsechzig.

Er trocknete sein nasses Schuhwerk am Feuer. Die Mokassins waren nur noch aufgeweichte Fetzen. Die groben Wollsocken waren stellenweise durchgescheuert, die Füße wund und blutig. Sein Fußgelenk pochte, und er untersuchte es näher. Es war angeschwollen und nun so dick wie sein Knie. Von einer der beiden Decken riß er einen langen Streifen ab und wickelte ihn fest um den Knöchel. Weitere Deckenstreifen ersetzten Socken und Mokassins. Dann trank er das heiße, dampfende Wasser, zog seine Uhr auf und kroch zwischen die Decken.

Er schlief wie ein Toter. Um Mitternacht wurde es für kurze Zeit dunkel. Dann ging die Sonne im Nordosten auf – oder wenigstens dämmerte der Tag in diesem Himmelsabschnitt, denn die Sonne verbarg sich hinter grauen Wolken.

Er erwachte um sechs und blieb reglos auf dem Rücken liegen. Er blickte geradewegs in den grauen Himmel und spürte, daß er hungrig war. Als er sich auf die Seite rollte, erschreckte ihn ein lautes Schnauben. Er entdeckte einen Karibubullen, der ihn neugierig und wachsam beäugte. Das Tier war keine zwanzig Meter entfernt, und vor dem inneren Auge des Mannes stand sofort die Vision eines über dem Feuer brutzelnden Steaks. Er griff ganz mechanisch nach dem ungeladenen Gewehr, legte an und drückte ab. Der Bulle schnaubte, wandte sich zur Flucht und preschte mit klappernden und trappelnden Hufen über das steinige Gelände davon.

Fluchend schleuderte der Mann das Gewehr von sich. Während er sich aufzurichten versuchte, stöhnte er laut. Es war ein langsames und mühsames Unterfangen. Seine Gelenke glichen rostigen Scharnieren. Sie rieben sich trocken in den Gelenkpfannen, und jedes Beugen oder Strecken erforderte die größte Willensanstrengung. Als er endlich auf den Beinen war, brauchte er noch gut eine Minute, um sich soweit aufzurichten, wie man das von einem Menschen erwartet.

Er quälte sich eine kleine Anhöhe hinauf und betrachtete die Aussicht. Keine Bäume, keine Büsche, nichts als ein graues Meer von Moos, das nur hier und da durch graue Felsen, graue Tümpel und graue Rinnsale dem Auge etwas Abwechslung bot. Der Himmel war grau. Die Sonne zeigte sich nicht, auch nicht andeutungsweise. Er hatte keine Ahnung, wo Norden war, und erinnerte sich nicht mehr an die Richtung, aus der er am vorigen Abend gekommen war. Aber verirrt hatte er sich nicht. Das wußte er. Bald würde er das Reisigland erreichen. Er spürte, daß es irgendwo links von ihm liegen mußte, gar nicht weit – vielleicht gleich hinter dem nächsten niedrigen Hügel.

Er ging zurück, um sein Marschgepäck zusammenzuschnüren. Er vergewisserte sich, daß die drei gesondert verstauten Zündholzpäckchen noch vorhanden waren, auch wenn er sie diesmal nicht zählte. Wohl aber überlegte er angesichts eines prallgefüllten Beutels aus Elchleder hin und her. Er war nicht groß. Er konnte ihn unter den Händen verschwinden lassen. Er wußte, daß er an die fünfzehn Pfund wog – soviel wie die ganze übrige Last –, und das beunruhigte ihn. Er legte ihn schließlich beiseite und machte sich daran, sein Bündel zusammenzurollen. Er zögerte, betrachtete den Beutel und hob ihn dann mit einem trotzigen Blick auf, als ob ihm die Einöde diesen Besitz habe rauben wollen. Als er sich endlich aufraffte und in den Tag torkelte, steckte der Beutel in dem Bündel auf seinem Rücken.

Er hielt sich links und blieb immer wieder stehen, um Beeren zu essen. Sein Knöchel war steif geworden, er humpelte nun noch mehr, aber dieser Schmerz war nichts, verglichen mit dem Hungergefühl in seinem Magen. Der peinigende Hunger ließ ihm keine Ruhe. Er nagte an ihm, bis es ihm unmöglich wurde, sich auf die Richtung zu konzentrieren, die er einhalten mußte, wenn er zum Reisigland kommen wollte. Mit den Beeren konnte er den nagenden Schmerz nicht besänftigen, aber seine Zunge und der Gaumen waren inzwischen wund von ihrer beißenden Schärfe.

Er gelangte in ein Tal, wo von Felsrücken und Moosbüscheln schwirrend die Schneehühner aufflogen. »Kerr – kerr – kerr«, schrien sie. Er warf Steine nach ihnen, ohne sie zu treffen. Er legte sein Gepäck auf die Erde und schlich sich an, wie eine Katze einem Vogel nachstellt. Die spitzen Felsen schnitten durch die Hosenbeine, bis seine Knie eine blutige Spur hinterließen; doch der Schmerz wurde vom nagenden Hunger überdeckt. Er robbte durch das nasse Moos, so daß seine Kleider sich vollsogen und der Körper auskühlte, aber er nahm es in seiner fiebernden Gier nicht wahr. Immer wieder flogen die Schneehühner auf, mit schwirrenden Flügeln, direkt vor seiner Nase, bis er ihr »Kerr – kerr – kerr« als Verhöhnung empfand und unter lauten Flüchen ihren Schrei nachäffte.

Einmal stolperte er fast über ein Schneehuhn, das offenbar geschlafen hatte. Er bemerkte es erst, als es ihm aus seinem Nest zwischen den Felsen direkt ins Gesicht flog. Ebenso erschreckt wie das Schneehuhn selbst griff er unwillkürlich nach dem Tier und behielt drei Schwanzfedern in den Händen zurück. Er sah es davonfliegen und haßte es, als ob es ihm ein schreckliches Unrecht zugefügt hätte. Dann kehrte er um und schulterte wieder sein Bündel.

Im Laufe des Tages kam er in Täler und sumpfige Niederungen, in denen es mehr Wild gab. Eine kleine Karibuherde von über zwanzig Tieren zog in Schußweite an ihm vorbei, quälend nah. Er hatte das wilde Verlangen, ihnen nachzurennen; er war fest überzeugt, sie einholen zu können. Ein schwarzer Fuchs mit einem Schneehuhn im Maul trottete auf ihn zu. Der Mann schrie ihn an. Es war ein schrecklicher Schrei, doch der Fuchs ergriff zwar panisch die Flucht, ließ aber seine Beute nicht fallen.

Am Spätnachmittag folgte er einem Bach, dessen Wasser aufgrund des Kalkgehalts milchig gefärbt war und der sich durch karges Sumpfgras schlängelte. Wenn er die Halme dicht über der Wurzel packte und herausriß, kam etwas zum Vorschein, das einem jungen Zwiebelsprößling ähnlich sah und nicht länger als ein Dachnagel war. Es war zart, und seine Zähne bissen erwartungsvoll hinein, weil er sich etwas Köstliches davon versprach. Doch die Fasern waren zäh. Die Wurzel bestand aus wäßrigen Fäden, die wie die Beeren keinerlei Nährwert hatten. Er warf sein Bündel ab und kroch auf allen vieren zwischen den Sumpfgrasbüscheln herum, deren Wurzeln er wie Vieh auf der Weide zermahlte und zermalmte.

Er war erschöpft und wollte oft rasten, sich hinlegen und schlafen; aber etwas trieb ihn unaufhörlich vorwärts, und das war weniger der Wunsch, in das Reisigland zu gelangen, als vielmehr der Hunger. Er suchte die Tümpel nach Fröschen ab und grub in der Erde nach Würmern, obgleich er doch wußte, daß es so hoch im Norden weder Frösche noch Würmer gab.

Vergeblich inspizierte er jedes Wasserloch, bis er endlich, als die lange Dämmerung anbrach, einen einsamen Fisch, so groß wie eine Elritze, in einem der Tümpel entdeckte. Er tauchte den Arm bis zur Schulter ins Wasser, aber der Fisch entwischte ihm. Er griff mit beiden Händen nach ihm und rührte den kalkigen Schlamm am Grund des Wassers auf. In seiner Erregung fiel er hinein und wurde bis zur Hüfte naß. Das Wasser war aber inzwischen so trübe geworden, daß er den Fisch nicht mehr sehen konnte und warten mußte, bis sich alles wieder gesetzt hatte.

Die Jagd ging von neuem los – mit demselben Ergebnis. Doch er konnte nicht länger warten. Er schnallte das Blechgeschirr ab und begann, den Tümpel auszuschöpfen. Zuerst schöpfte er in solcher Hast, daß er sich selbst naßspritzte, und außerdem floß das Wasser gleich wieder in den Tümpel zurück, weil er den Napf in zu geringer Entfernung ausleerte. Er ging nun systematischer vor und versuchte, Ruhe zu bewahren, auch wenn ihm das Herz bis zum Hals klopfte und die Hände zitterten. Nach einer halben Stunde hatte er den Tümpel fast trockengelegt. Kaum ein Becher voll Wasser war übriggeblieben. Kein Fisch war zu sehen. Er fand einen verborgenen Spalt zwischen den Steinen, durch den der Fisch in einen angrenzenden, größeren Teich entkommen war – so groß, daß er ihn nicht in vierundzwanzig Stunden leeren konnte. Hätte er schon vorher von dem Spalt gewußt, dann hätte er ihn gleich zu Beginn mit einem Stein verschließen können, und der Fisch hätte ihm gehört.

Jedenfalls glaubte er das und brach auf dem nassen Boden zusammen. Anfangs weinte er leise in sich hinein, dann schrie er seinen Kummer laut in die erbarmungslose Einöde hinaus, die ihn von allen Seiten umschloß. Noch lange, nachdem die Tränen versiegt waren, schluchzte er aus tiefster Seele.

Er machte Feuer und wärmte sich auf, indem er literweise heißes Wasser trank. Er richtete sein Lager wie in der vorausgehenden Nacht auf einem Felsrücken her. Als letztes überprüfte er noch einmal, ob seine Zündhölzer trocken waren, und zog seine Uhr auf. Die Decken waren klamm. In seinem Knöchel hämmerte es. Doch er spürte nur seinen Hunger, und während er eine unruhige Nacht verbrachte, träumte er von großen Festgelagen und von Speisen, die man auf alle erdenkliche Weise vor ihm auftischte.

Als er aufwachte, war ihm kalt und übel. Die Sonne war nicht zu sehen. Das Grau von Erde und Himmel war tiefer, düsterer geworden. Ein rauher Wind wehte und die ersten Schneeschauer färbten die Hügel weiß. Die Luft um ihn herum wurde undurchsichtig und schließlich, während er Feuer machte und noch einmal Wasser erhitzte, ganz weiß. Es war nasser Schnee, mit Regen gemischt, und die Flocken fielen groß und feucht vom Himmel herab. Anfangs schmolzen sie, sobald sie den Boden berührten, aber es wurden immer mehr, bis sie die Erde bedeckten, das Feuer erlöschen ließen und seinen Vorrat an trockenem Moos verdarben.

Das war für ihn das Signal, sein Bündel zu schnüren und sich schwankend und stolpernd auf den Weg zu machen, ohne zu wissen, wohin er ihn führte. Er dachte nicht mehr an das »Reisigland«, nicht an Bill oder das Vorratslager unter dem umgedrehten Kanu am Dease. Er war beherrscht von einem Wort – »essen«. Er war wahnsinnig vor Hunger. Er achtete nicht auf den Weg, den er nahm, solange er sich dabei nur in den Sumpfniederungen hielt. Wenn er unter dem nassen Schnee nach wäßrigen Moosbeeren oder Sumpfgraswurzeln suchte, verließ er sich auf seinen Tastsinn. Doch beides war fade und stillte den Hunger nicht. Er fand ein Gewächs, das sauer schmeckte, und aß alles, was er davon finden konnte; doch das war wenig genug, denn es handelte sich um eine Kriechpflanze, die unter mehreren Zentimetern Schnee schnell verschwand.

An diesem Abend hatte er weder Feuer noch heißes Wasser; er kroch unter seine Decke und schlief den unruhigen Hungerschlaf. Der Schnee ging in kalten Regen über. Er wachte mehrfach auf, wenn er ihm ins Gesicht klatschte. Der Tag brach an – grau und sonnenlos. Es regnete nicht mehr.

Das beißende Hungergefühl hatte aufgehört. Sein Empfindungsvermögen, so weit es das Verlangen nach Nahrung betraf, war abgestumpft. In seinem Magen rumorte ein dumpfer, träger Schmerz, aber er machte ihm weniger zu schaffen. Er konnte jetzt klarer denken und beschäftigte sich hauptsächlich mit der Frage, wie er zum Reisigland und zum Lager am Dease gelangen konnte.

Er riß die Reste der einen Decke in Streifen und wickelte sie um seine blutenden Füße. Auch legte er einen neuen Stützverband um den verletzten Knöchel und bereitete sich auf einen weiteren Tagesmarsch vor. Als er sein Bündel packen wollte, zögerte er lange angesichts des prallen Beutels aus Elchleder, aber am Ende nahm er ihn doch wieder mit.

Der Schnee war durch den Regen geschmolzen und nur auf den Anhöhen liegengeblieben. Die Sonne kam hervor, und es gelang ihm, die Himmelsrichtungen zu bestimmen; allerdings stellte er jetzt fest, daß er sich verirrt hatte. Vielleicht war er bei seinen ziellosen Wanderungen in den letzten Tagen zu weit nach links abgekommen. Nun hielt er sich mehr nach rechts, um die mögliche Abweichung auszugleichen.

Wenn auch die Schmerzen in seinem Magen weniger bohrend waren, so spürte er doch, wie geschwächt er war. Häufig mußte er Pausen einlegen, in denen er sich über die Moosbeeren und Sumpfgraswurzeln hermachte. Seine Zunge fühlte sich rauh und geschwollen an, als wäre sie mit einem feinen Pelz überzogen, und er hatte einen bitteren Geschmack im Mund. Sein Herz machte ihm schwer zu schaffen. Sobald er ein paar Minuten marschiert war, begann es, gnadenlos zu pochen, um dann schmerzhaft loszurasen, so daß er Erstickungsgefühle und Schwindelanfälle bekam.

Um die Mittagszeit entdeckte er zwei Elritzen in einem großen Teich. Er konnte ihn nicht ausschöpfen, aber weil er jetzt besonnener handelte, gelang es ihm, sie in seinem Blechtopf zu fangen. Sie waren kaum länger als sein kleiner Finger, aber er war auch nicht besonders hungrig. Der dumpfe Schmerz in seinem Magen war noch dumpfer und schwächer geworden, als ob sein Magen im Dämmerschlaf versunken sei. Er aß die Fische roh, wobei er sorgfältig kaute, denn das Essen war ein Akt reiner Vernunft. Er hatte kein Verlangen danach, wußte aber, daß es nötig war, um zu überleben.

Am Abend fing er noch einmal drei Elritzen, von denen er zwei verzehrte und die dritte für das Frühstück aufsparte. Die Sonne hatte losgerissene Moospolster getrocknet, so daß er sich wieder mit heißem Wasser aufwärmen konnte. An diesem Tag hatte er nicht mehr als zehn Meilen zurückgelegt; und am nächsten Tag, als er so lange marschierte, wie sein Herz es zuließ, schaffte er kaum fünf Meilen. Immerhin belästigte ihn sein Magen nicht mehr. Er war wie entschlafen. Auch die Gegend hatte sich verändert. Die Karibus wurden zahlreicher, die Wölfe ebenso. Oft trug ihm der Wind ihr Heulen zu, und einmal sah er drei Wölfe, die sich vor ihm davonschlichen.

Wieder eine Nacht; noch ein Stück einsichtiger geworden, knüpfte er am folgenden Morgen das Band auf, das den prallen Beutel aus Elchleder zusammenhielt. Aus der Öffnung ergoß sich ein gelber Strom von grobem Goldstaub und Nuggets. Er machte zwei ungefähr gleich große Haufen daraus, wickelte den einen in ein Stück Decke und verstaute ihn auf einem Felsvorsprung. Den anderen Haufen schüttete er in den Beutel zurück. Er fing nun auch an, Streifen der zweiten Decke für seine Füße zu benutzen. Vom Gewehr wollte er sich noch nicht trennen, denn in dem Lager am Dease gab es Patronen.

Es war ein nebliger Tag, und an diesem Tag meldete sich erneut der Hunger. Er war sehr schwach und litt unter Schwindelanfällen, so daß er zeitweise nichts mehr sah. Inzwischen stolperte und stürzte er immer häufiger, und einmal fiel er mitten in ein Schneehuhnnest. Es lagen vier gerade ausgeschlüpfte Küken darin, einen Tag alt – winzige Bällchen pulsierenden Lebens, gerade ein Mundvoll. Er verleibte sie sich noch lebend ein und schlang sie hinunter, indem er sie zwischen den Zähnen wie Eierschalen zerrieb. Das Muttertier flatterte kreischend um ihn herum. Er schwang sein Gewehr wie eine Keule, um es zu erschlagen, aber es wich den Hieben aus und blieb außer Reichweite. Er schleuderte Steine nach ihm und brach ihm durch Zufall einen Flügel. Jetzt flatterte es davon, während eine Schwinge am Boden streifte und er ihm hart auf den Fersen war.

Die Küken hatten seinen Hunger nur angestachelt. Mühsam hinkte und humpelte er mit seinem verstauchten Fuß hinter der Beute her, warf Steine und stieß ab und an heisere Schreie aus. Dann wieder gab er keinen Laut von sich, rappelte sich verbissen hoch, wenn er gestürzt war, und rieb sich die Augen, wenn der Schwindel ihn zu überwältigen drohte.

Die Jagd führte durch sumpfigen Talgrund, wo er im nassen Moos auf Fußspuren stieß. Sie stammten nicht von ihm – das konnte er erkennen. Es mußten Bills Spuren sein. Aber er konnte nicht stehenbleiben, denn das Schneehuhn lief weiter. Erst würde er es fangen und dann umkehren und der Sache nachgehen.

Er trieb das Huhn in die Erschöpfung; aber er selbst hatte sich ebenso verausgabt. Das Tier fiel auf die Seite und schnappte nach Luft. Er selbst lag ebenfalls keuchend am Boden, nur wenige Schritte entfernt, aber außerstande, zu ihm hinzukriechen. Als er wieder bei Kräften war, hatte sich auch das Schneehuhn erholt und flatterte fort, als er die Hand gierig nach ihm ausstreckte. Dann ging die Jagd von neuem los. Als die Nacht hereinbrach, entkam es ihm endgültig. Er stolperte vor Schwäche, fiel mit der Traglast der Länge nach hin und riß sich die Backe auf. Lange Zeit rührte er sich nicht;

dann rollte er sich auf die Seite, zog die Uhr auf und blieb bis zum Morgen dort liegen.

Noch ein nebliger Tag! Die Hälfte seiner letzten Decke hatte er schon für Fußlappen verbraucht. Bills Spuren fand er nicht wieder. Es war ihm gleichgültig. Zu unerbittlich trieb ihn der Hunger voran – nur – nur daß ihn die Frage quälte, ob Bill sich vielleicht auch verirrt hatte. Gegen Mittag wurde ihm seine Last zu beschwerlich. Wiederum teilte er das Gold, diesmal allerdings schüttete er die eine Hälfte einfach auf den Boden. Am Nachmittag warf er den letzten Rest fort, so daß ihm nur noch eine halbe Decke, sein Blechnapf und das Gewehr blieben.

Nun quälte ihn eine Halluzination. Er war überzeugt, daß ihm noch eine Patrone geblieben war. Sie steckte noch in der Kammer seines Gewehrs, und er hatte sie übersehen. Gleichzeitig aber wußte er, daß die Kammer leer war. Die Halluzination wollte nicht weichen. Stundenlang kämpfte er dagegen an, dann sah er nach und starrte in gähnende Leere. Die Enttäuschung war so bitter, als hätte er wirklich erwartet, die Patrone vorzufinden.

Eine halbe Stunde schleppte er sich weiter, bevor die Einbildung zurückkehrte. Wieder wehrte er sich dagegen, und doch erwies sie sich als so hartnäckig, daß er schließlich, nur um sich Erleichterung zu verschaffen, das Gewehr aufschnappen ließ. Zuweilen schweiften seine Gedanken ganz ab, und er wanderte weiter wie ein Automat, während Hirngespinste und wunderliche Vorstellungen sich seiner bemächtigten. Doch waren diese Ausflüge ins Reich des Fantastischen von kurzer Dauer, denn immer wieder rief ihn das bohrende Hungergefühl in die Wirklichkeit zurück. Einmal sah er etwas, das ihn so abrupt in die Realität zurückriß, daß er beinahe in Ohnmacht gefallen wäre. Alles um ihn herum drehte sich, und er schwankte und taumelte wie ein Betrunkener, der sich auf den Beinen zu halten sucht. Vor ihm stand ein Pferd. Ein Pferd! Er traute seinen Augen nicht, vor denen ein mit gleißenden Punkten durchsetzter Nebel wogte. Er rieb sich heftig die Augen, aber was dann vor ihm stand, war kein Pferd, sondern ein großer Braunbär, der ihn neugierig und kampfeslustig musterte.

Der Mann hatte sein Gewehr schon halb angelegt, bevor er seinen Irrtum einsah. Er ließ es wieder sinken und zog sein Jagdmesser aus der perlenbesetzten Scheide an der Hüfte. Vor ihm war Fleisch und Leben. Er fuhr mit dem Daumen über die Schneide. Sie war scharf. Die Spitze war scharf. Er würde sich auf den Bären werfen und ihn töten. Doch sein Herz begann warnend zu pochen, machte dann einen wilden Satz und schlug einen regelrechten Trommelwirbel; um seine Schläfen legte sich ein eisernes Band, und sein Bewußtsein trübte sich.

Eine Woge der Angst spülte den Mut der Verzweiflung fort. Was, wenn der Bär ihn angriff, schwach, wie er war? Er richtete sich auf und nahm eine möglichst imponierende Haltung ein, das Messer fest in der Hand und das Tier fest im Blick. Der Bär machte ein paar tapsige Schritte auf ihn zu, stellte sich auf die Hinterbeine und ließ ein halbherziges Brummen hören. Wenn der Mann davonrannte, würde er ihm nachjagen; aber der Mann rannte nicht. Er war jetzt vom Mut der Verzweiflung beseelt. Auch er brummte, bösartig und wild, und machte so jener Angst Luft, die mit den tiefsten Wurzeln des Lebens verflochten ist.

Der Bär wandte sich mit drohendem Gebrumm ab, weil ihm dieses fremdartige Wesen, das da furchtlos und aufrecht vor ihm stand, nicht geheuer war. Der Mann aber rührte sich nicht. Er verharrte reglos wie eine Statue, bis die Gefahr vorüber war und ihn ein krampfhaftes Zittern überwältigte, das ihn ins nasse Moos sinken ließ.

Er riß sich zusammen und setzte seinen Weg fort, während eine neue Form der Angst von ihm Besitz ergriff. Er fürchtete nicht mehr, an Nahrungsmangel zugrunde zu gehen, sondern gewaltsam vernichtet zu werden, bevor noch der Hunger das letzte Fünkchen Überlebensinstinkt ausgelöscht hätte. Diese Wölfe! Von überall her drang ihr Heulen durch die Einöde auf ihn ein und zog sich wie ein bedrohliches, dichtes Gespinst um ihn zusammen, so daß er sich dabei ertappte, wie er es mit hocherhobenen Armen von sich wegschob wie eine vom Sturm nach innen gedrückte Zeltwand.

Immer wieder kreuzten Wölfe zu zweit oder dritt seinen Weg, doch sie mieden seine Nähe. Sie waren nicht zahlreich genug und außerdem auf der Jagd nach Karibus, die sich nicht wehrten, während dieses merkwürdige, aufrecht gehende Wesen möglicherweise biß und kratzte.

Am späten Nachmittag stieß er auf verstreute Knochen. Hier hatten die Wölfe Beute gemacht. Vor einer Stunde noch war dieser Knochenhaufen ein Karibukalb gewesen, quäkend, flüchtend und quicklebendig. Er betrachtete nachdenklich die sauber abgenagten und blanken Knochen, rosa vom noch nicht abgestorbenen Leben ihrer Zellen. War es vielleicht das, was ihm bevorstand, noch ehe der Tag zu Ende ging? So war nun mal das Leben? Flüchtig und vergeblich. Nur das Leben schmerzte. Der Tod tat nicht weh. Sterben bedeutete Schlafen, Aufhören, Ruhe. Warum also wehrte er sich gegen den Tod?

Doch er philosophierte nicht lange. Er hockte im Moos und saugte die Lebensreste aus dem Knochen, die ihn noch blaßrosa färbten. Durch den süßlichen Fleischgeschmack, einen bloßen Hauch, flüchtig wie eine Erinnerung, geriet er außer sich. Er schob die Knochen zwischen die Kiefer und biß zu. Manchmal gab ein Knochen nach, dann wieder ein Zahn. Daraufhin zertrümmerte er die Knochen zwischen den Steinen und zerstampfte sie zu einem Brei, den er hinunterschlang. Vor lauter Eile quetschte er sich die Finger, fand jedoch Zeit, sich zu wundern, daß er keinen Schmerz empfand, wenn der Steinbrocken auf sie niedersauste.

Es folgten furchtbare Tage mit Schnee und Regen. Er wußte kaum noch, wann er lagerte oder weitermarschierte, und scherte sich nicht mehr darum, ob es Tag oder Nacht war. Wo er zufällig hinstürzte, ruhte er sich aus und kroch weiter, wenn das erlöschende Lebenslicht aufflackerte und weniger trüb brannte. Als menschliches Einzelwesen kämpfte er nicht mehr. Es war das Leben in ihm, das nicht sterben wollte, das ihn weitertrieb. Er litt nicht mehr. Seine Nerven waren abgestumpft, taub geworden, während sich sein Kopf mit fremdartigen Visionen und köstlichen Träumen füllte.

Doch immer wieder saugte und kaute er an den zertrümmerten Knochen des Karibukalbs, von denen er noch die kleinsten Stücke aufgesammelt und mitgenommen hatte. Er überquerte keine Hügel oder Wasserscheiden mehr, sondern folgte mechanisch einem breiten Fluß, der durch ein flaches, weites Tal strömte. Er nahm weder den Fluß noch das Tal wahr. Er sah nur seine Visionen. Leib und Seele schritten oder krochen Seite an Seite, aber dennoch getrennt, so dünn war der Faden, der sie noch verknüpfte.

Er erwachte und war plötzlich bei klarem Verstand. Auf einer Felsplatte lag er ausgestreckt auf dem Rücken. Die Sonne schien warm und strahlend. In der Ferne hörte er das Quäken der Karibukälber. Er hatte undeutliche Erinnerungen an Regen, Wind und Schnee, aber ob ihn der Sturm nun zwei Tage oder zwei Wochen umtost hatte, war ihm entfallen.

Eine Zeitlang regte er sich nicht, während wohlige Wärme seinen geschundenen Körper durchströmte. Ein herrlicher Tag, dachte er. Vielleicht würde er sich orientieren können. Mit einer schmerzhaften Anstrengung rollte er sich auf die Seite. Unter ihm floß träge ein breiter Fluß. Daß er ihm völlig unbekannt war, verwirrte ihn. Mit den Augen folgte er langsam seinem Lauf, der in weiten Windungen um trostlose, öde Hügel führte, trostloser, öder und flacher als alle Hügel, die er bisher gesehen hatte. Langsam und bedächtig, ohne Neugier oder ein mehr als beiläufiges Interesse, folgte sein Blick dem unbekannten Fluß bis zum Horizont, wo er in ein schimmerndes Meer mündete. Er war noch immer ganz ruhig. Sehr ungewöhnlich, dachte er und hielt es für eine Vision oder Fata Morgana – wohl eher eine Vision, ein Trugbild seiner verwirrten Sinne. In dieser Einschätzung fühlte er sich bestätigt, als er mitten auf den leuchtenden Wogen ein Schiff vor Anker liegen sah. Er schloß eine Weile die Augen, dann öffnete er sie wieder. Merkwürdig, wie hartnäckig ihn die Vision verfolgte! Und doch nicht merkwürdig. Er wußte, daß es mitten in dieser Einöde weder Meer noch Schiffe gab und war genauso sicher, wie er gewußt hatte, daß in seinem Gewehr keine Patrone mehr steckte.

Hinter sich hörte er ein Schniefen – ein halbersticktes Rasseln oder Husten. Weil er so unendlich geschwächt und steif war, rollte er sich im Zeitlupentempo auf die andere Seite. In unmittelbarer Nähe war nichts zu entdecken, aber er wartete geduldig. Wieder hörte er das Schniefen und Husten, und jetzt erkannte er, daß sich zwischen zwei gezackten Felsbrocken, nur wenige Schritte entfernt, der graue Kopf eines Wolfs abzeichnete. Die spitzen Ohren waren nicht so hoch aufgestellt, wie er es von anderen Wölfen kannte; die Augen waren verschleiert und blutunterlaufen, der Kopf hing schlaff und hilflos herunter. Im Sonnenschein blinzelte das Tier unaufhörlich. Es schien krank zu sein. Während er es betrachtete, schniefte und hustete es erneut.

Das immerhin ist eine Tatsache, dachte er, und drehte sich wieder herum, um die wirkliche Welt in Augenschein zu nehmen, die eben noch von einer Vision verstellt gewesen war. Aber immer noch glänzte das Meer in der Ferne und das Schiff war deutlich zu erkennen. War es also doch real? Lange Zeit schloß er die Augen und dachte nach, und dann fand er die Lösung. Er war nordöstlich gewandert, von der Wasserscheide des Dease fort ins Coppermine-Tal. Dieser breite, träge Fluß war der Coppermine. Die leuchtende See war das Polarmeer. Das Schiff war ein Walfänger, den es von der Mackenziemündung weit nach Osten verschlagen hatte und der nun im Coronation Golf vor Anker lag. Er erinnerte sich an die Karte der Hudson Bay Company, die er vor langer Zeit gesehen hatte, und alles wurde klar und verständlich.

Er setzte sich auf und wandte seine Aufmerksamkeit den dringlichen Dingen zu. Seine Fußlappen waren durchgelaufen, die Füße formlose Fleischklumpen. Seine letzte Wolldecke hatte er aufgebraucht. Auch Messer und Gewehr fehlten. Irgendwo war ihm sein Hut abhanden gekommen, zusammen mit dem Zündholzpäckchen unter dem Schweißband. Aber die Hölzer an seiner Brust lagen sicher, trocken und in Ölpapier gewickelt in seinem Tabaksbeutel. Er blickte auf die Uhr. Sie zeigte Elf und lief noch. Anscheinend hatte er sie regelmäßig aufgezogen.

Er war ruhig und gefaßt. Obgleich er überaus schwach war, spürte er keinen Schmerz. Er war nicht hungrig. Der Gedanke an Nahrung war ihm nicht einmal angenehm, und was er auch tat, geschah nur unter dem Diktat der Vernunft. Er riß die Hosenbeine bis auf Kniehöhe ab und wickelte sie um die Füße. Irgendwie war es ihm gelungen, den Blechnapf zu behalten. So konnte er wenigstens etwas heißes Wasser trinken, bevor er sich auf den Weg zum Schiff machte, denn es war vorauszusehen, daß es ein schrecklicher Marsch werden würde.

Seine Bewegungen waren verlangsamt. Er zitterte wie ein Opfer der Schüttellähmung. Als er sich daranmachte, trockenes Moos zu sammeln, stellte er fest, daß er nicht auf die Füße kam. Wieder und wieder versuchte er es; dann begnügte er sich damit, auf Händen und Füßen herumzukriechen. Einmal geriet er dabei in die Nähe des kranken Wolfs. Das Tier schleppte sich widerwillig ein Stück fort und fuhr sich mit der

Zunge, die es kaum einrollen konnte, über die Lefzen. Der Mann bemerkte, daß die Zunge nicht das übliche gesunde Rot besaß, sondern gelblich-braun war und einen halb angetrockneten, schleimigen Belag aufwies.

Nachdem der Mann einen Liter heißes Wasser getrunken hatte, konnte er wieder stehen und sogar solche Schritte machen, wie man sie von einem Todgeweihten noch erwartet. Fast jede Minute mußte er eine Ruhepause einlegen. Es waren klägliche, unsichere Bewegungen, gerade wie die des Wolfs, der seiner Fährte folgte. Als die Dunkelheit das glänzende Meer verschluckte, wußte er, daß er ihm nur um etwa vier Meilen nähergekommen war.

Die ganze Nacht hindurch hörte er das Husten des kranken Wolfs und hin und wieder das Quäken von Karibukälbern. Rings um ihn herum war Leben, aber es war starkes Leben, gesund und pulsierend, und er wußte, daß der kranke Wolf dem kranken Mann nur in der Hoffnung folgte, dieser werde als erster sterben. Als der Mann am Morgen die Augen aufschlug, sah er den Wolf, wie er ihn voll hungrigen Verlangens anstarrte. Er stand geduckt da, mit eingezogenem Schwanz, wie ein erbärmlich verwahrloster Hund. Er zitterte in der kühlen morgendlichen Brise und bleckte mutlos die Zähne, als der Mann mit einer Stimme auf ihn einredete, die nicht mehr als ein heiseres Flüstern war.

Die Sonne stieg strahlend in den Himmel. Den ganzen Morgen über wankte und torkelte der Mann dem Schiff auf dem glänzenden Meer entgegen. Das Wetter war prachtvoll. Es war der kurze Nachsommer der nördlichen Breitengrade. Er konnte eine Woche anhalten. Er konnte aber auch am nächsten oder übernächsten Morgen zu Ende sein.

Am Nachmittag stieß der Mann auf eine Spur. Es war die eines anderen Menschen, der nicht aufrecht gegangen war, sondern sich auf allen vieren vorwärtsgeschleppt hatte. Der Mann dachte, es könnten Bills Spuren sein, aber dieser Gedanke berührte ihn nicht weiter. Er war nicht neugierig. Empfindungen und Gefühle waren von ihm gewichen. Er spürte auch keinen Schmerz mehr. Magen und Nerven schliefen. Dennoch trieb ihn das Leben, das in ihm war, weiter voran. Er war zu Tode erschöpft, aber es weigerte sich zu sterben. Das war der Grund, aus dem er immer noch Moosbeeren und Elritzen aß, heißes Wasser trank und den kranken Wolf im Auge behielt.

Er folgte der Spur des anderen Menschen, der sich dahingeschleppt hatte, und kam bald an ihr Ende – ein paar frisch abgenagte Knochen an einer Stelle, wo das vollgesogene Moos zahlreiche Abdrücke von Wolfspfoten aufwies. Er sah einen prallen Elchlederbeutel, der dem seinen glich und den scharfe Zähne aufgerissen hatten. Er hob ihn auf, obwohl er für seine schwachen Finger fast zu schwer war. Bill hatte ihn bis zum Ende geschleppt. Haha! Nun konnte er Bill doch noch eins auswischen. Er würde überleben und den Beutel mitnehmen zu dem Schiff auf dem schimmernden Meer. Sein Lachen klang heiser und grausig, wie Rabengekrächz, und der kranke Wolf stimmte mit einem kläglichen Heulen ein. Der Mann unterbrach sich abrupt. Wie hatte er sich über Bill lustig machen können – falls es wirklich Bill war? Falls diese Knochen, so rosa-weiß und blank, Bills Knochen waren?

Er wandte sich ab. Gewiß, Bill hatte ihn im Stich gelassen; aber er würde sich das Gold nicht aneignen, und seine Knochen würde er auch nicht aussaugen. Bill allerdings hätte das im umgekehrten Fall getan, dachte er bei sich, während er weiterwankte.

Er kam an einen kleinen Tümpel. Als er sich auf der Suche nach Elritzen darüberbeugte, schreckte er wie von der Tarantel gestochen zurück: Er hatte sein Spiegelbild im Wasser gesehen. Der Anblick war so gräßlich, daß sein Empfindungsvermögen einen schrecklichen Augenblick lang erwachte. In dem Tümpel, der zum Ausschöpfen zu groß war, waren drei Elritzen. Nach mehreren fruchtlosen Versuchen, sie zu fangen, gab er auf. Wegen seiner ungeheuren Schwäche hatte er Angst, hineinzufallen und zu ertrinken. Aus dem gleichen Grund mochte er sich auch nicht rittlings einem der vielen Baumstämme, die auf den Sandbänken gestrandet waren, anvertrauen und damit den Fluß hinabdriften.

An diesem Tag verringerte sich die Entfernung zwischen ihm und dem Schiff um drei Meilen und am folgenden um zwei, denn inzwischen kroch er auf allen vieren, wie Bill gekrochen war. Am Ende des fünften Tages befand er sich immer noch sieben Meilen vom Schiff entfernt, und er war außerstande, auch nur eine einzige Meile am Tag zurückzulegen. Das Nachsommerwetter hielt an, und er fuhr fort, zu kriechen und das Bewußtsein zu verlieren, immer abwechselnd. Die ganze Zeit über keuchte und hustete der kranke Wolf unmittelbar hinter ihm. Die Knie des Mannes waren zu rohem Fleisch geworden, wie seine Füße, und obwohl er sie mit seinem Hemd abpolsterte, hinterließ er auf Moos und Steinen eine blutige Spur. Als er einmal zurückblickte, sah er, wie der Wolf gierig das Blut aufleckte, und da ging ihm auf, wie sein eigenes Ende aussehen würde – wenn, ja, wenn nicht er den Wolf erledigte. Damit begann eine so grimmige Tragödie, wie sie nur das Leben aufführen kann. Ein kranker Mann, der auf allen vieren kroch, ein kranker Wolf, der ihm hinterherlahmte, zwei todgeweihte Kreaturen, die sich verendend durch die Einöde schleppten und einander nach dem Leben trachteten.

Bei einem gesunden Wolf hätte es dem Mann bestimmt nicht so viel ausgemacht; aber der Gedanke, den Magen dieses ekelhaften und so gut wie toten Etwas mit Futter zu versorgen, war ihm zuwider. Da war er heikel. Inzwischen verwirrte sich sein Sinn wieder, und die lichten Momente zwischen den Halluzinationen wurden seltener und kürzer.

Einmal schreckte er aus einer Ohnmacht auf, weil er dicht

an seinem Ohr ein Schnaufen hörte. Der Wolf sprang kraftlos zurück, verlor das Gleichgewicht und fiel vor Schwäche um. Es war lächerlich, doch dem Mann war nicht nach Lachen zumute. Er hatte nicht einmal Angst. Dafür war er schon zu erschöpft. Doch kurzfristig konnte er klar denken, und so blieb er liegen und überlegte. Das Schiff war nicht mehr als vier Meilen entfernt. Er konnte es ganz genau erkennen, wenn er sich die Nebelschlieren aus den Augen rieb, und er konnte auch das weiße Segel eines kleinen Boots ausmachen, das durch die glänzenden Wogen glitt. Aber er würde diese vier Meilen bestimmt nicht bewältigen können. Das wußte er, und diese Erkenntnis ließ ihn völlig ruhig. Keine halbe Meile lag mehr in seiner Macht. Dennoch wollte er leben. Es war absurd, nach allem, was er durchlitten hatte, sterben zu müssen. Das Schicksal verlangte zuviel von ihm. Und im Sterben widerstand er dem Sterben. Vielleicht war das purer Wahnsinn, aber in den Fängen des Todes trotzte er dem Tod, verweigerte sich dem Ende.

Er schloß die Augen, um sich mit unendlicher Vorsicht zu sammeln. Er wappnete sich gegen die erstickende Mattigkeit, die wie eine steigende Flut durch sämtliche Fasern seines Wesens empordrängte. Diese tödliche Mattigkeit glich tatsächlich einem Meer, das immer mehr anschwoll und in dem sein Bewußtsein Stück für Stück versank. Manchmal war er schon fast untergetaucht, kämpfte mit versagenden Kräften gegen den Sog der Bewußtlosigkeit an und fand dann doch dank der seltsamen Alchimie der Seele einen Rest von Willenskraft, der ihm neuen Auftrieb gab.

Er lag bewegungslos auf dem Rücken und hörte das rasselnde Atmen des kranken Wolfs, der ihm immer näherrückte. Eine Unendlichkeit lang kam er näher, doch der Mann rührte sich nicht. Jetzt spürte er es dicht an seinem Ohr. Die rauhe, trockene Zunge schabte wie Sandpapier über seine Wange. Seine Hände schossen nach vorn – oder sein Wille befahl es ihnen zumindest. Die Finger waren zu Krallen gekrümmt, aber sie bekamen nur Luft zu fassen. Schnelligkeit und ein sicherer Griff setzen Kraft voraus, und diese Kraft fehlte dem Mann.

Die Geduld des Wolfs war grauenvoll. Die Geduld des Mannes war es nicht minder. Einen halben Tag lang lag er bewegungslos da, kämpfte mit der Bewußtlosigkeit und wartete auf das Etwas, das an ihm satt werden und von dem er sich sättigen wollte. Manchmal schlugen die Fluten der Mattigkeit über ihm zusammen, und er träumte endlose Träume; doch gleichzeitig, wachend wie träumend, wartete er auf den rasselnden Atem und die rauhe Liebkosung der Zunge.

Er hörte den Atem nicht, glitt aber langsam aus einem Traum in die Wirklichkeit zurück, als er die Zunge auf seiner Hand spürte. Er wartete. Die Fänge schlossen sich sacht; der Druck nahm zu; der Wolf setzte seine letzte Kraft ein, um die Zähne in die Beute zu schlagen, auf die er so lange gewartet hatte. Doch auch der Mann hatte lange gewartet, und jetzt umschloß seine zerbissene Hand den Kiefer. Während der Wolf sich matt zur Wehr setzte und die Hand den Kiefer energielos umklammerte, näherte sich die zweite Hand, um ebenfalls zuzupacken. Fünf Minuten später lag der Mann mit dem ganzen Gewicht seines Körpers auf dem Wolf. Seine Hände hatten nicht mehr die Kraft, das Tier zu erwürgen, aber der Mann preßte sein Gesicht gegen die Kehle des Wolfs und hatte den Mund voller Haare. Nach einer halben Stunde spürte er ein warmes Rieseln in seiner eigenen Kehle. Es war kein angenehmes Gefühl. Es war, als pumpe man ihm gewaltsam geschmolzenes Blei in den Magen, und nur sein Wille zwang es hinunter. Später rollte der Mann sich auf den Rücken und schlief.

Auf dem Walfänger *Bedford* befanden sich einige Mitglieder einer wissenschaftlichen Expedition. Von Deck aus bemerkten sie ein merkwürdiges Objekt am Ufer. Es bewegte sich über den Strand hinweg auf das Wasser zu. Sie konnten es nicht einordnen, und als echte Wissenschaftler bestiegen sie ein Beiboot und fuhren an Land, um nachzusehen. Sie erblickten ein Lebewesen, das man kaum als einen Menschen bezeichnen konnte. Es war blind und bewußtlos. Es wand sich am Boden wie ein monströser Wurm. Fast alle seine Anstrengungen waren vergeblich, aber es war hartnäckig, es krümmte und drehte sich und kam in einer Stunde ein paar Schritte voran.

Drei Wochen danach lag der Mann in einer Koje des Walfängers *Bedford* und erzählte, wer er war und was er durchgemacht hatte, während ihm die Tränen über die ausgemergelten Wangen liefen. Er plapperte auch unzusammenhängendes Zeug von seiner Mutter, dem sonnigen Südkalifornien und einem Haus zwischen Blumen und Orangenhainen.

Es dauerte nicht mehr lange, bis er mit den Wissenschaftlern und Schiffsoffizieren bei Tisch saß. Verzückt betrachtete er die Berge von Nahrung und sah voll Unruhe zu, wie das alles im Mund anderer Menschen verschwand. Bei jedem Bissen, der diesen Weg nahm, trat ein Ausdruck abgrundtiefen Bedauerns in seine Augen. Er war bei vollem Verstand, und doch haßte er diese Männer bei Tisch. Er wurde von der Angst umgetrieben, die Lebensmittel könnten zur Neige gehen. Beim Koch, beim Steward, beim Kapitän, überall zog er Erkundigungen über die verbleibenden Vorräte ein. Sie beruhigten ihn unzählige Male; es war ihm jedoch unmöglich, ihnen zu glauben, und er schnüffelte ständig in der Vorratskammer herum, um sich mit eigenen Augen ein Bild zu machen.

Allen fiel auf, daß der Mann Speck ansetzte. Von Tag zu Tag wurde er dicker. Die Forscher schüttelten den Kopf und entwickelten Theorien. Sie schränkten seine Ration bei den

Mahlzeiten ein, doch sein Bauch wuchs und wölbte sich mächtig unter dem Hemd.

Die Matrosen grinsten. Sie wußten Bescheid. Und als die Forscher ein Auge auf den Mann hatten, wurde ihnen der Sachverhalt ebenfalls klar. Sie sahen, wie er nach dem Frühstück nach vorn schlurfte und mit ausgestreckter Hand einen Matrosen anbettelte. Der grinste dann und gab ihm ein Stück Schiffszwieback. Er packte es gierig, beäugte es wie ein Geiziger sein Gold und verbarg es dann unter seinem Hemd. Von anderen grinsenden Matrosen erhielt er ähnliche milde Gaben.

Die Forscher waren diskret. Sie ließen ihn gewähren. Aber insgeheim durchsuchten sie seine Koje. Überall fanden sie Schiffszwieback; die Matratze war vollgestopft damit; aus jeder Ecke, aus jedem Winkel quoll Schiffszwieback. Dabei war der Mann bei klarem Verstand. Er sorgte nur für den Fall erneuten Mangels vor – das war alles. Es würde sich wieder verlieren, meinten die Forscher; und das tat es auch, noch ehe die *Bedford* in der Bucht von San Francisco mit rasselnder Kette vor Anker ging.

DER WITZ DES PORPORTUK

El-Soo war in der Missionsstation aufgewachsen. Ihre Mutter war gestorben, als sie noch ein kleines Kind war, und Schwester Alberta hatte sie eines schönen Sommermorgens den Flammen der Verdammnis entrissen, sie in die Holy Cross-Missionsstation gebracht und der Fürsorge Gottes anempfohlen. El-Soo war reinrassige Indianerin, und doch übertraf sie alle Indianerinnen, die zur Hälfte oder zu einem Viertel weißes Blut in sich hatten. Die guten Schwestern hatten noch nie mit einem Mädchen zu tun gehabt, das so gelehrig und gleichzeitig so lebhaft war.

El-Soo war flink, geschickt und intelligent; vor allem aber war sie wie Feuer, ein brennendes Lebenslicht, eine flammende Persönlichkeit, die Willenskraft, Liebenswürdigkeit und Wagemut in sich vereinte. Ihr Vater war Häuptling, und sein Blut rann in ihren Adern. Gehorsam war für sie ein Teil einer gegenseitigen Übereinkunft. Gerechter Ausgleich war ihr ein leidenschaftliches Bedürfnis, und vielleicht hatte sie deswegen eine so außerordentliche Begabung für Mathematik.

Aber auch auf anderen Gebieten tat sie sich hervor. Sie lernte Englisch besser sprechen und schreiben als jedes andere Mädchen in der Mission. Sie sang auch von allen Mädchen am besten, denn sie legte ihren Sinn für Harmonie und Ausgleich hinein. Sie war eine Künstlernatur, und ihr inneres Feuer drängte nach schöpferischer Betätigung. Wäre sie von Geburt an unter günstigeren Umständen aufgewachsen, dann hätte sie sich der Literatur oder Musik zugewendet.

Statt dessen war sie El-Soo, Tochter des Klakee-Nah, eines Indianerhäuptlings, und sie lebte in der Missionsstation Holy Cross, wo es keine Künstler gab, sondern nur Schwestern mit reinen Herzen, die sich um Sauberkeit und Rechtschaffenheit und um das Heil der Seele in den himmlischen Gefilden sorgten.

Die Jahre gingen dahin. Mit acht Jahren war sie in die Station gekommen; nun war sie sechzehn, und die Schwestern hatten sich bereits mit ihren Ordensoberen in Verbindung gesetzt, damit El-Soo ihre Ausbildung in den Vereinigten Staaten abschließen könnte, als ein Mann aus ihrem Stamm in der Station eintraf, um mit ihr zu sprechen. El-Soo war einigermaßen entsetzt von seinem Aussehen. Er war schmutzig, eine Art Caliban, von Natur aus häßlich, mit einem Haarschopf, der noch nie einen Kamm gesehen hatte. Er betrachtete sie mißbilligend und lehnte es ab, sich zu setzen.

»Dein Bruder ist tot«, sagte er schroff.

El-Soo war nicht sonderlich schockiert. Sie erinnerte sich kaum an ihren Bruder. »Dein Vater ist ein alter Mann und allein«, fuhr der Bote fort. »Sein Haus ist groß und leer, und er möchte deine Stimme hören und dich anschauen.«

An ihn erinnerte sie sich wohl – Klakee-Nah, der Häuptling des Dorfes, Freund der Missionare und Händler, ein großgewachsener Mann von riesiger Kraft, mit liebenswürdigen Augen und gebieterischem Auftreten, das von barbarischer Herrscherwürde zeugte.

»Sag ihm, ich werde kommen«, war El-Soos Antwort.

Zur großen Verzweiflung der Schwestern kehrte die den Flammen der Verdammnis Entrissene eben dorthin zurück. Alle Beschwörungen waren vergeblich. Es kam zu Auseinandersetzungen, Ermahnungen und Tränen. Schwester Alberta unterrichtete El-Soo sogar über ihren Plan, sie in die Vereinigten Staaten zu schicken. El-Soo blickte mit weit aufgerissenen Augen in die goldene Zukunft, die sich da vor ihr auftat, und schüttelte den Kopf. Vor ihren Augen stand noch ein anderes Bild. Es war die mächtige Biegung des Yukon an der Tana-naw-Station, mit der Mission St. Georg auf der einen Seite, dem Handelsposten auf der anderen und in der Mitte dazwischen das Indianerdorf und ein ganz bestimmtes geräumiges Blockhaus, in dem ein von seinen Sklaven umsorgter alter Mann lebte.

Auf zweimal tausend Meilen kannten alle Bewohner des Yukonufers das große Blockhaus, den alten Mann und die Sklaven, die für ihn da waren; auch die Schwestern wußten wohl von dem Haus, den endlosen Festlichkeiten und ausgelassenen Gelagen. Und so flossen die Tränen, als El-Soo von Holy Cross Abschied nahm.

Nach ihrer Ankunft im Dorf gab es ein großes Reinemachen in dem Haus. Klakee-Nah, selbst von gebieterischem Wesen, protestierte gegen die Bestimmtheit seiner jungen Tochter; aber dann träumte er weiter den barbarischen Traum von glänzender Pracht, ging fort und lieh sich tausend Dollar vom alten Porportuk, dem reichsten Indianer am Yukon. Auch beim Handelsposten machte Klakee-Nah hohe Schulden. El-Soo erneuerte das geräumige Haus. Sie verlieh ihm frischen Glanz, während Klakee-Nah die alten Traditionen der Gastfreundschaft und der Festlichkeiten pflegte.

Für einen Yukon-Indianer war das alles ungewöhnlich, aber Klakee-Nah war ein ungewöhnlicher Indianer. Er war nicht nur gastfreundlich im Übermaß, sondern als Häuptling, und weil er viel Geld erworben hatte, konnte er sich das auch leisten. In den Anfängen des Handels war er für seine Leute eine Autoritätsperson gewesen und hatte mit den Handelsgesellschaften der Weißen gewinnbringende Geschäfte gemacht. Später hatte er gemeinsam mit Porportuk Gold am Koyokukfluß gefunden. Klakee-Nah war von Geburt und Erziehung her ein Aristokrat, Porportuk ein Bourgeois, und Porportuk hatte ihm seinen Anteil an der Goldmine abgekauft. Porportuk begehrte nichts anderes, als in mühsamer Arbeit Reichtümer anzuhäufen. Klakee-Nah kehrte zurück in sein großes Haus und machte sich daran, sie zu verschwenden. Jeder kannte Porportuk als den reichsten Indianer in Alaska. Klakee-Nah galt als der weißeste. Porportuk war Geldverleiher und Wucherer. Klakee-Nah war ein Anachronismus – ein Relikt aus dem Mittelalter, ein Held in der Schlacht und beim Schlemmen, glücklich bei Wein und Gesang.

El-Soo gewöhnte sich an das große Haus und alles, was dazu gehörte, so rasch, wie sie sich auch in der Missionsstation eingelebt hatte. Sie versuchte nicht, ihren Vater zu bessern und seine Schritte himmelwärts zu lenken. Gewiß tadelte sie ihn, wenn er übermäßig trank, aber sie dachte dabei an seine Gesundheit und an den sicheren Gang auf festem Boden.

Der Eingang zu dem geräumigen Haus stand jedem offen. Bei dem ständigen Kommen und Gehen gab es keinen ruhigen Moment. Die Deckenbalken des großen Wohnraums dröhnten vom Lärm der Gelage und des Gesangs. Am Tisch saßen Männer aus aller Welt und Häuptlinge ferner Stämme – Engländer und Kolonisten, hagere Yankee-Händler und rundliche Angestellte der großen Handelsgesellschaften, Cowboys aus dem Westen, Seefahrer, Jäger und Hundetreiber aus aller Herren Länder.

El-Soo atmete die Luft einer kosmopolitischen Welt. Sie sprach Englisch ebensogut wie ihre Muttersprache, und sie sang englische Balladen und Lieder. Sie kannte das indianische Zeremoniell und die aussterbenden Bräuche. Wenn es nötig wurde, wußte sie die Kleider der Tochter eines Stammeshäuptlings zu tragen. Meistens jedoch kleidete sie sich nach Art der weißen Frauen. Die Handarbeit in der Mission und ihr künstlerisches Talent waren nicht verloren. Sie trug ihre Kleider wie eine weiße Frau, und sie nähte sich Kleider, die man so tragen konnte.

Auf ihre Art war sie ebenso ungewöhnlich wie ihr Vater.

Als einzige Indianerin war sie den verschiedenen weißen Frauen in Tana-naw Station sozial ebenbürtig. Als einzige Indianerin erhielt sie mehrere ehrenhafte Heiratsanträge. Und als einzige Indianerin wurde sie nie von irgendeinem weißen Mann beleidigt.

Denn El-Soo war schön – schön nicht wie eine weiße Frau und auch nicht wie Indianerfrauen. Ihre Schönheit war unabhängig von äußeren Merkmalen, sie war das Ergebnis des Feuers, das in ihr brannte. Der Zuschnitt ihres Gesichts und ihre Züge waren klassisch indianisch. Sie besaß das schwarze Haar und die schöne bronzene Hautfarbe, die dunklen Augen, kühn und strahlend, scharf wie funkelnder Stahl, und stolz; sie hatte auch die schmale Adlernase mit den dünnen, bebenden Nasenflügeln, die hohen Backenknochen, die nicht weit auseinanderstanden, und die schmalen, doch nicht allzu dünnen Lippen. Aber durch alles hindurch und über alles hinaus drang diese Flamme – dieses undefinierbare Etwas, ein Feuer, das ihr Innerstes ausmachte, das warm in ihren Augen glühte oder hell loderte, das ihre Wangen überzog, die Nasenflügel weitete, das sie im Zorn die Lippen schürzen ließ und diese auch dann noch heiß durchpulste, wenn sie gelassen war.

Und El-Soo hatte Witz – selten von verletzender Schärfe, aber doch rasch im Aufspüren harmloser Schwächen. Ihr spöttischer Verstand schlug aus allem seine Funken, und von überallher antwortete ihr Gelächter. Dennoch stand sie nie im Mittelpunkt des Geschehens. Das ließ sie nicht zu. Das geräumige Haus und alles, wofür es stand, gehörte ihrem Vater; durch dieses Haus schritt bis zum Ende seine Heldengestalt – der Hausherr, Zeremonienmeister und Gebieter. Zwar nahm sie ihm, als ihn die Kräfte allmählich verließen, immer mehr Verpflichtungen ab, doch nach außen hin regierte er weiter. Auch wenn er an der Tafel einschlummerte, eine Ruine der Zechlust, blieb er scheinbar Herr der Lage.

Durch das geräumige Haus schritt auch die unheilvolle Gestalt des Porportuk, kopfschüttelnd, in kühler Mißbilligung; denn er zahlte für alles. Nicht daß er tatsächlich gezahlt hätte, schließlich berechnete er Zinsen in erschreckender Höhe, und Jahr für Jahr verleibte er sich weitere Besitztümer Klakee-Nahs ein. Einmal machte er den Versuch, El-Soo für die verschwenderische Haushaltsführung ins Gebet zu nehmen – zu einem Zeitpunkt, als Klakee-Nahs Reichtum schon fast gänzlich in seinen Besitz übergegangen war –, aber für einen weiteren Versuch dieser Art fehlte ihm dann der Mut. El-Soo war nämlich aristokratisch wie ihr Vater, verachtete das Geld wie er und hatte ein ebenso empfindliches Ehrgefühl.

Porportuk lieh ihnen widerwillig weiter sein Geld, und in goldenen Strömen floß es davon. Zu einem war El-Soo fest entschlossen – ihr Vater sollte sterben, wie er gelebt hatte. Er sollte keinen Abstieg erleben, keine Einschränkung der Festlichkeiten und der verschwenderischen Gastfreundschaft. Wenn die Nahrung knapp wurde, dann kamen wie in alten Tagen die Indianer seufzend zu dem großen Haus und gingen zufrieden wieder davon. Wenn die Nahrung knapp wurde und kein Geld vorhanden war, lieh man es sich von Porportuk, und die Indianer gingen immer noch zufrieden davon. Wie die Aristokraten aus anderer Zeit und an anderen Orten der Welt hätte El-Soo sagen können: nach mir die Sintflut. In ihrem Fall war die Sintflut Porportuk. Mit jeder neuen Summe, die er ihnen lieh, betrachtete er sie um so begehrlicher und spürte, wie alte Leidenschaften in ihm erwachten.

Aber El-Soo hatte keine Augen für ihn. Sie hatte auch keine Augen für die Weißen, die sie in der Mission mit Ring und Bibel und vor einem Geistlichen heiraten wollten. Denn in Tana-naw Station lebte ein junger Mann, Akoon, von ihrem Blut, aus ihrem Stamm, aus ihrem Dorf. In ihren Augen war er stark und schön, ein großer Jäger und sehr arm, weil er viel und weit gewandert war; in allen unbekannten Gegenden und Einöden war er gewesen; nach Sitka war er gereist und in die Vereinigten Staaten; er hatte den Kontinent bis zur Hudson Bay in beiden Richtungen durchquert und war als Robbenfänger auf einem Schiff nach Sibirien und Japan gefahren.

Als er aus Klondike zurückkehrte, nachdem man dort Gold gefunden hatte, kam er wie gewohnt in das große Haus, um dem alten Klakee-Nah zu berichten, was er gesehen hatte. Dort sah er zum ersten Mal El-Soo, die drei Jahre zuvor aus der Mission gekommen war. Daraufhin ging Akoon nicht mehr auf Wanderschaft. Er schlug das Angebot aus, für zwanzig Dollar am Tag als Lotse auf einem großen Dampfschiff zu arbeiten. Er jagte ein wenig und angelte ein wenig, entfernte sich aber nie weit von Tana-naw Station, und er weilte oft und lange in dem großen Haus. El-Soo verglich ihn mit vielen Männern, und er gefiel ihr. Er sang Lieder für sie und war voll glühender Leidenschaft, bis ganz Tana-naw Station wußte, daß er sie liebte. Porportuk lächelte bloß böse und gab weiter Geld, damit man das große Haus im alten Stil weiterführen konnte.

Dann kam Klakee-Nahs letztes Gelage. Er saß an der Festtafel, in der Kehle den Tod, der sich nicht im Wein ertränken ließ. Lachen, Scherzen und Singen erfüllte den Raum, und Akoon erzählte eine Geschichte, daß die Decke davon widerhallte. An dieser Tafel gab es weder Seufzer noch Tränen. Es war recht so, daß Klakee-Nah starb, wie er gelebt hatte; niemand wußte das besser als El-Soo, die eine Künstlernatur war wie er. Die ganze lärmende Gesellschaft saß beisammen wie immer, und wie in alten Zeiten waren auch drei Seeleute darunter, Überlebende einer Schiffsbesatzung von vierundsiebzig Mann, die auf ihrem Marsch durch die Arktis Erfrierungen davongetragen hatten. Hinter Klakee-Nah standen vier alte Männer, die letzten überlebenden Sklaven seiner Jugend. Mit wäßrigen Augen sahen sie darauf, daß seine Wünsche erfüllt wurden, mit steifen Fingern schenkten sie ihm nach oder klopften ihm auf den Rücken, wenn der Tod sich meldete und Klakee-Nah hustete oder nach Luft schnappte.

Es wurde ein wüster Abend, und als die Stunden in lärmendem Gelächter verstrichen, machte sich der Tod in Klakee-Nahs Kehle immer ungeduldiger bemerkbar. Klakee-Nah ließ jetzt Porportuk holen. Porportuk kam aus der Kälte vor der Tür und blickte tadelnd auf das Fleisch und den Wein, für die er bezahlt hatte. Als er jedoch an der Reihe geröteter Gesichter entlang bis zum anderen Ende der Tafel schaute und El-Soos Gesicht sah, blitzte in seinen Augen etwas auf, und für eine Sekunde verschwand die Mißbilligung daraus.

Man machte ihm Platz an Klakee-Nahs Seite und stellte ihm ein Glas hin. Klakee-Nah füllte es eigenhändig mit feurigem Trunk. »Trink!« schrie er. »Ist es nicht gut?«

Das Getränk trieb Porportuk die Tränen in die Augen, während er zustimmend nickte und mit den Lippen schmatzte.

»Wann hast du in deinem eigenen Haus jemals dergleichen getrunken?« fragte Klakee-Nah.

»Ich leugne nicht, daß dieser Trunk meiner alten Kehle gut tut«, gab Porportuk zur Antwort und zögerte, die Worte auszusprechen, die seinen Gedanken zu Ende geführt hätten.

»Aber er kostet zuviel«, brüllte Klakee-Nah, indem er den Satz für ihn vollendete.

Porportuk wand sich unter dem Gelächter, das alle an der Tafel ansteckte. In seinen Augen funkelte ein böses Feuer. »Wir sind gleichaltrig und zusammen aufgewachsen«, sagte er. »Aber in deiner Kehle sitzt der Tod. Ich bin noch gesund und kräftig.« Unter den versammelten Gästen rumorte es bedrohlich. Klakee-Nah hustete in einem Erstickungsanfall, und die alten Sklaven klopften ihm auf den Rücken. Keuchend kam er wieder zu sich und erhob die Hand, um die aufbegehrenden Gäste zum Schweigen zu bringen.

»Du hast dir das eigene Herdfeuer nicht gegönnt, weil dir das Brennholz zu teuer war!« rief er aus. »Du hast dir das Leben vergällt. Es war dir zu teuer, und du wolltest den Preis nicht zahlen. Dein Leben gleicht einer Hütte, in der das Feuer erloschen ist und die Decken am Boden fehlen.« Er bedeutete einem Sklaven, sein Glas nachzufüllen, und hielt es empor. »Aber ich habe gelebt. Ich habe die Wärme des Lebens gespürt, wie du sie nie gespürt hast. Gewiß wirst du lange leben. Aber die kalten Nächte, die ein Mensch zitternd durchwacht, sind die längsten. Meine Nächte waren kurz, doch mein Schlaf war warm.«

Er leerte sein Glas. Vergeblich versuchte ein Sklave mit zitternder Hand, es aufzufangen, ehe es klirrend zu Boden fiel. Klakee-Nah sank keuchend zurück und sah mit wohlgefälligem Lächeln, wie die übrigen Zecher ihr Glas an die Lippen hoben. Auf ein Zeichen bemühten sich zwei Sklaven, ihn in seinem Stuhl wieder aufzurichten. Doch sie waren schwach, und sein Körper war mächtig; die alten Männer wankten unter der Last, als sie ihm aufhalfen.

»Aber wir wollen nicht davon reden, wie man ein Leben führt«, fuhr Klakee-Nah fort. »Du und ich, Porportuk, wir haben heute anderes zu bereden. Schulden sind Mißgeschikke, und mein Mißgeschick betrifft uns beide. Was ist mit meiner Schuld, und wie groß ist sie?«

Porportuk kramte in seinem Beutel und zog eine Auflistung hervor. Er nippte an seinem Glas und begann. »Da ist die Rechnung vom August 1889 über dreihundert Dollar. Die Zinsen wurden nie bezahlt. Die Rechnung des nächsten Jahres beläuft sich auf fünfhundert Dollar. Sie wurde zwei Monate später in die folgende Rechnung über eintausend Dollar übernommen. Dann existiert eine Rechnung –«

»Was sollen mir alle einzelnen Posten!« rief Klakee-Nah ungeduldig. »Mein Kopf dreht sich und alles darin mit ihm. Das Ganze! Die runde Summe! Wie hoch ist sie?«

Porportuk konsultierte seine Unterlagen. »15967 Dollar und 75 Cents«, las er penibel ab.

»Runde es auf 16000 Dollar auf«, sagte Klakee-Nah großzügig. »Ungerade Zahlen bringen nie etwas Gutes. Und jetzt – deswegen habe ich dich holen lassen – schreib mir eine neue Rechnung über 16000 Dollar, die ich unterzeichnen werde. Die Zinsen sind mir gleichgültig. Berechne sie so hoch, wie du willst, zahlbar im nächsten Leben, wo ich dich am Feuer des Großen Vaters aller Indianer wiedersehen werde. Dann soll die Rechnung bezahlt werden. Das verspreche ich dir. Klakee-Nah hat sein Wort gegeben.«

Porportuk wirkte verblüfft, und der Raum hallte von lautem Gelächter wider. Klakee-Nah hob die Hände. »Nein«, rief er aus, »das ist kein Scherz. Ich spreche in ehrlicher Absicht. Deswegen habe ich dich rufen lassen. Schreib mir die Rechnung aus.«

»Ich mache keine Geschäfte mit dem nächsten Leben«, gab Porportuk zögernd zur Antwort.

»Gedenkst du etwa nicht, mich vor dem Großen Vater wiederzusehen?« fragte ihn Klakee-Nah und setzte dann hinzu: »Ich werde gewiß dort sein.«

»Ich mache keine Geschäfte mit dem nächsten Leben«, wiederholte Porportuk verdrießlich. Der sterbende Mann betrachtete ihn mit unverhohlenem Erstaunen.

»Ich weiß nichts vom nächsten Leben«, erklärte Porportuk. »Ich wickle alle meine Geschäfte in diesem Leben ab.«

Klakee-Nahs Gesicht hellte sich auf. »Das kommt davon, wenn man nachts in der Kälte schläft«, lachte er. Dann überlegte er eine Weile und sagte schließlich: »Du mußt in diesem Leben bezahlt werden. Mir ist noch dieses Haus geblieben. Nimm es, und steck den Schuldschein an dieser Kerze in Brand.«

»Es ist ein altes Haus und die Summe nicht wert«, erwiderte Porportuk.

»Ich habe noch Minen am Twisted Salmon.«

»Sie haben nie Gewinn gebracht«, war die Antwort darauf.

»Ich habe noch Anteile an dem Dampfschiff *Koyokuk*. Es gehört mir zur Hälfte.«

»Es liegt auf dem Grund des Yukon.«

Klakee-Nah fuhr zusammen. »Richtig. Das habe ich vergessen. Es passierte im letzten Frühjahr bei der Eisschmelze.« Eine Weile sinnierte er, während alle Gläser unangetastet stehenblieben und die Gesellschaft an der Tafel auf seine nächsten Worte wartete.

»Dann schulde ich dir also eine Summe, die ich nicht zurückzahlen kann ... in diesem Leben?« Porportuk nickte und blickte auf das Ende der Tafel.

»Dann, Porportuk, bist du wohl ein schlechter Geschäftsmann«, bemerkte Klakee-Nah verschlagen. Worauf dieser mutig antwortete: »Nein. Eine Sicherheit ist noch unangetastet.«

»Was!« rief Klakee-Nah. »Habe ich noch anderes Gut? Nenne es, und es gehört dir, und die Schuld ist abgegolten.«

»Dort ist es.« Porportuk wies auf El-Soo.

Klakee-Nah begriff nicht. Er kniff die Augen zusammen und blickte den Tisch entlang, rieb sich die Augen und sah wieder hin.

»Deine Tochter, El-Soo – sie will ich nehmen, und ich halte die Kerze an den Schuldschein. So sollst du es abgelten.«

Klakee-Nahs Brustkorb hob und senkte sich. »Haha! – ein Witz – Hahaha!« dröhnte sein homerisches Gelächter. »Du mit deinem kalten Bett und Töchtern, die El-Soos Mütter sein könnten! Hahaha!« Er begann zu husten und nach Luft zu ringen, und die alten Sklaven klopften ihm auf den Rücken. »Haha!«, begann er von neuem und bekam einen neuen Hustenanfall.

Porportuk wartete geduldig, nippte an seinem Glas und studierte die Reihen der Gesichter zu beiden Seiten der Tafel.

»Es ist kein Witz«, sagte er schließlich. »Ich spreche in bester Absicht.«

Klakee-Nah wurde nüchtern und sah ihn an; dann griff er nach seinem Glas, bekam es aber nicht zu fassen. Ein Sklave reichte es ihm, und er schleuderte das Glas samt Inhalt Porportuk ins Gesicht.

»Schafft ihn raus!« brüllte er der Tischgesellschaft zu, die wie eine Hundemeute ungeduldig an ihren Leinen zerrte. »Und werft ihn in den Schnee!«

Während die wilde Horde an ihm vorbei und zur Tür hinaus stürmte, gab er den Sklaven ein Zeichen, und die vier wankenden Greise stützten ihn, damit er die wiedereintretenden Gäste aufrecht stehend empfangen konnte. Er brachte einen Trinkspruch auf die kurzen Nächte aus, in denen man warm schläft.

Es brauchte nicht lang, um Klakee-Nahs Hinterlassenschaft zu ordnen. Tommy, der kleine englische Schreiber vom Handelsposten, half auf El-Soos Bitte, die Dinge zu regeln. Es waren nur Schulden übrig, unbezahlte Rechnungen, Grundschulden auf Besitz, der wertlos war. Die Rechnungen und die Hypothek lauteten alle auf Porportuks Namen. Tommy bezeichnete ihn immer wieder als Räuber, als er die Berechnung der Schuldenzinsen überprüfte.

»Ist es eine Schuld, Tommy?« fragte El-Soo.

»Es ist Raub«, antwortete er.

»Es ist aber doch eine Schuld«, sagte El-Soo hartnäckig.

Der Winter verging, und der Anfang des Frühjahrs, aber Porportuk hatte sein Geld immer noch nicht bekommen. Oft traf er mit El-Soo zusammen und erklärte ihr umständlich, wie schon ihrem Vater, auf welche Weise die Schuld beglichen werden könne. Er brachte dann auch alte Medizinmänner mit, die ihr auseinandersetzten, daß ihr Vater auf ewig verdammt sein werde, falls sie seine Schuld nicht bezahle. Eines Tages, nachdem El-Soo sich wieder solche Vorhaltungen angehört hatte, gab sie Porportuk gegenüber eine endgültige Erklärung ab.

»Zwei Dinge mußt du wissen«, sagte sie. »Erstens, ich werde nicht deine Frau. Vergiß das nie. Zweitens, du wirst deine 16000 Dollar bis auf den letzten Cent zurückbekommen.«

»15967 Dollar und 75 Cents«, verbesserte sie Porportuk.

»Mein Vater hat 16000 gesagt«, erwiderte sie. »Du wirst sie erhalten.«

»Wie?«

»Ich weiß nicht wie, aber ich werde einen Weg finden. Jetzt geh und belästige mich nicht mehr. Wenn du es tust«, – sie zögerte auf der Suche nach einer angemessenen Strafe – »dann werde ich dich wieder in den Schnee werfen lassen, sobald die ersten Flocken fliegen.«

Das war noch zu Beginn des Frühlings, und wenig später überraschte El-Soo das Land. Die Kunde wanderte den Yukon hinauf und hinab, vom Chilcoot bis zum Delta, von einem Lager in das nächste und bis in die entferntesten Ecken, daß im Juni, wenn die ersten Lachse kämen, El-Soo, die Tochter des Klakee-Nah, sich öffentlich versteigern lassen wolle, um Porportuks Ansprüche zu befriedigen. Alle Versuche, sie von ihrem Vorhaben abzubringen, waren vergeblich. Der Missionar in St. George wollte sie umstimmen, aber sie antwortete ihm:

»Nur die Schulden vor Gott werden im nächsten Leben beglichen. Die Schulden der Menschen hier werden in diesem Leben bezahlt.«

Akoon stritt mit ihr, aber sie gab ihm zur Antwort: »Ich liebe dich wirklich, Akoon; aber Ehre wiegt schwerer als Liebe, und wer bin ich, daß ich die Ehre meines Vaters beflecken dürfte?« Schwester Alberta machte auf dem ersten Dampfer die lange Reise von Holy Cross bis zu ihr, doch gleichfalls vergeblich.

»Mein Vater wandert in den dunklen Wäldern ohne Ende«, sagte El-Soo. »Und dort muß er weiterwandern und mit den verlorenen Seelen klagen, bis die Schuld bezahlt ist. Dann erst, nicht vorher, kann er in das Haus des Großen Vaters eingehen.«

»Und du glaubst daran?« fragte Schwester Alberta.

»Ich weiß es nicht«, antwortete El-Soo. »Mein Vater glaubte daran.«

Schwester Alberta zuckte ungläubig die Achseln.

»Wer weiß, ob nicht die Dinge, an die wir glauben, Wirklichkeit werden?« fuhr El-Soo fort. »Warum nicht? Für dich ist die nächste Welt vielleicht ein Himmel voll harfespielender Engel... weil du das so geglaubt hast; für meinen Vater ist sie vielleicht ein großes Haus, in dem er immerzu mit Gott an einer festlichen Tafel sitzt.«

»Und du?« fragte Schwester Alberta. »Was ist deine nächste Welt?«

El-Soo zögerte nur einen Augenblick. »Ich wünsche mir von beiden etwas«, sagte sie. »Ich möchte dein Gesicht und das meines Vaters dort wiedersehen.«

Der Tag der Auktion war da. In Tana-naw Station drängten sich die Menschen. Die Stämme hatten sich wie gewohnt versammelt, um auf die Lachse zu warten, und die Zwischenzeit zum Tanzen, zum ausgelassenen Treiben, zum Handeln und zum Austauschen der Neuigkeiten genutzt. Dazu kamen auch diesmal verstreute Abenteurer, Händler, Goldsucher und außerdem eine große Zahl von Weißen, die die Neugier oder das Interesse an der Versteigerung herbeigelockt hatte.

Der Frühling war spät gekommen, und auch die Lachse hatten sich Zeit gelassen. Die Verzögerungen hatten die Spannung nur steigen lassen. Dann, am Tag der Auktion, spitzte sich die Lage durch eine Erklärung Akoons zu. Er stand auf und verkündete feierlich in aller Öffentlichkeit, wer auch immer El-Soo ersteigere, werde unverzüglich und auf der Stelle sterben. Er schwang dabei seine Winchesterbüchse, um zu zeigen wie. El-Soo war zornig, aber er weigerte sich, mit ihr zu sprechen, und ging zum Handelsposten, um sich mit zusätzlicher Munition zu versorgen.

Der erste Lachs wurde um zehn Uhr abends gefangen, und um Mitternacht begann die Auktion. Sie fand hoch oben am Steilufer des Yukon statt. Die Sonne stand knapp unter dem Horizont, genau im Norden, und den Himmel überzog ein fahles Rot. Um den Tisch und die zwei Stühle versammelte sich eine große Menschenmenge. In der ersten Reihe sah man viele Weiße und mehrere Stammeshäuptlinge. An vorderster Stelle aber stand Akoon, das Gewehr in der Hand. Tommy hatte auf Bitten El-Soos die Rolle des Auktionators übernommen, aber sie eröffnete die Veranstaltung und beschrieb die angebotenen Waren. Sie war indianisch gekleidet, als Häuptlingstochter, und stand auf einem Stuhl, damit man sie besser sehen könne, eine prachtvolle barbarische Erscheinung.

»Wer möchte eine Ehefrau kaufen?« fragte sie. »Schaut mich an. Ich bin zwanzig Jahre alt und Jungfrau. Ich werde dem Mann, der mich kauft, eine gute Ehefrau sein. Wenn er ein Weißer ist, werde ich mich wie eine weiße Frau kleiden, wenn er Indianer ist, werde ich mich kleiden wie eine« – sie zögerte kurz – »Squaw. Ich kann mir meine Kleider selbst nähen, handarbeiten, waschen und flicken. Das habe ich acht Jahre lang in der Mission Holy Cross gelernt. Ich kann Englisch lesen und schreiben; ich kann Orgel spielen. Ich kann rechnen und beherrsche etwas Algebra. Ich werde dem höchsten Bieter gehören und ihm die Verkaufsurkunde selbst ausstellen. Ich habe vergessen zu sagen, daß ich sehr gut singe und in meinem ganzen Leben noch nicht krank gewesen bin. Ich wiege 132 Pfund; mein Vater ist tot, und ich habe keine Verwandten. Wer will mich?«

Aus blitzenden Augen warf sie einen herausfordernden Blick auf die Menge und stieg von ihrem Stuhl. Auf Tommys

Geheiß bestieg sie ihn wieder, während er auf dem zweiten Stuhl stand und die Auktion begann.

El-Soo war umgeben von den vier alten Sklaven ihres Vaters. Im Dienst ihres Brotgebers hatte das Alter ihre Glieder krumm und steif werden lassen, und nun betrachteten sie als Angehörige einer vergangenen Generation ungerührt das Possenspiel der Jugend. Vorn in der Menge hatten sich mehrere Eldorado- und Bonanzakönige vom oberen Yukon einen Platz gesichert, und neben ihnen standen auf Krücken zwei gescheiterte, von Skorbut gezeichnete Goldsucher. Mitten in der Menge befand sich eine wildblickende Squaw aus dem abgelegenen Gebiet des oberen Tana-naw, die durch ihr auffälliges Gesicht die Blicke auf sich zog; von der Küste hatte es einen Sitka-Indianer an diesen Ort verschlagen, wo er nun neben einem Stick-Indianer vom Le-Barge-See stand; hinter ihnen hatte sich ein halbes Dutzend frankokanadischer Pelzhändler abgesondert. Von ferne tönten schwach die Schreie von Abertausenden von nistenden Vögeln herüber. Schwalben strichen über das ruhig dahinfließende Wasser des Yukon, und man hörte die Drosseln singen. Über dem Horizont hatten sich die Rauchfahnen von tausend Meilen entfernten Waldbränden verteilt, und durch die schrägen Strahlen der unsichtbaren Sonne färbte sich der Himmel dunkelrot; die Erde glühte im rötlichen Widerschein. Und derselbe Abglanz auf den Gesichtern der versammelten Menge verlieh den Menschen ein unirdisches, unwirkliches Aussehen.

Die Gebote setzten nur langsam ein. Der Sitka, der das Land nicht kannte und erst eine halbe Stunde zuvor eingetroffen war, bot zuversichtlich die Summe von einhundert Dollar und war überrascht, als Akoon drohend das Gewehr auf ihn richtete. Nur mühsam kamen neue Gebote. Ein Indianer vom Tozikakat, ein Flußlotse, bot 150 Dollar, und einige Zeit später erhöhte ein aus dem Oberland verbannter Glücksspieler auf zweihundert. El-Soo wurde traurig; ihr Stolz war verletzt; aber die Folge war bloß, daß sie die Menge nun noch herausfordernder anblitzte.

Es entstand eine Unruhe unter den Zuschauern, als Porportuk sich einen Weg nach vorn bahnte. »Fünfhundert Dollar«, bot er mit lauter Stimme und sah dann stolz nach allen Seiten, um den Eindruck zu genießen, den er damit machte.

Er wollte seinen großen Reichtum dazu benutzen, gleich zu Beginn alle Mitbewerber aus dem Feld zu schlagen. Aber einer der Frankokanadier, der El-Soo mit glänzenden Augen gemustert hatte, erhöhte um einhundert Dollar.

»Siebenhundert!« Porportuk reagierte prompt.

Ebenso rasch kam das »Achthundert« des Händlers.

Jetzt schlug Porportuk erneut mit der Keule seines Reichtums zu. »Zwölfhundert!« rief er.

In den Zügen des Händlers zeichnete sich tiefe Enttäuschung ab, und er gab sich geschlagen. Niemand beteiligte sich mehr. Tommy unternahm vergebliche Anstrengungen, ein weiteres Gebot hervorzulocken.

El-Soo wandte sich an Porportuk. »Du tust gut daran, Porportuk, dein Gebot zu überdenken. Hast du vergessen, was ich dir sagte – daß ich dich nie heiraten werde?«

»Dies ist eine öffentliche Versteigerung«, gab er zurück. »Ich werde dich mit Kaufvertrag erwerben. Ich habe zwölfhundert Dollar geboten. Du bist ein gutes Geschäft.«

»Zu gut, verdammt nochmal!« schrie Tommy. »Und wenn ich auch der Auktionator bin! Deswegen darf ich trotzdem mitbieten. Ich gehe auf dreizehnhundert.«

»Vierzehnhundert«, ließ Porportuk vernehmen.

»Ich kaufe dich als meine – meine Schwester«, flüsterte Tommy El-Soo zu, und rief dann laut: »Fünfzehnhundert!«

Bei zweitausend beteiligte sich ein Eldorado-König, und Tommy stieg aus.

Zum dritten Mal schwang Porportuk seine Geldkeule und

ging um fünfhundert nach oben. Aber sein Gegenspieler war nun in seinem Stolz verletzt. So konnte ihm keiner kommen. Er schlug zurück und steigerte seinerseits um fünfhundert.

El-Soo war nun dreitausend Dollar wert. Porportuk machte dreitausendfünfhundert daraus, und ihm stockte der Atem, als der Eldorado-König um tausend Dollar erhöhte. Porportuk ging wieder um fünfhundert nach oben und keuchte ein zweites Mal, als sein Gegenüber das Gebot noch einmal um tausend hinaufschraubte.

Porportuk wurde böse. Sein Stolz war getroffen; diese Herausforderung galt seiner Stärke, und Stärke nahm für ihn die Gestalt von Reichtum an. Um nichts in der Welt wollte er sich einer Schwäche schämen müssen. El-Soo wurde zur Nebensache. Die Ersparnisse, alles, was er in den kalten Nächten seines Lebens zusammengekratzt hatte, warf er jetzt bereitwillig aus dem Fenster. El-Soo stand bei sechstausend. Er machte siebentausend daraus. Nun ging der Preis in Tausenddollarsprüngen so rasch hinauf, wie die Gebote gemacht werden konnten. Bei vierzehntausend hielten die Kontrahenten inne, um Atem zu holen.

Dann geschah etwas Unerwartetes. Jemand schwang eine noch mächtigere Keule. In der eingetretenen Pause hatte ein Spieler einen goldenen Schnitt gewittert und mit ein paar Gesinnungsgenossen ein Syndikat gebildet; er bot sechzehntausend Dollar.

»Siebzehntausend«, sagte Porportuk mit schwacher Stimme.

»Achtzehntausend«, sagte der König.

Porportuk sammelte seine Kräfte. »Zwanzigtausend.«

Das Syndikat stieg wieder aus. Der Eldorado-König erhöhte um tausend, Porportuk im Gegenzug um den gleichen Betrag; und während sie boten, schaute Akoon halb drohend, halb neugierig von einem zum anderen, um zu sehen, wie der Mann beschaffen wäre, den er würde töten müssen. Als der König sich anschickte, sein nächstes Gebot abzugeben, rückte Akoon näher an ihn heran, so daß der König erst den Revolver aus dem Gürtel nahm, ehe er sagte:

»Dreiundzwanzigtausend.«

»Vierundzwanzigtausend«, sagte Porportuk. Er grinste boshaft, denn endlich hatten seine entschiedenen Gebote den König verunsichert. Dieser trat dicht an El-Soo heran. Er betrachtete sie gründlich und lange.

»Und fünfhundert dazu«, sagte er schließlich.

»Fünfundzwanzigtausend.« Porportuk erhöhte wieder.

Lange nahm sie der König in Augenschein und schüttelte den Kopf. Er sah noch einmal hin und sagte schließlich widerstrebend: »Und fünfhundert dazu.«

»Sechsundzwanzigtausend«, stieß Porportuk hervor.

Der König schüttelte den Kopf und vermied es, Tommy in die Augen zu schauen, der ihn beschwörend ansah. Akoon stand inzwischen unmittelbar neben Porportuk. Das war El-Soos raschen Blicken nicht entgangen und während Tommy den Eldorado-König zu einem weiteren Gebot zu bewegen versuchte, beugte sie sich zu einem Sklaven hinunter und sagte ihm leise etwas ins Ohr. Während Tommy mit lauter Stimme sein »Zum ersten – zum zweiten« ertönen ließ, ging der Sklave zu Akoon und sprach leise auf ihn ein. Akoon ließ nicht erkennen, daß er ihm zugehört hatte, obwohl El-Soo ihn besorgt im Auge behielt.

»Zum dritten!« verkündete Tommy laut. »An Porportuk, für sechsundzwanzigtausend Dollar.«

Porportuk warf einen unruhigen Seitenblick auf Akoon. Alle blickten nur auf ihn, aber er unternahm nichts.

»Man soll die Waage bringen«, sagte El-Soo.

»Ich werde in meinem Haus bezahlen«, sagte Porportuk.

»Man soll die Waage bringen«, wiederholte El-Soo. »Hier soll bezahlt werden, wo alle es sehen können.«

Man brachte also die Waage aus dem Handelsposten, während Porportuk fortging und gefolgt von einem Mann zurückkehrte, der auf den Schultern Elchledersäcke voll Goldstaub trug. Außerdem hatte Porportuk einen Mann mit einem Gewehr bei sich, der Akoon fest im Auge behielt.

»Hier sind die Rechnungen und Hypotheken«, sagte Porportuk, »über 15 967 Dollar und 75 Cents.«

El-Soo nahm sie entgegen und sagte zu Tommy: »Sie sollen 16 000 Dollar wert sein.«

»Die Restzahlung beläuft sich auf zehntausend Dollar in Gold«, sagte Tommy.

Porportuk nickte und knotete die Säcke auf. El-Soo, die am Ufer stand, riß die Schuldscheine in Fetzen und ließ sie in den Yukon hinabflattern. Das Wiegen begann, wurde aber unterbrochen.

»Selbstverständlich zu siebzehn Dollar die Unze«, hatte Porportuk Tommy angewiesen, als er die Waage einstellte.

»Zu sechzehn Dollar«, gab El-Soo in scharfem Ton zurück.

»Üblicherweise wird im ganzen Land Gold mit siebzehn Dollar pro Unze berechnet«, antwortete ihr Porportuk. »Und hier wird ein Geschäft abgewickelt.«

El-Soo lachte. »Es ist eine neue Regelung«, sagte sie. »Sie hat seit diesem Frühjahr Gültigkeit. Im letzten Jahr und in den Jahren davor war der Preis sechzehn Dollar. Als mein Vater seine Schulden machte, lag der Preis bei sechzehn Dollar. Wenn er im Lagerhaus das Geld ausgab, das er von dir bekommen hatte, gab man ihm Mehl für sechzehn, nicht für siebzehn Dollar. Deswegen wirst du für mich zum Preis von sechzehn Dollar zahlen, nicht von siebzehn.« Porportuk ließ murrend zu, daß man das Wiegen fortsetzte.

»Wiege drei verschiedene Haufen ab, Tommy«, sagte sie. »Eintausend Dollar hier, dreitausend dort, und hier noch einmal sechstausend.«

Die Sache brauchte ihre Zeit, und jedermann behielt während des Wiegens Akoon scharf im Auge.

»Er wartet bloß, bis das Geld bezahlt ist«, sagte jemand. Der Satz machte die Runde und stieß allgemein auf Zustimmung; man wartete auf das, was Akoon unternehmen würde, sobald das Geld bezahlt war. Und Porportuks Mann mit dem Gewehr wartete seinerseits und beobachtete Akoon.

Das Wiegen war beendet, und der Goldstaub lag in drei dunkelgelben Haufen auf dem Tisch. »Mein Vater schuldet der Gesellschaft dreitausend Dollar«, sagte El-Soo. »Tommy, du nimmst es für sie entgegen. Und hier stehen vier alte Männer. Du kennst sie, Tommy. Hier sind eintausend Dollar. Nimm sie und sorge dafür, daß die Alten nie hungrig sein müssen und immer Tabak haben.«

Tommy scheffelte die beiden Haufen in verschiedene Säkke. Der Gegenwert von sechstausend Dollar lag noch auf dem Tisch. El-Soo schob den Scheffel in den Haufen hinein und wirbelte mit einer plötzlichen Drehung Goldstaub in die Luft, so daß er als goldener Schauer über dem Yukon niederging. Porportuk griff nach ihrem Handgelenk, als sie den Scheffel ein zweites Mal in den Haufen schob.

»Es gehört mir«, sagte sie ruhig. Porportuk ließ los, aber knirschte mit den Zähnen und bedachte sie mit finsteren Blicken, während sie fortfuhr, das Gold in den Fluß zu streuen, bis nichts mehr übrig war.

Die Menge starrte nur auf Akoon, und Porportuks Mann hatte sein Gewehr in der Armbeuge liegen, die Mündung aus ein Meter Entfernung auf Akoon gerichtet, den Finger am Abzug. Aber Akoon tat nichts.

»Setz den Kaufvertrag auf«, sagte Porportuk grimmig.

Und Tommy setzte den Kaufvertrag auf, worin dem Mann Porportuk das Eigentum und alle Rechte an der Frau El-Soo übertragen wurden. El-Soo unterzeichnete das Dokument, Porportuk faltete es zusammen und steckte es in seine Börse.

Plötzlich blitzten seine Augen auf, und unvermittelt wandte er sich an El-Soo.

»Es war aber nicht der Gegenwert dessen, was dein Vater mir schuldete«, sagte er. »Diesen Preis habe ich für dich bezahlt, und dieser Kauf ist ein Geschäft, das heute getätigt wurde, nicht im letzten Jahr oder in den Jahren zuvor. Für die Unzen, mit denen ich dich gekauft habe, bekomme ich heute beim Handelsposten Mehl im Gegenwert von je siebzehn Dollar, nicht sechzehn. An jeder Unze habe ich einen Dollar verloren. Ich habe 625 Dollar Verlust dabei gemacht.«

El-Soo dachte einen Moment lang nach und erkannte ihren Irrtum. Erst lächelte sie und lachte dann laut auf.

»Du hast recht«, sagte sie, immer noch lachend. »Ich habe mich geirrt. Aber jetzt ist es zu spät. Du hast bezahlt, und das Gold ist weg. Du hast nicht schnell genug gedacht. Den Verlust hast du dir selbst zuzuschreiben. Wo ist deine Gewitztheit geblieben, Porportuk? Du wirst alt.«

Er gab keine Antwort. Ängstlich sah er hinüber zu Akoon; was er sah, beruhigte ihn. Er preßte die Lippen aufeinander, und ein grausamer Zug erschien in seinem Gesicht. »Komm«, sagte er, »wir gehen jetzt in mein Haus.«

»Erinnerst du dich an die beiden Dinge, die ich dir im Frühling gesagt habe?« fragte El-Soo, die keinerlei Anstalten machte, ihn zu begleiten.

»Mein Kopf wäre voll von Weibergeschwätz, wenn ich darauf hörte«, antwortete er.

»Ich sagte dir, daß du dein Geld bekommen würdest«, fuhr El-Soo fort und wählte ihre Worte mit Bedacht. »Und ich sagte dir, daß ich nie deine Frau werden würde.«

»Das war aber vor dem Kaufvertrag.« Porportuk knisterte mit dem Papier in seiner Börse. »Ich habe dich in aller Öffentlichkeit gekauft. Du bist mein Eigentum. Du wirst nicht leugnen, daß du mir gehörst.«

»Ich gehöre dir«, sagte El-Soo fest.

»Ich besitze dich.«

»Du besitzt mich.«

Porportuks Stimme wurde etwas lauter und triumphal. »Wie einen Hund besitze ich dich.«

»Du besitzt mich wie einen Hund«, wiederholte El-Soo ruhig. »Aber, Porportuk, du vergißt das eine, was ich dir gesagt habe. Hätte irgendein anderer Mann mich gekauft, dann wäre ich seine Frau geworden. Ich wäre ihm eine gute Frau gewesen. Das war meine Absicht. Aber was dich betrifft, so war es meine Absicht, niemals deine Frau zu werden. Deswegen bin ich dein Hund.«

Porportuk wußte, daß er mit dem Feuer spielte, und er nahm sich vor, es mit Entschlossenheit zu tun. »Dann spreche ich nicht zu El-Soo, sondern zu einem Hund«, sagte er, »und als meinem Hund befehle ich dir, mit mir zu kommen.« Er griff schon nach ihrem Arm, aber sie hielt ihn mit einer Handbewegung zurück.

»Nicht so schnell, Porportuk. Du kaufst einen Hund. Der Hund läuft weg. Es ist dein Verlust. Ich bin dein Hund. Was ist, wenn ich weglaufe?«

»Als Besitzer des Hundes werde ich dich verprügeln –«

»Wenn du mich fängst?«

»Wenn ich dich fange.«

»Dann fang mich.«

Schnell streckte er die Hand nach ihr aus, aber sie entwischte ihm. Sie lachte, als sie um den Tisch herumlief. »Fang sie!« befahl Porportuk dem Indianer mit dem Gewehr, der in ihrer Nähe stand. Als er aber den Arm vorstreckte, schlug ihn der Eldorado-König mit einem Fausthieb zu Boden. Das Gewehr glitt ihm aus den Händen. Das war Akoons Chance. Seine Augen blitzten, aber er unternahm nichts.

Porportuk war ein alter Mann, doch die kalten Nächte hatten ihm seine Vitalität erhalten. Er hechtete plötzlich über den Tisch. El-Soo war nicht darauf gefaßt und sprang mit einem Schreckensschrei zurück. Porportuk hätte sie erwischt, wenn Tommy nicht gewesen wäre. Er stellte Porportuk ein Bein, so daß er stolperte und stürzte. El-Soo hatte nun einen Vorsprung.

»So fang mich doch«, rief sie lachend über die Schulter zurück und rannte davon.

Sie lief leichtfüßig und mühelos, aber Porportuk lief schnell und wild entschlossen. Er war schneller als sie. In seiner Jugend war er von allen jungen Männern der schnellste Läufer gewesen. El-Soo jedoch entzog sich ihm mit behenden Bewegungen. In ihrer Indianerkleidung wurde sie nicht von Röcken behindert, und ihren geschmeidigen Körper bekam Porportuk einfach nicht zu fassen.

Mit viel Lärm und Gelächter löste sich die Menschenmenge auf, um die Jagd zu verfolgen. Sie ging mitten durch das Indianerlager; unter beständigen Ausweichmanövern, Kreisbewegungen und plötzlichen Richtungswechseln verschwanden El-Soo und Porportuk zwischen den Zelten. El-Soo schien sich mit den Händen an der Luft festzuhalten, und gelegentlich, bei der abruptesten Kehrtwendung, schien es, als könne sie sich in ihrer extremen Schräglage daran abstützen wie an einer festen Wand. Porportuk streckte sich nach ihr wie ein magerer Hund, der immer einen Satz hinter oder neben seiner Beute landet.

Sie überquerten das offene Feld hinter dem Lager und verschwanden im Wald. Tana-naw Station wartete auf ihre Wiederkehr, aber man wartete lange und vergebens.

Akoon aß und schlief unterdessen und hielt sich immer in der Nähe des Anlegers für die Dampfschiffe auf; er blieb taub gegenüber dem wachsenden Unmut in Tana-naw Station, weil er nichts unternahm. 24 Stunden später kehrte Porportuk zurück. Er war müde und wutentbrannt. Er sprach mit niemandem außer Akoon, und mit diesem versuchte er, einen Streit vom Zaun zu brechen. Aber Akoon zuckte die Achseln und ließ ihn stehen. Porportuk verlor keine Zeit. Er rüstete ein halbes Dutzend Männer aus, die besten Spurenleser und Pfadfinder, und führte sie in den Wald.

Am nächsten Tag legte die *Seattle* auf ihrer Fahrt flußaufwärts an und lud Holz. Als man die Leinen losgemacht hatte und das Schiff stampfend Fahrt aufnahm, war Akoon an Bord und stand im Ruderhaus. Nur wenige Stunden später, als er das Steuer übernommen hatte, sah er ein kleines Kanu aus Birkenrinde, das vom Ufer abgelegt hatte. Es saß nur eine Person darin. Er musterte es aufmerksam, legte das Steuer herum und verlangsamte die Fahrt.

Der Kapitän trat ins Ruderhaus. »Was ist los?« fragte er. »Das Fahrwasser ist gut hier.«

Akoon brummte nur. Er sah ein größeres Kanu mit mehreren Personen vom Ufer ablegen. Als die *Seattle* keine Fahrt mehr machte, drehte er das Ruder noch weiter herum.

Der Kapitän war wütend. »Es ist nur eine Squaw«, protestierte er.

Akoon reagierte nicht. Er hatte nur Augen für die Squaw und ihre Verfolger im zweiten Boot. Sechs Paddel stießen dort ins Wasser, während die Squaw nur langsam vorankam.

»Wir laufen gleich auf Grund«, protestierte der Kapitän und griff ins Ruder.

Doch Akoon hielt dagegen und sah ihm ins Gesicht. Die Hände des Kapitäns lösten sich langsam von den Spaken.

»Komischer Kerl«, murmelte er verächtlich vor sich hin.

Akoon manövrierte die *Seattle* am Rand der Untiefe entlang und wartete, bis die Squaw sich an der Schiffsreling emporzog. Jetzt gab er das Zeichen für volle Fahrt voraus und riß das Steuer wieder herum. Das zweite Boot war ganz nah herangekommen, aber der Abstand zwischen ihm und dem Dampfschiff vergrößerte sich jetzt wieder.

Die Squaw lachte und beugte sich über die Reling. »So fang mich doch, Porportuk!« rief sie.

Akoon ging in Fort Yukon von Bord. Er rüstete ein kleines Stakboot aus und fuhr den Porcupine-Fluß hinauf. El-Soo begleitete ihn. Es war eine mühevolle Reise, und der Weg führte über das Rückgrat der Welt; doch Akoon kannte ihn von früher. Als sie das Quellgebiet des Porcupine-Flusses erreicht hatten, ließen sie ihr Boot zurück und gingen zu Fuß weiter über die Rocky Mountains.

Akoon ging besonders gern hinter El-Soo her, um ihre Bewegungen zu beobachten. Es war eine Melodie darin, die er liebte. Am liebsten betrachtete er ihre wohlgerundeten Waden in den weichgegerbten Ledergamaschen, die schmalen Fesseln und die kleinen Füße in den Mokassins, die auch auf den längsten Tagesmärschen nicht müde wurden.

»Du bist so leicht wie die Luft«, sagte er und sah sie an. »Das Gehen ist für dich keine Anstrengung. Du schwebst fast, so leicht heben und senken sich deine Füße. Du gleichst einem Reh, El-Soo, und deine Augen sind manchmal wie Rehaugen, wenn du mich anschaust oder wenn du plötzlich einen Laut hörst und dich fragst, ob Gefahr droht. Gerade jetzt zum Beispiel sind deine Augen wie die eines Rehs.«

Und die ihn anstrahlende, zärtliche El-Soo beugte sich zu ihm und küßte ihn.

»Wenn wir den Mackenzie erreicht haben, halten wir uns nicht lange auf«, sagte Akoon später. »Wir gehen weiter nach Süden, bevor uns der Winter einholt. Wir werden die Sonnenländer aufsuchen, wo es keinen Schnee gibt. Aber wir kommen zurück. Ich habe viel von der Welt gesehen, aber es gibt kein Land wie Alaska, keine Sonne wie unsere Sonne, und der Schnee ist gut nach dem langen Sommer.«

»Und du wirst Lesen lernen«, sagte El-Soo.

Und Akoon antwortete: »Ich werde gewiß Lesen lernen.«

Doch als sie den Mackenzie erreichten, gab es eine Verzögerung. Sie schlossen sich einer Gruppe von Mackenzie-Indianern an, und bei der Jagd wurde Akoon versehentlich angeschossen. Ein junger Indianer hielt das Gewehr, als der Schuß sich löste. Die Kugel durchschlug seinen rechten Arm und drang dann in seinen Brustkorb ein, wo sie ihm zwei Rippen brach. Akoon verstand sich auf primitive Chirurgie, während El-Soo in der Missionsstation einiges über Wundbehandlung gelernt hatte. Es gelang ihnen, die Knochen zu richten, und Akoon lag am Feuer und mußte warten, daß sie zusammenwuchsen. Außerdem hielt der Rauch die Moskitos fern.

Das war der Augenblick, in dem Porportuk mit seinen sechs jungen Männern ankam. In seiner Hilflosigkeit stöhnte Akoon und erbat sich den Beistand der Mackenzies. Porportuk seinerseits brachte seine Forderung vor, und die Mackenzies waren ratlos. Porportuk wollte El-Soo in Besitz nehmen, doch das erlaubten sie ihm nicht. Man brauchte einen Urteilsspruch, und weil es eine Angelegenheit zwischen einem Mann und einer Frau betraf, berief man den Rat der Ältesten ein – damit kein übereiltes Urteil von jungen Männern abgegeben werde, die sich von Gefühlen hinreißen ließen.

Die Alten saßen im Kreis um das qualmende Feuer. Sie hatten hagere, zerfurchte Gesichter, keuchten und schnappten nach Luft, weil der Qualm nicht gut für sie war. Hin und wieder schlugen sie mit welken Händen nach Moskitos, die dem Rauch trotzten. Wenn sie sich so verausgabt hatten, überwältigte sie ein hohler, quälender Husten. Einige spuckten Blut und einer saß mit gesenktem Kopf ein wenig abseits; in einem dünnen Faden rann ihm unablässig Blut aus dem Mund. Alle hatten den todbringenden Husten. Sie waren so gut wie gestorben; es blieb ihnen nur noch wenig Zeit. Ihr Urteil war ein Urteil von Toten.

Porportuk schloß seine Klage mit den Worten: »Ich habe einen hohen Preis für sie entrichtet. Eine solche Summe Geld habt ihr noch nie gesehen. Verkauft alles, was euer ist, eure Speere, eure Pfeile, eure Gewehre, verkauft eure Tierhäute und Felle, eure Zelte und Boote, eure Hunde, verkauft alles, und ihr bekommt dafür vielleicht nicht einmal tausend Dollar. Und doch habe ich für diese Frau, El-Soo, sechsundzwanzigmal soviel bezahlt, wie all eure Speere, Pfeile und Gewehre, eure Häute und Felle, eure Zelte, Boote und Hunde wert sind. Es war ein hoher Preis.«

Die Alten nickten mit ernsten Gesichtern, auch wenn sie erstaunt die runzligen Lider hoben, weil irgendein Weib so wertvoll sein sollte. Der Alte, der aus dem Mund blutete, wischte sich die Lippen sauber. »Spricht er die Wahrheit?« fragte er jeden einzelnen von Porportuks jungen Männern. Und jeder bestätigte, daß er die Wahrheit sprach.

»Spricht er die Wahrheit?« fragte er El-Soo, und sie antwortete: »Es ist wahr.«

»Aber Porportuk hat nicht gesagt, daß er ein alter Mann ist«, sagte Akoon, »und daß er Töchter hat, die älter sind als El-Soo.«

»Es ist wahr, Porportuk ist ein alter Mann«, sagte El-Soo.

»Das kann er selbst besser beurteilen«, sagte der, der aus dem Mund blutete. »Wir sind alte Männer. Doch ein alter Mann ist nie so alt, wie es den Jungen scheinen mag.«

Die im Kreis sitzenden Greise schmatzten mit den zahnlosen Mündern, nickten zustimmend und husteten.

»Ich habe ihm gesagt, daß ich nie sein Weib werden würde«, sagte El-Soo.

»Und doch nahmst du von ihm sechsundzwanzigmal das, was unser ganzer Besitz wert ist?« fragte sie ein einäugiger Greis.

El-Soo schwieg.

»Ist das wahr?« Und sein eines Auge durchbohrte sie wie mit einer glühenden Nadel.

»Es ist wahr«, erwiderte sie.

»Aber ich werde wieder davonlaufen.« Die Worte brachen

nur einen Moment später leidenschaftlich aus ihr heraus. »Ich werde immer davonlaufen.«

»Das soll Porportuk bedenken«, sagte ein anderer Alter. »Wir müssen das Urteil fällen.«

»Welchen Preis hast du für sie gezahlt?« wurde Akoon gefragt.

»Ich habe keinen Preis für sie bezahlt«, antwortete er. »Für mich war sie unbezahlbar. Ich habe ihren Wert nicht nach Goldstaub oder Hunden, Zelten und Pelzen bemessen.«

Die Alten berieten murmelnd miteinander. »Diese Greise sind wie Eis«, sagte Akoon auf englisch. »Ich werde nicht auf ihr Urteil hören, Porportuk. Wenn du mir El-Soo nimmst, werde ich dich mit Sicherheit töten.«

Die Alten hörten auf zu reden und betrachteten ihn mißtrauisch. »Wir verstehen die Sprache nicht, die du sprichst«, sagte einer von ihnen.

»Er hat nur gesagt, daß er mich töten wird«, erklärte ihm Porportuk ungefragt. »Es wäre gut, wenn man ihm sein Gewehr wegnähme und wenn sich ein paar eurer jungen Männer neben ihn setzten, damit er mir nichts zuleide tut. Er ist jung, und ein paar gebrochene Knochen hindern einen jungen Menschen nicht!«

Man nahm dem hilflos am Boden liegenden Akoon das Gewehr und das Messer ab, und zu beiden Seiten ließen sich junge Mackenzies neben ihm nieder. Der Einäugige erhob sich und richtete sich gerade auf.

»Wir staunen über den Preis, der für ein Weib gezahlt wurde«, begann er, »aber ob es weise war, ihn zu entrichten, ist nicht unsere Sache. Wir sind hier, um ein Urteil zu fällen, und das wollen wir tun. Wir sind frei von jedem Zweifel. Es ist allen bekannt, daß Porportuk einen hohen Preis für das Weib El-Soo entrichtet hat. Deswegen gehört das Weib El-Soo Porportuk und niemandem sonst.« Er setzte sich schwerfällig nieder und hustete. Die anderen Alten nickten und husteten.

»Ich werde dich töten«, schrie Akoon auf englisch.

Porportuk lächelte und erhob sich. »Ihr habt ein gerechtes Urteil gesprochen«, sagte er zum Rat der Ältesten gewandt, »und meine jungen Männer werden euch viel Tabak schenken. Jetzt soll man die Frau zu mir bringen.«

Akoon knirschte mit den Zähnen. Die jungen Männer ergriffen El-Soos Arm. Sie setzte sich nicht zur Wehr, als man sie Porportuk zuführte, doch in ihrem Gesicht schwelte es.

»Setz dich, hier, zu meinen Füßen, bis ich zu Ende gesprochen habe«, befahl er ihr. Er schwieg einen Augenblick. »Es ist wahr«, sagte er. »Ich bin ein alter Mann. Aber ich verstehe die Art der Jugend. Noch ist das Feuer nicht völlig in mir erloschen. Ich bin jedoch nicht mehr jung und will meine alten Beine in den Jahren, die mir noch bleiben, nicht ständig in Trab halten. El-Soo rennt schnell und gut. Sie ist ein Reh. Das weiß ich, denn ich habe sie gesehen und bin ihr nachgerannt. Es ist nicht gut, daß ein Weib so schnell läuft. Ich habe einen hohen Preis für sie bezahlt, und dennoch rennt sie von mir fort. Akoon hat nichts für sie bezahlt, und zu ihm läuft sie.

Als ich zu euch, dem Volk der Mackenzies, kam, wußte ich, was ich wollte. Als ich dem Rat lauschte und an die flinken Beine El-Soos dachte, ging mir vieles durch den Kopf. Jetzt habe ich wieder eine feste Überzeugung, aber es ist eine andere als die, mit der ich vor diesen Rat getreten bin. Ich will sie euch sagen. Wenn ein Hund seinem Herrn einmal wegläuft, dann wird er das wieder tun. Ganz gleich, wie oft man ihn zurückholt, er wird immer wieder davonlaufen. Wenn wir solche Hunde haben, dann verkaufen wir sie. El-Soo ist wie dieser Hund, der immer fortläuft. Ich werde sie verkaufen. Ist irgend jemand hier im Rat bereit, sie zu kaufen?«

Die Alten husteten und blieben stumm.

»Akoon würde kaufen«, fuhr Porportuk fort, »aber er hat kein Geld. Deswegen werde ich ihm El-Soo schenken; er hat selbst gesagt, daß sie für ihn unbezahlbar sei. Gleich hier werde ich sie ihm schenken.«

Er zog El-Soo hoch und führte sie dorthin, wo Akoon auf dem Rücken lag.

»Sie hat eine schlechte Angewohnheit, Akoon«, sagte er, indem er ihr bedeutete, sich zu Akoons Füßen niederzulassen. »So wie sie in der Vergangenheit von mir fortgelaufen ist, so wird sie vielleicht in künftigen Tagen von dir fortlaufen. Du brauchst aber nicht zu fürchten, daß das je geschehen wird. Ich werde es verhindern. Nie wird sie dir davonlaufen – das ist Porportuks Versprechen. Sie hat Witz. Ich weiß es, denn ich habe seine beißende Schärfe oft zu spüren bekommen. Diesmal aber will ich meiner eigenen Gewitztheit freien Lauf lassen. Und mit meinem Witz will ich dafür sorgen, Akoon, daß sie bei dir bleibt.«

Porportuk beugte sich zu El-Soo hinab und legte ihre Füße übereinander, so daß sich Spann und Spann berührten; und dann, ehe man seine Absicht erraten konnte, schoß er mit seinem Gewehr durch beide Fußknöchel. Als Akoon sich gegen den Widerstand der Männer, die ihn niederhielten, aufrichten wollte, hörte man knirschend die halbverheilten Knochen erneut brechen.

»Es ist gerecht«, sprachen die Greise untereinander.

El-Soo gab keinen Laut von sich. Sie saß da und schaute auf ihre zerschmetterten Knöchel, die sie nie wieder tragen würden.

»Meine Füße sind stark, El-Soo«, sagte Akoon. »Aber niemals werden sie mich von dir fortführen.«

El-Soo sah ihn an, und zum ersten Mal, seit sie sich kennengelernt hatten, sah Akoon Tränen in ihren Augen.

»Deine Augen sind wie die Augen des Rehs, El-Soo«, sagte er.

»Ist es gerecht?« fragte Porportuk und grinste durch den Qualm, während er sich zum Aufbruch rüstete.

»Es ist gerecht«, sprachen die alten Männer. Und schweigend verharrten sie auf ihren Plätzen.

VERLORENES GESICHT

Das war das Ende. Subienkow hatte einen langen, einen leidvollen und schrecklichen Weg hinter sich und doch mit dem Instinkt einer Brieftaube immer die Metropolen Europas angesteuert, und hier, in der fernsten Fremde, in Russisch-Amerika, kam das endgültige Aus. Er saß mit hinter dem Rücken gefesselten Armen im Schnee und erwartete den Martertod. Forschend betrachtete er den hünenhaften Kosaken, der auf dem Bauch im Schnee lag und vor Schmerzen stöhnte. Die Männer hatten inzwischen von ihm abgelassen und ihn den Weibern übergeben. Die Schreie des Opfers ließen keinen Zweifel daran, daß sie die Männer an teuflischer Grausamkeit noch übertrafen.

Subienkow sah weiter zu und schauderte. Er fürchtete den Tod nicht. Er hatte auf diesem endlosen Weg von Warschau nach Nulato seine Haut zu oft zu Markte getragen, um noch vor dem Sterben erzittern zu können. Doch es war ihm unmöglich, sich mit der Folter abzufinden. Seine Seele nahm Anstoß daran. Wiederum nicht bloß wegen des Schmerzes, den er ertragen, sondern aufgrund des erbärmlichen Schauspiels, das er in seiner Qual bieten würde. Er wußte, daß er bitten, betteln und flehen würde, gerade so wie der Große Iwan und die anderen, die schon an der Reihe gewesen waren. Es würde unschön sein. Tapfer und mit einem glatten Schnitt aus dem Leben zu gehen, lächelnd und mit einem Scherz auf den Lippen – ja! das wäre das Richtige gewesen. Aber daß man die Herrschaft über sich selbst verlor, daß der körperliche Schmerz die Seele zerrüttete, daß man kreischte und schnatterte wie ein Affe, auf die Stufe bloßer Animalität heruntersank – ach! das machte es so entsetzlich.

Er hatte nie die Chance gehabt zu entkommen. Von Anfang an, als er in flammender Hoffnung von Polens Unabhängigkeit geträumt hatte, war er zur Marionette in den Händen des Schicksals geworden. Von Anfang an, in Warschau, in Petersburg, in den Bergwerken Sibiriens, auf der Halbinsel Kamtschatka, auf den wackeligen Booten der Pelzdiebe hatte das Schicksal ihn zu diesem Ende getrieben. Ohne Zweifel war in den Grundstein der Welt dieses Ende für ihn eingraviert – für ihn, der so gebildet und empfindsam war, dessen Nerven unter der dünnen Haut fast bloßlagen, für ihn, den Träumer, den Poeten und Künstler. Bevor er auch nur als Traumbild existierte, war schon bestimmt worden, daß er, ein bebendes Bündel Empfindsamkeit, ein Leben in viehischer Brutalität verbringen sollte, um dann in diesem fernen Reich der Nacht, diesem finsteren Ort jenseits der letzten Grenzen der Welt, den Tod zu finden.

Er seufzte auf. Dieses Etwas da vor ihm war also der Große Iwan – Iwan, der Hüne, der Abgebrühte, der Mann aus Eisen, der Kosake, der zum Freibeuter der Meere geworden war, so phlegmatisch wie ein Ochse, mit einem so groben Nervenkostüm, daß ihn kaum kitzelte, was normalerweise als Schmerz empfunden wurde. Nun ja, man konnte sich schon darauf verlassen, daß die Nulato-Indianer den Zugang zu Iwans Nervensträngen fanden und sich an ihnen zurücktasteten bis zum Ursprung in seiner zitternden Seele. Zweifellos hatten sie es schon geschafft. Unglaublich, daß ein Mann so schrecklich leiden und noch immer leben konnte. Jetzt büßte der Große Iwan für die Unempfindlichkeit seines Nervensystems. Bisher hatte er schon doppelt so lange ausgehalten wie die anderen.

Subienkow spürte, daß er das Leiden des Kosaken nicht mehr lange ertragen konnte. Warum starb Iwan nicht? Er würde den Verstand verlieren, wenn diese Schreie nicht aufhörten. Aber wenn sie aufhörten, dann war er an der

Reihe. Und Yakaga wartete auch schon auf ihn, grinste ihn eben jetzt an, voller Vorfreude – Yakaga, den er erst letzte Woche mit einem Fußtritt aus dem Fort befördert und dem er die Hundepeitsche übers Gesicht gezogen hatte. Yakaga würde sich seiner annehmen. Zweifellos hielt er für ihn noch raffiniertere Torturen, noch ausgesuchtere Nervenqualen bereit. Oh! Da war ihnen wohl etwas ganz Besonderes geglückt, nach Iwans Gebrüll zu urteilen. Die Squaws, die sich über ihn gebeugt hatten, traten lachend und händeklatschend einen Schritt zurück, so daß Subienkow sehen konnte, was man ihm Grauenvolles angetan hatte. Er begann, hysterisch zu lachen. Die Indianer drehten sich erstaunt zu Subienkow um, weil er lachte, aber er konnte nicht damit aufhören.

So ging es nicht weiter. Er bezwang sich, bis der krampfhafte Anfall allmählich abklang. Er versuchte, an andere Dinge zu denken und begann, sich in seine eigene Vergangenheit zurückzuversetzen. Er dachte an seine Mutter und seinen Vater, an das kleine gefleckte Pony und an den französischen Hauslehrer, der ihn tanzen gelehrt hatte und ihm heimlich eine zerlesene alte Voltaire-Ausgabe ins Haus schmuggelte. Vor seinem inneren Auge zog noch einmal Paris, das trostlose London, das lebensfrohe Wien, Rom vorbei. Noch einmal sah er den wilden Haufen junger Männer, die wie er von einem unabhängigen Polen mit einem polnischen König auf dem Warschauer Thron geträumt hatten. Ja, dort begann dieser unendlich lange Weg. Immerhin hatte er am längsten durchgehalten. Er zählte die tapferen Männer, die der Tod schon ereilt hatte, an den Fingern ab, angefangen bei den beiden, die in Petersburg hingerichtet worden waren. Hier war einer von einem Aufseher totgeprügelt worden, dort ein anderer den Strapazen erlegen, die sie auf dem blutgetränkten Weg der Verbannten erdulden mußten, als sie endlose Monate marschierten und von ihren kosakischen Bewachern geschlagen und mißhandelt wurden. Immer war es brutal zugegangen – bestialisch und roh. Sie waren gestorben – am Fieber, in den Bergwerken, unter der Knute. Die letzten beiden waren nach der Flucht gestorben, in einem Gefecht mit den Kosaken, und er allein hatte Kamtschatka erreicht – mit gestohlenem Geld und den Papieren eines Reisenden, den er im Schnee hingestreckt zurückgelassen hatte.

Immer nur diese Brutalität. Niemals in all den Jahren hatte er ihr entrinnen können, während sein Herz noch immer für die Ateliers, die Theater und europäischen Höfe schlug. Er hatte sich sein Leben mit Blut erkauft. Jeder hatte getötet. Er hatte jenen Reisenden wegen seiner Papiere umgebracht. Er hatte bewiesen, daß er ein ganzer Kerl war, indem er sich an einem Tag mit zwei russischen Offizieren duelliert hatte. Er hatte sich behaupten müssen, um seinen Platz unter den Pelzdieben zu erobern. Auch das war ihm nicht in den Schoß gefallen. Hinter ihm lag die jahrtausendealte Straße durch ganz Sibirien und Rußland. Von ihr konnte er nicht abweichen. Der einzige Ausweg war die Flucht nach vorn, nach Alaska gewesen, über die düstere, eisige Bering-See. Dieser Weg hatte ihn noch weiter verrohen lassen. Auf den skorbutverseuchten Schiffen der Pelzdiebe, von den ewigen Stürmen dieser orkangepeitschten See hin und her geworfen, waren die Menschen zu Tieren geworden, als Verpflegung und Wasser ausgingen. Dreimal war er von Kamtschatka nach Osten gefahren. Und dreimal, nach schlimmsten Entbehrungen und entsetzlichem Leid, waren die Überlebenden nach Kamtschatka zurückgekehrt. Es hatte sich keine Möglichkeit geboten auszubrechen, und er konnte den Weg, den er gekommen war, nicht zurückgehen, denn dort erwarteten ihn das Bergwerk und die Knute.

Wieder, zum vierten und letzten Mal, war er nach Osten gefahren. Er hatte zu denen gehört, die die sagenumwobenen Robbeninseln entdeckt hatten; aber er war nicht mit ihnen zurückgefahren, um in wüsten Orgien in Kamtschatka den

Pelzreichtum mit ihnen zu teilen. Er hatte geschworen, nie mehr zurückzugehen. Er wußte, daß er den Weg vorwärts gehen mußte, wenn er seine geliebten europäischen Hauptstädte wiedersehen wollte. So hatte er auf einem neuen Schiff angeheuert und war in dem düsteren neuen Land geblieben. Seine Kameraden waren slawische Jäger und russische Abenteurer, Mongolen, Tartaren und die Eingeborenen Sibiriens. Sie hatten sich einen blutigen Weg durch die Wilden der Neuen Welt gebahnt. Ganze Dörfer hatten sie ausgerottet, wenn die Bewohner sich weigerten, den Tribut an Fellen zu entrichten. Und sie waren ihrerseits von Schiffsmannschaften niedergemacht worden. Einmal war er zusammen mit einem Finnen der einzige gewesen, der ein solches Massaker überlebt hatte. Hungernd und in völliger Einsamkeit hatten sie einen Winter auf einer gottverlassenen Insel der Aleuten verbracht, und als im Frühjahr ein anderes Pelzschiff angelegt hatte, war ihre Rettung ein unglaublicher Glücksfall gewesen.

Aber nie hatte es einen Ausweg aus dieser entsetzlichen Brutalität gegeben, die ihn umgab. Indem er von einem Schiff auf das nächste wechselte und es immer wieder ablehnte umzukehren, war er auf ein Schiff geraten, das den Süden erkundete. An der gesamten Küste Alaskas waren sie immer wieder nur auf feindlich gesinnte Wilde gestoßen. Jeder Ankerplatz unter aufragenden Inseln oder düsteren Klippen des Festlands hatte den Kampf mit ihnen oder mit den Stürmen bedeutet. Entweder drohte die Vernichtung durch den Sturm oder eine Armada von Kanus hielt auf sie zu, von denen das Geheul der Eingeborenen in Kriegsbemalung tönte, die blutige Bekanntschaft mit den Wirkungen des Schießpulvers machten, das die vagabundierenden Seefahrer gegen sie einsetzten. Südwärts, immer südwärts an der Küste entlang waren sie gefahren, geradewegs auf das sagenhafte Kalifornien zu. Hier, so hieß es, gab es spanische Abenteurer, die sich von Mexiko her durchgekämpft hatten. Er hatte große Hoffnungen auf sie gesetzt. Wenn er sich zu ihnen hätte durchschlagen können, wäre der Rest einfach gewesen – ein Jahr oder zwei, das machte dann auch keinen Unterschied mehr –, und er hätte Mexiko erreicht, ein Schiff gefunden, und Europa hätte ihm gehört. Aber sie hatten keine Spanier angetroffen. Sie standen bloß wieder vor dem gleichen unüberwindlichen Wall bestialischer Roheit. Diese Bewohner am Rande der Welt legten Kriegsbemalung auf und vertrieben sie aus den Küstenstrichen. Als schließlich einem ihrer Boote der Rückweg abgeschnitten wurde und alle Insassen den Tod fanden, hatte der Kommandant das Unternehmen abgebrochen und war nach Norden zurückgesegelt.

So waren die Jahre dahingegangen. Er hatte unter Tebenkow gedient, als man die Michaelowski-Festung errichtete. Zwei Jahre hatte er im Kuskokwim-Land verbracht. Es war ihm zweimal gelungen, im Sommer, im Juni nämlich, an der Mündung des Kotzebue-Sunds zu sein, wenn sich die Stämme dort zum Tauschhandel versammelten. Hier fand man die gefleckten Hirschleder aus Sibirien, Elfenbein von den Diomedes-Inseln, Walroßhäute von den arktischen Küsten, fremdartige Steinlampen, die im Handel von einem Stamm zum nächsten weitergegeben wurden und über deren Herkunft niemand Genaueres wußte, und einmal auch ein englisches Jagdmesser. Hier war der Ort, an dem man die Geographie des Landes lernte. Denn er machte Bekanntschaft mit Eskimos vom Norton-Sund, vom King Island und dem St. Lawrence Island, vom Kap Prince of Wales und von Point Barrow. Man nannte diese Orte mit anderen Namen und maß die Entfernungen in Tagereisen.

Es war ein weites Land, aus dem diese handeltreibenden Wilden kamen, und noch riesiger war das Einzugsgebiet, aus dem die Steinlampe und das Jagdmesser gekommen waren. Subienkow bedrängte die Eingeborenen, redete ihnen gut zu, bestach sie. Jeden Fernreisenden, jeden Angehörigen eines fremden Stammes brachte man zu ihm. Von unerhörten, unausdenklichen Gefahren wurde gesprochen, von wilden Tieren, feindseligen Stämmen, undurchdringlichen Wäldern und mächtigen Bergketten; aber immer ging das Gerücht und die Sage von weißhäutigen Männern, die jenseits davon wohnen sollten, blauäugig und blond, die kämpften wie die Teufel und ständig auf Pelze aus waren. Sie lebten im Osten – fern, ganz fern im Osten. Niemand hatte sie gesehen. Nur die Kunde von ihnen war von einem zum nächsten gewandert.

Diese Schule der Geographie war ein hartes Brot. Man lernte nicht leicht, was in fremden Sprachen übermittelt wurde, von unaufgeklärten Gemütern, in denen sich Tatsachen mit Fabeln vermischten, von Menschen, die Entfernungen in Einheiten von »Schlaf« maßen, die zudem auch noch unterschiedlich ausfielen, je nachdem, wie schwierig das Vorwärtskommen war. Schließlich aber erreichte ihn eine Andeutung, die Subienkow Mut schöpfen ließ. Im Osten gab es einen großen Fluß, an dem die Menschen mit den blauen Augen zu finden waren. Der Fluß hieß Yukon. Südlich der Michaelowski-Festung mündete ein anderer großer Fluß, den die Russen unter dem Namen Kwikpak kannten. Diese beiden Flüsse, so raunte man, seien ein und derselbe.

Subienkow kehrte nach Michaelowski zurück. Ein Jahr lang drängte er darauf, eine Expedition den Kwikpak hinaufzuschicken. Dann kam Malakoff, das russische Halbblut, und wurde der Anführer einer zusammengewürfelten Horde von Abenteurern aus Kamtschatka, die in ihrer grausamen Wildheit der Hölle entsprungen zu sein schienen. Subienkow war Malakoffs Leutnant. Sie suchten sich ihren Weg durch das Gewirr von Nebenarmen im großen Delta des Kwikpak, hielten auf die ersten niedrigen Hügel am nördlichen Ufer zu, und kämpften sich ein halbes Tausend Meilen flußaufwärts, gegen die Strömung von fünf Knoten in einem zwei bis zehn

Meilen breiten Fluß und einer Fahrrinne, die viele Faden tief war, und das alles in Kanus, die mit Tierhäuten bespannt und bis zum Dollbord mit Waren und Munition vollgepackt waren. Malakoff beschloß, das Fort in Nulato zu bauen. Subienkow wollte unbedingt weiterfahren. Aber er fand sich rasch mit dem Entschluß ab. Der lange Winter kam näher. Es war besser zu warten. Gleich zu Beginn des nächsten Sommers, wenn das Eis geschmolzen war, würde er sich heimlich auf dem Kwikpak davonmachen und sich zu den Handelsposten der Hudson Bay Company durchschlagen. Malakoff hatte nie von dem Gerücht gehört, daß der Kwikpak der Yukon sei, und Subienkow hütete sich, es ihm zu verraten.

Dann ging es an den Bau des Forts. Das war Zwangsarbeit. Die gestuften Palisaden wuchsen unter dem Seufzen und Stöhnen der Nulato-Indianer. Die Peitsche sauste auf ihre Rücken nieder, und es war die eiserne Hand der Freibeuter, die sie führte. Es gab Indianer, die davonliefen, und wenn man sie aufgriff, dann wurden sie zurückgebracht und vor dem Fort ausgestreckt auf die Erde gelegt, wo sie und ihre Stammesangehörigen erfahren konnten, wie wirksam die Knute war. Zwei starben unter den Schlägen; andere trugen Schäden für ihr Leben davon; und die übrigen begriffen die Lektion und liefen nicht mehr davon. Die Schneeflocken wirbelten durch die Luft, ehe das Fort vollendet war. Jetzt wurde den Indianern ein hoher Tribut an Fellen abgefordert. Schläge und Peitschenhiebe nahmen kein Ende, und um sicher zu gehen, behielt man die Frauen und Kinder als Geiseln, die mit jener barbarischen Grausamkeit behandelt wurden, die nur den Pelzdieben zu Gebote stand.

Man hatte Blut gesät, und nun war die Zeit der Ernte gekommen. Das Fort war zerstört. Im Schein seiner Flammen war die Hälfte der Pelzdiebe niedergemacht worden. Die andere Hälfte hatte man zu Tode gemartert. Nur Subienkow war noch übrig, oder Subienkow und der Große Iwan, wenn man dieses wimmernde, stöhnende Etwas im Schnee den Großen Iwan nennen konnte. Mit einem raschen Seitenblick nahm Subienkow wahr, wie Yakaga ihn angrinste. Wer wollte ihm das verwehren? Der Peitschenhieb zeichnete sich immer noch auf seinem Gesicht ab. Subienkow konnte ihm eigentlich keinen Vorwurf machen, doch die Vorstellung von dem, was Yakaga ihm antun würde, gefiel ihm nicht. Einen Augenblick lang erwog er, sich direkt an den Häuptling Makamuk zu wenden; aber sein Urteilsvermögen sagte ihm, daß so etwas sinnlos sein würde. Dann dachte er auch daran, seine Fesseln zu sprengen und im Kampf zu sterben. Das wäre ein schnelles Ende gewesen. Doch es war unmöglich. Riemen aus Karibuleder waren stärker als er. Als er auf andere Auswege sann, kam ihm ein neuer Gedanke. Er gab Makamuk ein Zeichen, man solle einen Dolmetscher zu ihm bringen, der den Küstendialekt verstand.

»Höre, Makamuk«, sagte er, »ich habe nicht die Absicht zu sterben. Ich bin ein großer Mann und ich wäre ein Narr, wenn ich es täte. Wahrhaftig, ich werde nicht sterben. Ich bin nicht Aas wie diese da.«

Er warf einen Blick auf das wimmernde Bündel, das einmal der Große Iwan gewesen war, und stieß verächtlich mit der Fußspitze dagegen.

»Ich bin zu klug zum Sterben. Wisse, ich habe eine große Medizin. Ich allein kenne diese Medizin. Da ich nicht vorhabe zu sterben, werde ich diese Medizin mit dir tauschen.«

»Was ist das für eine Medizin?« fragte Makamuk.

»Es ist eine ganz besondere Medizin.«

Subienkow kämpfte einen Moment lang mit sich, als ob er das Geheimnis nur ungern verrate.

»Ich werde es dir sagen. Ein winziges Etwas von dieser Medizin auf die Haut gerieben macht sie hart wie den Felsen und das Eisen, so daß keine Hieb- oder Stichwaffe die Haut ritzen kann. Auch der heftigste Streich bleibt ohne Wirkung.

Ein beinernes Messer wird weich wie Ton; und die Spitze der Eisenmesser, die wir euch gebracht haben, biegt sich krumm. Was willst du mir für das Geheimnis der Medizin geben?«

»Ich will dir dein Leben schenken«, ließ Makamuk ihn durch den Dolmetscher wissen.

Subienkow lachte höhnisch.

»Und du sollst Sklave in meinem Haus sein bis zu deinem Tod.«

Der Pole lachte noch höhnischer.

»Laß mir die Fesseln an Händen und Füßen lösen, und dann wollen wir reden«, sagte er.

Der Häuptling gab ein Zeichen; als man Subienkow losgebunden hatte, rollte er sich eine Zigarette und zündete sie an.

»Du redest närrisches Zeug«, sagte Makamuk. »Es gibt keine solche Medizin. Es kann nicht sein. Eine Schneide ist schärfer als jede Medizin.«

Der Häuptling war ungläubig, und doch schwankte er. Er hatte zu oft erlebt, daß den Pelzdieben ihre Teufeleien gelungen waren, als daß er uneingeschränkt zweifeln konnte.

»Ich werde dir dein Leben schenken; aber du sollst kein Sklave sein«, verkündete er.

»Zu wenig.«

Subienkow spielte sein Spiel so kaltblütig, als ob er um einen Fuchspelz feilschte.

»Es ist eine sehr große Medizin. Sie hat mir viele Male das Leben gerettet. Ich will einen Schlitten und Hunde und sechs von deinen Jägern, die mich flußabwärts begleiten und beschützen sollen, bis wir eine Tagereise von der Michaelowski-Festung entfernt sind.«

»Du mußt hier wohnen bleiben und uns alle deine Teufelskünste lehren«, kam die Antwort.

Subienkow zuckte mit den Schultern und schwieg. Er

blies den Zigarettenrauch in die eiskalte Luft und betrachtete interessiert, was von dem großen Kosaken übriggeblieben war.

»Diese Narbe dort!« sagte Makamuk plötzlich und wies auf den Nacken des Polen, wo die bläulich verfärbte Haut an eine Schnittwunde erinnerte, die aus einer Schlägerei auf der Kamtschatka stammte. »Die Medizin ist nicht gut. Die Schneide war schärfer als die Medizin.«

»Ein starker Mann hat die Waffe geführt.« (Subienkow dachte nach.) »Stärker als du, stärker als dein stärkster Jäger, stärker als er.«

Und wieder stieß er mit der Spitze seines Mokassins den Kosaken an – ein grauenhafter Anblick, ein Mensch ohne Bewußtsein, aus dessen verstümmeltem, vom Schmerz verwüsteten Körper das Leben nicht weichen wollte.

»Auch war die Medizin schwach. Denn dort gab es damals ganz bestimmte Beeren nicht, von denen ihr hier im Überfluß habt. Hier wird die Medizin stark sein.«

»Ich werde dich den Fluß hinabfahren lassen«, sagte Makamuk. »Und du sollst auch den Schlitten mit den Hunden und die sechs Jäger zum Geleit haben.«

»Du bist langsam«, erwiderte Subienkow kühl. »Du hast meine Medizin beleidigt, weil du meine Bedingungen nicht auf der Stelle annahmst. Höre, ich verlange jetzt mehr. Ich will einhundert Biberfelle. (Makamuk lächelte spöttisch.) Ich will einhundert Pfund getrockneten Fisch. (Makamuk nickte, denn die Fische waren zahlreich und billig.) Ich will zwei Schlitten – einen für mich und einen für meine Pelze und den Fisch. Mein Gewehr muß ich zurückerhalten. Wenn du den Preis nicht zahlen willst, wird er bald steigen.«

Yakaga flüsterte dem Häuptling etwas zu.

»Aber woher kann ich wissen, daß deine Medizin wirklich Medizin ist?« fragte Makamuk.

»Das ist nicht schwierig. Erst werde ich in den Wald gehen –«

Wieder flüsterte Yakaga mit Makamuk, der argwöhnisch wurde und eine ablehnende Geste machte.

»Du kannst zwanzig Jäger mit mir fortschicken«, fuhr Subienkow fort. »Ich muß ja die Beeren und Wurzeln sammeln, mit denen die Medizin gemacht wird. Wenn du dann die zwei Schlitten gebracht und sie mit dem Fisch und den Biberfellen und dem Gewehr beladen hast, und wenn du die sechs Jäger ausgewählt hast, die mich begleiten werden – dann, wenn alles bereit ist, werde ich mir die Medizin in den Nacken reiben, so, und dann mein Haupt auf diesen Klotz dort legen. Dann soll dein stärkster Jäger die Axt nehmen und dreimal auf meinen Nacken sausen lassen. Du kannst mir selbst die drei Schläge versetzen.«

Makamuk stand mit aufgerissenem Mund da und sog diese neueste und wunderbarste Zauberei der Pelzdiebe in sich ein.

»Noch eins allerdings«, fügte der Pole rasch hinzu, »nach jedem Hieb muß ich neue Medizin auftragen. Die Axt ist schwer und scharf, und ich will keinen Fehler machen.«

»Du sollst alles haben, was du verlangt hast«, rief Makamuk in plötzlichem Einverständnis aus. »Fang an und bereite deine Medizin.«

Subienkow verbarg seinen Triumph. Er spielte ein verzweifeltes Spiel und konnte sich keinen Fehltritt leisten. Er sprach voller Hochmut.

»Du bist langsam gewesen. Meine Medizin ist beleidigt worden. Um die Beleidigung wieder abzuwaschen, mußt du mir deine Tochter geben.«

Er zeigte auf das Mädchen, eine unappetitliche Kreatur, die auf einem Auge schielte und deren Gebiß ein nicht zu übersehender Reißzahn schmückte. Makamuk war zornig, aber der Pole rollte sich ungerührt eine weitere Zigarette und zündete sie an.

»Beeil dich«, sagte er drohend. »Wenn du nicht schnell genug bist, werde ich noch mehr fordern.«

In dem nun folgenden Schweigen verblaßte die trostlose Landschaft des Nordlands vor seinen Augen, und er sah noch einmal seine Heimat und Frankreich und, als er einen Blick auf das Mädchen mit dem Reißzahn warf, ein anderes Mädchen, eine Sängerin und Tänzerin, die er kennengelernt hatte, als er in jungen Jahren nach Paris gekommen war.

»Was willst du von ihr?« fragte Makamuk.

»Sie soll den Fluß mit mir hinunterfahren.« Subienkow musterte sie kritisch. »Sie wird ein gutes Eheweib sein, und meine Medizin verdient die Ehre, daß ich in dein Blut einheirate.«

Wieder erinnerte er sich der Sängerin und Tänzerin und summte laut die Melodie, die sie ihn gelehrt hatte. Er durchlebte sein altes Leben ein zweites Mal, jedoch auf eine distanzierte und unpersönliche Weise, indem er die Erinnerungsbilder wie in einem Buch betrachtete. Die Stimme des Häuptlings, der abrupt das Schweigen brach, schreckte ihn aus seinen Träumen.

»Es soll geschehen«, sagte Makamuk. »Das Mädchen soll den Fluß mit dir hinunterfahren. Doch es ist abgemacht, daß ich selbst die drei Schläge mit der Axt führen werde.«

»Aber ich darf jedesmal dazwischen die Medizin neu auftragen«, antwortete Subienkow mit scheinbar mühsam verborgener Besorgnis.

»Du sollst die Medizin nach jedem Hieb neu auftragen. Hier sind die Jäger, die darauf achten werden, daß du nicht entfliehst. Geh in den Wald und sammle deine Medizin.«

Die Habgier des Polen hatte Makamuk vom Wert der Medizin überzeugt. Nur die allergrößte Medizin konnte einen Mann dazu befähigen, im Schatten des Todes so unerschrocken zu feilschen wie ein altes Weib.

»Außerdem«, flüsterte Yakaga, als der Pole mit seinen

Bewachern zwischen den Fichten verschwunden war, »wenn du hinter das Geheimnis der Medizin gekommen bist, kannst du ihn leicht vernichten.«

»Aber wie kann ich ihn vernichten?« hielt Makamuk ihm entgegen. »Seine Medizin wird mich daran hindern.«

»Es wird eine Stelle an seinem Körper geben, wo er die Medizin nicht aufgetragen hat«, erwiderte Yakaga. »Durch diese Stelle werden wir ihn zu Tode bringen. Vielleicht sind es die Ohren. Nun gut; dann werden wir einen Speer in das eine Ohr hinein- und zum anderen hinaustreiben. Vielleicht sind es die Augen. Seine Medizin ist doch gewiß viel zu stark für die Augen.«

Der Häuptling nickte. »Du bist weise, Yakaga. Wenn er sonst keine Werkzeuge des Teufels besitzt, dann werden wir ihn vernichten.«

Subienkow verschwendete wenig Zeit damit, die Ingredienzen seiner Medizin zu sammeln. Er holte sich, was ihm unter die Finger kam: Fichtennadeln, die innere Schicht der Weidenrinde, einen Streifen Birkenrinde, eine Anzahl Moosbeeren, die er von den Jägern aus dem Schnee graben ließ. Ein paar Wurzeln vervollständigten seinen Vorrat, und dann trat er den Rückmarsch zum Lager an.

Makamuk und Yakaga hockten neben ihm, um sich einzuprägen, wieviel er von jeder Zutat in das kochende Wasser gab.

»Man darf nicht versäumen, die Moosbeeren zuerst ins Wasser zu schütten«, erklärte er.

»Ach – noch etwas – einen Finger von der Hand eines Mannes. Gib her, Yakaga, laß mich einen Finger von deiner Hand abschneiden.«

Aber Yakaga versteckte die Hände hinter seinem Rücken und starrte ihn finster an.

»Nur einen kleinen Finger«, bat Subienkow.

»Yakaga, gib ihm deinen Finger«, befahl der Häuptling.

»Hier liegen viele Finger herum«, knurrte Yakaga und zeigte auf die Überreste im Schnee, wo man zwanzig Menschen zu Tode gemartert hatte.

»Es muß der Finger eines lebendigen Menschen sein«, hielt ihm der Pole entgegen.

»Dann sollst du den Finger eines lebendigen Menschen haben.« Yakaga tat die paar Schritte hinüber zu dem Kosaken und trennte ihm einen Finger ab.

»Er ist noch nicht tot«, verkündete er und ließ dem Polen die blutige Trophäe vor die Füße fallen. »Es ist auch ein guter Finger, weil er so groß ist.«

Subienkow warf ihn in das Feuer unter dem Kessel und begann zu singen. Was er da so feierlich über seinem Gebräu intonierte, war ein französisches Liebeslied.

»Wenn ich diese Worte nicht über meiner Medizin singe«, erklärte er, »dann bleibt sie ohne Wirkung. Die Worte geben ihr erst die ganze Kraft. Schaut, sie ist fertig.«

»Sprich mir die Worte langsam vor, damit ich sie lerne«, befahl ihm Makamuk.

»Erst nach der Erprobung. Wenn die Axt dreimal von meinem Nacken zurückgeprallt ist, dann werde ich dir das Geheimnis der Worte verraten.«

»Wenn aber die Medizin keine gute Medizin ist?« erkundigte sich Makamuk besorgt.

Subienkow brauste auf.

»Meine Medizin ist immer gut. Wenn sie jedoch nicht gut ist, so verfahrt mit mir wie mit den anderen. Schneidet mich langsam in Stücke, so wie ihr ihn in Stücke geschnitten habt.« Er deutete auf den Kosaken. »Die Medizin ist jetzt abgekühlt. Ich reibe sie jetzt so auf meinen Nacken und spreche dabei noch diese Medizinworte.«

Mit größtem Ernst intonierte er nun eine Zeile der Marseillaise, während er sich gleichzeitig den Hals mit der widerwärtigen Mixtur einrieb.

Ein Aufschrei unterbrach seine Vorführung. Der hünenhafte Kosake, dessen ungeheure Lebenskraft sich noch ein letztes Mal aufbäumte, hatte sich auf die Knie erhoben. Die Nulatos brachen in Gelächter, überraschte Ausrufe und Beifall aus, als der Große Ivan von heftigen Krämpfen geschüttelt durch den Schnee rollte.

Subienkow wurde bei dem Anblick übel, aber er beherrschte sich und gab sich den Anschein, ärgerlich zu sein.

»So geht es nicht«, sagte er. »Gebt ihm den Rest, und dann wollen wir unsere Probe machen. Hier, du, Yakaga, sorge dafür, daß der Lärm ein Ende hat.«

Während die Sache erledigt wurde, wandte Subienkow sich Makamuk zu.

»Und vergiß nicht, du mußt fest zuschlagen. Es ist kein Kinderspiel. Hier, nimm die Axt und schlag auf den Holzblock, damit ich sehen kann, daß du zuschlägst wie ein Mann.«

Makamuk gehorchte und schlug zweimal zu, zielsicher und kraftvoll, so daß ein Stück vom Block absplitterte.

»So ist es gut.« Subienkow ließ seinen Blick über die rohen Gesichter der Wilden gleiten, die jenen Wall von Brutalität verkörperten, den er nie mehr hatte überwinden können, seit ihn die Polizei damals in Warschau verhaftet hatte. »Nimm deine Axt, Makamuk, und stell dich so hin. Ich lege mich jetzt nieder. Wenn ich meine Hand hebe, dann schlag zu und schlag mit deiner ganzen Kraft. Achte darauf, daß niemand hinter dir steht. Die Medizin ist gut, und die Axt prallt vielleicht von meinem Nacken so heftig zurück, daß sie dir aus den Händen gerissen wird.«

Er blickte hinüber zu den beiden Schlitten mit den angeschirrten Hunden, sah die Ladung von Pelzen und Fisch. Sein Gewehr lag oben auf den Biberfellen. Die sechs Jäger, die man ihm zum Geleit mitgeben sollte, standen neben den Schlitten.

»Wo ist das Mädchen?« fragte der Pole. »Bringt sie zu den Schlitten, bevor wir die Probe machen.«

Als das geschehen war, legte Subienkow sich in den Schnee und ließ sein Haupt auf dem Klotz ruhen wie ein Kind, das sich schlafen legt. Er hatte so viele trostlose Jahre erlebt, daß er in der Tat müde war.

»Ich spotte deiner und deiner Kraft, Makamuk«, sagte er. »Schlag zu und zwar fest.«

Er hob die Hand. Makamuk schwang die Axt, ein Breitbeil zum Behauen von Baumstämmen. Der funkelnde Stahl blitzte durch die frostige Luft, stand einen wahrnehmbaren Augenblick still über Makamuks Haupt, und sauste dann auf Subienkows entblößten Nacken nieder. Die Schneide fuhr geradewegs durch das Fleisch und den Knochen und sank noch tief in den Holzblock darunter. Die Wilden sahen verblüfft zu, wie der Kopf einen Meter seitlich vom Rumpf, aus dem das Blut herausschoß, zu Boden fiel.

Es folgte eine große Verwirrung und Stille, während der es ihnen langsam dämmerte, daß es gar keine Medizin gegeben hatte. Der Pelzdieb hatte sie überlistet. Als einziger unter allen Gefangenen war er der Folter entkommen. Das war der Einsatz gewesen, um den er gespielt hatte. Ein gewaltiges Gelächter erscholl. Makamuk senkte beschämt den Kopf. Der Pelzdieb hatte ihn zum Narren gehalten. Vor seinem ganzen Volk hatte er das Gesicht verloren. Sie brüllten immer noch vor Lachen.

Makamuk drehte sich um und schritt gesenkten Hauptes davon. Er wußte, daß sie ihn von nun an nicht mehr Makamuk nennen würden. ›Verlorenes Gesicht‹ würde er heißen; die Erinnerung an seine Schande würde ihn begleiten bis zum Tod; und jedesmal, wenn sich die Stämme im Frühjahr zum Lachsfang sammelten oder im Sommer zusammenkamen, um zu handeln, dann würde die Geschichte von Lagerfeuer zu Lagerfeuer wandern und sie würden erzählen, wie ›Verlorenes Gesicht‹ den Pelzdieb durch einen einzigen Hieb in Frieden sterben ließ.

»Wer war ›Verlorenes Gesicht‹?« Er hörte im Geist schon jetzt, wie irgendein respektloser Grünschnabel die Frage stellte. »Ach, ›Verlorenes Gesicht‹«, würde man ihm antworten, »das war Makamuk, bevor er dem Pelzdieb das Haupt abschlug.«

VERTRAUEN

Alle Leinen waren los, und die *Seattle Nr. 4* legte langsam vom Ufer ab. Auf den Decks türmten sich Frachtstücke und Gepäck, und eine gemischte Gesellschaft von Indianern, Hunden und Hundeführern, Prospektoren, Händlern und Goldsuchern auf der Heimfahrt drängelte sich dazwischen. Eine stattliche Anzahl der Einwohner von Dawson hatte sich am Ufer versammelt, um Lebewohl zu sagen. Als man die Gangway einholte und das Dampfschiff auf die Strommitte zuhielt, wurde der Lärm der Abschiedsrufe ohrenbetäubend. In allerletzter Minute fielen nun jedem noch letzte Abschiedsgrüße ein, die man sich gegenseitig zurief, während das Schiff sich immer weiter entfernte. Auch Louis Bondell, der mit der einen Hand seinen blonden Schnurrbart drehte und mit der anderen seinen Freunden am Ufer lässig zuwinkte, besann sich plötzlich und stürzte an die Reeling.

»He, Fred!« brüllte er. »Fred!«

Besagter »Fred« schob sich mit seinen mächtigen Schultern durch die Menge am Ufer ganz nach vorn und versuchte zu verstehen, was Louis Bondell ihm sagen wollte. Diesem ließ die vergebliche Mühe das Blut ins Gesicht steigen. Indessen entfernte sich das Dampfschiff immer weiter.

»He, Captain Scott!« schrie er zum Ruderhaus hinüber. »Stop!«

Die Glocke ertönte, und die große Heckschraube begann erst rückwärts zu laufen und blieb dann stehen. Dieser Aufschub gab allen Beteiligten an Bord und am Ufer Gelegenheit zu neuen, allerletzten und unerläßlichen Abschiedsrufen. Louis Bondells Bemühen, sich Gehör zu verschaffen, wurde dadurch erst recht zunichte gemacht. Die *Seattle Nr. 4*, die keine Fahrt mehr machte, trieb jetzt stromabwärts, und Captain Scott mußte die Heckschraube ein weiteres Mal rückwärts laufen lassen. Sein Kopf verschwand im Ruderhaus, um Augenblicke später hinter einem großen Megaphon wieder aufzutauchen.

Es war schon beeindruckend, mit welcher Lautstärke Captain Scott die Menschenmenge an Deck anherrschte; sein »Ruhe hier!« hätte man auf dem Moosehidegipfel und bis nach Klondike City hören können. Der amtliche Tadel aus dem Ruderhaus beendete den Tumult im Handumdrehen.

»Also, was haben Sie zu sagen?« fragte Captain Scott.

»Sagen sie Fred Churchill – er steht dort am Ufer –, daß er zu Macdonald gehen soll. In seinem Safe steht eine kleine Reisetasche von mir. Er soll sie mitbringen, wenn er kommt.«

Durch sein Megaphon donnerte Captain Scott die Botschaft in die Stille hinaus:

»Sie da, Fred Churchill, Sie sollen zu Macdonald gehen – die kleine Reisetasche in seinem Safe – sie gehört Louis Bondell – wichtig! Sie sollen sie mitbringen, wenn Sie kommen! Verstanden?«

Churchill gab durch ein Handzeichen zu erkennen, daß er begriffen hatte. Sogar Macdonald hätte die Nachricht nicht überhören können, wenn er eine halbe Meile weiter sein Fenster geöffnet hätte. Der Abschiedstumult brach von neuem los, die Schiffsglocke bimmelte, und die *Seattle Nr. 4* nahm wieder Fahrt auf, stampfte hinaus in den Strom, drehte und fuhr dann den Yukon hinab, während sich Bondell und Churchill bis zum Schluß in herzlicher Freundschaft zuwinkten.

Das war im Hochsommer gewesen. Im Herbst desselben Jahres trat die *W. H. Willis* ihre Fahrt auf dem Yukon an; sie hatte zweihundert Abenteurer an Bord, die zurück in die Heimat wollten. Churchill war einer von ihnen. In seiner Kabine befand sich Louis Bondells Reisetasche. Es handelte sich um ein solides Gepäckstück aus Leder, das vierzig Pfund wog und Churchill regelmäßig unruhig werden ließ, sobald er sich zu weit davon entfernte. Der Mann in der Nachbarkabine führte eine Leinentasche mit sich, in der er einen Schatz von Goldstaub hütete; sie einigten sich schließlich darauf, abwechselnd Wache zu stehen. Während der eine zum Essen hinunterging, ließ der andere die beiden Kabinentüren nicht aus den Augen. Wenn Churchill sein Glück beim Whist versuchen wollte, übernahm der andere die Wache, und wenn dieser Entspannung suchte, las Churchill auf einem Klappstuhl zwischen beiden Türen Zeitungen, die vier Monate alt waren.

Es gab Anzeichen für einen frühen Wintereinbruch, und vom Morgen bis zum Abend und bis weit in die Nacht hinein erörterte man die Frage, ob man ankommen könne, ehe der Strom zufror, oder ob man gezwungen sein werde, das Schiff zu verlassen und den Weg zu Fuß und über das Eis fortzusetzen. Es kam zu ärgerlichen Verzögerungen. Zweimal hatten sie Maschinenschaden, der notdürftig behoben wurde, und jedesmal kündigte Schneegestöber den bevorstehenden Winter an. Neunmal hintereinander machte die *W. H. Willis* mit ihren beschädigten Maschinen den Versuch, die Fünffinger-Stromschnellen zu überwinden, und als es ihr endlich gelungen war, las sie vier Tage hinter dem ohnehin großzügig kalkulierten Fahrplan zurück. Nun stellte sich die Frage, ob das Dampfschiff *Flora* oberhalb des Box Cañon auf die *W. H. Willis* warten würde oder nicht. Der Wasserweg zwischen dem Box Cañon und dem Ende der White Horse-Stromschnellen war für Dampfer nicht passierbar, und die Passagiere wurden an dieser Stelle umgeladen und mußten die Stromschnellen zwischen den beiden Dampfschiffen zu Fuß umgehen. Telephonleitungen gab es nicht und somit auch keine Möglichkeit, die wartende *Flora* zu informieren, daß die *Willis* vier Tage verspätet, aber auf dem Weg war.

Als die *Willis* ihr Ziel schließlich erreichte, berichtete man ihnen, die *Flora* habe drei Tage über die Zeit gewartet und nur wenige Stunden zuvor abgelegt. Man sagte ihnen auch, daß sie am Tagish Post haltmachen und dort bis zum Sonntagmorgen um neun Uhr warten werde. Zu diesem Zeitpunkt war es Samstagnachmittag, vier Uhr. Es wurde eine Versammlung abgehalten. An Bord befand sich ein großes Peterborough-Boot, das für den Polizeiposten an der Spitze des Bennett-Sees bestimmt war. Man kam überein, die Verantwortung für das Boot und seine Ablieferung zu übernehmen. Nun suchte man Freiwillige für diese Aufgabe. Zwei Männer wurden für den Versuch gebraucht, die *Flora* einzuholen. Ein Dutzend meldete sich auf der Stelle. Churchill war einer von ihnen, und weil es seine Art war, hatte er sich gemeldet, ehe ihm Bondells Reisetasche in den Sinn kam. Als sie ihm einfiel, begann er zu hoffen, daß man nicht ihn aussuchen werde; aber ein Mann, der sich als Kapitän einer Rugbymannschaft am College und als Vorsitzender eines Leichtathletikvereins einen Namen gemacht hatte, den man als Hundeführer und Goldsucher am Yukon kannte und der darüber hinaus Schultern hatte wie er, der hatte kein Recht, die ehrenvolle Aufgabe auszuschlagen. Sie wurde ihm gemeinsam mit einem hünenhaften Deutschen namens Nick Antonsen übertragen.

Während einige Passagiere mit dem Boot auf den Schultern aufbrachen, um es über die Portage zu befördern, rannte Churchill zurück in seine Kabine. Er leerte seine Reisetasche aus und holte die Ledertasche in der Absicht, sie dem Mann in der Nachbarkabine anzuvertrauen. Dann jedoch wurde er sich mit Schrecken bewußt, daß die Tasche nicht sein Eigentum war und daß er kein Recht hatte, sie zurückzulassen. So behielt er sie in der Hand und stürzte an Land, und während er die Portage hinauftrabte, trug er sie abwechselnd links und rechts und fragte sich, ob sie tatsächlich nur vierzig Pfund wog.

Als die beiden Männer ins Boot stiegen, war es halb fünf geworden. Die Strömung des Thirty Mile River war so stark, daß sie nur selten von den Paddeln Gebrauch machen konnten. Entweder mußten sie die Leine über die Schultern legen und das Boot vom Ufer aus ziehen, wo sie sich einen Weg durchs Gestrüpp bahnten, über Felsen stolperten, ausrutschten und ins Wasser fielen, wenn sie nicht gerade bis zur Hälfte im Wasser wateten; oder aber es hieß, ins Boot steigen, sobald sich ein Steilufer als unpassierbar erwies, zu den Paddeln greifen und eine wilde, atemberaubende Schußfahrt quer durch die Strömung zum anderen Ufer riskieren, die Paddel dort wieder einholen, aussteigen und zurück in die Fron des Zugseils. Es war ein kräftezehrendes Unternehmen. Antonsen schuftete klaglos und ausdauernd, wie es seinen gewaltigen Reserven entsprach, aber Churchills energiegeladener Körper und unbezwingbarer Geist trieben ihn zum Äußersten. Nicht eine Ruhepause legten sie ein. Es gab nur eins: vorwärts, vorwärts und noch einmal vorwärts. Ein schneidender Wind fegte über den Fluß, so daß ihnen die Finger steif wurden und sie immer wieder die Hände gegeneinander schlagen mußten, um die Durchblutung anzuregen.

Mit dem Einbruch der Nacht waren sie gezwungen, sich auf ihr Glück zu verlassen. Wiederholt stürzten sie auf dem weglosen Ufer und zerrissen sich die Kleidung am Gestrüpp, das sie im Dunkeln nicht ausmachen konnten. Beide Männer bluteten aus zahlreichen Kratzwunden. Ein dutzendmal kenterten sie, wenn sie in wilder Fahrt auf das gegenüberliegende Ufer zuschossen und ihr Boot mit einem Hindernis unter der Wasseroberfläche kollidierte. Als es das erste Mal passierte, mußte Churchill in dem einen Meter tiefen Wasser prustend nach der Ledertasche suchen. Es kostete ihn eine halbe Stunde, sie wiederzufinden, und nach diesem Zwischenfall wurde sie fest im Boot vertäut. Solange das Boot nicht unterging, war sie in Sicherheit. Antonsen machte sich zunächst darüber lustig; gegen Morgen begann er, die Tasche zu verfluchen. Churchill verzichtete aber auf jede weitere Erklärung.

Die Verzögerungen und Mißgeschicke nahmen kein Ende. An einer Flußbiegung verloren sie zwei Stunden in wohl zwanzig Versuchen, eine erst kürzlich entstandene Stromschnelle zu überwinden, wobei sie zweimal kenterten. Beiderseits ragten schroffe Felswände aus dem tiefen Flußbett, so daß sie das Boot weder ziehen noch mit Stangen manövrieren konnten, während es gleichzeitig unmöglich war, mit den Paddeln gegen die Strömung anzukommen. Jedesmal boten sie alle Kräfte auf, und jedesmal, während ihnen das Herz vor Anstrengung schier bersten wollte, gewann die Strömung die Oberhand und riß sie wieder zurück. Am Ende war es ein Mißgeschick, das zum Erfolg führte. Mitten in der reißendsten Strömung und kurz bevor sie erneut gescheitert wären, verlor Churchill die Kontrolle über das Boot, das ausscherte und gegen die Steilwand geschleudert wurde. Instinktiv machte Churchill einen Satz auf das Ufer zu und landete in einer Spalte. Er klammerte sich mit einer Hand an und hielt das vollgelaufene Boot mit der anderen fest, bis auch Antonsen auf dem Trockenen war. Dann zogen sie das Boot aus dem Wasser und verschnauften ein wenig, bevor sie von dieser Stelle aus einen erneuten Versuch unternahmen und die Stromschnelle überwanden. Sie erreichten das gegenüberliegende Ufer und sprangen sofort mit der Leine an Land.

Bei Tagesanbruch befanden sie sich noch weit unterhalb von Tagish Post. Am Sonntagmorgen um neun Uhr konnten sie das Pfeifen hören, mit dem die *Flora* ablegte. Und um zehn, als sie sich in den Posten schleppten, sahen sie ihre Rauchwolken am südlichen Horizont verschwinden. Captain Jones von der Berittenen Polizei hieß die beiden erschöpften und abgerissenen Gestalten willkommen und gab ihnen zu essen. Später beteuerte er, die beiden hätten einen so ungeheuren Appetit entwickelt, wie er ihn nie wieder in seinem Leben beobachtet habe. In ihren nassen Lumpen legten sie sich neben den Ofen und schliefen. Zwei Stunden später erhob sich Churchill, brachte Bondells Tasche, die er als Kopfkissen benutzt hatte, hinunter zum Boot, rüttelte Antonsen wach, und gemeinsam nahmen sie die Verfolgungsjagd wieder auf.

»Man kann nie wissen, was geschieht – vielleicht haben sie einen Maschinenschaden, oder es passiert sonst etwas«, war seine Antwort auf Captain Jones' Vorhaltungen. »Ich werde das Dampfschiff einholen und es zu unseren Leuten zurückschicken.«

Weiße Gischt bedeckte den Tagish-See, über den ein Herbststurm hinwegtobte, der ihnen den Atem nahm. Große Wellen schlugen über dem Boot zusammen, so daß ein Mann ständig schöpfte, während der andere paddelte. Sie kamen nicht voran. Sie steuerten das seichte Ufer an und stiegen ins Wasser; während einer vorn mit der Leine zog, schob der andere von hinten. Bis zu den Hüften, oft bis zum Hals im eiskalten Wasser, und manchmal ganz unter den riesigen, schaumgekrönten Wellen begraben, kämpften sie gegen den Sturm an. Es war unmöglich, sich auszuruhen; der trostlose, entsetzliche Kampf erlaubte es ihnen nicht, auch nur einen Augenblick Luft zu schöpfen. Noch in der Nacht überholten sie die *Flora* am anderen Ende des Sees mitten im dichtesten Schneetreiben. Antonsen brach auf dem Deck zusammen, blieb gleich liegen, wo er war und begann zu schnarchen. Churchill sah aus wie ein Wilder. Seine Kleider hingen ihm in Fetzen vom Leib. Sein Gesicht war vereist und von vierundzwanzig Stunden unaufhörlicher Anstrengung angeschwollen, ebenso seine Finger, die sich nicht mehr bewegen ließen. Außerdem schmerzten ihn seine zerschundenen Füße so, daß er kaum stehen konnte.

Der Kapitän der *Flora* hatte keine Lust, zu den White Horse-Stromschnellen zurückzukehren. Churchill war hartnäckig und unbeugsam; aber der Kapitän ließ sich nicht überreden. Schließlich wies er darauf hin, daß man durch die Umkehr nichts gewinnen werde, weil der einzige seegängige Dampfer in Dyea, die *Athenian*, planmäßig am Dienstagmorgen ablegen würde, und daß er unmöglich nach White Horse zurückfahren und die festsitzenden Passagiere dann noch rechtzeitig zur *Athenian* bringen könne.

»Um wieviel Uhr legt die *Athenian* ab?« fragte Churchill.

»Um sieben Uhr, am Dienstagmorgen.«

»In Ordnung«, sagte Churchill und trommelte gleichzeitig den schnarchenden Antonsen mit Fußtritten wach. »Sie fahren nach White Horse zurück. Wir fahren weiter und halten die *Athenian* auf.«

Der schlaftrunkene Antonsen wurde ins Boot verfrachtet, ehe er seine fünf Sinne beieinander hatte, und begriff erst, was geschehen war, als ihn die eisige Gischt einer hohen Welle durchnäßte und Churchill ihn aus der Dunkelheit anschnauzte:

»Paddeln sollst du, verdammt nochmal! Willst du uns unter Wasser setzen?«

Bei Tagesanbruch erreichten sie Cariboo Crossing; der Wind hatte nachgelassen, und Antonsen war zu erschöpft, um noch ein Paddel in die Hand zu nehmen. Churchill zog das Boot an einer ruhigen Stelle an Land, wo sie sich schlafen legten. Zur Vorsicht legte er beim Schlafen einen Arm abgewinkelt unter den Kopf. Alle paar Minuten weckte ihn so der Schmerz, wenn sich das Blut im Arm staute. Er sah auf die Uhr und legte sich auf den anderen Arm. Nachdem zwei Stunden verstrichen waren, hatte er größte Mühe, Antonsen wachzurütteln. Sie brachen auf. Der Bennett-See, dreißig Meilen lang, war still wie ein Dorfweiher; dann jedoch, als sie den halben Weg hinter sich hatten, fuhr ihnen ein schneidender Wind von Süden ins Gesicht und setzte dem Wasser Schaumkronen auf. Stunde um Stunde kämpften sie den gleichen Kampf wie auf dem Tagish-See; sie stiegen ins Wasser, zogen und schoben das Boot, während das eisige Wasser ihnen mal bis zu den Hüften, mal bis zum Hals reichte oder sie ganz darin versanken. Schließlich war Antonsen, der gutmütige Hüne, am Ende seiner Kräfte. Churchill trieb ihn gnadenlos vorwärts; als er jedoch vornüber fiel und in dem drei Fuß tiefen Wasser zu ertrinken drohte, zog er ihn ins Boot und kämpfte allein weiter. Am frühen Nachmittag erreichte er den Polizeiposten an der Spitze des Bennett-Sees. Er versuchte, Antonsen aus dem Boot zu hieven, aber ohne Erfolg. Er lauschte den tiefen Atemzügen des erschöpften Mannes und beneidete ihn, als er daran dachte, was ihm selbst noch bevorstand. Antonsen konnte hier liegenbleiben und schlafen; er aber mußte wegen der Verspätung den mächtigen Chilcoot überqueren und von dort aus zum Meer hinunter. Der eigentliche Kampf lag noch vor ihm, und fast bedauerte er es, daß er über Kräfte verfügte, die seinem Körper solche Qualen zufügen konnten.

Churchill zog das Boot ans Ufer, nahm Bondells Tasche und hastete hinkend auf den Polizeiposten zu.

»Unten liegt ein Boot für Sie aus Dawson«, rief er dem Beamten zu, der auf sein Klopfen öffnete. »Da ist ein Mann drin, halbtot. Es ist nichts Ernstes; bloß verausgabt. Sie müssen sich um ihn kümmern. Ich hab's eilig. Wiedersehen. Ich will die *Athenian* noch erwischen.«

Eine Portage von einer Meile verband den Bennett-See mit dem Linderman-See. Die letzten Worte hatte er über die Schulter gerufen, während er schon wieder davontrabte. Das Laufen war sehr schmerzhaft, aber er biß die Zähne zusammen und hielt durch, vergaß die meiste Zeit über seinen Schmerz sogar, wenn er voller Inbrunst die Ledertasche betrachtete. Sie stellte ein ernstes Handikap dar. Er trug sie abwechselnd links und rechts. Er nahm sie unter den Arm. Er wuchtete sie auf den Rücken; dann schlug sie ihm beim

Laufen ins Kreuz. Mit seinen wunden und geschwollenen Fingern konnte er sie nur mühsam festhalten, und mehrmals fiel sie zu Boden. Einmal, als er sie von einer Hand in die andere wandern ließ, glitt sie ihm aus den Fingern und geriet ihm so zwischen die Füße, daß er stolperte und übel stürzte.

Am anderen Ende der Portage kaufte er für einen Dollar ein Paar gebrauchte Tragegurte für die Tasche. Außerdem mietete er eine Barkasse, die ihn die sechs Meilen zum oberen Ende des Linderman brachte, wo er um vier Uhr nachmittags ankam. Am folgenden Morgen um sieben Uhr sollte die *Athenian* in Dyea ablegen. Dyea war achtundzwanzig Meilen entfernt, und dazwischen ragte der Chilcoot empor. Er setzte sich hin, um das Schuhwerk für den langen Aufstieg zu richten – und fuhr hoch. In dem Moment, in dem er sich hingesetzt hatte, war er eingeschlummert, auch wenn er nicht mehr als dreißig Sekunden geschlafen hatte. Er befürchtete, daß das nächste Nickerchen länger dauern könnte, und schnürte seine Schuhe im Stehen zu Ende. Sogar in diesem Zustand überwältigte es ihn für einen flüchtigen Augenblick. Er spürte noch die schlagartig einsetzende Bewußtlosigkeit und raffte sich in eben dem Moment auf, als sein Körper schon entspannt zu Boden sank; krampfhaft spannte er die Muskeln an und fing den Sturz ab. Der jähe Umschwung verursachte ihm Übelkeit und ließ seine Glieder zittern. Mit den Handballen schlug er sich gegen die Stirn und trommelte sein benommenes Hirn in den Wachzustand zurück.

Jack Burns brach gerade mit seinem Tragtieren zum Krater-See auf, und da er wenig zu transportieren hatte, bot er Churchill an, auf einem Maultier mitzureiten. Die Ledertasche wollte er einem anderen Tier aufladen, aber Churchill ließ sie nicht los, sondern stellte sie auf dem Sattelknopf ab. Allerdings rutschte sie, während ihm die Augen zufielen, unentwegt auf der einen oder der anderen Seite herunter, und jedesmal schreckte er so plötzlich aus dem Schlaf, daß ihm schlecht wurde. In der beginnenden Dämmerung streifte Churchills Maultier einmal einen Strauch, und ein vorstehender Zweig riß ihm die Backe auf. Zu allem Übel kam das Tier anschließend vom Weg ab und stürzte, wobei Reiter und Tasche zwischen die Felsen geschleudert wurden. Daraufhin ging Churchill zu Fuß weiter, oder vielmehr, er stolperte, das Maultier führend, eine Wegstrecke entlang, die den Namen Trail kaum mehr verdiente. Ab und an drangen von beiden Seiten des Trampelpfades widerwärtige Gerüche zu ihm, die an die Pferde erinnerten, die zu den Opfern des Goldrausches gehörten. Es ließ ihn gleichgültig. Er war zu schläfrig. Als sie dann den Langen See erreichten, hatte er sich wieder erholt; und am Tiefen See übergab er Burns die Tasche. Anschließend jedoch ließ er ihn im schwachen Schein der Sterne nicht mehr aus den Augen. Der Tasche durfte einfach nichts passieren.

Am Krater-See rastete der Packtierzug, und Churchill schulterte die Tasche und nahm den steilen Anstieg zur Paßhöhe in Angriff. An diesem Berghang wurde ihm zum ersten Mal bewußt, wie müde er war. Er schleppte sich voran, kroch wie ein Krebs, spürte seine Glieder wie ein schweres Gewicht. Eine immer neue und schmerzhafte Willensanstrengung war nötig, um einen Fuß zu heben. Eine Wahnvorstellung ergriff von ihm Besitz; er glaubte, wie ein Tiefseetaucher Bleigewichte an den Füßen zu tragen, und nur mit Mühe widerstand er der Versuchung, nach unten zu greifen und das Blei zu betasten. Und nun erst Bondells Tasche: einfach unvorstellbar, daß vierzig Pfund so viel wiegen konnten! Sie drückten ihn nieder wie ein Berg, und ungläubig erinnerte er sich an das vergangene Jahr, als er denselben Paß mit hundertfünfzig Pfund auf dem Rücken bewältigt hatte. Wenn das damals hundertfünfzig Pfund gewesen waren, dann mußte Bondells Tasche fünfhundert wiegen.

Der erste Teil des Anstiegs vom Krater-See führte über

einen kleinen Gletscher. Hier war die Spur nicht zu verfehlen. Oberhalb davon jedoch, und das hieß auch oberhalb der Baumgrenze, führte sie über nackten Stein und zwischen wüst durcheinandergewürfelten, riesigen Felsbrocken hindurch. Im Dunkeln war die Spur überhaupt nicht zu erkennen, und der Weg kostete ihn dreimal soviel Anstrengung wie unter gewöhnlichen Umständen, weil er blindlings vorwärtstorkelte. Auf der Paßhöhe erwartete ihn heulender Wind und dichtes Schneegestöber. Doch das Glück war ihm hold, denn er stieß auf ein kleines, verlassenes Zelt, in dem er Schutz suchte. Er fand ein paar alte Bratkartoffeln und ein halbes Dutzend rohe Eier, die er gierig verschlang.

Als das Schneetreiben aufhörte und der Wind sich allmählich legte, trat er den wahnwitzigen Abstieg an. Eine Spur gab es nicht, und er stolperte hilflos hinab, wobei er nicht selten erst im letzten Augenblick am Rand jäh abstürzender Felswände haltmachte und vor Abgründen zurückschreckte, die er nicht einmal ausloten konnte. Nach einiger Zeit bewölkte sich der Himmel wieder, und ohne das Licht der Sterne glitt er an einer Stelle aus und rutschte sich überschlagend fast hundert Fuß einen Abhang hinab. Übersät mit blauen Flekken und Schürfwunden fand er sich am Grund einer großen, flachen Mulde wieder. Von überallher kam der Gestank verwesender Pferdekadaver. Die Mulde lag direkt neben der Spur, und die Treiber entledigten sich ihrer zusammengebrochenen und sterbenden Tiere gewöhnlich an dieser Stelle. Der Gestank übermannte ihn; ihm wurde sterbensübel, und wie im Alptraum kletterte er nach oben. Auf halber Höhe erinnerte er sich an Bondells Tasche. Sie war mit ihm in die Mulde gestürzt; der Tragegurt war offenbar gerissen, und nun hatte er sie liegenlassen. Es blieb ihm nichts anderes übrig, als in die Pestgrube zurückzukehren, wo er eine halbe Stunde auf allen vieren nach der Tasche suchte. Er zählte insgesamt siebzehn

Kadaver (und ein Pferd, das noch am Leben war und das er mit seinem Revolver erschoß), bevor er sie fand. Im Rückblick auf ein Leben, das durchaus Leistungen und Tapferkeit aufzuweisen hatte, war dieses Umkehren ganz bestimmt die heldenhafteste Tat gewesen, wie er sich eingestand, so heroisch, daß er zweimal fast ohnmächtig zusammenbrach, bevor er aus dem Loch herauskroch.

Nachdem er bis zu den Scales abgestiegen war, hatte er den steilsten Teil des Chilcoot hinter sich, und der Weg wurde weniger beschwerlich. Leicht freilich war er auch in den besten Abschnitten nie, aber er ließ sich bewältigen, eine Spur, auf der er gut hätte vorankommen können, wäre er nicht so erschöpft gewesen und hätte er ein Licht gehabt, um zu sehen, wohin er trat – und hätte er nicht Bondells Tasche schleppen müssen, die das Faß seiner Qualen zum Überlaufen brachte. Da er sich selbst kaum aufrecht halten konnte, ließ ihn schon ein unbedeutender Fehltritt oder ein kurzes Stolpern stürzen. Und wenn er sich fing, dann verhakten sich eben vorstehende Zweige in der Tasche und rissen ihn rücklings zu Boden.

Diese Tasche war schuld daran, wenn er die *Athenian* verpaßte – das stand fest. In der Tat kreisten seine Gedanken nur noch um zwei Dinge – Bondells Tasche und das Dampfschiff. Nur von diesen beiden Dingen wußte er noch, und es war ihm, als verkörperten sie irgendwie einen unerbittlichen Auftrag, in dessen Erfüllung er seit Jahrhunderten unter unsäglichen Mühen unterwegs war. Wie im Traum kämpfte er sich voran. Seine Ankunft in Sheep Camp war Teil dieses Traums. Er torkelte in einen Barraum, zog die Arme aus den Tragegurten und wollte die Ledertasche zu seinen Füßen abstellen. Aber sie glitt ihm durch die Finger und fiel mit einem dumpfen Aufprall zu Boden, der zwei Männern, die gerade die Bar verließen, nicht entging. Churchill trank ein Glas Whiskey und bat den Barkeeper, ihn in zehn Minuten zu wecken. Dann hockte er sich hin, legte die Füße auf die Tasche und den Kopf auf die Knie.

Sein mißhandelter Körper wurde dabei so steif, daß er weitere zehn Minuten und ein zweites Glas Whiskey brauchte, bis er nach dem Wecken die Glieder wieder strecken konnte und die Muskeln weich wurden.

»Hey! Nicht da lang!« rief der Barkeeper und ging ihm dann nach, um ihn in der Dunkelheit auf den richtigen Weg nach Canyon City zu bringen. Irgendeine innere Stimme sagte Churchill, daß die Richtung stimmte, und er folgte der Cañon-Spur weiter wie im Traum. Was ihn eigentlich gewarnt hatte, wußte er nicht, aber nachdem er, so wenigstens schien es ihm, mehrere Jahrhunderte unterwegs gewesen war, hatte er ein ungutes Gefühl und zog den Revolver. Immer noch träumend sah er zwei Männer aus der Dunkelheit treten und hörte, wie sie ihn aufforderten, stehenzubleiben. Sein Revolver schoß viermal, und er sah das Mündungsfeuer und hörte den Knall ihrer Waffen. Er nahm auch wahr, daß er am Oberschenkel getroffen wurde. Einen der beiden sah er zu Boden gehen, und als der andere auf ihn zukam, schmetterte er ihm den schweren Revolver direkt ins Gesicht. Dann drehte er sich um und rannte. Kurz danach erwachte er aus einem Traum und stellte fest, daß er eilig den Weg hinabhinkte. Sein erster Gedanke galt der Tasche. Er trug sie immer noch auf dem Rücken. Er war überzeugt, daß er das Geschehene geträumt hatte, bis er nach seinem Revolver tastete und merkte, daß er ihm abhanden gekommen war. Dann meldete sich ein stechender Schmerz am Oberschenkel, und als er die Stelle untersuchte, rann warmes Blut über seine Hand. Die Verletzung war oberflächlich, aber sehr real. Er wurde nun endgültig wach und schleppte sich in Richtung Canyon City weiter.

Dort machte er jemanden ausfindig, der Pferde und Wagen hatte und für zwanzig Dollar auch bereit war, aufzustehen und anzuspannen. Churchill kletterte auf den Wagen und schlief mit der Tasche auf dem Rücken ein. Es war eine wilde Fahrt über nackten Fels ins Dyea-Tal hinunter, aber er wachte immer nur dann auf, wenn der Wagen einen wirklich ordentlichen Satz machte. Solange sein Körper nur einen Fuß weit hochgeschleudert wurde, ließ er sich nicht aus der Ruhe bringen. Die letzte Meile war ebene Strecke, und er schlief tief und fest.

Im trüben Morgengrauen kam er zu sich, weil der Fahrer ihn wüst wachrüttelte und ihm ins Ohr brüllte, daß die *Athenian* schon fort sei. Churchill stierte mit leerem Blick auf den verlassenen Hafen.

»Drüben bei Skagway kann man Rauch erkennen«, sagte der Mann.

Churchills Augen waren zu verquollen, um so weit zu sehen, aber er antwortete: »Das ist sie. Besorgen Sie mir ein Boot.«

Der Fahrer war entgegenkommend und machte etwas Passendes ausfindig. Er trieb auch jemanden auf, der für zehn Dollar auf die Hand bereit war zu rudern. Churchill bezahlte, und man half ihm in das Boot. Allein war er dazu nicht mehr imstande. Nach Skagway waren es sechs Meilen, und er schwelgte in der Vorstellung, diese sechs Meilen lang schlafen zu können. Aber der Mann konnte nicht rudern, und Churchill übernahm seinen Platz und quälte sich noch einmal eine Ewigkeit. Nie waren ihm sechs Meilen länger und entsetzlicher erschienen. Wegen einer frischen Brise, die durch die Bucht wehte, kamen sie nur langsam voran. Churchill hatte ein leeres Gefühl in der Magengrube und litt unter Schwächeanfällen. Auf seine Aufforderung hin schüttete der Mann ihm einen Eimer Salzwasser ins Gesicht.

Der Anker war gelichtet, als sie längsseits kamen, und Churchill hatte den allerletzten Rest seiner Kräfte aufgebraucht.

»Halt! Halt!« schrie er heiser. »Eine wichtige Nachricht! Halt!«

Dann sackte ihm das Kinn auf die Brust, und er schlief ein. Er wachte auf, als ihn ein Dutzend Männer die Gangway hinauftrugen, griff nach der Tasche und klammerte sich daran wie ein Ertrinkender.

An Deck wurde er der Mittelpunkt neugierigen Entsetzens. Von der Kleidung, in der er White Horse verlassen hatte, waren nur noch Fetzen übrig, und er selbst war in einem entsprechenden Zustand. Fünfundfünfzig Stunden war er unter Anspannung aller Kräfte unterwegs gewesen. In diesem Zeitraum hatte er sechs Stunden geschlafen und zwanzig Pfund abgenommen. Gesicht, Hände und der ganze Körper waren zerkratzt und grün und blau gestoßen; er konnte kaum aus den Augen sehen. Bei dem vergeblichen Versuch aufzustehen landete er rücklings auf dem Boden, ohne die Tasche loszulassen. In dieser Lage überbrachte er seine Nachricht.

»Und jetzt bringt mich ins Bett«, sagte er zum Schluß, »Wenn ich aufwache, werde ich etwas essen.«

Man erwies ihm die Ehre, ihn in seinen Lumpen und allem Schmutz hinunterzutragen und ihn samt seiner Tasche in der Hochzeitssuite unterzubringen, der größten und luxuriösesten Kabine an Bord. Er schlief zweimal rund um die Uhr, hatte bereits gebadet, sich rasiert, gegessen und lehnte zigarrerauchend an der Reling, als die zweihundert Passagiere von White Horse längsseits kamen.

Bei der Ankunft der *Athenian* in Seattle war er völlig wiederhergestellt und ging mit Bondells Tasche in der Hand an Land. Er war stolz auf diese Tasche. Für ihn bedeutete sie Leistung, Integrität und Vertrauenswürdigkeit. »Ich habe die Ware geliefert« – das war die Formulierung, in der er diese großen Worte für sich selbst zusammenfaßte. Es war noch früh am Abend, und er ging ohne Umwege zu Bondells Haus. Louis Bondell freute sich, ihn wiederzusehen, schüttelte ihm mit beiden Händen gleichzeitig die Rechte und führte ihn ins Haus.

»Ach, vielen Dank, alter Junge; nett, daß du sie mir mitgebracht hast«, sagte Bondell, als er die Tasche in Empfang nahm.

Er warf sie achtlos auf ein Sofa, und Churchill bemerkte mit Interesse, wie die Federn unter ihr nachgaben. Bondell bestürmte ihn mit Fragen.

»Wie ist es dir ergangen? Wie geht's den anderen? Was ist eigentlich aus Bill Smithers geworden? Sind Del Bishop und Pierce immer noch Partner? Hat er meine Hunde verkauft? War Sulphur Bottom ergiebig? Du siehst gut aus. Auf welchem Schiff bist du gekommen?«

Auf alles gab Churchill eine Antwort, bis eine halbe Stunde verstrichen war und das Gespräch zum erstenmal in ruhigeres Fahrwasser geriet.

»Willst du nicht lieber mal nachschauen?« fragte Churchill und deutete mit dem Kopf auf die Tasche.

»Ach, das geht schon in Ordnung«, erwiderte Bondell. »Hat Mitchells Halde soviel gebracht, wie er erwartete?«

»Ich finde wirklich, du solltest da mal nachsehen.« Churchill ließ nicht locker. »Wenn ich etwas abliefere, dann will ich sicher sein, daß alles in Ordnung ist. Es kann sein, daß doch jemand drangekommen ist, während ich schlief, oder sonst etwas.«

»Das ist doch nicht wichtig, alter Junge«, gab Bondell lachend zur Antwort.

»Nicht wichtig«, wiederholte Churchill mit tonloser Stimme. Dann fragte er entschieden: »Louis, was ist in der Tasche drin? Ich will es wissen.«

Louis schaute ihn neugierig an, dann verließ er den Raum und kehrte mit einem Schlüsselbund zurück. Seine Hand verschwand im Innern der Tasche, und er zog einen schweren Colt, Kaliber 44, heraus. Als nächstes kamen ein paar Schachteln mit Revolvermunition und schließlich Patronen für eine Winchester zum Vorschein.

Churchill nahm die Tasche in die Hand und schaute hinein. Dann drehte er sie um und schüttelte sie vorsichtig.

»Der Colt ist ganz verrostet«, sagte Bondell. »Hat wahrscheinlich Regen abgekriegt.«

»Ja«, antwortete Churchill. »Tut mir leid, daß er naß geworden ist. Ich bin wohl ein bißchen nachlässig gewesen.«

Er stand auf und ging hinaus. Als Bondell ihm zehn Minuten später folgte, saß er auf den Stufen vor der Tür. Er hatte die Ellbogen auf die Knie gestützt, hielt das Gesicht in beiden Händen und starrte angestrengt in die Dunkelheit.

FEUERMACHEN

Der Tag hatte kalt und grau begonnen, ungewöhnlich kalt und grau, als der Mann den Hauptpfad am Yukon verließ und die hohe Uferböschung hinaufstieg, von wo ein kaum sichtbarer und wenig begangener Trail durch üppige Fichtenwälder nach Osten führte. Es war ein steiler Hang, und oben angekommen, machte er eine Verschnaufpause, was er vor sich selbst mit einem Blick auf die Uhr entschuldigte. Es war neun. Die Sonne war nicht zu sehen, nicht einmal ein Schimmer von Sonnenlicht, obwohl keine Wolke am Himmel stand. Die Luft war klar, und doch lag über den Dingen ein unbestimmter Schleier, ein düsterer Hauch, der den Tag verdunkelte und die abwesende Sonne verriet. Es beunruhigte den Mann nicht weiter. Er war schon daran gewöhnt. Er hatte die Sonne seit geraumer Zeit nicht mehr gesehen und wußte, daß dieses heitere Gestirn erst in ein paar Tagen und exakt im Süden wieder hinter dem Horizont hervorlugen würde, und auch das nur für Minuten.

Der Mann warf einen Blick zurück auf den Weg, den er gekommen war. Dort lag der Yukon, eine Meile breit und unter drei Fuß dickem Eis begraben. Darüber befand sich eine ebenso dicke, makellos weiße Schneedecke. Wo sich beim Zufrieren die Eismassen gestaut hatten, wellte sie sich sanft. Nach Norden und Süden, soweit sein Auge reichte, erstreckte sich unberührtes Weiß, in dem sich nur eine haarfeine dunkle Linie abzeichnete, die sich um eine fichtenbestandene Insel herum nach Süden und genauso auch nach Norden schlängelte, wo sie hinter einem zweiten Fichtenwäldchen verschwand. Diese haarfeine Linie war der Pfad – der Hauptpfad –, der fünfhundert Meilen nach Süden zum

Chilcoot Paß, nach Dyea, und zum Meer führte; in nördliche Richtung siebzig Meilen bis nach Dawson, von dort eintausend Meilen bis nach Nulato und schließlich nach St. Michael an der Bering-See, noch einmal tausendfünfhundert Meilen weiter.

Doch das alles – der geheimnisvolle, haarfeine und in die Ferne führende Pfad, der sonnenlose Himmel, die ungeheure Kälte und die eigenartige, geisterhafte Stimmung – machte keinen Eindruck auf den Mann. Nicht, daß er daran gewohnt gewesen wäre. Er war ein Neuling in diesem Land, ein *chechaquo*, und es war sein erster Winter. Das Problem war, daß ihm das Vorstellungsvermögen abging. Er erfaßte die Dinge des Lebens rasch, aber nur die Dinge, nicht ihre Bedeutung. Minus fünfzig Grad Fahrenheit, das hieß etwa achtzig Grad unter dem Gefrierpunkt. Dieser Umstand bedeutete für ihn bloß, daß es ungemütlich kalt war, mehr nicht. Er brachte ihn nicht dazu, über seine Gebrechlichkeit als temperaturabhängiges Wesen nachzudenken oder über die Gebrechlichkeit des Menschen im allgemeinen, der nur innerhalb enger Grenzen von Hitze und Kälte überleben kann; und er stellte, von solchen Überlegungen ausgehend, auch keine Mutmaßungen über die Unsterblichkeit und den Platz des Menschen im Universum an. Minus fünfzig Grad Fahrenheit begriff er als beißende, schmerzhafte Kälte, gegen die man sich durch Fäustlinge, Ohrenklappen, warme Mokassins und dicke Socken zu schützen hatte. Fünfzig Grad unter Null hieß für ihn nichts anderes als fünfzig Grad unter Null. Daß es vielleicht mehr zu sagen hatte, kam ihm nicht in den Sinn.

Indem er sich zum Weitergehen anschickte, spuckte er probehalber einmal aus. Das scharfe, explosionsartige Knistern ließ ihn zusammenfahren. Er spuckte noch einmal. Und wieder kristallisierte der Speichel in der Luft, bevor er den Boden erreichte. Er wußte, daß Speichel bei fünfzig Grad minus auf dem Schnee schlagartig zu Eis wurde, aber hier war es bereits in der Luft passiert. Ohne Zweifel war es kälter als minus fünfzig Grad – wieviel kälter, wußte er nicht. Aber die Temperatur war unerheblich. Sein Ziel war der alte Claim an der linken Gabelung des Henderson Creek, wo sich die anderen bereits befanden. Sie waren vom Gebiet um den Indian Creek über die Wasserscheide dorthin gelangt, während er einen Umweg gemacht hatte, um Möglichkeiten zu erkunden, im Frühjahr von den Inseln im Yukon Holz zu holen. Bis sechs Uhr würde er das Lager erreicht haben; zwar etwas nach Einbruch der Dunkelheit, aber die anderen waren ja schon da, das Feuer würde brennen und ein warmes Abendessen bereitstehen. Was das Mittagessen betraf, da hatte er ein Paket unter seiner Jacke, nach dem er jetzt tastete. Er trug es sogar noch unter dem Hemd, in ein Tuch gewickelt, auf der bloßen Haut. Nur so konnte man verhindern, daß das Brot gefror. Er lächelte zufrieden in sich hinein, als er daran dachte; jedes einzelne Brötchen war aufgeschnitten, in heißes Fett getunkt, und eine dicke Scheibe gebratenen Specks lag zwischen den wieder zusammengeklappten Hälften.

Er tauchte in den hohen Fichtenwald ein. Die Spur war nur schwach sichtbar. Seit der letzte Schlitten darauf gefahren war, hatte es einen Fuß Neuschnee gegeben, und er war froh, daß er ohne Schlitten, mit leichtem Gepäck, unterwegs war. Genauer gesagt trug er nichts bei sich als das Mittagessen in dem Tuch. Die Kälte überraschte ihn aber doch. Es war wirklich kalt, stellte er fest, als er sich mit dem Fausthandschuh die taubgewordene Nase und die Backenknochen massierte. Er hatte einen wärmenden Backenbart, aber dieser schützte weder die hohen Backenknochen noch die Nase, die vorwitzig in die frostige Luft hinausragte.

Dicht hinter ihm trottete ein Hund, ein großer einheimischer Husky, der eigentliche Wolfshund, mit grauem Pelz, und von seinem Bruder, dem wilden Wolf, was Temperament oder äußere Merkmale angeht, nicht zu unterscheiden. Die ungeheure Kälte bedrückte das Tier. Es wußte, daß man zu dieser Zeit besser nicht unterwegs ist. Was sein Instinkt ihm sagte, war zutreffender als das Urteilsvermögen des Mannes. Es war nämlich nicht bloß kälter als fünfzig Grad minus; es war kälter als sechzig, als siebzig Grad minus. Es war minus fünfundsiebzig Grad Fahrenheit. Da der Gefrierpunkt bei zweiunddreißig Grad über Null liegt, bedeutete das hundertsieben Kältegrade. Der Hund wußte nichts von Thermometern. Vielleicht gab es in seinem Hirn auch nicht wie beim Menschen ein klar abgegrenztes Bewußtsein von extremer Kälte. Aber dieses Tier hatte seinen Instinkt. Der Hund verspürte eine unbestimmte, aber bedrohliche Ahnung, die ihn bedrückt hinter dem Mann herschleichen ließ; deswegen auch fragte er sich bei jeder ungewohnten Bewegung des Mannes sofort nach dem Grund, als erwarte er, daß sein Herr ein Lager aufschlagen oder einen Unterschlupf suchen und Feuer machen würde. Der Hund hatte Feuer kennengelernt, und es verlangte ihn danach, oder er wollte sich zumindest im Schnee eingraben, um zusammengerollt die eigene Körperwärme zu erhalten.

Beim Ausatmen hatte die gefrierende Feuchtigkeit auf seinem Fell eine pudrige Reifschicht hinterlassen, und der kristallisierte Atem hatte vor allem Kiefer, Schnauze und Wimpern weißgefärbt. Der rote Backen- und Schnurrbart des Mannes war auch bereift, nur mit einer dickeren Schicht, die in Eis übergegangen war und mit jedem warmen, feuchten Lufthauch zunahm. Außerdem kaute der Mann Tabak, und die Eiskruste machte seine Lippen so unbeweglich, daß er beim Ausspucken sein Kinn nicht sauberhalten konnte. So hatte sich dort ein kristallener, ständig wachsender Bart gebildet, der in Farbe und Konsistenz Bernstein glich. Bei einem Sturz würde er wie Glas in kleine Stücke zerspringen. Aber ihn störte das Anhängsel nicht. Alle, die in diesem Land Tabak kauten, büßten so dafür, und er war bereits bei zwei

Kälteeinbrüchen draußen gewesen. So kalt wie dieser Tag waren sie nicht ausgefallen, aber auf dem Äthylalkohol-Thermometer in Sixty Mile hatte er ablesen können, daß es einmal fünfzig und beim zweiten Mal fünfundfünfzig Grad unter Null gewesen war.

Mehrere Meilen lang setzte er so seinen Weg durch die baumbestandene Ebene fort, durchquerte eine weite Niederung mit Büscheln von Binsengras und stieg dann die Uferböschung zu einem kleinen, vereisten Bachbett hinab. Das war der Henderson Creek, und er wußte, daß er zehn Meilen von der Gabelung entfernt war. Er sah auf die Uhr. Zehn. Er legte vier Meilen pro Stunde zurück und rechnete sich aus, daß er um halb eins an der Gabelung ankommen würde. Er beschloß, dieses Ereignis dort mit dem Mittagessen zu feiern.

Als der Mann dem Bachbett folgte, schloß der Hund mit mutlos gesenktem Schwanz wieder auf. Die alte Schlittenspur war deutlich zu erkennen, aber der Schnee lag ein Fuß hoch auf den letzten Abdrücken. Seit einem Monat war hier kein Mensch mehr vorbeigekommen. Der Mann setzte seinen Weg unbeirrt fort. Er war kein besonders nachdenklicher Mensch, und in diesem speziellen Moment gab es für ihn auch nichts, worüber er hätte nachsinnen können, außer der Tatsache, daß er an der Gabelung seine Mittagsmahlzeit zu sich nehmen und gegen sechs im Lager bei den anderen ankommen würde. Er hatte keinen Gesprächspartner; und hätte er einen gehabt, wäre ihm das Reden wegen der Eiskruste um den Mund unmöglich gewesen. Also fuhr er fort, monoton seinen Tabak zu kauen und seinen Bernsteinbart Stück für Stück zu verlängern.

Von Zeit zu Zeit meldete sich der Gedanke wieder, daß es sehr kalt war und er eine solche Kälte noch nie erlebt hatte. Beim Gehen rieb er sich mit der Rückseite seines Fausthandschuhs Backenknochen und Nase. Er tat das ganz automatisch und benutzte einmal die eine, dann die andere Hand.

Aber so sehr er auch rieb, sobald er damit aufhörte, stellte sich ein taubes Gefühl über den Backenknochen ein, und gleich darauf auch an der Nasenspitze. Er würde bestimmt Erfrierungen an den Backen davontragen; er wußte es und bedauerte in diesem Augenblick, daß er sich keinen Nasenschutz besorgt hatte, wie Bud ihn bei Kältewellen benutzte. Der hielt nämlich auch die Backen warm. Letzten Endes aber war es egal. Was bedeuteten schon ein paar Frostbeulen? Sie taten ein bißchen weh, mehr nicht; sie waren nie wirklich gefährlich.

Der Mann machte sich keine Gedanken, doch er war ein scharfer Beobachter und bemerkte jede Veränderung im Verlauf des Flusses, jede Krümmung und Biegung und das aufgestaute Holz, und er achtete peinlich genau darauf, wohin er trat. Einmal, als er aus einer Biegung kam, scheute er wie ein erschrecktes Pferd, schlug einen Bogen und ging ein Stück in der Spur zurück. Er wußte, daß der Bach bis zum Grund gefroren war – kein Bach konnte im arktischen Winter Wasser führen –, aber er wußte auch, daß es Quellen gab, die aus den Hangseiten sprudelten und deren Wasser unter dem Schnee auf das Eis floß. Er wußte, daß auch während der schlimmsten Kälteperioden diese Quellen nie zufroren, und er kannte die Gefahr, die von ihnen ausging. Sie waren Fallen, weil sich unter dem Schnee Hohlräume verbargen, in denen das Wasser zehn Zentimeter, vielleicht aber auch einen Meter tief stand. Manchmal wechselten sich Schichten von Eis und Wasser ab, so daß man nicht nur einmal, sondern mehrmals hintereinander einbrach und gelegentlich bis zur Hüfte naß wurde.

Deswegen war er so panisch zurückgeschreckt. Er hatte gespürt, wie der Schnee unter seinen Füßen nachgab, und hatte das Knistern einer darunter versteckten Eisdecke gehört. Und wenn man bei solchen Temperaturen nasse Füße bekam, so war das eine ganz ärgerliche und gefährliche Sache. Im günstigsten Fall hätte es eine Verzögerung bedeutet, denn er wäre dann gezwungen gewesen, anzuhalten und Feuer zu machen, um daran die nackten Füße, Socken und Mokassins zu trocknen. Er blieb stehen, musterte das Bachbett und beide Ufer und gelangte zu dem Schluß, daß das Wasser von rechts kam. Er überlegte eine Weile, wobei er seine Nase und die Backen massierte, und wich dann nach links aus. Bei jedem Tritt prüfte er behutsam den Untergrund. Nachdem er die Gefahrenstelle umgangen hatte, holte er eine Portion Kautabak hervor und verfiel wieder in seinen Viermeilenschritt.

Im Verlauf der nächsten zwei Stunden stieß er auf mehrere ähnliche Fallen. Gewöhnlich wirkte der Schnee über den Pfützen etwas eingesunken und wie überzuckert und signalisierte so die Gefahr. Noch einmal allerdings entging er dem Einbrechen nur um Haaresbreite; und ein anderes Mal, als er Gefahr witterte, zwang er den Hund voranzugehen. Dieser weigerte sich, bis der Mann ihn vorwärtsschob, und lief dann schnell über die unberührte weiße Oberfläche. Plötzlich brach er ein, fiel strampelnd auf die Seite und erreichte mühsam festeren Untergrund. Die Vorderpfoten und -läufe waren naß geworden, und das Wasser gefror fast auf der Stelle. Er versuchte sofort, es abzulecken und ließ sich dann in den Schnee fallen, um das Eis herauszubeißen, das zwischen den Zehen klumpte. Das tat er instinktiv. Wäre das Eis dort geblieben, hätte er wunde Pfoten bekommen. Er wußte das nicht. Er gehorchte einfach einer geheimnisvollen Eingebung, die aus den dunklen Tiefen seines Wesens aufstieg. Der Mann wußte es, weil er sich hierüber ein Urteil gebildet hatte, und er zog den Fäustling von der rechten Hand und half, die Eisstückchen zwischen den Zehen zu entfernen. Keine Minute hatte er seine Finger der Kälte ausgesetzt und war erstaunt, wie schnell sie taub wurden. Es war wirklich eisig. Hastig zog er den Fäustling wieder über und schlug die Hand heftig gegen die Brust.

Um zwölf Uhr war die Helligkeit am größten. Doch stand die Sonne auf ihrer Winterreise zu weit südlich, um über den

Horizont zu steigen. Die Erdkrümmung trat zwischen sie und den Henderson Creek, wo der Mann mittags unter einem wolkenlosen Himmel unterwegs war und doch keinen Schatten warf. Punkt halb eins erreichte er die Gabelung. Er war sehr zufrieden mit seinem Marschtempo. Wenn er es durchhielt, würde er sicher bis sechs die anderen erreicht haben. Er knöpfte seine Jacke und sein Hemd auf und zog seine Mittagsmahlzeit hervor. Der Vorgang nahm nicht mehr als eine Viertelminute in Anspruch, und doch wurden seine der Kälte ausgesetzten Finger sofort taub. Er zog keinen Handschuh an, sondern schlug statt dessen die Finger ein dutzendmal heftig gegen das Bein. Dann setzte er sich auf einen schneebedeckten Baumstamm, um zu essen. Das Prickeln, das er gespürt hatte, ließ so rasch nach, daß er erschrak. Er hatte nicht einmal ein Stück Brot abbeißen können. Er wiederholte die Prozedur und verbarg die Finger im Handschuh, zog dann den anderen herunter und wollte anfangen zu essen. Er versuchte, einen Bissen in den Mund zu schieben, aber die Eiskruste an den Lippen hinderte ihn daran. Er hatte vergessen, ein Feuer zu machen, um aufzutauen. Er kicherte über seine Dummheit und stellte noch beim Kichern fest, wie das taube Gefühl in seine entblößten Finger kroch. Außerdem bemerkte er, daß das Prickeln, das er zunächst beim Hinsetzen in den Zehen gespürt hatte, schon wieder verebbte. Er fragte sich, ob die Zehen nun warm oder taub waren. Er bewegte sie in den Mokassins und kam zu dem Ergebnis, daß sie taub waren.

Hastig zog er den Handschuh über und stand auf. Er bekam ein wenig Angst. Er stampfte mit den Füßen, bis das Prickeln wiederkam. Es ist wirklich kalt, dachte er. Der Mann am Sulphur Creek hatte die Wahrheit gesagt, als er erzählte, wie kalt es manchmal in diesem Land werden konnte. Und er hatte ihn damals ausgelacht! Es bewies, daß man sich seiner Sache nie zu sicher sein durfte. Es war wirklich kalt, das ließ sich nicht leugnen. Er ging auf und ab, stampfte mit den Füßen und schlug die Arme um den Körper, bis ihn die zurückkehrende Wärme wieder beruhigte. Dann holte er die Zündhölzer heraus und machte sich daran, ein Feuer zu entfachen. Im Unterholz, wo das Hochwasser des vergangenen Frühjahrs einen Haufen alter Zweige hinterlassen hatte, fand er Brennmaterial. Er wachte sorgfältig über die ersten kleinen Flammen und bald loderte die Glut, an der er das Eis in seinem Gesicht tauen ließ und in deren Schutz er anschließend seine Brötchen verzehrte. Vorläufig hatte er der Weltraumkälte ein Schnippchen geschlagen. Der Hund streckte sich befriedigt so nahe am Feuer aus, daß er die Wärme genießen konnte, ohne sich das Fell zu versengen.

Als der Mann fertig war, stopfte er seine Pfeife und rauchte sie in aller Ruhe. Dann zog er die Fausthandschuhe wieder an, sorgte dafür, daß die Ohrenschützer eng anlagen und folgte der Spur auf dem linken Wasserarm. Der Hund war enttäuscht und sehnte sich zurück ans Feuer. Dieser Mann kannte die Kälte nicht. Vielleicht war seinen sämtlichen Vorfahren Kälte unbekannt gewesen, richtige Kälte, Kälte von hundertsieben Grad Fahrenheit unter dem Gefrierpunkt. Aber der Hund kannte sie; alle seine Ahnen kannten sie, und er hatte ihr Wissen geerbt. Er wußte, daß es nicht gut war, in solch schrecklicher Kälte unterwegs zu sein. Vielmehr mußte man sich dann in einer Schneehöhle zusammenrollen und darauf warten, daß sich ein Wolkenvorhang vor den Weltraum schob, aus dem diese Kälte kam. Andererseits bestand zwischen dem Hund und dem Mann keine enge Bindung. Der eine war der Arbeitssklave des anderen, und die einzige Zuwendung, die er je erfahren hatte, war die Peitschenschnur und bösartig drohende Kehllaute, die sie ankündigten. Deswegen unternahm der Hund keinen Versuch, dem Mann seine Angst mitzuteilen; an dessen Wohlergehen war er nicht interessiert, nur zum eigenen Nutzen wollte er zurück ans

Feuer. Aber der Mann pfiff nach ihm und sprach in einem Ton, der nach Peitschenhieben klang, und der Hund heftete sich erneut an seine Fersen.

Der Mann nahm ein Stück Kautabak, so daß ein neuer Bernsteinbart zu wachsen begann. Auch Schnurrbart, Augenbrauen und Wimpern überzogen sich rasch wieder mit dem Reif, der sich aus seinem Atem niederschlug. Am linken Arm des Henderson schien es weniger Quellen zu geben, und eine halbe Stunde lang sah er keinerlei Anzeichen. Und dann geschah es. An einer Stelle, wo nichts dafür sprach, wo der weiche unberührte Schnee scheinbar festen Untergrund anzeigte, brach der Mann ein. Nicht tief. Das Wasser reichte ihm halb bis zum Knie, bevor er sich auf das feste Eis zurückrettete.

Er war wütend und schimpfte laut fluchend auf sein Pech. Er hatte gehofft, um sechs Uhr bei den anderen im Lager zu sein, und jetzt wurde er mindestens eine Stunde aufgehalten, denn er mußte ein Feuer machen und seine Fußbekleidung trocknen. Das war bei so niedrigen Temperaturen unumgänglich – soviel wußte er. Er verließ die Spur und kletterte die Böschung hinauf. Dort oben hatte sich im Gestrüpp zwischen ein paar Fichten Treibholz verfangen – hauptsächlich kleinere Stecken und Reisig, aber auch größere Teile von abgelagerten Ästen und feine Grasreste vom Vorjahr. Er warf mehrere große Äste auf den Schnee. Das diente als Unterlage und verhinderte, daß die ersten Flammen im Schnee erloschen, der sonst geschmolzen wäre. Das aufflammende Zündholz hielt er an ein Stückchen Birkenrinde, das er aus der Tasche zog. Das brannte noch leichter als Papier. Er legte die Rinde auf die Unterlage und nährte das aufkeimende Feuer mit Büscheln von trockenem Gras und dünnen Zweigen.

Da er sich der Gefahr, in der er schwebte, deutlich bewußt war, ging er äußerst behutsam vor. Nach und nach, in dem

Maß, wie die Flammen höher wurden, legte er größere Zweige auf. Er hockte sich in den Schnee und zerrte die Zweige dort hervor, wo sie sich verfangen hatten, um sie direkt ins Feuer zu schieben. Er wußte, daß er sich einen Fehlschlag nicht leisten konnte. Bei minus fünfundsiebzig Grad Fahrenheit darf einem Menschen der erste Versuch, Feuer zu machen, nicht mißlingen – jedenfalls nicht, wenn er nasse Füße hat. Mit trockenen Füßen kann er eine halbe Meile auf dem Weg entlanglaufen und seinen Kreislauf wieder in Gang bringen. Aber die Blutzirkulation in nassen, erfrierenden Füßen kann man bei fünfundsiebzig Grad durch Laufen nicht wiederherstellen. Ganz gleich, wie schnell man läuft, die nassen Füße werden trotzdem immer mehr erstarren.

Das alles war dem Mann bekannt. Der alte Hase vom Sulphur Creek hatte es ihm im letzten Herbst erzählt, und jetzt wußte er seinen Rat zu schätzen. Schon war aus seinen Füßen jedes Gefühl gewichen. Um das Feuer zu machen, hatte er die Handschuhe ausziehen müssen, und die Finger waren sofort taub geworden. Bei seinem Tempo von vier Meilen pro Stunde hatte das Herz Blut an die Körperoberfläche und in alle Gliedmaßen gepumpt. Sobald er aber stehenblieb, nahm die Förderkapazität ab. Die Kältewelle aus dem Weltraum hatte die ungeschützte Polkappe des Planeten erreicht und ihn, der sich auf dieser ungeschützten Kappe befand, traf ihre volle Wucht. Das Blut in seinem Körper wich vor ihr zurück. Das Blut war lebendig, wie der Hund, und wie der Hund suchte es angesichts der fürchterlichen Kälte Zuflucht und Deckung. Solange er vier Meilen in der Stunde marschierte, pumpte er dieses Blut an die Oberfläche, ob es wollte oder nicht; jetzt aber ebbte der Strom schon vorher ab und versank in den Tiefen seines Körpers. In den Gliedmaßen machte sich der Mangel zuerst bemerkbar. Seine nassen Füße erfroren noch schneller, die der Kälte ausgesetzten Finger wurden noch schneller taub, auch wenn sie noch nicht erfroren waren. Nase und Backen begannen bereits abzusterben, und am ganzen Körper kühlte die Haut in dem Maße aus, wie die Blutzufuhr ausblieb.

Doch ihm konnte nichts passieren. Zehen, Nase und Finger würden nur leicht in Mitleidenschaft gezogen werden, denn das Feuer wurde allmählich kräftiger. Er schob jetzt fingerdicke Zweige nach. Noch eine Minute, und er würde Äste nachlegen können, die so dick waren wie sein Handgelenk; dann konnte er die Fußbekleidung ablegen, und während sie trocknete, seine nackten Füße am offenen Feuer wärmen, natürlich nicht ohne sie zuvor mit Schnee massiert zu haben. Das Feuer brannte lichterloh. Er war in Sicherheit. Er erinnerte sich an den Ratschlag des alten Hasen vom Sulphur Creek und lächelte. Er hatte als ehernes Gesetz verkündet, kein Mensch dürfe bei mehr als fünfzig Grad minus im Klondike allein unterwegs sein. Er aber war allein, ihm war ein Mißgeschick passiert; und er hatte sich selbst in Sicherheit gebracht. Einige dieser alten Hasen sind doch eher Angsthasen, dachte er. Man durfte nur nicht den Kopf verlieren, dann war alles in Ordnung. Jeder Mann, jeder echte Mann, konnte allein unterwegs sein. Aber verblüffend war es schon, wie schnell ihm die Backen und die Nase erfroren. Er hätte auch nicht gedacht, daß seine Finger in so kurzer Zeit völlig leblos werden würden. Denn das waren sie; er konnte sie kaum zusammenbringen, um einen Zweig zu greifen, und sie schienen gar nicht mehr zu seinem Körper oder zu ihm selbst zu gehören. Wenn er einen Zweig berührte, mußte er nachsehen, ob er ihn in der Hand hielt oder nicht. Die Verbindung zwischen ihm und seinen Fingern war praktisch abgerissen.

Doch das zählte alles nicht. Da war das Feuer, das knisterte und knackte und mit jeder züngelnden Flamme Leben versprach. Er begann, seine Mokassins aufzuknüpfen. Sie waren eisüberzogen; die dicken Wollstrümpfe hatten sich in eiserne

Beinröhren verwandelt; und die Riemen der Mokassins glichen Stahlruten, die eine Feuersbrunst unentwirrbar verknäult hatte. Einen Moment lang zerrte er mit seinen tauben Fingern daran herum, zog dann aber, als ihm bewußt wurde, wie absurd das war, sein Messer aus der Scheide.

Bevor er jedoch die Riemen zertrennen konnte, geschah es. Es war seine eigene Schuld oder vielmehr sein Fehler. Er hätte das Feuer nicht unter der Fichte machen sollen. Er hätte es im Freien machen müssen. Es war jedoch weniger mühsam gewesen, die Zweige aus dem Unterholz zu ziehen und gleich an Ort und Stelle ins Feuer zu legen. Der Baum, unter dem sich das abgespielt hatte, trug eine schwere Schneelast. Wochenlang war kein Wind gegangen, und jeder Ast war schwer beladen. Immer wenn er einen Zweig herausgezogen hatte, wurde der Baum leicht erschüttert – kaum merklich, aber ausreichend, um die Katastrophe auszulösen. Hoch oben im Baum kam eine Schneelast ins Rutschen. Sie stürzte auf die darunterliegenden Zweige, die nun wippend ihre Last abschüttelten. Der Vorgang wiederholte sich, griff auf andere Zweige über und erfaßte den gesamten Baum. Es war eine Schneelawine, die ohne Vorwarnung über den Mann und dem Feuer niederging und die Flammen erstickte! Wo es früher gelodert hatte, lag nun ein frischer Haufen Schnee.

Der Mann erschrak bis ins Innerste. Ihm war, als habe er soeben sein eigenes Todesurteil gehört. Einen Augenblick lang saß er da und starrte auf die Stelle, wo das Feuer gewesen war. Dann wurde er ganz ruhig. Vielleicht hatte der alte Hase am Sulphur Creek doch recht gehabt. Wenn er einen Weggefährten gehabt hätte, dann wäre er jetzt nicht in Gefahr. Der Gefährte hätte für ihn Feuer machen können. Jetzt mußte er selbst noch einmal von vorn anfangen, und dieses Mal durfte nichts schiefgehen. Selbst wenn es glückte, würde er höchstwahrscheinlich ein paar Zehen einbüßen.

Seine Füße hatten inzwischen sicher schon schlimme Erfrierungen, und bis das zweite Feuer brannte, würde einige Zeit verstreichen.

Diese Gedanken gingen ihm durch den Kopf, aber er saß dabei nicht still, vielmehr war er ununterbrochen beschäftigt. Er schob eine neue Unterlage für das Feuer zusammen, dieses Mal im Freien, wo es von keinem tückischen Baum ausgelöscht werden konnte. Dann sammelte er trockenes Gras und dünne Ästchen, die das Hochwasser angeschwemmt hatte. Es war ihm nicht möglich, sie mit den Fingern einzeln herauszuziehen, aber er konnte sie bündelweise sammeln. Auf diese Weise gerieten ihm viele angefaulte Zweige und grünes Moos dazwischen, was nachteilig war, aber etwas Besseres brachte er nicht zustande. Er arbeitete systematisch, suchte sogar schon einen Armvoll dickerer Äste für die stärkeren Flammen zusammen. Die ganze Zeit über saß der Hund dabei und beobachtete ihn mit sehnsüchtigen Blicken, denn er sah in ihm den Feuermacher, und das Feuer ließ auf sich warten.

Als alles bereit war, kramte der Mann in seiner Tasche nach einem weiteren Stück Birkenrinde. Er wußte, daß sie dort war, und wenn er sie auch nicht mit den Fingern fühlen konnte, so hörte er doch das Rascheln, während er danach tastete. Aber wie sehr er sich auch abmühte, er bekam die Rinde nicht zu fassen. Und ständig war ihm dabei bewußt, daß mit jeder Sekunde seine Füße weiter abstarben. Der Gedanke daran löste Panik aus, aber er kämpfte sie nieder und blieb ruhig. Er zog die Fäustlinge mit den Zähnen über die Hände, schlug die Arme wieder und wieder um den Oberkörper und die Hände dabei mit aller Kraft gegen die Seiten. Das tat er im Sitzen und im Stehen; und die ganze Zeit über saß der Hund im Schnee, den buschigen Wolfsschwanz wärmend über den Vorderpfoten, die Wolfsohren aufmerksam aufgestellt, und beobachtete den Mann. Während der Mann die Arme kreisen ließ und um den Leib schlug, fühlte er, wie beim Anblick dieses Lebewesens, das in seinem natürlichen Schutzkleid so warm und sicher aufgehoben war, der Neid in ihm hochstieg.

Nach einiger Zeit spürte er die ersten Anzeichen zurückkehrenden Lebens. Das schwache Prickeln in seinen Fingern wurde stärker, bis sich ein stechender Schmerz einstellte, der kaum zu ertragen war, den der Mann aber mit Genugtuung begrüßte. Er zog den Handschuh von der rechten Hand und angelte die Birkenrinde aus der Tasche. Die entblößten Finger wurden rasch wieder taub. Als nächstes holte er ein Bündel Zündhölzer hervor. Doch die ungeheure Kälte hatte bereits alle Empfindung aus seinen Fingern weichen lassen. Als er sich abmühte, ein einzelnes Zündholz herauszuziehen, fiel das ganze Bündel zu Boden. Er versuchte, es aufzuheben, aber vergeblich. Er brachte die gefühllosen Finger weder zusammen, noch konnte er damit greifen. Er wurde ganz vorsichtig. Er verbannte den Gedanken an absterbende Füße, Nase und Backen aus seinem Bewußtsein und widmete sich mit ganzer Seele dem Problem der Zündhölzer. Er ersetzte den Tastsinn durch den Gesichtssinn und behielt seine Finger im Auge, bis er sie beiderseits der Zündhölzer sah; dann faßte er zu – das heißt, er wollte zufassen, aber die Verbindung zu den Fingern war abgebrochen, und sie gehorchten nicht. Er zog den Fäustling wieder über die rechte Hand und schlug sie mehrmals heftig auf das Knie. Dann scheffelte er das Bündel Streichhölzer zusammen mit einer Menge Schnee in seinen Schoß. Damit war ihm allerdings auch nicht geholfen. Mit einiger Mühe gelang es ihm, das Bündel zwischen die Stulpen seiner Fausthandschuhe zu manövrieren. Auf diese Weise führte er es zum Mund. Das Eis knisterte und krachte, als er gewaltsam den Mund öffnete. Er zog den Unterkiefer ein und die Oberlippe nach oben und fuhr mit den Schneidezähnen über das Bündel, um ein einzelnes Zündholz abzulösen.

Es glückte, und er ließ es in den Schoß fallen. Auch damit war ihm nicht geholfen. Auflesen konnte er es nicht. Dann fand er eine Lösung. Er klemmte es zwischen die Zähne und strich damit über sein Hosenbein. Zwanzigmal machte er den Versuch, ehe es sich schließlich entzündete. Er hielt das brennende Zündholz mit den Zähnen an die Birkenrinde. Aber der Schwefel stieg ihm in Nase und Lungen, so daß er einen Hustenanfall bekam. Das Zündholz fiel in den Schnee und erlosch.

Der alte Hase am Sulphur Creek hatte recht, dachte er in dem nun folgenden Moment kontrollierter Verzweiflung: bei mehr als fünfzig Kältegraden sollte ein Mann nur mit Partner unterwegs sein. Er schlug die Hände gegeneinander, ohne sie dadurch jedoch wiederbeleben zu können. In einem plötzlichen Entschluß entblößte er beide Hände, indem er die Handschuhe mit den Zähnen herunterzog. Er nahm das ganze Bündel zwischen die Handwurzeln. Da seine Armmuskeln noch nicht steif waren, konnte er die Handgelenke fest zusammenpressen. Dann strich er mit dem gesamten Vorrat über das Bein. Eine Stichflamme schoß empor, siebzig Zündhölzer auf einen Schlag! Kein Wind wehte, der sie ausblasen konnte. Er neigte den Kopf zur Seite, um dem erstickenden Rauch zu entgehen und hielt das lodernde Bündel an die Birkenrinde. Während er das tat, meldete sich in der Hand eine Empfindung. Die Haut verbrannte. Das konnte er riechen. Tief unter der Oberfläche konnte er es fühlen. Die Empfindung entwickelte sich zu einem zunehmend heftigen Schmerz. Er ertrug ihn immer noch, während er die Flamme ungeschickt an die Rinde hielt, die nur zögernd Feuer fing, weil seine eigenen angesengten Hände im Weg waren.

Als er es schließlich nicht mehr aushalten konnte, ließ er die brennenden Zündhölzer fallen. Zischend erloschen sie im Schnee, aber die Birkenrinde brannte. Er begann, trockene Grashalme und die dünnsten Zweige auf die Flamme zu legen. Er konnte nicht auswählen, weil er das Brennmaterial mit den Handwurzeln hochheben mußte. Kleine Stücke von verfaultem Holz und grünes Moos blieben zwischen dem Reisig hängen; so gut er konnte, zupfte er sie mit den Zähnen heraus. Er hütete die Flamme mit unbeholfener Sorgfalt. Sie bedeutete Leben und durfte nicht verlöschen. Inzwischen zitterte er am ganzen Körper, weil an der Oberfläche kein Blut mehr zirkulierte, und dadurch wurde er noch ungeschickter. Ein grünes Mooskissen fiel mitten auf das kleine Feuer. Er wollte es mit den Fingern herausfischen, schoß aber wegen des Zitterns über das Ziel hinaus und zerstörte den eigentlichen Brandherd. Die brennenden Grashalme und kleinen Zweige verteilten sich nach allen Seiten. Er versuchte, sie wieder zusammenzuschieben, doch trotz aller Anspannung gewann sein Zittern die Oberhand, und er riß alles hoffnungslos auseinander. Jeder Zweig stieß eine kleine Rauchwolke aus und die Flämmchen verpufften. Der Feuermacher hatte versagt. Als er sich apathisch umschaute, fiel sein Blick auf den Hund, der ihm gegenüber hinter den Überresten des Feuers im Schnee saß, sich unruhig krümmte, einmal den einen Vorderlauf, dann wieder den anderen anhob und in sehnsüchtiger Spannung sein Gewicht mal auf das eine, mal auf das andere Bein verlagerte.

Der Anblick brachte ihn auf eine verrückte Idee. Er erinnerte sich an einen vom Schneesturm überraschten Mann, der einen Ochsen getötet hatte, in den Kadaver gekrochen war und so überlebte. Er würde den Hund töten, seine Hände in den noch warmen Leib stecken, bis das Gefühl wieder zurückkehrte, und dann ein neues Feuer anzünden. Er sprach den Hund an, rief ihn zu sich; aber in seiner Stimme schwang eine unbekannte Angst mit, die das Tier verschreckte, weil es seinen Herrn bisher noch nie so hatte reden hören. Irgend etwas stimmte nicht, und seine argwöhnische Natur witterte Gefahr – es wußte nicht, welche Gefahr, aber irgendwo, irgendwie stieg in ihm die Furcht vor dem Mann auf. Beim Klang der Stimme legte der Hund die Ohren an, und seine unruhigen Bewegungen im Schnee, das Anheben und Umsetzen der Vorderläufe, wurden ausgeprägter; aber er ließ sich nicht herbeilocken. Der Mann kroch auf allen vieren zu ihm hin. Diese ungewöhnliche Haltung erregte erneut den Argwohn des Tieres, das zögernd davonschlich.

Der Mann setzte sich für einen Augenblick im Schnee auf und versuchte, seiner Erregung Herr zu werden. Dann zog er mit den Zähnen die Handschuhe an und stand auf. Er sah erst einmal an sich hinunter, um Gewißheit zu erhalten, daß er tatsächlich stand, denn durch die abgestorbenen Füße hatte er keinen Kontakt mehr mit dem Boden. Schon seine aufrechte Haltung bewirkte, daß der Argwohn des Hundes nachließ; und als der Mann mit der gebieterischen Stimme sprach, in der Peitschenhiebe mitklangen, gehorchte der Hund wie üblich und kam zu ihm. Kaum war er in Reichweite, verlor der Mann die Beherrschung. Seine Arme schossen auf den Hund zu, und er war völlig überrascht, als er feststellte, daß seine Hände nichts halten konnten, daß er die Finger weder zu krümmen vermochte noch irgendein Gefühl darin hatte. Für einen Moment war ihm entfallen, daß sie schon abgestorben waren und immer weiter erfroren. Es ging alles ganz schnell, und bevor der Hund ihm entschlüpfte, hatte er bereits die Arme um seinen Körper gelegt. Er setzte sich in den Schnee und hielt das Tier fest, das sich knurrend und winselnd wehrte.

Doch mehr als den Hund mit den Armen zu umklammern und einfach sitzenzubleiben, konnte er nicht tun. Er merkte, daß er nicht in der Lage war, ihn zu töten. Es war ausgeschlossen. Mit seinen unnützen Händen konnte er das Jagdmesser weder ziehen noch halten, noch konnte er den Hund erdrosseln. Er gab ihn frei, und das Tier raste mit eingezogenem Schwanz und immer noch knurrend davon. In fünfzehn

Metern Entfernung blieb es stehen und musterte ihn neugierig, die Ohren spitz nach vorn gerichtet. Der Mann sah auf seine Hände, um herauszufinden, wo sie steckten, und entdeckte sie am Ende seiner Arme. Es schien ihm merkwürdig, daß man die Augen benutzen mußte, um die Hände zu lokalisieren. Er begann, die Arme um den Leib zu schlagen, wobei er die behandschuhten Hände gegen seine Flanken prallen ließ. Das machte er mit großer Heftigkeit fünf Minuten lang, und sein Herz pumpte genügend Blut an die Oberfläche, um dem Zittern ein Ende zu bereiten. Aber in seinen Händen rührte sich nichts. Er hatte den Eindruck, sie hingen wie Blei an den Enden seiner Arme; als er jedoch versuchte, dieser Empfindung auf den Grund zu gehen, konnte er sie nicht zuordnen.

Eine ungewisse, dumpfe und drückende Angst vor dem Tod überkam ihn. Sie gewann rasch schärfere Konturen, als er sich klarmachte, daß es nicht mehr einfach um Erfrierungen an Fingern und Zehen oder den Verlust von Händen und Füßen ging, sondern um Leben und Tod, und daß seine Chancen schlecht standen. Er geriet dadurch in Panik, drehte sich um und rannte in das Bachbett zurück, die alte, schwach sichtbare Spur entlang. Der Hund schloß sich ihm an und blieb ihm auf den Fersen. Der Mann rannte blindlings, von einer Angst getrieben, wie er sie nie zuvor in seinem Leben gekannt hatte. Erst allmählich, während er sich torkelnd durch den Schnee kämpfte, begann er wieder, Dinge wahrzunehmen – das Ufer, altes, aufgestautes Holz, die kahlen Espen und den Himmel. Das Laufen tat ihm gut. Er zitterte nicht mehr. Vielleicht würden seine Füße auftauen, wenn er weiterlief; und jedenfalls würde er, wenn er weit genug liefe, das Lager und die Gefährten erreichen. Zweifellos würde er ein paar Finger und Zehen einbüßen und Erfrierungen im Gesicht davontragen; aber die anderen würden sich schon um ihn kümmern und den Rest retten, sobald er dort ankam.

Und gleichzeitig schoß ihm ein anderer Gedanke durch den Kopf: er würde nie bis zum Lager und zu den Gefährten kommen, die Entfernung war einfach zu groß, die Erfrierungen waren schon zu weit fortgeschritten, bald würde er steif und tot sein. Er drängte diese Gedanken in den Hintergrund, lehnte es ab, sich mit ihnen zu beschäftigen. Manchmal stiegen sie fordernd von selbst an die Oberfläche, aber er sperrte sie aus seinem Bewußtsein aus und bemühte sich, an anderes zu denken.

Er fand es eigenartig, überhaupt auf Füßen laufen zu können, die so erfroren waren, daß er nicht spürte, wenn sie den Boden berührten und das Gewicht seines Körpers trugen. Er schien über den Boden dahinzugleiten, ohne Kontakt mit der Erde. Irgendwo hatte er einmal einen geflügelten Merkur gesehen, und er fragte sich, ob Merkur dasselbe Gefühl hatte wie er, wenn er über die Erde schwebte.

Seine Idee weiterzulaufen, bis er das Lager mit den Gefährten erreichte, hatte einen Haken: es fehlte ihm das Durchhaltevermögen. Er stolperte mehrmals, schließlich taumelte er nur noch, sackte dann zusammen und fiel in den Schnee. Als er aufzustehen versuchte, schaffte er es nicht. Er wollte sitzenbleiben und sich ausruhen, beschloß er, und danach würde er nur noch gehen, ohne eine Pause zu machen. Während er dort saß und Luft schöpfte, bemerkte er, daß ihm angenehm warm war. Er zitterte nicht, und es schien sogar, als ob eine Art Wärmestrahlung sich in Rumpf und Brust ausbreite. Und doch spürte er nichts, als er Nase oder Backen berührte. Das Laufen würde sie nicht auftauen. Auch seine Hände und Füße nicht. Dann wurde ihm plötzlich klar, daß die Erfrierungen notwendigerweise weitere Körperregionen erfassen würden. Er strengte sich an, diese Erkenntnis zu unterdrücken, sie zu vergessen, an anderes zu denken; er war sich bewußt, daß sie panische Gefühle weckte, und er fürchtete die Panik. Doch die Erkenntnis ließ sich nicht abschütteln und behauptete sich hartnäckig, bis er seinen eigenen, völlig erfrorenen Körper vor sich sah. Das war zuviel, und er stürmte wieder los. Einmal wurde er langsamer, bis er nur noch im Schrittempo ging, aber die Vorstellung der sich ausbreitenden Erfrierungen trieb ihn erneut zum Laufschritt.

Die ganze Zeit über folgte der Hund ihm auf den Fersen. Als er zum zweiten Mal stürzte, legte er seinen Schwanz auf die Vorderpfoten und blieb vor ihm sitzen, merkwürdig gespannt und aufmerksam. Die Wärme und Sicherheit des Tiers machten ihn wütend, und er beschimpfte den Hund, so daß dieser beschwichtigend die Ohren anlegte. Dieses Mal überkam ihn das Zittern schneller. Er war im Begriff, den Kampf mit der Kälte zu verlieren. Sie kroch von allen Seiten in ihn hinein. Der Gedanke daran hetzte ihn weiter, aber er kam keine dreißig Meter weit, bis er erneut taumelte und der Länge nach in den Schnee stürzte. Es war die letzte Aufwallung von Panik. Als er wieder Luft bekam und seine Selbstbeherrschung zurückerlangt hatte, setzte er sich hin und machte sich mit der Vorstellung vertraut, dem Tod mit Würde zu begegnen. Sie erschien ihm allerdings in anderem Gewande, in der Einsicht nämlich, daß er sich lächerlich gemacht hatte, indem er wie ein kopfloses Huhn durch die Landschaft gelaufen war – der Vergleich drängte sich ihm auf. Er würde ohnehin erfrieren, dann konnte er es auch gleich mit Anstand tun. Mit diesem neugefundenen Seelenfrieden kamen auch die ersten Vorboten der Schläfrigkeit. Eine gute Idee, dachte er, dem Tod entgegenzuschlafen. Als nähme man ein Betäubungsmittel. Das Erfrieren war nicht so schlimm, wie die Leute glaubten. Es gab eine Menge schlimmerer Todesarten.

Er malte sich aus, wie die anderen am nächsten Tag seine Leiche finden würden. Er sah sich plötzlich in ihrer Mitte, wie sie den Pfad nach ihm absuchten. Und immer noch zusammen mit ihnen kam er um eine Biegung der Spur und stieß im Schnee auf sich selbst. Er war nicht mehr bei sich, denn in eben diesem Moment stand er bei den Gefährten und betrachtete sich dort im Schnee. Es war wirklich kalt, dachte er. Wenn er in die Staaten zurückkehrte, dann konnte er den Leuten erzählen, was richtige Kälte bedeutete. Eine neue Vision stellte sich ein: der alte Hase am Sulphur Creek. Er sah ihn lebhaft vor sich, wie er in behaglicher Wärme seine Pfeife rauchte.

»Du hast recht gehabt, alter Junge, du hast recht gehabt«, brummte er ihm zu.

Dann dämmerte er in einen Schlaf hinüber, der ihm angenehmer und erfrischender schien als alles, was er vorher gekannt hatte. Der Hund saß wartend vor ihm. Der kurze Tag endete in einem langen, trägen Zwielicht. Nichts wies darauf hin, daß nun Feuer gemacht würde, und außerdem hatte es der Hund noch nie erlebt, daß ein Mann sich so in den Schnee setzte, ohne genau das zu tun. Als das Dämmerlicht düsterer wurde, siegte die heftige Sehnsucht nach der Wärme, und der Hund tapste unruhig auf den Vorderläufen hin und her, winselte leise und legte in Erwartung einer Zurechtweisung die Ohren an. Aber der Mann blieb stumm. Später winselte der Hund lauter. Und noch später kroch er nah an den Mann heran und witterte den Hauch des Todes. Sein Fell sträubte sich, und er wich zurück. Eine Weile zögerte er noch und heulte unter den Sternen, die am kalten Himmel funkelnd auf und ab tanzten. Dann wandte er sich ab und trabte in der Spur dem Lager zu, das er kannte und wo es andere Futterspender und Feuermacher gab.

ANHANG

NACHWORT

Der Blick durch das Fenster, eine zuerst im Dezember 1905 veröffentlichte Kurzgeschichte Jack Londons, endet mit einer Bemerkung des indianischen Binnenerzählers Sitka Charley, die eines der zentralen Themen des Autors andeutet: »So ist es ... es war ein Stück Leben.« Ein Leben besonderer Art, voll Abenteuer, Extremsituationen und Todesnähe: das erwartet den Leser immer wieder in den annähernd 200 Kurzgeschichten des amerikanischen Erfolgsautors: und ein bedeutender Teil von ihnen spielt im Nordland, in Alaska, am Yukon, an legendären Plätzen wie Forty Mile, Klondike City und Dawson – oder genauer: auf den einsamen, vereisten Wegen zwischen diesen Orten, die nichts von dem zu bieten haben, was für den zivilisierten Leser von Boston, New York oder Philadelphia zu den angenehmeren Dingen des Alltags gehört, die aber bei all ihrer Einfachheit und Primitivität für den erschöpft Ankommenden die ersehnte Rettung sind – wenn ihn nicht ein Baum erschlagen hat, wenn er nicht hungrigen Wölfen zum Opfer gefallen ist oder eisige Kälte ihn hat erfrieren lassen. Es ist wahrlich ein »Leben« besonderer Art, auf das der Leser stößt, eine Wirklichkeit, unter deren realistisch oder naturalistisch gezeichneter Oberfläche sich aber jene subjektive »Philosophie des Lebens« verbirgt, ohne die, so meinte London in seinem Ratschlag für zukünftige Autoren, kein Schriftsteller literarische Größe erreicht (»Getting into Print«, *The Editor*, März 1903).

Als *Der Blick durch das Fenster* 1905 im renommierten *Harper's Magazine* erschien, hatte London bereits mehr als achtzig Erzählungen in den verschiedensten Zeitschriften veröffentlichen können, in spezialisierten Journalen etwa für

Farmer, Jugendliche oder Hausfrauen, aber auch in national und international bekannten Publikationsorganen wie dem *Overland Monthly* oder dem *Atlantic Monthly*. Dabei hatte London immer wieder Kompromisse schließen, hatte Rücksicht auf den vermeintlichen Lesergeschmack und die Überlegungen kommerziell orientierter Herausgeber nehmen müssen. Erst in den separaten Buchsammlungen, die dann die meisten seiner Nordlandgeschichten aufnahmen, konnte er auf die in der Schreibtischschublade verwahrten ursprünglichen Textfassungen zurückgreifen und damit seinen künstlerischen Ambitionen gerecht werden. Es sind dies *The Son of the Wolf* (*Der Sohn des Wolfs*, 1900), *The God of His Fathers* (*Der Gott seiner Väter*, 1901), *Children of the Frost* (*In den Wäldern des Nordens*, 1902) – im gleichen Jahr erschienen wie Londons mißglückter erster Roman *A Daughter of the Snows (An der weißen Grenze)* –, schließlich nach den phänomenalen Verkaufserfolgen von *The Call of the Wild* (*Ruf der Wildnis*, 1903) und *The Sea-Wolf* (*Seewolf*, 1904), der Erzählband *The Faith of Men* (*Das Vertrauen der Menschen*, 1904). Einige Nordlanderzählungen – Beispiele daraus sind in die vorliegende Auswahl aufgenommen – erschienen etwas später in *Love of Life* (*Liebe zum Leben*, 1907) und *Lost Face* (*Verlorenes Gesicht*, 1910), als sich Jack Londons literarisches Gestaltungsinteresse auf andere Regionen und Themen verlagert hatte – auf Kalifornien und die Südsee etwa, das Meer und den Sport, die Utopie und den Sozialismus.

Als London an *Der Blick durch das Fenster* arbeitete, war ihm vieles sehr viel klarer als in jenen Tagen, da er als Siebzehnjähriger bei einem Schreibwettbewerb einer in San Francisco erscheinenden Morgenzeitung immerhin 25 Dollar einstreichen konnte: klarer war ihm zweifellos nach den kurzen, aber intensiven Nordlanderfahrungen von 1897/98, was er mit dem vagen Begriff »Leben« meinen mochte, klarer war ihm auch, wie er mit einem Thema dieser Art nicht nur den Leser in seinen Bann ziehen, sondern überdies den eigenen künstlerischen Vorstellungen genügen konnte. *Der Blick durch das Fenster* läßt beides anklingen: die Frage nach dem Leben ebenso wie die Darstellungsproblematik, und die Erzählung gibt deshalb zu erkennen, welchen Ideen und Erzähltechniken sich London verpflichtet sah.

Es ist die Geschichte einer Frau aus dem Süden, die wie besessen und zuletzt selbst am Rande ihrer physischen Kräfte in der weißen Wüste des Nordlands einem Mann nachspürt, um den nach monatelanger Flucht völlig Geschwächten wie im *show-down* eines Western schließlich mit dem Revolver niederzustrecken. Sitka Charley, den sie mit einer verlockend hohen Summe Geldes als Führer angeheuert hat, ahnt spät erst den Zweck der rastlosen Suchexpedition, an der sich ein weiterer Weißer beteiligt.

Jack London legt diese Erzählung von der aberwitzig scheinenden Verfolgung eines weißen Mannes durch eine weiße Frau in den Mund eines Indianers, der seinen Stammesgenossen den Rücken gekehrt hat und sozusagen als Grenzgänger am Rande zweier Welten mit der Mentalität der neuen Herren des Kontinents vertraut ist, für die er arbeitet. Aber vieles bleibt diesem Indianer, der sich in der Rahmenhandlung mit einem weißen Maler über das Leben und die Kunst unterhält, rätselhaft: Charley, der »das Leben in Bildern« sieht, der es in Bildern empfindet und in Bildern verallgemeinert, muß doch vor den Illustrationen, die an der Wand der Hütte hängen, kapitulieren. Der Indianer weiß zwar die in bildhafte Momentaufnahmen eingeschriebenen Spuren zu lesen, aber das Verhältnis von Leben und Kunst, von Geschehen, das einen erkennbaren Anfang und ein verstehbares Ende hat einerseits und der Auswahl bedeutsamer, auf das Leben insgesamt verweisender Augenblicke andererseits – dieses Verhältnis bleibt ihm unklar. Mehr noch: sogar das, was er Jahre zuvor als Führer der weißen Frau erlebt hat und jetzt als Beispiel für eine dem Leben selbst entnommene Folge von Bildern erzählt, entzieht sich weitgehend seinem Verständnis, während der weiße Rahmenerzähler zum Schluß sehr wohl die Zusammenhänge begreift. Wenn der Indianer vor allem von seinen konkreten Lebenserfahrungen ausgeht – Sitka »hatte das Leben kennengelernt« –, dann besitzt der weiße Maler neben seinen Erfahrungen noch ein letztlich symbolisch-abstraktes »Bilderwissen«, das auf der Auswahl signifikanter Details und auf lebensphilosophischen Verallgemeinerungen basiert und das Wirklichkeit daher auf neue Art verfügbar macht. London dramatisiert auf diese Weise, wie so oft in seinen Erzählungen, das kulturelle und mentale Gefälle zwischen zwei »Rassen« im weiteren Sinne, Rassen, die sich einander annähern können, ohne daß die Überlegenheit und damit der Führungsanspruch der Weißen grundsätzlich in Frage gestellt werden müßte: London, der sich nicht ohne Berechtigung als Sozialist verstand, ist gleichwohl ein Kind seiner Zeit, das in den politischen und ökonomischen Ideen des Imperialismus nichts Böses entdecken kann.

Aber eigentlich geht es in *Der Blick durch das Fenster* doch weniger um derartige Differenzen als um die vom indianischen Begleiter wohl eher intuitiv, vom weißen Maler eher intellektuell beantwortete Frage nach dem, was denn nun eigentlich »Leben« sei, ohne daß der Leser allerdings eine eindeutige Antwort erhielte. Londons Frage, das muß man vorausschicken, ist eingebettet in eine umfassendere Problematik, die Ende des 19. Jahrhunderts Biologen und Gesellschaftswissenschaftler, Philosophen und Literaten beschäftigte: In welchem Verhältnis steht das Individuum, stehen Nation oder Rasse zur jeweiligen Umwelt? Kann man von Freiheit, von Determination sprechen, ist so etwas wie Evolution im positiven Sinne denkbar oder reduziert sich die Existenz auf den erbitterten Kampf ums Dasein?

Der im sozialen Abgrund aufgewachsene und versessen

nach oben strebende Jack London versetzt, um zu einer Antwort zu gelangen, seine Figuren – sozusagen experimentell – in das Nordland und läßt sie unter den extremen Bedingungen dieser feindlichen Umwelt agieren und reagieren. Die Ausgangsthese von der Anpassungsfähigkeit und Plastizität des Menschen läßt dann grundsätzlich zwei Alternativen zu: entweder fällt das Individuum in einen vorzivilisatorischen Atavismus zurück, wird wieder zum Wolf unter Wölfen in einem individuell geführten Überlebenskampf, oder es ist zu einem sozialen Verhalten fähig, das unter den Bedingungen des Nordlands allerdings von den Normen und Konventionen der zivilisatorischen Praxis abweicht. London ist zwischen beiden Alternativen hin- und hergerissen, schwankt zwischen einem sozialdarwinistisch geprägten Pessimismus und der Hoffnung auf einen kulturellen und gesellschaftlichen Fortschritt, der für den politisch Denkenden seit seinem Beitritt zur amerikanischen sozialistischen Partei zwar immer wieder gefährdet, aber doch als evolutionärer Prozeß in die Menschheitsgeschichte eingeschrieben zu sein schien.

Wenn Jack London nach seiner Rückkehr aus der von Goldgräbern überschwemmten Region um Klondike eben seine eigenen Erfahrungen und vor allem das, was er dort von anderen gehört hatte, zu verarbeiten begann, dann ist das mehr als nur die glückliche Wahl eines erfolgversprechenden, weil aktuellen Gegenstands. Aktuell schien das Sujet zweifellos, da zwar die Eroberung des Westens abgeschlossen war, der Historiker F. J. Turner aber ebenso wie der spätere Präsident der Vereinigten Staaten, Th. Roosevelt, in der gelungenen und weiter gelingenden Auseinandersetzung mit der Wildnis und der Grenze – »the frontier« – den Beweis für die geistige und moralische Statur der Amerikaner, für ihren demokratischen Geist, ihre nationale Identität zu sehen meinten. Der Kult, der in den folgenden Jahren mit der

Wildnis getrieben wurde und u. a. zur Gründung der »Boy Scouts of America« und des Sierra Club führte, ist aus der Furcht vor der Verweichlichung der Amerikaner angesichts des Verschwindens der das Letzte abverlangenden Grenze zu erklären, und er fällt in jene »Epoche der Emsigkeit«, deren Verkörperung Roosevelt wurde.

Die »Literatur der Grenze« hat in der Neuen Welt eine bis zu den ersten Siedlern zurückreichende mündliche Tradition, der legendäre Figuren wie Davy Crockett oder Pecos Bill entstammen, und im Laufe des 19. Jahrhunderts trugen J. F. Cooper ebenso wie die Autoren der populären »dime novels« des Verlegers Erasmus Beadle und vor allem die Vertreter des »local color movement« – Mark Twain, Bret Harte, Hamlin Garland – mit ihren Erzählungen über das Milieu und die Menschen der Grenzregionen zur Blüte dieser Art von spezifisch amerikanischer Literatur bei. London, der sich in diese Tradition stellte, schien für die Literatur eine neue Grenze und eine neue Wildnis im Norden entdeckt zu haben, deren Bewältigung eben jenen Pioniergeist erforderte, der mit den Worten Turners Grundlage der nach der Schließung der Grenze notwendigen »sozialen Regeneration« sein konnte.

Aber die eigentliche – die persönliche – Bedeutung des Nordlandsujets lag für den Autor Jack London doch wohl eher im symbolischen Potential einer Landschaft, die in seinen Erzählungen fast archetypische Züge annimmt. Die weiße Wüste von Eis und Schnee und die Mühsal des Weges mußten für jemanden, der das alles kurz zuvor am eigenen Leibe erlebt hatte, als unmittelbar eingängige Symbole all dessen erscheinen, was dem Menschen die Endlichkeit und Nichtigkeit der Existenz vor Augen führte. London begriff daher die graue und kalte Wildnis des Nordens als eine Naturkraft, die das Wasser – seit jeher Symbol des Lebens – ebenso erstarren ließ, wie es die Fortbewegung des Menschen auf der Schlittenspur zu einer Mühsal ohnegleichen machte, als Inbegriff mithin lebensbedrohender Immobilität: »Die Natur kennt viele Wege, um den Menschen von seiner Endlichkeit zu überzeugen ... das Schrecklichste aber, das Betäubendste überhaupt ist das Weiße Schweigen, in dem nichts geschieht. Jede Bewegung erstirbt, die Luft wird klar, das Firmament ist messinggelb ...« *(Das Weiße Schweigen)*.

Vor dem Hintergrund dieser Reglosigkeit und Tod symbolisierenden Natur spielt sich das Leben von Menschen und Tieren ab, von Wesen, die mit einem elementaren, mit Licht und Sonne assoziierten Lebenswillen beseelt sind. Es ist ein auf ständigen Konflikt hinauslaufendes Spiel: »Die Wildnis liebt das Leben nicht. Das Leben ist für sie eine Beleidigung, denn das Leben ist Bewegung, sie aber strebt danach, alle Bewegung aufhören zu machen. So läßt sie das Wasser gefrieren, damit es nicht ins Meer fließt, so treibt sie den Saft aus den Bäumen, bis sie ins innerste Herz hinein erstarren; und am grausamsten und schrecklichsten verfolgt sie den Menschen und zwingt ihn zur Unterwerfung, ihn, das ruheloseste aller Wesen, das in steter Empörung gegen den Spruch ist, daß am Ende alle Bewegung aufhören soll.« (*Wolfsblut*, 1906). Daß die Wildnis letztlich immer obsiegt, verleiht zahlreichen Erzählungen Londons – besonders den seit 1903 nach der »langen Krankheit des Pessimismus« entstandenen – eine tragisch-ironische Note, die sich häufig in fast grotesken Schlußpointen zeigt. Aber: trotz der Aussichtslosigkeit sind der Kampf und der Einsatz aller Kräfte – in Übereinstimmung also mit dem elementaren Lebensprinzip – für London das letztlich Entscheidende.

Londons Idee von der Natur als einer allem Lebenden Gleichgültigkeit entgegenbringenden, entseelten und entgöttlichten Gegenmacht erhält allerdings durch die Überlagerung mit den aus Kindheits- und Jugenderfahrungen hervorgegangenen Vorstellungen vom gnadenlosen Überlebenskampf ein anderes Gesicht. Gerade wenn unter den extremen

Bedingungen des Nordlands die Nahrungsressourcen etwa schwinden, beginnt der Kampf ums Dasein: zwischen den Tieren, zwischen Menschen und Tieren und selbst unter den Menschen. London, der von evolutionär bedingten Ähnlichkeiten zwischen animalischen und menschlichen Verhaltensweisen ausgeht, sieht grundsätzlich die Möglichkeit sowohl der Regression wie auch der Progression im Sozialverhalten (*Ruf der Wildnis* bzw. *Wolfsblut* zeigen die Alternativen an den Beispielen von Hund und Wolf auf). Das heißt aber: er ist – obwohl erklärtermaßen ein »materialistischer Monist«, wie er in einem Brief an Anna Strunsky vom 6. Januar 1902 schreibt – grundsätzlich von der »Plastizität« organischen Lebens überzeugt. Wharton James gegenüber bemerkte er später: »Ich bin ein Anhänger der Evolutionslehre und deshalb ein ausgeprägter Optimist. Diese Art von Denken liegt meinem Roman *Wolfsblut* zugrunde. Jedes Atom des Organischen ist formbar. Die höchsten jetzt existierenden Exemplare waren einst breiige Wesen im Kindesalter, die sich so oder so formen lassen konnten. Geht der Druck in die eine Richtung, dann haben wir Atavismus: die Rückkehr zum Barbarischen; geht er in die andere Richtung: Domestizierung, Zivilisation. Mich hat die schreckliche Plastizität des Lebens schon immer beeindruckt, und ich glaube, daß ich die erstaunliche Wirkung und den Einfluß der Umwelt nie genug betonen kann.«

Diese doppelte Perspektive auf prinzipiell mögliche Entwicklungstendenzen, die gegenseitige Durchdringung von Optimismus und Pessimismus, ist es wohl auch, die dem Werk Londons jenen immer wieder konstatierten schillernden Charakter verleiht, jene Ambivalenzen und den Leser irritierenden Widersprüche. Oft scheint nicht klar zu sein, welcher Alternative London eigentlich zuneigt, ob er den gnadenlosen Überlebenskampf – sogar mit all seinen grausamen Exzessen – gutheißt oder ob er ganz im Gegenteil für ein

Ethos eintritt, das temporär jedenfalls den Überlebenskampf suspendiert.

Der Blick durch das Fenster ist ein gutes Beispiel. Sitka Charley assoziiert die Frau aus dem Süden, die er da begleitet, von Anfang an mit Licht und Wärme – ihr Haar leuchtet »manchmal wie Gold im Feuerschein«, ihre Augen sind »manchmal warm wie die Kerze hinter dem Vorhang«; und später, als die Verfolger dem Fremden ganz nah sind, assoziiert er sie sogar mit der Sonne: »Ringsherum ist der Schnee und die Stille und mitten darin kriechen der Mann und die Frau und der Mann vor ihnen. Zu beiden Seiten der Sonne steht eine Nebensonne, so daß drei Sonnen am Himmel sind.« Auch wenn diese Frau nur mühsam vorankommt, inmitten des »Weißen Schweigens« steht sie für Bewegung und Leben, aber für eine Art von Leben, das sich im Schlußakt, dem Schußwechsel, als komprimiertes Sinnbild des Überlebenskampfes manifestiert, und das meint wohl die enigmatische Bemerkung über das »Stück Leben« im abschließenden Dialog.

Andererseits hat der Indianer nach und nach erkennen müssen, daß er eigentlich an einem alptraumartigen »Rennen zwischen toten Menschen und toten Hunden« teilnimmt. Sitka Charley findet seine eigene »Weisheit des Weges«: in der Absage an das Geld, das ihn zu absurden Handlungen treibt. London deutet jedoch noch eine weitere Dimension an, die im Originaltitel der Geschichte (*The Sun-Dog Trail*, d.h. der »Sonnenhundeweg«) aufgehoben ist. »Sonnenhunde«: das sind die durch Eiskristalle in der Luft hervorgerufenen Lichtbrechungen, die neben der eigentlichen Sonne weitere Sonnen – Nebensonnen – erscheinen lassen. London assoziiert diese Nebensonnen mit Hunden, so wie er die Frau aus dem Süden und ihren weißen Begleiter als »Jungwölfe« bezeichnet, die hinter einer Beute her sind, aber den Weg durch die Wildnis nicht kennen. Das Bild evoziert so den

Gegensatz zwischen dem lebenspendenden Licht der eigentlichen Sonne und jenen Sonnen, die einer Fata Morgana ähneln. Es handelt sich deshalb um einen »Sonnenhundeweg«, einen falschen Weg, der in die Irre führt.

Jack London vermittelt nun dieses ambivalente Bild vom »Leben« nicht in dessen durchaus möglichen vollen Breite, wie es der Leser um die Jahrhundertwende im Roman erwarten konnte, sondern er greift zur Form der so spezifisch amerikanischen Short Story; und das ist eine Entscheidung, die nicht ohne Wissen gerade um die finanziellen Chancen geschah, die sich um 1900 einem Verfasser von Kurzgeschichten boten. Als erster und überragender Meister der Gattung galt zu diesem Zeitpunkt Edgar Allan Poe. Im eigenen Land wurde der wegen seines Lebenswandels und seiner düster-schauerlichen Geschichten nicht so recht zum Optimismus der jungen Republik passende Autor zunächst kaum angemessen gewürdigt. Andere mußten daher seinen Ruhm verbreiten, Baudelaire etwa, der ihn zum Außenseiter der bürgerlichen Gesellschaft stilisierte, englische Juristen, die in seinen Erzählungen, in denen analytisch schlüssig Verbrechen aufgeklärt werden, Musterbeispiele für die angelsächsische Praxis des Indizienbeweises sahen, schließlich auch Detektivliteraturautoren wie Andrew Forrester und Conan Doyle, die seine Kompositionsmethode zu adaptieren suchten.

Eine günstige Voraussetzung für die Entwicklung der Gattung gerade in Amerika waren die zahlreichen einheimischen Magazine und Zeitungen, die amerikanischen Autoren hinreichend Publikationsmöglichkeiten boten. Tatsächlich stieg zwischen 1865 und 1885 die Zahl der Magazine von 700 auf 3300, und fünfzehn Jahre später gab es etwa fünfzig überregionale Zeitschriften mit einer Auflage von teilweise mehr als 100000 Exemplaren. Neue Technologien – billigere Papierherstellung, Rotationspresse, verbesserte Setzmaschinen,

Photogravur, aber auch die Postgebührensenkung für Periodika, die dem Kriterium der »Wissensverbreitung« genügten – ließen die Verkaufspreise für Zeitschriften wie *McClure's Magazine*, *Lippincott's* oder *Cosmopolitan* sinken, die bei höherer Auflage, steigenden Werbeeinnahmen und stärkerer Konkurrenz billiger werden mußten und konnten. Mit der Verabschiedung des Copyrightgesetzes von 1891 verbesserte sich zudem die Situation des amerikanischen Schriftstellers so sehr, daß es sich für die Verleger lohnte, nun nicht mehr vor allem auf ungeschützte englische Texte zurückzugreifen. So konnten sie endlich auch ein einigermaßen akzeptables Honorar zahlen (um 1900 meist einen Cent pro Wort).

Die gestiegene Nachfrage nach Kurzgeschichten und die Konkurrenz unter den Autoren führte schon um die Mitte der neunziger Jahre nicht nur zu lebhaften Diskussionen über die Schreibtechniken, sondern auch zu ersten Schreibanweisungen in Buchform, etwa Charles R. Barretts *Short Story Writing: A Practical Treatise on the Art of the Short Story* (1898). Der gerade mittellos vom Klondike zurückgekehrte Jack London begann im Sommer 1898, nach neuen Verdienstmöglichkeiten zu suchen und, überzeugt von seiner schriftstellerischen Begabung, derartige Anweisungen ebenso genau zu studieren, wie er die Diskussionen über die neue Gattung verfolgte und vor allem den populären Rudyard Kipling las. Nach den ersten Schreibversuchen von 1893 und den Publikationen im Magazin der High School von Oakland arbeitete London im Frühjahr 1897 in einem Zustand »kreativen Fiebers« auf einer Schreibmaschine, die nur Großbuchstaben aufwies und die er, da sein Schwager sie tagsüber benötigte, nur nachts benutzen konnte. Er brachte alles mögliche zu Papier, »gewichtige Essays über naturwissenschaftliche und soziologische Gegenstände, Kurzgeschichten, humoristische Gedichte, Verse aller Art von Trioletten über Sonette bis zu Blankverstragödien und schwerfälligen

Epen in der Spenser-Strophe« – so London später im autobiographischen Roman *John Barleycorn* (*König Alkohol*, 1913).

Freilich mußte sich Jack London nun auch genauer überlegen, wie derartige Erfahrungen künstlerisch zu gestalten seien. So begann er, das berichtet später seine Tochter Joan, »wie ein Medizinstudent« die Kurzgeschichten der wichtigsten Magazine zu sezieren, »ihre Nervenbahnen und Sehnen aufzuspüren und ihre Gelenkverbindungen nachzuformen«. Eine seiner Schauergeschichten wurde denn auch im Februar 1899 ins *Black Cat Magazine* aufgenommen, und Jack London erhielt immerhin 40 Dollar. Der eigentliche Durchbruch kam aber durch das ehemals von Bret Harte herausgegebene, in San Francisco erscheinende *Overland Monthly*, das sich besonders um Autoren des Westens bemühte und auch bereits Alaska-Geschichten publiziert hatte. Es druckte 1899 die Erzählungen, die zu den bekanntesten London-Titeln gehören: *Auf den Mann unterwegs* (London mußte allerdings wegen des 5-Dollar-Honorars erst, wie er berichtet, das Büro »stürmen«), *Das Weiße Schweigen, Ein Sohn des Wolfs, Die Männer des Sonnenlandes, In einem fernen Land, Das priesterliche Vorrecht, Die Frau eines Königs* und *Die Weisheit des Wegs,* Geschichten, die nach der noch wichtigeren Übernahme von *Eine Odyssee des Nordens* durch das *Atlantic Monthly* (Januar 1900) sämtlich vom renommierten Bostoner Verlag Houghton Mifflin & Co. unter dem Titel *Ein Sohn des Wolfs* als Buch publiziert wurden.

Auch wenn Jack London, nach zahlreichen vergeblichen Manuskriptsendungen an Magazinherausgeber (*Keeshs Geschichte* wurde vierundzwanzigmal abgelehnt) relativ schnell in nur wenigen Monaten sein Metier beherrschte und seit 1903 zum gutbezahlten Beiträger amerikanischer Magazine avancierte – vor allem durch die ursprünglich als Kurzgeschichte geplante romanhafte Hundegeschichte *Ruf der Wildnis* (statt 5 oder 10 Dollar pro Story erhielt er jetzt zwischen 40 und 130 Dollar) –, weisen keineswegs alle frühen Geschichten jene künstlerische Perfektion auf, die etwa *Feuermachen* (*Century Magazine*, August 1908) auszeichnet. Denn Jack London mußte zunächst einmal die verschiedenen Möglichkeiten des kurzen Erzählens erproben, bevor er nicht nur den Forderungen der Herausgeber, sondern auch den eigenen ästhetischen Ansprüchen genügen konnte.

Der aus der Arbeiterklasse stammende, dem »Abgrund, der menschlichen Jauchegrube« (»What Life Means to Me«, *Cosmopolitan*, März 1906) entfliehende London sah sein Heil von Anfang an nicht nur in harter Arbeit, sondern im Erwerb von Bildung und Wissen, und er verschlang Bücher von Twain, Harte, Kipling und Melville ebenso wie Spencers *Prinzipien*, Darwins *Die Entstehung der Arten durch natürliche Zuchtwahl*, Haeckel, Marx und die exemplarische Erfolgsstory des ermordeten Präsidenten Garfield, Horatio Algers *Vom Kanaljungen zum Präsidenten* (1881). Er sah sich von Anfang an auf der Suche nach einer für ihn verbindlichen subjektiven Lebensphilosophie, und er fügte sie nach und nach aus Anregungen Darwins, Spencers und Haeckels, aus den sozialistischen Theorien von Marx und aus Nietzsches faszinierenden Überlegungen zusammen, ohne die Widersprüche zwischen den unterschiedlichen Denkansätzen immer befriedigend lösen zu können. Der Versuch, diese subjektive Lebensphilosophie in seine Werke einzubringen, gibt Londons Erzählungen und Romanen häufig den Anstrich des Thesenhaften: immer wieder stößt der Leser auf längere philosophische oder soziologische Diskussionen, entweder von Figuren oder auch des Erzählers. London wurde deshalb von Magazinherausgebern nicht nur wegen angeblich »riskanter«, »lästerlicher« oder »tragischer« Erzählungen getadelt – »Wir wollen saubere, glücklich verlaufende Abenteuer- oder Liebesgeschichten«, so eine Antwort –, sondern verschiedentlich auch zur Kürzung einleitender Darlegungen gedrängt. Eigentlich entsprach das auch Londons Ideal des Dramatischen. In Kapitel 37 seines autobiographischen Romans *Martin Eden* (1909) will der Held eine realistische Abenteuergeschichte schreiben, unter deren »swing and go«-Oberfläche etwas anderes verborgen sein soll, was der normale Leser niemals entdecken wird, was aber andererseits seinen Genuß nicht beeinträchtigen darf: »Es war ja stets das große universelle Motiv, das ihm die Ideen zu seinen Geschichten eingab. Hatte er ein solches Motiv gefunden, dann suchte er nach den besonderen Menschen und dem besonderen Platz in Zeit und Raum, wodurch er das Universelle zum Ausdruck bringen konnte. ›Überfällig‹ hieß der Titel, den er gewählt hatte... ›Überfällig‹ sollte eine Geschichte werden, die echt und realistisch die besonderen Charaktere und Ereignisse schilderte; aber sie würde auch, das wußte er ganz sicher, von den wesentlichen großen Dingen erzählen, die zu allen Zeiten und auf allen Meeren für alles Leben galten.« Als London zu schreiben begann, beherrschte er diese Erzähltechnik noch nicht hinreichend. Spannung und Dramatik waren das eine, der Drang zur weltanschaulich-philosophischen Explikation das andere: beides findet sich in vielen frühen Erzählungen nebeneinander.

So bediente er sich zunächst durchaus noch – ganz im Stil der Erzählliteratur des 19. Jahrhunderts – der Figur eines etwa über die zivilisatorischen Veränderungen im allgemeinen oder die andersartigen Lebensbedingungen in Alaska philosophierenden und von einer festen Position aus moralisierenden Erzählers, der mit seiner Geschichte etwas Allgemeines exemplifiziert. Dies gilt etwa für *In einem fernen Land* (Juni 1899) mit der relativ langen einleitenden Reflexion über die Fähigkeit, in der neuen Umgebung nicht nur auf die Bequemlichkeit einer »älteren Zivilisation« verzichten, sondern sich flexibel auf die neue Existenz einstellen zu können; ebenso für *Der Gott seiner Väter* (*McClure's Magazine*, Mai

1901) mit den Ausführungen über das Eindringen der weißen Einzelgänger in das Nordland, wo noch der erbitterte Kampf ums Überleben herrscht. Hier wie dort hat die im folgenden erzählte Geschichte Beispielcharakter. *Das Weiße Schweigen* (Februar 1899) beginnt dagegen unvermittelt mit einem Dialog, der das Interesse des Lesers zu fesseln vermag, ehe London an weniger exponierter Stelle sein gerade erworbenes Wissen über »die Mühsal des Wegs« und seine Gedanken über die Stellung des Menschen in der Natur ausbreitet. Wenn London sein praktisches Wissen oder seine philosophischen Einsichten präsentiert, dann verfällt er allerdings immer wieder in eine abstrakte und elaborierte Diktion, die noch deutlich mit der teilweise ungehobelten Sprache der Figuren und dem kraftvollen, hämmernden Stil anderer Erzählungen kontrastiert.

London war sich bereits früh der Problematik derartiger Erzählerbelehrungen bewußt. So schreibt er im Juni 1900 an Cloudesly Johns, einen jungen kalifornischen Postbeamten, der ihn um schriftstellerischen Rat gebeten hatte: »Verkünden Sie dem Leser nicht ihre Philosophie der Straße ... Nein, nein, nein! Lassen Sie das vielmehr durch die Taten, Handlungen, Reden usw. ihrer Figuren geschehen. Dann, und nur dann, erzählen sie und schreiben keinen soziologischen Vortrag über eine bestimmte Gesellschaftsschicht.« Und er rät Johns, Atmosphäre zu schaffen: den von außen einredenden Erzähler zu eliminieren und damit das Knarren der »Maschinerie« abzustellen. Johns solle sich um einen kraftvollen, intensiven, lebhaften Stil bemühen, Wirklichkeit sozusagen unvermittelt, realistisch im Sinne der Zeit »abmalen«. Das alles sind natürlich Ratschläge an die eigene Adresse, die auf sein Ziel dramatischer Verkürzung, erzählerischer Suggestivität, stilistischer Verknappung vorausweisen.

Der erste Schritt zur Eliminierung des philosophierenden Erzählers ist die Übernahme der besonders virtuos von Londons Vorbild Kipling praktizierten Rahmenerzählung, die in den ersten Bänden einen zunehmend größeren Raum einnimmt. Ein späteres Beispiel für diese Form ist *Der Blick durch das Fenster.* Nach der Unterhaltung zwischen Sitka Charley und dem Ich-Erzähler läßt Jack London den Indianer in einem erkennbar gebrochenen, grammatisch fehlerhaften Englisch von seiner geheimnisvollen Begegnung mit der besessenen Frau aus dem Süden berichten. Der lakonische Sprachstil, die kurzen Sätze mit ihren Wiederholungen und damit die Konzentration auf einfache Beobachtungen und Feststellungen lassen einen Erzähler erkennen, der sich ebenso mühsam der Realität zu bemächtigen sucht wie seine Figuren angesichts einer die Bewegung hemmenden Natur. So entsteht das Bild eines Menschen, der über seine Erlebnisse lange nachgedacht hat, aber ratlos geblieben ist: »Sie sind in mein Leben getreten und aus meinem Leben hinausgegangen, und das Bild ist, wie ich gesagt habe, ohne Anfang und endet ohne eine Erklärung.«

Das Gesetz des Lebens (*McClure's Magazine*, März 1901) ist im Unterschied dazu aus der persönlichen Perspektive des vom weiterziehenden Stamm zurückgelassenen und nach alter Sitte allein sterbenden Koskoosh erzählt. Dieser fast blinde Indianer hat noch ein feines Gehör und einen wachen Verstand, und so evoziert London die Stimmen und Geräusche, die Koskoosh noch wahrzunehmen imstande ist, aber auch seine Gedanken und Erinnerungen. Nur an wenigen Stellen ist ein kommentierender Erzähler vernehmbar, der vom »rohen Verstand« des Indianers spricht, der der »tiefergehenden Abstraktion« nicht fähig sei. Koskooshs Erinnerungen lassen jenes im Titel genannte »Gesetz des Lebens« erkennen, dem sich der Indianer unterworfen hat: der Natur, so glaubt er zu wissen, ist der einzelne gleichgültig, es zählt nur das Überleben der Rasse. Erst als er sich an den verzweifelten Todeskampf eines alten Elches erinnert, der von hungrigen Wölfen verfolgt und schließlich gestellt wurde, lehnt er sich noch einmal innerlich gegen das »Gesetz der Natur« auf: als sich die Wölfe um ihn sammeln, greift er zum glimmenden Scheit, um eine kalte Schnauze zu vertreiben, ehe er dann doch, dem Tode nahe, endgültig resigniert. Die Erzählung endet mit zwei offenen Fragen: »Welchen Sinn hatte es noch? War es nicht das Gesetz des Lebens?« Erneut also ein suggestiver Schluß, der wie in *Der Blick durch das Fenster* und anderswo den Leser zur Reflexion auffordern muß, weil der Erzähler zurücktritt hinter die Subjektivität der Figur.

Sicherlich mochte London dem Satz, daß es am Ende gleichgültig war, zustimmen; aber das Gesetz des Lebens hieß für ihn gerade Auflehnung gegen die Immobilität. Insofern haftet der indianischen Antwort trotz der Sympathie, die der Erzähler offensichtlich für den alten Koskoosh empfindet, etwas Vorläufiges an. Ähnliches gilt für andere Kurzgeschichten, in deren Mittelpunkt Indianer (oder auch Eskimos) stehen. Wenn die Sammlungen *The Son of the Wolf* (1900), *The God of His Fathers* (1901) und *The Faith of Men* (1904) nur vereinzelt Indianergeschichten enthalten, beschäftigen sich die Erzählungen der Sammlung *Children of the Frost* (1901) durchgängig mit dem Thema des Konfliktes zwischen den beiden Kulturen. Man muß natürlich darauf hinweisen, daß Jack London während seines Nordlandaufenthaltes kaum direkt mit Indianern zusammengetroffen war und seine Darstellung wenig authentisch ist. London hat sich mit ästhetischen Gründen gerechtfertigt, vor allem mit der Notwendigkeit, im Erzählprozeß mit wenigen signifikanten Details scharf konturierte Bilder zu malen, wie er in einem Brief an Anna Strunsky vom 20. Dezember 1902 bemerkte. Denn ihm kam es vor allem darauf an, unterschiedliche Haltungen zum Leben und zum Tod aufzuzeigen, Resignation, aber auch Auflehnung und Regression ins Barbarische des gnadenlosen Überlebenskampfes. Die Indiander sind in den frühen Nordlanderzählungen durchaus einfach und ehrlich, leben im Einklang mit der Natur. Die indianischen Frauen sind physisch widerstandsfähig, stark, loyal, aufopfernd, wie etwa Ruth in *Das Weiße Schweigen* oder Passuk in *Unbeugsame Frauen*. London hat jedoch bereits im Tagebuch, das er während der Rückkehr aus Klondike führte und dessen Notizen die Grundlage für einen Zeitungsartikel im *Illustrated Buffalo Express* vom Juni 1899 bildeten, festgestellt, daß die Weißen die Indianer ausbeuteten und korrumpierten. Auch in den Erzählungen selbst erscheinen sie als die Opfer der »landraubenden und seeraubenden Angelsachsen, die den eroberten Völkern das Gesetz geben«, wie es mit deutlicher Kritik in *Der Bund der alten Männer* (*Brandur Magazine*, Oktober 1902) heißt, einer Geschichte, die London für eine seiner besten hielt: »Die Stimme des Volkes ist in den Worten des alten Imber, die Tränen und Klagen des Volkes sind in seiner Kehle, als er seine Geschichte erzählt; und seine Geschichte faßt die große tiefe Tragödie des Zusammentreffens von Indianern und Weißen in sich zusammen.« Es ist die Geschichte eines alten Indianers vom Stamme der Whitefish, seiner Antwort auf das Verderben bringende Eindringen der Weißen, auf die Entfremdung der Jungen und der Frauen, auf die Krankheiten und die Hungersnöte. Sein erbitterter und gnadenloser Abwehrkampf, den er schließlich resigniert als einziger Überlebender beendet, ähnelt der Wut des roten Baptiste gegen die Missionare in *Der Gott seiner Väter* (*McClure's Magazine*, Mai 1901). Londons Meinung läßt sich aus einer Bemerkung über das Elend der Londoner Slumbewohner in der 1902 entstandenen Sozialreportage *People of the Abyss* ablesen: Wenn die in der britischen Metropole beobachtete, vom Kapitalismus verursachte Verelendung das »Beste« sei, was »die Zivilisation für den Menschen erreichen« kann, »dann gib uns Gebrüll und nackte Barbarei. Besser ein Geschöpf der Wildnis und der Wüste, der Höhle und des Siedlungsplatzes sein als Kreatur der Maschine und des Abgrunds.«

Allerdings bleibt London andererseits überzeugt von der Überlegenheit insbesondere des Weißen angelsächsischer Herkunft. Er ist, so heißt es im Essay *Das Salz der Erde* (*The Anglo-American Magazine*, August 1902), »die bedeutendste Figur auf der Weltbühne ... die Angelsachsen sind eine Rasse von Herrschenden und Vollendern«. Bei aller Sympathie für das Schicksal der Indianer: die Hilflosigkeit des schließlich resignierenden und sich dem Gericht stellenden Imber im *Bund der alten Männer* spricht für sich: »Es steht auf dem Papier dort, was wir getan haben. Wir waren alte Männer, und wir haben nichts begriffen. Selbst ich, Imber, verstehe immer noch nicht.«

Allenfalls ein Indianer wie Sitka Charley, der »seinem eigenen Volk endgültig den Rücken« gekehrt und der den »verborgenen Kern« der Weißen – »die Ehre und das Gesetz« – in sich aufgesogen hat, kann, wie die Erzählung *Die Weisheit des Wegs* zeigt, zu einer positiven Figur werden. Sitka Charley, Begleiter von Weißen auf einer beschwerlichen Spur, hat das »Gesetz« in die eigenen Hände genommen. Nachdem er zwei Indianer, die »zähnefletschenden Wolfshunden« zu gleichen scheinen und denen nicht zu trauen ist, dazu aufgefordert hat, sich bei ihrem Leben an seine Anweisungen zu halten, die ihm für die Bewältigung des Weges durch das Eis notwendig erscheinen, erschießt er sie, als sie erneut nachlässig werden. In einer Umgebung, die dem Menschen das Letzte abverlangt, muß auf jeden Verlaß sein – das ist für Sitka mit bewunderndem Blick auf die Weißen die »Weisheit des Weges«. Aber worauf zielt die bittere Pointe des Schlusses, als Sitka die beiden sich in ihr Los schickenden Indianer gerade in dem Augenblick tötet, als man in der Ferne – offensichtlich nahe einer Siedlung – einen weiteren Gewehrschuß hört? Ist sie verborgene Kritik an der übertriebenen

Härte des Indianers, ähnlich gnadenlos wie die von Imbers Richter (dort spürt man das Bedauern des Erzählers)? Oder deutet der Schluß die Tragik allen Lebens an? Die Antwort muß offen bleiben: der Erzähler überläßt dem Leser das Urteil.

Wenn von Verlaß, Ehre, Gesetz die Rede ist, dann bedeutet das zugleich auch in einem weiteren Sinne Rationalität, die Fähigkeit zur Abstraktion: all das, was Jack London selbst als hohe Werte ansah: »Er lebte nach Grundsätzen«, so bemerkte Anna Strunsky: »Gesetz, Ordnung und Zucht, das war das Glaubensbekenntnis seiner vitalen, leidenschaftlichen Jugend«. Vor allem der Verstand, die Fähigkeit, abstrahieren, verallgemeinern und damit lernen zu können, all das befähigt im Kosmos Londons den Einzelnen dazu, sich in der feindlich-gleichgültigen Natur zu behaupten, und zwar auf allen Stufen animalischen und menschlichen Lebens, auch wenn andererseits menschliche Solidarität ein wichtiger Wert ist.

Überleben durch eine primitive Form der Rationalität in einer Situation der Verlassenheit – das demonstriert Jack London in einer seiner bekanntesten Erzählungen, *Die Liebe zum Leben*. Ihr liegen die Erlebnisse eines auf dem Weg ins Basislager in den nordkanadischen Barren Lands im Sommer 1900 von seinem Begleiter im Stich gelassenen Mannes zugrunde, der verletzt und ohne Nahrung acht Tage umherirrte, ehe Indianer ihn versorgten. London kannte den im Dezember 1901 in *McClure's Magazine* erschienenen Bericht, formte ihn allerdings in wesentlichen Punkten um.

Die Ereignisse werden fast gänzlich aus der Perspektive des Umherirrenden dargestellt, der sich von Hunger geplagt in einer düsteren Landschaft dahinschleppt und immer schwächer wird, bis er offensichtlich auf die Stufe des Tieres herabsinkt. So ist es nur noch »das Leben in ihm, das nicht sterben wollte, das ihn vorantrieb«. Aber selbst in diesem Zustand des scheinbar vollständig instinktgesteuerten Verhaltens, das auf einen Kampf zwischen einem alten kranken Wolf und dem zum Wolf werdenden Mann (er tötet den Gegner schließlich mit einem Biß in die Kehle, und er trinkt sein Blut) hinausläuft, kommt eine rudimentäre Form von Rationalität zum Vorschein: sie zeigt sich im abwartenden Belauern und in der entscheidenden List des Mannes, der bezeichnenderweise aus der symbolisch verweisenden Region des Schneefalls in die des Regens und der Sonne vorankommt und der schließlich von einer wissenschaftlichen Expedition gerettet wird. Londons These lautet: es gibt keinen qualitativen Sprung in der Evolution vom Tier zum Menschen; weit entfernt davon, bloß reagierende Automaten zu sein, werden auch Tiere, wie *Ruf der Wildnis* (1903) und *Wolfsblut* (1906) beweisen und wie Jack London in seiner Antwort auf eine Kritik Präsident Roosevelts feststellt, »durch Instinkt, Sinneseindrücke, Gefühle und einfaches Denken« geleitet (*The Other Animals*, September 1908). Klassifikatorisches Denken in rudimentärer oder komplexerer Form macht überhaupt erst Lernen in Extremsituationen, Anpassung und damit auch das Sichdurchsetzen des elementaren Lebenswillens möglich.

Feuermachen, eine in einer frühen Version (*The Youth's Companion*, 1902) und der bekannteren späten Fassung von 1908 vorliegende Erzählung, thematisiert das Problem der Rationalität auf andere Weise. In der ersten Fassung gelingt es dem *chechaquo*, dem Neuling im Nordland, trotz zahlreicher falscher Entscheidungen schließlich doch noch, dem Erfrierungstod zu entrinnen. Auch der Neuling der zweiten Fassung mißachtet die Warnung, sich bei sehr niedrigen Temperaturen allein auf den Weg zu machen. Aber er besitzt, wie der Erzähler zu Beginn bemerkt, trotz seines wachen Realitätssinns doch nicht das notwendige »Vorstellungsvermögen«, das ihn dazu befähigt hätte, »über seine Gebrechlichkeit als temperaturabhängiges Wesen nachzudenken oder über die Gebrechlichkeit des Menschen im allgemeinen, der nur innerhalb enger Grenzen von Hitze und Kälte überleben kann; und er stellte, von solchen Überlegungen ausgehend, auch keine Mutmaßungen über die Unsterblichkeit und den Platz des Menschen im Universum an«. Der Mann schlägt nicht nur, sich selbst überschätzend, die Ratschläge derer in den Wind, die das Verhältnis von Mensch und Natur auf philosophische Weise zu reflektieren verstehen und daraus die wesentlichen, das Überleben ermöglichenden Folgerungen ziehen, sondern begeht, als er seine durchnäßten Füße an einem Feuer trocknen will, auch schwerwiegende, die unmittelbare Praxis betreffende, nicht mehr zu korrigierende Denkfehler.

Freilich steht im Mittelpunkt dieser Erzählung doch eher der Wert notwendiger menschlicher Solidarität. Vom Hund – »der eine war der Arbeitssklave des anderen« – kann der Mann, wie der Sozialist Jack London eindringlich zeigt, derartige Solidarität nicht erwarten. Aber auch jene, die nicht die »proteische Fähigkeit der Anpassung« besitzen, »jene, die die ausgefahrenen Gleise ihrer Lebensbahn noch nie verlassen haben«, müssen unweigerlich unter geänderten Bedingungen versagen. Jack London demonstriert das in der Erzählung *In einem fernen Land* am Beispiel zweier »verweichlichter Sprößlinge der Zivilisation«, die einen Winter lang aufeinander angewiesen in einer einsamen Hütte verbringen müssen. Diese Männer von unterschiedlicher sozialer Herkunft sind nicht dazu in der Lage, die »äußerliche Höflichkeit des normalen Lebens« im Süden zu ersetzen durch »Selbstlosigkeit, Nachsicht und Toleranz«. Statt sich angesichts der »Großen Kälte und des Großen Schweigens« zu »wahrer Kameradschaft« durchzuringen, werden sie zu wilden Tieren, die sich gegenseitig umbringen.

Die für das Überleben notwendigen positiven Werte von Kameradschaft und Solidarität verkörpert dagegen Malemute

Kid, eine Figur, die in insgesamt sieben der neun Erzählungen von *The Son of the Wolf* auftritt. Die Erfahrungen des »Weißen Schweigens« und der Reglosigkeit unter den »messinggelben Himmeln« hat das Verlangen nach dem Leben in ihm nicht abtöten können, und wenn es nötig ist, kann er auch in »das jahrtausendealte Spiel der natürlichen Auslese« eingreifen: andererseits ist er dem Ethos der Kameradschaft und der Solidarität gegenüber dem Mitmenschen – und sogar gegenüber dem Schlittenhund – verpflichtet, wie *Das Weiße Schweigen* exemplifiziert. Als ein unter der Schneelast zusammenbrechender Baum den Freund Mason unter sich begräbt, harrt Malemute lange Zeit bei dem Schwerverletzten aus – »Fünf Jahre lang, Seite an Seite, auf dem Fluß und auf dem Trail, in Lagern und Goldminen, im Kampf um ihr Leben gegen den Feind, die Fluten und den Hunger, hatten sie das Band ihrer Freundschaft geknüpft.«

Schließlich tut er, worum ihn der Schwerverletzte, als er noch bei Bewußtsein war, gebeten hatte: er gibt ihm den Gnadenschuß, um das Leben der indianischen Frau und des Kindes, das sie von Mason erwartet, zu retten. *Das Weiße Schweigen* demonstriert damit, wie die übrigen Malemute Kid-Geschichten, Londons Satz aus *John Barleycorn*, daß allein der Mensch zu moralischem Handeln in der Lage sei; aber der Schluß der Geschichte weist zugleich mit der Flucht Kids – »Mit der Peitsche trieb Malemute Kid die Hunde zu wildem Galopp an und jagte über den Schnee davon« – auf die erschreckende Erkenntnis menschlicher Ohnmacht angesichts des »Weißen Schweigens« der Natur hin. Und die in den späteren Bänden versammelten Erzählungen deuten zwar positive Werte an, gehen aber in der Regel tragisch-ironisch aus und zeigen immer wieder die Grenzen rationaler Kontrollierbarkeit und imaginativen Verstehens von Realität: es scheint so, als lasse sich jenseits der positiven, dem Leben zugewandten Werte die elementare Furcht vor der Nichtigkeit aller Existenz nicht unterdrücken. Beispiele für eine weitergehende Kapitulation Londons vor dem Unbegreiflichen sind zwei späte Geschichten: *Der Witz des Porportuk* (*The Times Magazine*, Dezember 1906) und *Verlorenes Gesicht* (*The New York Herald*, Dezember 1908). Beide Erzählungen thematisieren – mit überraschenden Pointen zum Schluß – die Vernichtung von idealistisch-abweichenden Figuren, die sich vergebens psychischer und politischer Unfreiheit zu entziehen suchen.

Die ersten Rezensenten von Jack Londons Kurzgeschichten sahen durchaus das Innovative in der Sprache der Alaska-Erzählungen, in der Art und Weise, wie der Autor mit wenigen Worten kraftvolle Figuren in eine atmosphärisch sinistre Umgebung stellte. London verzichtete bewußt auf die gängige literarisch elaborierte Ausdrucksweise, zielte einen einfacheren Stil an, der auch regionale und dialektale Varianten aufweist. »Das Volk will seine Lektüre nicht nur verdichtet, konzentriert, sondern flott, prägnant, bündig ... Das Volk will keine Romane und Geschichten, die von Überflüssigem überquellen. Das Ungestutzte wird ungelesen beiseite geworfen werden. Was es will, ist die Substanz des Ganzen, und es will sie augenblicklich.« (»Phenomena of Literary Evolution«, *The Bookman* 1900/01). Vor allem Herbert Spencers *Philosophie des Stils* habe ihn, so bemerkte er später in einer nicht veröffentlichten Notiz, nach einer Sprache suchen lassen, die der Leser unmittelbar verstehen konnte, habe ihn gelehrt, »das Gehirn meines Lesers zu kennen, um die richtigen Zeichen zu finden, die ihn dazu zwingen sollten, meine Gedanken, meine Visionen, meine Gefühle zu verstehen. Und ich lernte, daß die richtigen Zeichen die waren, die ihm die geringste Energie des bloßen Begreifens abverlangten, um die meiste Energie dafür zu verwenden, in meinen Geist einzudringen, ihn zu genießen«.

Jack London wurde mit einer derartigen Sprache und mit

seinen handlungsreichen Kurzgeschichten und Romanen zu einem der berühmtesten Schriftsteller seiner Zeit, vielgelesen im Ausland, in der Sowjetunion etwa oder in Deutschland, Frankreich und Italien. In den Vereinigten Staaten fiel er jedoch bald unter das vernichtende Verdikt, ein Jugend- und Abenteuerschriftsteller zu sein, der seine Kunst fürs Geld prostituiert habe. Seine Kurzgeschichten weisen ihn jedoch als einen der großen Erzähler der Weltliteratur aus.

Uwe Böker

EDITORISCHE NOTIZ

Textgrundlage der Übersetzung der in diesem Band versammelten Alaska-Erzählungen sind die Erstausgaben der amerikanischen Erzählsammlungen Jack Londons. Im folgenden werden jeweils auch die Originaltitel der Erzählungen angegeben.

The Son of the Wolf (*Der Sohn des Wolfs*, 1900)

Die Weisheit des Wegs (The Wisdom of the Trail)
Das Weiße Schweigen (The White Silence)
In einem fernen Land (In a Far Country)

The God of His Fathers (*Der Gott seiner Väter*, 1901)

Der Gott seiner Väter (The God of His Fathers)
Unbeugsame Frauen (Grit of Women)

Children of the Frost (*In den Wäldern des Nordens*, 1902)

Der Bund der alten Männer (The League of Old Men)
Das Gesetz des Lebens (The Law of Life)
Lone Chiefs Krankheit (The Sickness of Lone Chief)
Nam-Bok der Lügner (Nam-Bok the Unveracious)

Love of Life (*Liebe zum Leben*, 1907)

Keeshs Geschichte (The Story of Keesh)
Die Liebe zum Leben (Love of Life)
Der Blick durch das Fenster (The Sun-Dog Trail)

Lost Face (1910)

Der Witz des Porportuk (The Wit of Porportuk)
Verlorenes Gesicht (Lost Face)
Vertrauen (Trust)
Feuermachen (To Build a Fire)

ZEITTAFEL

1876 Jack London (eig. John Griffith London) wird in San Francisco geboren.

1880 Umsiedlung auf eine Farm nach Alameda, Kalifornien.

1881 Einschulung.

1886 Umzug der Familie nach Oakland.

1887 Gelegenheitsarbeiten neben der Schule, Zeitungsjunge.

1891 Arbeit in einer Konservenfabrik.

1893 Matrose auf dem Robbenfänger »Sophia Sutherland«. Niederschrift der Erzählung *Typhoon off the Coast of Japan* (*Taifun vor der japanischen Küste*).

1894 Jack London schließt sich »Kellys Arbeitslosenarmee« auf ihrem Protestmarsch nach Washington an. Nach dem Scheitern des Marschs lebt er als Tramp, wird wegen Landstreicherei verhaftet und kehrt nach Oakland zurück.

1895 Besuch der »Oakland High School«, Verbindungen zur »Socialist Labor Party«.

1896 Jack London schreibt sich an der »University of California« in Berkeley ein. Publikation von Aufsätzen und Erzählungen. Mitglied der »Socialist Labor Party«.

1897 Er verläßt die Universität, um als freier Schriftsteller seinen Lebensunterhalt zu verdienen. Der Erfolg bleibt jedoch aus. Am 12. März Einschiffung nach Alaska, um als Goldgräber sein Glück zu versuchen.

1898 Nach erfolgloser Goldsuche Rückkehr nach Oakland. Jack London fristet sein Dasein als Verfasser von Kurzgeschichten; Gelegenheitsarbeiten.

1899 Veröffentlichung von *An Odyssey of the North (Eine Odyssee des Nordens)* in der Zeitschrift »Atlantic Monthly«.

1900 Veröffentlichung der Kurzgeschichtensammlung *The Son of the Wolf (Der Sohn des Wolfs)*. Heiratet Elizabeth (Bessy) Maddern.

1901 Geburt Joan Londons. Veröffentlichung der Kurzgeschichtensammlung *The God of His Fathers (Der Gott seiner Väter)*. Eintritt in die »Socialist Party«.

1902 Veröffentlichung des Romans *A Daughter of the Snows (An der weißen Grenze)*, der Kurzgeschichtensammlung *Children of the Frost (In den Wäldern des Nordens)* und des Jugendbuchs *The Cruise of the Dazzler (Joe unter Piraten)*. Reise nach England. Geburt der zweiten Tochter Bess (Becky) London.

1903 Veröffentlichung des Romans *The Call of the Wild (Ruf der Wildnis)*, des Briefwechsels mit Anna Strunsky *The Kempton-Wace Letters* und der Reportage *The People of the Abyss (Die Menschen des Abgrunds)*.

1904 Reise nach Japan, Korrespondent im Russisch-Japanischen Krieg. Veröffentlichung des Romans *The Sea-Wolf (Der Seewolf)* und des Erzählbandes *The Faith of Men (Das Vertrauen der Menschen)*.

1905 Veröffentlichung des Romans *The Game (Das Spiel)*, des Erzählbandes *Tales of the Fish-Patrol (Austernpiraten)* und des Essaybandes *The War of the Classes (Der Klassenkampf)*. Nach der Scheidung von seiner ersten Frau heiratet er Charmian Kittredge.

1906 Publikation des Romans *White Fang (Wolfsblut)* und des Erzählbandes *Moon Face and Other Stories (Das Mondgesicht)*. Umzug nach Glen Ellen, Kalifornien.

1907/08 Veröffentlichung des Romans *The Iron Heel (Die eiserne Ferse)* sowie der Erzählbände *Love of Life (Liebe zum Leben)*, *Before Adam (Vor Adam)* und *The*

Road (Abenteuer des Schienenstrangs). Reise in die Südsee mit Charmian.

1909 Erscheinen des Romans *Martin Eden.* Die geplante Weltumsegelung auf der »Snark« muß aus Krankheitsgründen unterbrochen werden.

1910 Publikation des Erzählbandes *Lost Face (Verlorenes Gesicht)*, des Essaybandes *Revolution* und des Romans *Burning Daylight (Lockruf des Goldes).*

1911 Veröffentlichung von: *South Sea Tales (Südseegeschichten), When God Laughs and Other Stories (Nur Fleisch), Adventure (Die Insel Berande)* und *The Cruise of the Snark (Die Fahrt der Snark).*

1912 Es erscheinen: *A Son of the Sun (Ein Sohn der Sonne), The House of Pride* und *Smoke Bellew (Alaska Kid, Kid & Co.).* Jack London und Charmian umsegeln als Passagiere des Viermasters »Dirigo« Kap Hoorn.

1913 *The Abysmal Brute (Die Bestie des Abgrunds)* und *John Barleycorn (König Alkohol)* erscheinen.

1914 Veröffentlichung von *The Valley of the Moon (Das Mondtal), The Mutiny of the Elsinore (Die Meuterei auf der »Elsinore«)* und des Erzählbands *The Strength of the Strong.*

1915 Jack London wird Kriegskorrespondent in Mexiko. Veröffentlichung der Romane *The Scarlet Plague* und *The Star Rover (Die Zwangsjacke).*

1916 Reise nach Hawaii. Austritt aus der »Socialist Party«. Am 22. November stirbt London auf seiner Ranch in Kalifornien an einer Medikamentenüberdosis.